楊天石文集

廖沫昌題

第 壹 卷

中国古典文学论衡

杨天石 著

海南出版社
·海口·

图书在版编目 (CIP) 数据

中国古典文学论衡 / 杨天石著. —— 海口：海南出版社, 2023.11
ISBN 978-7-5730-1360-6

Ⅰ. ①中… Ⅱ. ①杨… Ⅲ. ①中国文学 – 古典文学研究 – 文集 Ⅳ. ① I206.2-53

中国版本图书馆 CIP 数据核字 (2023) 第 182264 号

中国古典文学论衡
ZHONGGUO GUDIAN WENXUE LUNHENG

作　　者：	杨天石
出品人：	王景霞
责任编辑：	闫　妮
执行编辑：	姜雪莹
责任印制：	杨　程
印刷装订：	天津联城印刷有限公司
读者服务：	唐雪飞
出版发行：	海南出版社
总社地址：	海口市金盘开发区建设三横路 2 号
邮　　编：	570216
北京地址：	北京市朝阳区黄厂路 3 号院 7 号楼 101 室
电　　话：	0898-66812392　010-87336670
电子邮箱：	hnbook@263.net
经　　销：	全国新华书店
版　　次：	2023 年 11 月第 1 版
印　　次：	2023 年 11 月第 1 次印刷
开　　本：	787mm×1092mm　1/16
印　　张：	25.75
字　　数：	327 千
书　　号：	ISBN 978-7-5730-1360-6
定　　价：	128.00 元

【版权所有，请勿翻印、转载，违者必究】
如有缺页、破损、倒装等印装质量问题，请寄回本社更换。

六、水浒传

农民革命风暴的产物

《水浒传》写的是北宋末年的一次农民起义。

约在北宋宣和元年(1119)或稍前,宋江等三十六人率众举行起义,活动于今天的河北、河南、山东南部及江苏北部地区。

关于这次起义,宋代史书中有一些记载。从中可知,义军勇敢善战,所向无敌,宋王朝的几万军队都抵挡不住他们。关于它的结局,说法不一,比较多的说法是被张叔夜招安了。后来并且被利用去镇压东南地区的方腊起义。

南宋时期,宋江起义的故事在民间广泛流传。当时话本中已有《石头孙立》《青面兽》《花和尚》《武行者》等篇目。著名的人物画家高如、李嵩曾经替宋江等三十六人画了象。宋末元初的作家龚开又曾给这些画写了赞语,分别记录了三十六人的姓名和绰号。就在这同时或稍后,出现了《大宋宣和遗事》。其中已经有了杨志卖刀、晁盖智取生辰纲、宋江杀阎婆惜、九天玄女娘娘赐天书、三十六人梁山泊聚

杨天石先生手稿

义,并提到张叔夜招诱,宋江收方腊有功,封节度使,可以说,已经具备了《水浒传》故事的雏形。以后,戏曲舞台上出现了大量的"水浒戏"。根据今天所能见到的材料,至少在三十种以上,其中李逵、宋江等人的形象已经相当生动。

就在这丰富的民间说话和戏曲创作的基础上,元末明初,出现了长篇小说《水浒传》。

从宋江起义到《水浒传》成书,经过了二百多年。这段时期,阶级矛盾、民族矛盾都非常尖锐。十二世纪初,北方的女真贵族灭掉了北宋,十三世纪末,蒙古贵族又灭掉了南宋,建立了元朝。由于蒙古贵族所实行的残酷的阶级压迫和民族压迫,十四世纪五十年代,黄河、淮河、长江流域爆发了大规模的农民起义。《水浒传》正是在这一起义高潮以后出现的。它反映了宋、元时期农民革命的面貌,农民的思想、情绪和愿望,可以说,是农民革命风暴的产物。

《水浒传》的作者是施耐庵。他的生平没有确切的记载。只知道他曾定居于兴化县白驹镇,这里属于张士诚起义的中心地区。传说他参加过张士诚的起义,和张的部将卞元亨是好朋友。

《水浒传》的版本比较复杂,有百回本、百十回本、百二

杨天石先生手稿

论谢朓及其诗

月下沉吟久不归，
古来相接眼中稀。
解道澄江静如练，
令人长忆谢玄晖。
　　　——李白

一

谢朓，这一五世纪的南齐诗人，曾经博得过不少人的击节称叹。"术疑灵妙之心，英秀之骨，越俗之气，俊逸之言，一时无对。"何倘功如李白，却一身倾倒谢宣城。诗人在诗歌艺术上的成就在很大程度上超过了他的同时代人。如果说，谢灵运是元嘉之雄，那末，谢朓是可以被称为永明之英的。

在传留下来为数不称（？）太多的诗人的作品中，谢朓一再有力地表现了他的隆远思想，表现了他的蔑视庸俗的硬炎。这种思想的出现绝不是偶然的，而是有其深刻的社会基础的。

谢朓生于宋孝武帝大明八年（公元四六四年）出生于一个贵族的家庭里。祖父谢述，做过吴兴太守。父亲谢纬，任散骑侍郎。母亲是宋文帝的第五个女儿长城公主。在诗人出世前的第十九个年头里，这个大家庭曾经有过一次大灾难。诗人的大伯父谢综与其舅范晔谋反，事发被斩，父伯父谢约亦坐死。谢纬虽免一死，却刺客建平，才遇赦还京师。不过，到谢朓懂得人事的时候，这次风

首都师范大学出版社版
《寻求历史的谜底》序[1]

金冲及

人们在读史时，大抵都会遇到一些使人感到困惑而又无法回避的"谜"。这些"谜"的产生，有种种原因：或者是由于史籍对某些关键问题语焉不详，令人难以索解；或者是由于某些记载失实，又复以讹传讹，转使真相渐泯；或者是由于数说并存，各执一是，令人不知所从；还有的是由于情况复杂，各种因素交相作用，扑朔迷离，一时不易作出确切的判断；至于有关当事人出于某种需要，有意无意地掩盖事实真相，甚至歪曲和伪造历史，自然更增加了混乱。

这些"谜"往往激起读史者的极大兴趣，使其力图拨开重重迷雾，找出历史的谜底所在。这不仅由于人们总是渴望解开头脑中存在的种种悬念，而且因为只有先弄清历史的真相，才谈得上进一步探索各个历史事实之间的内在联系，给予科学的解释，并引出足资借鉴的经验教训。否则，从那些模糊不清以至失实的记载出发，得出的结论只会将人引入

---

[1] 编者注：《寻求历史的谜底》是杨天石先生1991年出版的第一部论文集，各文均已收入本文集。本序作者金冲及，曾任中国史学会会长。

歧途，离真知越来越远。那样的历史研究，便毫无价值可言。

但是，要真正解开历史的谜底又谈何容易。如果事实俱在，一眼便能看清它的底蕴，也就不称其为谜了。何况有些历史上的关键事件往往相谋于密室，当世已鲜为人知，事后又屡经涂饰，后代人要找出确据，通过严密的论证，使真相大白于天下，自然更非易事。它不仅要求治史者具有渊博的知识，广泛涉猎浩如烟海的史籍，搜罗以往没有被人注意的重要史料，而且需要具有清晰而缜密的头脑和犀利的识见。没有这样的条件，纵然有重要史料放在那里，也可能因不认识它的价值而交臂失之。

杨天石同志收在这本集子中的文章（包括他同其他学者合作所写的文章），我过去大多读过。在他这次结集的时候，我又系统地重读了一遍，仍觉获益良多。

作者选择的研究课题，大多是在中国近代史上产生过重要影响，因而被史学研究者们谈论过多次的问题。但他不采取人云亦云的态度，而是旁搜博采，严格地从比较可信的原始数据出发，经过细心的考辨，努力弄清历史的真相。他利用了大量当时的报刊、档案、笔记、信札、日记、未刊稿等珍贵数据，特别是注意挖掘人们以往很少利用的重要数据，对这些数据的真伪、时间、有关人物和史实等进行认真的考订，细心地同其他数据比较参证，钩深索隐，为一些原来若明若昧的疑难问题找到了答案。

作者在分析问题时，很少用那种为先入之见所左右、好就绝对地好、坏就绝对地坏的武断夸张之词，而是尊重客观历史现象自身的复杂性，留心考察事物的各个侧面，立论力求切实公允。

对一些同实际不符的习见说法，作者不仅指出它的错误在哪里，而且常进一步指出这些说法是怎样造成的，从而使读者感到入情入理，疑团顿释。这里，可以举两个例子：

在戊戌百日维新中，康有为等是否曾谋围颐和园、监禁以至捕杀西太后，是一件大事。当年清廷上谕和袁世凯《戊戌日记》等都言之凿凿，康有为本人却多次否认其事，学者亦多不予置信。杨天石同志不仅依据多种当事者所写的笔记进行论证，并且从日本外务省档案所藏毕永年日记内找到了密谋属实的确证。此后，他又引用台湾出版的《万木草堂遗稿外编》中梁启超致康有为的密札残件，说明康、梁等后来竭力掩盖事实真相的缘由。这一来，这桩聚讼累年的公案可以说是水落石出了。

1926年3月20日的中山舰事件，在大革命时期国共关系的演变中，更是一件大事。这件事发生时，许多人因缺乏精神准备，感到它像晴天霹雳一样地突如其来。事件的经过又扑朔迷离，存在许多疑团。以往，人们常认为这是蒋介石事前有计划地制造的。杨天石同志根据当时大量有关人士的函件、报告、日记和其他档案资料，经过细心剖析后指出：这次事件的直接引发，是由于蒋介石听信伍朝枢、欧阳格等的谎言，认为中山舰的调动是为了要把他强行送往莫斯科，这里有着偶然的因素；但就当时国民党内左右派之间的激烈斗争和蒋介石已准备排汪反共的基本趋向看来，在偶然事件背后，又有着必然性在起支配作用。看来，这种说法是可信的。

当然，书中值得重视的论文还很多，作者的长处也绝不止于所举的数端。但一部有价值的学术著作总有它自己的鲜明个性和特色。我以为，前面说到的那些也许是这部论文集最具特色的地方。作者选择《寻求历史的谜底》作为这本论文集的书名，用意大概也在这里。

当这本论文集行将出版的时候，杨天石同志要我在书前写几句话。我高兴地写下了这些，权充自己的读后感，也是向广大读者的介绍。

1991年12月于北京毛家湾

中国人民大学出版社版
《杨天石近代史文存》序[1]

金冲及

在最近三十年来中国近代史众多研究工作者中，杨天石同志取得的成绩是相当突出的。

为什么他能取得这样的成绩？我想有几个原因。

第一，他极其重视发掘近代史中以往很少为研究工作者所了解的珍贵史料，特别是重要历史人物的源文件，并将其作为研究工作的出发点，因此他常能讲出新话来。本来，史学工作者必然论从史出，这几乎已成为绝大多数人的共识。我国著名史学家陈垣教授，曾提倡对史料要做到"竭泽而渔"。可是，从事近现代历史研究的学者常有一种苦恼。和古代史不同，近现代史料浩如烟海，研究工作者根本谈不上"竭泽而渔"，倒是常要"望洋兴叹"。在这种情况下，能识别并发掘出前人没有利用过的珍贵史料又谈何容易。杨天石同志有两个重要条件。一是勤奋。他不仅经常深入国内一些重要档案馆和图书馆，细心搜罗；还不知

---

[1] 编者注：《杨天石近代史文存》是杨天石先生2007年出版的第一套个人丛书，共5卷，各卷内容，均已收入本文集。

疲倦地奔走美国、日本等许多国家以及我国台湾地区，披沙拣金。他有一本论文集的书名就叫《海外访史录》。此中甘苦，凡多少做过一点儿这类工作的人，大概都能领会到。二是有敏锐的识别力。这需要有扎实的功力和犀利的眼光，能够分清什么是沙和什么是金。否则，再重要的史料放在那里，也可能因不认识它的价值而交臂失之。杨天石同志恰恰具有这两个条件。

第二，他具有史学大师陈寅恪教授提倡的那种"问题意识"。他另一本论文集的书名叫《寻求历史的谜底》，就可以说明这一点。研究工作，从它的本来意义来说，无非是要解开包括自己在内原来弄不清楚的谜团，寻求符合实际的答案。如果只是把一些历史事实叙述得清清楚楚，却没有回答什么人们原来感到困惑的问题，这种著作或论文也有它的用处，但很难说是有较高价值的研究成果。杨天石同志善于从人们习以为常的旧说中发现疑点，提出问题，经过严密的论证，得出新的结论。他的论文《中山舰事件之谜》，运用可靠的源文件，对一个人们普遍关心而又不明其所以的问题，起了释疑解惑的作用。我曾听胡乔木同志称赞过这篇文章。

第三，他的文章思路清晰，明白晓畅，读起来没有沉闷的感觉，容易引人入胜。写文章，是要给读者看的，落笔时应该处处替读者着想，而不是作者在那里自说自话。如果文字晦涩，思路不清，让人看得十分吃力，甚至看不下去，再好的内容也难发挥作用。杨天石同志这个优点也是值得称道的。

这三点，也许同样是这部《文存》的特色。

这部《文存》中的文章，绝大部分有关国民党和中华民国的历史。这在某种程度上可说是一项开拓性的工作。在中国近代历史上，国民党曾经统治中国大陆绝大部分地区二十多年。它的种种活动和作为，在中国土地上留下了自己的烙印，有些还产生长远的影响。中国共产党曾同它两度合作，一次是大革命，一次是抗日战争；又有两次破裂，一次导致十年内战，一次结束了国民党政府在中国大陆的统治。作为历史对象，作为了解中国近代国情的需要，我们对国民党以及它对中国大陆统治的研究，实在太不够了。不对它进行深入的研究，中国人在20世纪是怎样走过来的，在不少方面就不容易说得清楚。就是从中国共产党历史的研究来说，如果不研究这个既是对手，又是两度合作伙伴的国民党，许多事情的认识也难以深入。

从事这样一项开拓性的又相当敏感的研究工作，谁都很难一下就做到什么都说得准确无误或能取得所有人的同意，引起一些争议是自然的。我也不是在所有问题上和杨天石同志的看法都相同。记得有一次在美国，我对他《论第一次国共合作的破裂》那篇文章也提出过商榷性的意见。这些，在学术研究工作中是正常的。

杨天石同志对国民党和中华民国史研究的贡献是值得重视的。正是他的潜心研究，把人们对许多问题的认识向前推进了一步。尽管人们对某些问题仍然存在争议或有不同意见，但这也有助于人们对这些问题作进一步的深入思考。这对推进国民党和中华民国史这门比较年轻的学科的研究，都是有益的。

2007年6月24日于北京万寿路

《杨天石文集》序[1]

刘梦溪

杨天石先生的文集即将付梓，共十八卷，八百万言，蔚为壮观。承天石兄雅意，嘱序于余，想平日交谊亲厚，亦大体能明其所学之故也。天石长我五岁，他大学毕业的翌年我刚入学。并不同校，他在北大，我在人大，念的都是中文系；读书时，他是"白旗"，我是"白专"。

他的文章也真多，时不时地就能看到他的新作。70年代中期以后，经过外放劳动和干校整治，我已回到北京，参加《红楼梦》新版本的校订。天石兄研究王艮和泰州学派的著作即问世于此时，前此还有《近代诗选》出版，南社研究似亦肇始于此际。他的学术名声开始萦回于学术之林。当时，天石兄正在北京师范大学附属中学教语文，爱才重学的史学家侯外庐拔赏贤才，准备将他调至当时的中国科学院历史研究所思想史研究室，不知什么原因，没有结果。后来李新调他到了中国社会科学院近代史研究所，专门从事民国史研究，时在1978年。这以后便开始

---

[1] 本序作者刘梦溪，现任中国艺术研究院终身研究员、中国文化研究所所长、《中国文化》主编。

了我与天石兄的学术交往。

近代史研究所图书馆的资料颇丰，我常去查阅资料，遇有疑难每次都能得到天石兄的帮助，间歇时亦常到他的办公室小坐。他整天埋在办公室，晚上十一二点才回家休息。他的用功是惊人的，是我所见到的京城学界最用功的人。直到今天，他精勤用功的习惯仍未尝有变。近代史研究所在东厂胡同，在明代那可是让人望而生畏的去处。文集中的《东畅楼随笔》卷即由此谐音得名。

天石兄的学术研究是建立在翔实材料基础上的，天南地北地搜罗材料是他为学的第一要务。经常听他说起到台湾地区的近代史研究所，到美国部分大图书馆查阅资料的奇特经历。他的办法是动手抄，坐下来就是一整天。几周甚至几个月，天天如此，周而复始。《蒋介石日记》就是他在斯坦福大学胡佛档案馆如此这般地一字一句抄录下来的。文集中解读《蒋介石日记》的五大卷书，字字都是汗水垒成，可谓得来匪易。现在他成为海内外研究蒋介石的权威作者了，殊不知背后所付出的辛劳又岂是常人所能为者。

天石为学不专主一家，所涉域区甚为开阔。晚清民国以来的史事固是他一向的研究重点，但选题视角独特。《蒋介石日记》的解读，可以说是他的独得之秘。《南社》和南社史研究，则是独辟蹊径，侧攻清末民初史事的丰硕成果。他喜欢当时在现场的人写的日记，《钱玄同日记》的整理即为一例。当我奉到天石兄送的疑古玄同的《钱玄同日记》时，分明感到了珍惜和感激。论者或谓，民国史主要研究一个蒋介石，未免局限。实际他的研究远不止此。文集第七卷是孙中山研究，第四卷是辛亥革命研究，第五卷探讨民国时期的风云变幻。如果说天石是民国史研究的大家，其谁曰不然。

天石的研究兴趣亦包括思想史，特别是思想和人物研究，这有文集第二卷朱熹和王阳明研究为证，也有第六卷的思潮与人物专集可证。

他在我主编的《中国文化》杂志上共发表文章十一篇，最早是1991年的第四期，同时刊发两篇，一是《跋胡适、陈寅恪墨迹》，二是《胡适与国民党的一段纠纷》。第二次是2006年，题目为《王克敏、宋子文与司徒雷登的和平斡旋——近世名人未刊函电过眼录》。第三次是2008年春季号，《论国民党的社会改良主义》，我们安排在最重要的"文史新篇"专栏刊载。第四次是《蒋介石与尼赫鲁》，发表于2009年秋季号。第五次是《辛亥革命何以胜利迅速代价很小》，刊于2011年秋季号，是为纪念辛亥革命一百周年的特稿。第六次也是两篇同时刊载，一为《孙中山的"知难行易"学说与蒋介石在台湾的"革命实践运动"》，二是《台湾时期蒋介石与美国政府的矛盾》。第七次是2018秋季号，题目为《雷震、胡适与〈自由中国〉半月刊》。此外还有两次专为我们撰写的"学人寄语"。不必细详，仅从题目即可知晓他的这些篇章是一些何等重要的论著。

天石先生绝不是以堆砌史料为能事的史学家，他的史中有思想，有精神，有现实关切。清儒所说的学问构成的三要素，在天石那里，义理、考据、辞章是融合在一起的，从不曾将考据和义理划然而二分。刊于1991年《中国文化》的《跋胡适、陈寅恪墨迹》一文，其实大有来历。文中涉及陈夫人唐筼未与陈寅恪先生结缡时悬挂祖父唐景崧的诗幅一事。唐公是甲午战败时的台湾巡抚，为反对割让台湾欲暂时让台湾"独立"来缓解危机，当然不可能成为现实。所以后来他写了两首诗发为感慨，一为："苍昊沉沉忽霁颜，春光依旧媚湖山。补天万手忙如许，莲荡楼台镇日闲。"二为："盈箱缣素偶然开，任手涂鸦负麝煤。一管书生无用笔，旧曾投去又收回。"1931年九一八事变前夕，陈寅恪先生请胡适为唐公遗墨题句，胡适题的是："南天民主国，回首一伤神。黑虎今何在，黄龙亦已陈。几枝无用笔，半打有心人。毕竟天难补，滔滔四十春。"陈寅恪先生回复胡适不禁感叹道："以四十春悠久岁月，至今日仅赢得一不抵抗主义，诵尊作既竟，不知涕泗之何从也。"

唐景崧所写两首绝句当时就写成诗幅，由其孙女唐筼珍藏。陈寅恪因观赏诗幅而结识唐筼，二人由此相识、相恋，结为终身夫妇。

当1966年端午节的时候，寅恪先生为纪念和唐筼的婚姻，对诗幅重新作了装裱，并题绝句四首，其中第二首为："当时诗幅偶然悬，因结同心悟夙缘。果剩一枝无用笔，饱濡铅泪记桑田。"这首诗恰好和唐景崧的诗前后印证。唐公遗诗"无用笔"，寅老诗句又称"果剩一枝无用笔"。天石兄讲述胡适应寅老之请，为唐公诗幅题句一事，岂闲笔哉，岂闲笔哉！其他如《胡适与国民党的一段纠纷》以及《雷震、胡适与〈自由中国〉半月刊》，虽是考史，那目光始终未尝离开真实的现实。克罗齐说，一切历史都是当代史，诚然也。

天石文集中那些大部头著作，我们显然难以逐篇赏读，但他发表在《中国文化》上的文字，我是篇篇细读过的。虽只十余篇，作为抽样，其笔法、义理、思旨、辞章的特点，我大体可以了然。历史书写是讲究笔法的，此一方面天石在行文中自有心得。他出身文科，诗文写作是家常营生。他置身于晚清民国以还的史事研究，史笔中亦难免会有诗心流露。但他不是文史会流的考史方法，也不是以诗文证史，而是诗作另行，成为他书写性情的单独途径。文集所收《半新半旧斋诗选》等，即为他诗作的选编。由于每有诗集出版天石都会送我，因此知道他的诗多为抒怀写实，交游、经历、情感心迹，历历在焉。他为学的考据、义理、辞章可谓同行并存。

天石还主持过历史和思想的刊物，就是影响很大的《百年潮》杂志。我考证陈寅恪的祖父陈宝箴为慈禧密旨赐死的长文，曾蒙他谬赏择要刊载于此刊。记得他的《百年潮》还发生过不少故事，天石兄自己已有记述，我就不在这里赘言了。2011年，我成为中央文史研究馆馆员，在那里我们有了更多的晤谈机会。特别当每年两次的馆员休假之时，我们可以畅叙一切。我与天石的交谊似乎越来越"情好日密"，内子陈祖芬也很喜欢天石，我们常常一起交谈。我们看重他是一个心地单纯的纯学者，这比学问本身还重要。我曾说我们中国文化研究所进人的条件是"学问第一，人品第一"。或问，两个第一何者在前？答曰：学问好的人品在前，人品好的学问在前。我们的天石兄可谓两者能得其兼者也。

何敢称序，不过借此忆往事思来者而已。祝贺天石，谢谢天石。

2023年4月28日癸卯三月初九于西子湖畔

宽广的视野、深厚的功力

——2023年4月19日在香港三联书店读者见面会上的讲话[1]

王奇生

有一段时期,历史著作出版难,出书少,人们惊呼为"史学危机"。近年来,在毛泽东"百家争鸣、百花齐放"方针的长远影响下,在国家改革开放的总形势下,史学研究正在逐步发展。近日,香港三联书店陆续出版了杨天石先生的"近代史研究六种",分别为《晚清史要》《孙中山新探》《帝制的终结:辛亥革命简史》《民国风云》《思潮与人物》《找寻真实的蒋介石:蒋介石及其日记解读》,共十卷,总计超过三百四十万字,这是杨天石先生多年研究中国近代史的心血结晶。

今天,三联书店举行读者见面会,我曾作为博士后研究生,受过杨先生指导,对先生的学术生涯了解稍多,愿借此机会,简要介绍先生的新著,略作分析、评论。不妥、不当处,敬请杨先生和到会诸位高明指教。

---

[1] 编者按:本文是"杨天石近代史研究六种"图书分享会上的讲话,"杨天石近代史研究六种"各卷内容,均已收入本文集。本文作者王奇生,现任北京大学教授,北京大学历史学系主任。

横跨晚清与民国两大时段

杨天石先生的"近代史研究六种",横跨从晚清到民国的学术研究。近代百年风云,可言可说之事数不胜数。因此,学界往往对这段不算太长的历史有较为细致的划分,如"近代史""晚清史""民国史""当代史""现代史"等等。部分中青年学者也往往在此基础上划定研究范围。但是,杨先生没有畛域之见,其研究几乎覆盖了从1840年至1949年的整段近代历史的演变。从鸦片战争一直下延至辛亥革命、国共的合作与分裂乃至国民党迁台之后的历史,杨先生均有深入的研究。这在当下的学界中是少见的。

杨天石"近代史研究六种"之一为《晚清史要》。该书分为鸦片战争前后、戊戌变法前后、辛亥革命前后三部分。作者利用档案、报刊、日记等资料,分析晚清史中的重大事件与人物。所收文章,大多为精深的短篇。从新发现的史料入手,破解谜团,寻找真相,见微知著,分析小故事背后的大时代,例如《邹容自贬〈革命军〉》一文,由邹容与其律师之间的对话,考察邹容思想的变化。邹容称,"我意欲改作《均平赋》一书,令天下人无甚贫富,至前作之《革命军》已弃而不问。"该文体现出"这位年轻的革命家对新的救国、救世道路的探求,较之《革命军》所鼓吹的独立、自由、平等、共和等理想,自然又前进了一步。"这与当时孙中山的思想主张相呼应,体现出革命党人对中国未来道路的新思考。[1]

"近代史研究六种"之二为《孙中山新探》。通常,孙中山都被定性为资产阶级革命家,但是,孙中山本人却激烈地批判资产阶级和资本主义,视西方欧美强国之途为"已然之末轨",意为穷途末路,因而另创"民生主义"新说,企图在中国建立"为一般平民所共有,非少数人所得而私"的

---

[1] 杨天石:《晚清史要》,三联书店(香港)有限公司,2022年7月,第248页。

政权,又曾致函国际社会党执行局,要求协助自己将中国建成"全世界第一个社会主义国家"。因此,杨先生根据列宁关于俄国革命中三代知识分子和毛泽东关于五四运动领导力量的论述,将孙中山定位为"平民知识分子革命家"。这是一个全新的、符合孙中山思想实际的、较为合理的见解。

此前的主流叙事往往将辛亥革命的失败归因为所谓"资产阶级的软弱性",实际上,当时的革命党人面临着严重的财政危机,即使没有袁世凯,南京临时政府也很难长期维持其存在。杨先生在本书中全面剖析孙中山让位于袁世凯的深层次原因,有多篇文章论述此事,值得肯定的是,杨先生还无私地分享了几篇稀见、难见的孙中山史料,附于书后。

"近代史研究六种"之三为《帝制的终结:辛亥革命简史》。该书展现以孙中山为代表的革命党人在辛亥之前的多次奋斗。在这一过程中,革命派和改良派之间的分合、同盟会的成立与发展、清廷的新政与改革,构成了辛亥前十年政治变化的主要线索。杜亚泉有云:"五千年来专制帝王之局,于此十年中为一大结束;今后亿万斯年之中华民国,乃于此时开幕。则非十年以来之小变,实五千年以来之大变,而不可以常例论矣。"[1]阅读本书,可知"五千年以来之大变"的梗概。诚然,辛亥革命不彻底,但是,长期的、根深蒂固的专制主义绝难在短时期内消除。"有形的皇权专制主义被推翻以后,无形的专制主义在近代中国历史上却是难以克服的痼疾。"[2]"帝制终结,专制难除。"这是杨先生对辛亥革命历史经验的精深总结。

"近代史研究六种"之四为《民国风云》。该书篇幅较大,涵盖从民国建立到国民党政权迁台后的几十年时间,其重点则在于国民党的内部矛盾、冲突,以及国共关系的变化。如《瞿秋白的〈声明〉与国共两党

---

[1] 参见杜亚泉:《辛亥前十年中国政治通览》,中华书局,2012年3月。
[2] 杨天石:《帝制的终结:辛亥革命简史(插图版)》,三联书店(香港)有限公司,2021年10月,第361页。

的"分家"分波》是记录两党关系第一次破裂的宏文。《读孔祥熙档案》《读宋子文档案》《台湾所藏阎锡山档案一瞥》《读台湾国民党党史会藏档案》等文,可见杨先生在海内外广泛阅读国民党人物档案的广度和用力之勤之深,多有一向不为人知的新发现。《潘佩珠与中国——读越南〈潘佩珠自判〉》《中韩爱国志士的早期联系》两文,展现外国革命者和中国之间的合作与友谊,构成中外关系史上的佳话。《蒋介石"复职"与李宗仁抗争——读居正藏札及李宗仁档案》,展现国民党在大陆失败后两大派系在海外的斗争。《50年代香港和北美的第三种力量——读张发奎档案》写国民党在大陆失败后海外昙花一现的新政治派别。《溥仪要求参加苏联共产党》写溥仪被囚于苏联时伪装进步的小趣闻,令人莞尔。

"近代史研究六种"之五为《找寻真实的蒋介石:蒋介石及其日记解读》。体量巨大,包括"早年经历、北伐战争与'清党'反共""内外政策与抗日战争""抗战外交""内战再起与统治崩溃""台湾年代及其婚姻、家庭",共五卷。杨先生以蒋介石日记为主要材料,辅以国内外各类档案、报刊和公私信札,所述几乎涵盖蒋介石的一生,包括他的经历遭遇、思想活动、内心秘密、自我反省、行为作为、各方关系以及个人生活史、情感史等等。蒋介石是近代中国历史上最为重要也是最为复杂的人物之一。关于他的研究,当下学界已有丰富的成果,但少有人能像杨先生这样对蒋介石进行如此全面、深入的研究,尤其是在窥见和揭示其内心世界方面,不利用其日记是无法做到的。蒋的日记,有些内容不写,有些一笔带过,但纯为自阅、自用,生前从未出版过,这种只给自己看的日记往往具有较大的真实性,但正如杨先生所说,"真实不等于正确,也不等于全面。"[1] 史家应该根据各种可靠资料对之审核,并且

---

[1] 杨天石:《找寻真实的蒋介石:蒋介石及其日记解读(五卷本)》第一卷《早年经历、北伐战争与"清党"反共》,三联书店(香港)有限公司,2022年6月,第536页。

主要根据其实际所行所为评判其人,而不能片面地、单纯地相信日记、依赖日记。

"近代史研究六种"之六为《思潮与人物》,该书考察近代中国的政治、文化和文艺思想的发展脉络,对黄遵宪、鲁迅、钱玄同、胡适四人,则列有专门的《论丛》。扎实的思想史研究需要过硬的功夫,需要利用各种各类可靠的公共史料和私人记录,找寻和把握人物的思想发展轨迹。杨先生是从思想史的研究进入近代史研究领域的,他的《苏、陈译本〈惨世界〉与中国早期的社会主义思潮》一文,通过雨果《悲惨世界》的翻译、传播考察中国早期无政府主义思想和社会主义的思想发展,今天再读仍觉新颖。《论钱玄同思想》一文,利用钱的日记、书札等私人材料分析钱玄同的思想内涵,可以视为人物思想研究的范本。

杨先生的"近代史研究六种"十卷,上溯鸦片战争前后,下延国民党迁台后的政局。从政治史到思想史、到人物研究,文章所涉范围之广,时间跨度之大,显示出杨先生作为史家的宽广视野。

对重大事件、重要人物与难解谜团的研究

在研究对象上,杨先生偏重于传统的政治史研究,但也包括人物史、军事史、文化史等方面。

其特点之一是重视重大历史事件。从鸦片战争到戊戌变法,从辛亥革命到国民革命,从抗日战争到国共内战,从晚清开始100多年内所有重大的历史事件,杨先生全都有专门研究。尤以对辛亥革命、国民革命的研究最为出众。[1]他认为,辛亥之役,终结帝制,开创共和,使中国

---

[1] 杨天石:《帝制的终结:辛亥革命简史(插图版)》,三联书店(香港)有限公司,2021年,第4页。

进入没有皇帝的年代。他说:"中国历史还会有绵远的未来,但它的民主大航向却自此锁定,任何人都无法动摇、改变。"[1]

二是重视政治和思想精英。杨先生的研究涉及龚自珍、何如璋、黄遵宪、康有为、梁启超、袁世凯、慈禧太后、唐才常、毕永年、章太炎、邹容、章士钊、杨度、陈天华、汤化龙、刘师培、何震、黄兴、何天炯、陈独秀、钱玄同、胡适等重要人物。"近代史研究六种"十卷中,大略有八成左右的文章以人物作为切入点,对孙中山和蒋介石二人着力尤多。在此类研究中,杨先生特别重视日记、书札等私密资料。他说过:"自来的政治家,人们可以从他的公开言行去观察他,研究他,但是政治家很少向公众敞开自己的内心世界,因此,历史家很难了解政治家公开言论背后的真实的隐蔽的意图。蒋介石日记大量记载了自己的思想活动,这就向历史家敞开了心灵的窗户,使历史家不仅知道他做什么,而且知道他为何这样做。"[2]杨先生的《蒋介石及其日记解读》写到五卷之多,其原因之一或即在于此吧?

三是重视重大历史谜团的破解。百年的近代史虽不算长,但留下了诸多谜团仍有待破解。杨先生综合多方史料,解破、分析,写出了一篇又一篇著名论文。例如,关于维新派"谋围颐和园、捕杀西太后"这一说法,曾是清廷指责康有为的重要罪状,康有为本人一直否认此事。杨先生通过对日本外务省档案的研究,找到确认此说的铁证。[3]《"中山舰事件"之谜》,通过蒋介石日记和中山舰事件档案、蒋介石与汪精卫来往信函等多种资料,终于查明真相,被胡乔木誉为"具有世界水平的好文章"。《关于孙中山"三大政策"概念的形成及提出》一文,结合国民

---

[1] 杨天石:《帝制的终结:辛亥革命简史(插图版)》,三联书店(香港)有限公司,2021年,第2页。
[2] 杨天石:《找寻真实的蒋介石:蒋介石及其日记解读(五卷本)》第一卷《早年经历、北伐战争与"清党"反共》,三联书店(香港)有限公司,2022年6月,"自序"部分。
[3] 见杨天石:《晚清史要》,三联书店(香港)有限公司,2022年,第102-107页。

党上海左派组织所编《中国国民》和其他相关历史资料，探究"联俄、联共、扶助农工"三大政策的提出，说明孙中山本人和国民党"一大"时都还没有这一概念，它形成于中共和国民党左派对国民党右派之间的斗争中，但它确实是孙中山晚年思想的正确总结和概括。[1]

今天的近代史学界，每一位有成就的学者都是某一个方面，或者某一时段的专家。但有些年轻学者缺乏大视野，往往从小切口、小事件入手，出现碎片化倾向。这样的文章往往读者不多，难以引起广大人群的关注。杨先生能把握全局，关注历史发展的主线变化，注重重大历史事件、重要人物和谜团的研究，是他的著作得到普遍重视的原因。

史家的研究功夫

以上为杨先生在研究对象方面的特点，除此之外，杨先生在研究能力上也有诸多可圈可点之处。

一是搜查资料的功力。杨先生特别善于挖掘史料。现在是网络数据库时代，找寻史料的难度大大降低。过去，有的资料只有某个图书馆独家收藏，馆方诸多限制。杨先生在当时的条件下，完成诸多重要研究，取得了十分杰出的成就。当时，大陆学者出国机会不多，杨先生能抓住机遇，在海外广泛寻访资料。这需要深厚的学术积累和敏锐的学术眼光，才能在浩如烟海的史料中寻得珍宝。《近代中国史事钩沉——海外访史录》一书，集中呈现杨先生这一方面的成果。此次"近代史研究六种"十卷所收文章，很多使用了杨先生独家发现的新史料。因此，善于慧眼识珠，挖掘史料，可以说是杨先生作为大史家的"绝招"。

二是发现问题的功力。学者研究近代史，常感史料繁多，有如汪洋

---

[1] 见杨天石：《孙中山新探》，三联书店（香港）有限公司，2022年，第376-391页。

大海，难以穷尽；在其中找出可研究和须研究的问题，更加困难。下笔成文，常常自说自话，了无新意。但是，杨先生却十分善于发现问题。以杨先生对《蒋介石日记》的研究为例，该日记共约700万字，体量巨大，杨先生四赴胡佛档案馆，用时10个多月，亲自抄录了几乎全部内容，找出各类可以深入探究的问题，写成100多篇文章。有的以日记为主，如《"卢沟桥事变"前蒋介石的对日谋略》[1]，《蒋介石枪毙孔祥熙亲信及其反贪愿望》等[2]。有的则从日记出发，兼用其他历史材料，相互参照、结合，梳理出清晰的历史线索，如《蒋介石和上海证券物品交易所——蒋介石下海从商的缘由、经历与感受》[3]，《蒋介石亲自掌控的对日秘密谈判——日方诱和与蒋介石的应对及刹车》[4]。众多文章，汇集成为超越百万字的巨著《蒋介石及其日记解读》。善于发现问题、分析问题，这是杨天石作为史家的独特功力。

三是绵密、细致的考证功夫。杨先生有多篇考证文章传世，每篇都提出一个问题，解决一个问题，结论确凿、可靠，宛如板上钉钉，成为铁案，如《〈龙华会章程〉主属考》[5]《袁世凯〈戊戌纪略〉的真实性及其相关问题》[6]《汤化龙密电辨讹》[7]等文。特别应该提到的是杨先生对胡汉民的研究。哈佛大学藏有大量胡汉民往来信札，其中充斥着各种隐语、暗语、密语，如四工、工、延、福、门、门神、蒋门神、阿门、容

---

[1] 见杨天石：《找寻真实的蒋介石：蒋介石及其日记解读（五卷本）》第二卷《内外政策与抗日战争》，三联书店（香港）有限公司，2022年6月，第121-142页。

[2] 见杨天石：《找寻真实的蒋介石：蒋介石及其日记解读（五卷本）》第四卷《内战再起与统治崩溃》，三联书店（香港）有限公司，2022年6月，第211-226页。

[3] 见杨天石：《找寻真实的蒋介石：蒋介石及其日记解读（五卷本）》第一卷《早年经历、北伐战争与"清党"反共》，三联书店（香港）有限公司，2022年6月，第79-102页。

[4] 见杨天石：《找寻真实的蒋介石：蒋介石及其日记解读（五卷本）》第三卷《抗战外交》，三联书店（香港）有限公司，2022年6月，第21-56页。

[5] 见杨天石：《孙中山新探》，三联书店（香港）有限公司，2022年，第133-140页。

[6] 见杨天石：《晚清史要》，三联书店（香港）有限公司，2022年，第34-147页。

[7] 见杨天石：《晚清史要》，三联书店（香港）有限公司，2022年，第317-331页。

甫、水云、远、马、马鸣、衣、力、黄梅、秋梦、不、不孤、跛、跛哥、桂矮、矮仔、某兄、爵、史姑娘、马二先生、香山后人、渔洋后人、八字脚等等，均不知所指。杨先生一一考析，指出"门、门神、蒋门神"，代指蒋介石；"不孤""不"，代指李宗仁；"史姑娘"，代指何键。破解这些暗语和代号，需要细致绵密的考证和历史文化知识的深厚素养。例如，破解李宗仁的代号，需要知道《论语》中"以德为邻，则不孤"一语。破解"容甫""水云"这两个代号，需要知道宋代词人汪东和清代学者汪中。破解"史姑娘"这一代号，需要知道《红楼梦》中的人物史湘云。只有在这些难关一一突破之后，才能读懂胡汉民上述信札，发现长期不为人知的20世纪30年代中国政坛的内幕：胡汉民曾广泛联络各方力量，发动武装斗争，欲推翻蒋介石新建立的南京国民政府。

四是文字表达功夫。杨先生毕业于北大中文系，有较好的文字功底。文章不仅数量多，而且质量高。杨先生说过，"一名优秀的历史学家，文章要符合八字要求——准确、流畅、精练、生动，其中最核心的就是准确。"[1] 杨先生的文字，逻辑严谨，冷静平实。简练、准确而不失优美，几无废话、套话、空话，能够紧紧抓住读者，让读者领略到文字的魅力。

是专才，又是难有的学术通才

有人可能认为，杨先生缺乏对社会史、经济史的关注，注重上层精英，缺少对底层民众的关怀。诚然。这是杨先生史学研究的弱点和不足，但是，任何史家的研究都不可能面面俱到，应有尽有。史家总会有个人的好恶取舍。依笔者浅见，杨先生的若干单篇文章，每篇都值得细细品味，但相互之间关联性不强。这种片段式的研究可以细致入微，为

---

[1] 杨天石：《"竭泽而渔"的秘档探究者》，见 https://mp.weixin.qq.com/s/cakwpOppg7XcJLBcp8gpTA.

读者提供丰富的思考空间。但从整体上看，则相对松散，缺乏系统的、连贯的逻辑链条和一以贯之的总体把握，难以形成完整的学术体系。就像在沙滩上捡拾贝壳一样，每一粒珍珠都有其独特的魅力和价值，但集中一起，却难以成为一串璀璨的项链。

尽管如此，求真求实，这是杨先生作为史家的始终追求。杨先生十分欣赏、推崇恩格斯在《反杜林论》中提出的观点："原则不是研究的出发点，而是它终了的结果。""不是自然界和人类要适合于原则，而是相反地，原则只是在其适合于自然界和历史之时才是正确的。"对于这一条唯物主义的思想原则，杨先生说："多年来，我一直坚持认为，史实比原则重要，史实是历史研究的出发点，也是检验历史著作科学性最重要的标准。我觉得，过去，我们的历史研究最大的毛病就是'从原则出发'。"[1]杨先生在其几十年的学术生涯中，始终坚持从史实出发，从而构筑起自己的学术大厦。

杨先生的经历很有点传奇色彩。20世纪50年代，杨先生以优异成绩考入北大中文系读书，对古代文学、近代文学下过很深的工夫。由于不满当时的反右扩大化，他为一位在解放前即参加地下党的同学辩护，被视为"严重右倾，丧失立场"；由于表示"今后要通过学术为社会主义服务"，被认为走"白专"道路，在"插红旗、拔白旗"的运动中受到全校性批判。毕业时虽学业优秀，却被分配到北京远郊的培养拖拉机手的短训班，后来被调往北京师范大学附属中学教书。他兢兢业业，教学成绩突出，深受学生爱戴，有"杨天才"之称。工作繁忙，但杨先生研究学术之志难泯，长期坚持课余研究。初时写作《南社》《黄遵宪》等书，一度被视为"新生的资产阶级知识分子"。"文革"爆发，他被视

---

[1] 杨天石：《过去历史研究最大的毛病就是"从原则出发"》，见 http://www.aisixiang.com/data/96984.html

为"北大陆平黑帮精心培养的修正主义苗子",或被视为"资产阶级反动权威",由领导有意抛出,因此被打入"第三劳改队"。1970年8月庐山会议,毛泽东提出批判唯心主义先验论,杨先生应中华书局之邀,迅速写成《王阳明》一书,初版高达30万2000册。此后,杨先生一边协助病卧在床的哲学研究所的吴则虞教授编辑《中国佛学思想文选》,一边写作《泰州学派》《朱熹及其哲学》等书。这在"文革"动乱期间是很少有的。

很长时期内,中国思想史的权威侯外庐等教授都高度评价明末的泰州学派,誉之为富有人民性和异端色彩的唯物主义学派,杨先生不同意,写文章唱反调,指名与侯外庐等权威"商榷",编辑部将稿件送交侯外庐审阅,侯先生认为文章是讲道理的,不仅同意发表,而且要求人事干部将杨先生调到自己领导的历史研究所的思想史研究室工作,可惜未有结果。1974年,杨先生又因《论辛亥革命前的国粹主义思潮》一文受到近代史研究所学者的注重,被邀参加"协作"。从1974年到1978年,杨先生以业余时间参加所内项目南社的研究,后来并经副所长李新教授同意,参加《中华民国史》第一编的写作。杨先生并没有因此减少在原中学的工作负担,不拿近代史研究所的工资和任何一份报酬,是名副其实的"义工"。杨先生如此,只为取得在近代史研究所读书、阅览的权利。直到1978年4月,杨先生才被李新教授拍板定案,费了九牛二虎之力,调入中国社会科学院近代史研究所中华民国史研究组(后改室)。

杨先生初习中国文学,继而研究中国哲学,终而研究中国近现代的历史,前后跨越文、哲、史三个学科,都卓然成家。他可以说,是专才,又是很难得的少有的通才。

自序

本书是《杨天石文集》中的一种，收录本人所写有关中国古代文学研究的论文、读书札记或随笔，共 44 篇，陆续写成于几十年间，体裁不同，风格亦有区别。其中十余篇录自未刊手稿，尚是第一次与读者见面。

我报考大学时以北京大学中文系新闻学专业作为第一志愿，试图走从新闻记者到作家的途径。入学后划分专业，在新闻学和汉语言文学两个专业中，我选择了后者。读到大学三年级的时候，汉语言文学专业再细分为语言和文学两个专门化。我选择了文学专门化。我原来的理想是写诗、写小说、当作家，后来才转变为研究文学，特别是研究中国文学的发展历程和经验。

在中学时，我喜欢读中国的古诗。唐诗是中国古典诗歌的高峰，我想研究这一高峰形成的原因，为新中国的诗歌发展提供借鉴。于是，我大量购置唐代诗人的总集、别集、选集。从"初唐四杰"到晚唐的皮日休和陆龟蒙，唐代诗人的作品集我大体上都买齐了。自然，我第一个关注的是李白。在研究过程中，我发现李白一生最佩服的人是南齐诗人谢朓。谢朓字玄晖，做过安徽宣城太守，因此被称为"谢宣城"。其诗善于描绘江南山水，形容清澈流淌的江水有"澄江静如练"之句，这句诗使李白赞叹不已，赋诗云："解道澄江净如练，令人长忆谢玄晖。"由于李白一再称赞谢朓诗的艺术成就，所以清人王士禛曾赋诗称李白"一生低首谢宣城"。恃才傲物、狂放不羁的李白为何一辈子在谢朓面前低头，这是我想探求的秘密。我仔细研读谢朓的作品及其相关资料，连一向不为人注意的赋体作品都逐字逐句地探索。为此，我甚至持书向为我们讲授这一段的冯钟芸教授请教。冯教授惊讶地叹道："你读书这样细致呀！"

1958年，北京大学开展以"兴无灭资"为口号的"拔白旗、插红旗"运动。部分教授，例如为我们讲授唐代诗歌的林庚教授就被视为"白旗"，成为学生们的批判对象。最初，我们办了个油印刊物，我写了一篇《孕育了陈子昂的是上升发展的时代高潮吗？——与林庚先生商榷》，以唐代杰出诗人陈子昂的自身坎坷经历说明不存在所谓"盛唐气象"。不久这篇文章即被《光明日报》的编辑选中，发表在报纸上。当时，北大全校的"拔白旗，插红旗"运动正走向高潮。我们班的团支部书记黄衍伯同学提出，放弃暑假，集中全年级同学的力量，集体编一部《中国文学史》，高高举起无产阶级的红旗来，我表示积极支持。有同学担心在艺术分析能力方面，我们可能赶不上教授们。那时，我不知天高地厚，力言这方面我们也行，于是立即贴出大字报提出倡议。大字报迅速得到全年级三个文学班的响应。大部分同学都报名参加写书，按时代先后成立起各种写作小组来。

我被分配到隋唐五代组，组长是二班的孙玉石同学。我被任命为副组长。大概是那时认为我对唐代文学比较熟悉，业务上还行吧。

在哲学史研究方面，苏联流行一种说法：一部哲学史就是一部唯物主义和唯心主义的斗争史。那时，茅盾正在《文艺报》上连载《夜读偶记》，该文除认为民间文学是主流外，还参考苏联哲学史学界的看法，认为文学史就是一部现实主义和反现实主义的斗争史。我们接受这一看法，以之作为拟编的《中国文学史》的指导思想。李白是伟大的浪漫主义诗人，杜甫是伟大的现实主义诗人。这些方面，我们之间没有争议。为了写好这两章，我将同班的张少康同学从别的组要过来，请他撰写有关章节。我自己则负责撰写唐代文学研究中的弱点《白居易和中晚唐现实主义文学的发展》。

当时，凡是反映民生疾苦的作家和作品，我们都冠之以现实主义的徽号；凡是写隐逸遁世思想的作家和作品，我们就贬之为反现实主义。例如当时福建官吏常取幼童，割去其生殖器，使之为奴，海盐诗人顾况为此写过一首诗，题名《囝》，反映这批童奴的悲惨遭遇和生活，我们即称之为现实主义作家，但是，其人晚年隐居茅山，自号华阳真逸。对于这种情况，我们就不置一词了。与顾况相反，李商隐则被定为反现实主义作家，尽管他也写过不少忧国忧民的作品，例如《行次西郊作一百韵》诸篇，哀叹民生凋敝，被认为与杜甫诗的精神相通。前人称，"读义山诗，悠然想见其当日之心，而知夫少陵而后仅一遇焉者也"。[1]但是这一切我们还不知道，我们知道的是他《登乐游原》中的名句："夕阳无限好，只是近黄昏。"此诗被认为"充满了王朝末日的感伤和士大夫不可排遣的悲哀"，于是，李商隐被定为反现实主义作家，同时被定性为反现实主义的还有著名山水诗人王维，以韦应物、刘长卿为代表的隐逸诗派，以卢纶、钱起为代表的大历十才子，以韩愈为首，包括孟郊、贾岛在内的苦吟诗派等。自称"寻章摘句老雕虫"的李贺，被认为是晚唐唯美主义诗风的开路人而加以否定。我们虽承认杜牧其个别作品"有一些爱国思想"，但立即批判其态度冷漠，只引用了其著名的《山行》一诗后就轻轻带过。其实，中国传统知识分子

---

[1] 姜炳璋选释《选玉溪生诗补说》，南开大学出版社1985年4月版，第36页。

在不同处境下，其生活态度和志趣常有不同，所谓"达则兼济天下，穷则独善其身"，一体两面，其诗作出现积极、消极情绪的混合交叉本是常见现象，和创作方法无关，更和现实主义、反现实主义的斗争无关。我将意见反映到组里，意在证明所谓现实主义和反现实主义斗争的公式不能成立。组里要我办个展览，将现实主义作家的反现实主义作品和反现实主义作家的现实主义作品一一展示罗列。这对我来说并不困难，因为这些作家的诗集、文集我都有，小型展览很快办成，摆在一间卧室的桌子上。孰知我的组员略一浏览之后，一句话就否定了我的挑战。哪句话？"要看本质，看主流"。

1960年2月6日，陈素琰同学代表我们的集体在全国学生第十七届代表大会上说："有一个晚上10点过了，隋唐五代组的同学们在讨论一个同学提出的大纲，那个大纲说唐代诗人李商隐、杜牧等有强烈的爱国主义精神。大家不同意这种看法，认为这种说法对这两位诗人评价过高，虽然这两位诗人也有好诗，艺术成就较高，但也应该看到他们身上带有没落的封建士大夫思想。这位同学起初认为大家不掌握材料，而自己掌握大量材料，有发言权，于是大家连夜分头阅读材料到天明，继续讨论，最后证明大多数人的意见是正确的。"[1]

发言中所称"一个同学"，指的就是我。其实，我和大家的分歧并不在于李商隐和杜牧是否具有爱国主义精神及其精神强烈与否，而在于能不能将这两位定为"反现实主义作家"。陈素琰同学当时不在隋唐五代组，会上所言当是根据汇报或传言，因此细节不大准确，所称"连夜分头阅读材料"也与举办小型展览的情节不合，但所言我和"大家"发生过分歧和争论，则大体符合事实。

---

[1] 陈素琰：《毛泽东思想引导着我们胜利前进》，《战斗的集体——北京大学中文系1955级毕业纪念》，1960年自印本。

我的挑战失败了。于是只能按"大家"所定的现实主义、反现实主义的模式写，在稿件中突出了主线，安排了《现实主义文学运动的先驱》《现实主义文学运动的理论基础》《白居易的生平和创作道路》《晚唐现实主义文学的发展》等章节。这些部分，我用力较大。当然，作为其对立面，也安排了《白居易后期诗歌的反现实主义倾向》《中晚唐反现实主义诗派》等少数章节。

我写完初稿后，著名的近代文学专家阿英先生提出，全书不可以没有辛亥革命时期的文学团体南社，我被派补写这一部分。当时，北大旧期刊存放在外文楼楼顶，我便天天爬楼，阅读古色古香的线装版《南社丛刻》。北大所存不全，我便联系阿英，到他位于城内棉花胡同的住所去借。承他盛情，将全套《南社丛刻》二十余本借给我这个二十多岁又与他素不相识的年轻人。我根据这批资料，很快写成《革命的文学团体——南社》，作为《资产阶级革命民主主义的文学》中的一节，补进全书。这是我研究南社的起点，也是我后来调入近代史研究所，研究中华民国史的起缘。

我在完成所承担的任务后，奉命将初稿交给二班的孙绍振同学去修改，我自己和一位名叫贺瑞君的女同学被派到丰台桥梁厂去写工厂史——《长桥万里》。二班的黄修己同学已经在那里工作了一段时间，他孤身一人单干，我们去是为加强力量。

孙绍振接手我的文学史初稿后，认为我的稿子资料丰富，较之前人有不少新的开掘和发现，还不错。大跃进时期，什么都快。1958年7月31日，北京大学党委号召科学跃进，8月1日，我们三十多个同学动手编写《中国文学史》，至同年9月5日完成后交给人民文学出版社，为时约40天，共77万3000字。出版社的编辑和我们年级的少数学生，共同下厂，通力协作，24天后全书出版，向国庆献礼。书分上下两册。用的是红色封面，所以这套书就被称为"红皮本《中国文学史"。9月27日，《光明日报》发表社论，题为《出版工作的新方向》，内称这"不仅是在我国文化革命高潮中出现的新气象，同时为出版工作者与学术界新兵的合作提供了一个崭新的范例"。11月17日，《中国青年报》发表社论，鼓励年轻人"敢于想前辈不敢想的东西，敢于做别人没有做过的东西"。

"红皮本《中国文学史》"出版后，为了继续革命，1955级文学专门化的同学又分别组织《毛泽东文艺思想概论》《中国小说史》《近代诗选》三个小组。我和孙静、孙钦善、陈丹晨、刘彦成、陈铁民、李坦然等参加《近代诗选》小组，选录并注释鸦片战争至五四前夜的中国旧体诗，想在古书注释这一领域也"插上红旗"。工作过程中，小组成员陆续调做其他研究，小组人数越来越少，最后只剩下我和季镇淮教授二人。这项工作一直做到我毕业后，仍在做，仍在改，直到1963年该书由人民文学出版社出版。

我对于将李商隐等定为反现实主义作家始终不服，此后，以个人名义陆续写成《三说李商隐》，一为《王充以后又一人》，一为《古来情语爱迷离》，一为《牙旗玉帐真忧国》，全面分析诗人的反孔和爱国思想，也分析其名为《无题》而实写爱情的多首名作。这三篇算是表达了我当时对所谓现实主义斗争公式的一点质疑，现在都收在本书中，此外还写过一篇《补说李商隐》，现在也从旧稿中寻出，补入本书。当时在压力下所写原章节则一概未收。

"红皮本《中国文学史》"虽然受到各方哄抬，名声大噪，但是它有两个根本缺陷，一是简单化，二是粗暴化。1959年上半年，我们酝酿修改，季镇淮教授要我们写文章，提修改意见。我因为对唐代文学比较熟悉了，准备将研究领域下移，便选择了研究明代的公安派，现在本书中的《略论袁中郎的诗》就是这一状况下的作品。本文承季镇淮教授阅审，他认为"有价值"。

"红皮本《中国文学史》"的修改也很快,篇幅扩展到125万字,分四册,于1959年国庆节前出版。这部书,封面被改为黄色,所以后来被称为"黄皮本《中国文学史》"。

康生惯于"打人",阅后立即以此作为打人的石头,他于1959年11月27日致函说:"去年你们编写的《中国文学史》第一次出版的时候,也有过这样或那样的议论,说你们的书这也不行,那也不好。但是你们在党的支持下,没有被这股歪风邪气所吓倒,今天又重写了这部一百二十万字的新著。书摆在人们的面前,事实打破了人们的怀疑,右倾机会主义者对你们的各种雠言也不攻自破。"[1]

风向变了。人们还记得此前我曾反对将李商隐定为反现实主义作家,此次修改前,中文系党总支书记程贤策特别提起此事。新的修改本抛弃了现实主义和反现实主义斗争的提法,比较实事求是,而且欢迎教师参加合作。不过由于此前我已参加编注《近代诗选》,所以此次修改被调至近代组。

范文澜同志在其所著《中国近代史》中写道:"林则徐是中国封建文化优良部分的代表者,又是满清时代维新运动的重要先驱者。他在1830年(道光十年)与黄爵滋、龚自珍、魏源等结宣南诗社。这一小诗社中人,黄爵滋发动禁烟运动,龚、魏发动维新思潮,林则徐成为他们的首领……"但是,对于这一诗社,向来缺少研究。我和季镇淮师都很关心这一问题,受季师感染,我广泛查阅道光前后有关诸人的诗文别集,终于查清真相,发现范说不尽符合实际。写成文章后我送请季师审阅,他用墨笔作了修改。我坚持请他共同署名,他谦辞再三后才勉强同意。至今,我还保存着季师的墨笔改本。

---

[1]《康生同志给中文系1955级同学信》,《战斗的集体——北京大学中文系1955级毕业纪念》,1960年自印本。

此前的多种《中国文学史》一般都写到鸦片战争前夕即戛然而止。我们的"红皮本《中国文学史》"在阿英先生的关怀和指导下，增写了第七编《旧民主主义革命时期的文学》，使这一时期的文学史初具规模。从"红皮本"至"黄皮本《中国文学史》"，这一时期的文学史就写得比较完备了。我为"黄皮本"执笔的内容有林则徐、鸦片战争时期诗人、诗界革命、维新运动时期诗人、黄遵宪、康有为、梁启超、谭嗣同、丘逢甲、秋瑾，以及南社诗人柳亚子等人。

这些内容现在大部分收入本书，有些篇目如《风雷的召唤——论龚自珍的诗》《黄遵宪的生平、思想和创作》，并非出自黄皮本《中国文学史》，而是个人另作。至于该书中南社和柳亚子等革命诗人部分，由于2020年1月，在东方出版社和广东人民出版社共同出版的《杨天石文集》中已有《南社史三种》上下两册，为免重复，本书就不再收入。

进入1960年，学界开始反对修正主义、批判修正主义。这时我们觉得"黄皮本《中国文学史》"又似乎批判不够了，所以曾改写部分内容，印成内部本，但始终没有公开出版。我只记得，有位领导人到北大调查近几年学术研究中几次翻覆变化的情况，找我谈过话，问我："像李商隐这样和妓女打交道的作家有什么值得肯定的？"我感到，这大概又是听了什么汇报的结果，所以便无言，没有回答这一问题。

1965年，学术界发生关于晚清谴责小说评价的讨论。10月31日，文乃山教授在《光明日报》的副刊《文学遗产》第530期发表文章，认为李伯元等人的作品是"代表中国近百年来进步思想倾向的启蒙主义作品，是反对封建主义、帝国主义、爱国主义的作品"[1]。这显然是一种过高的、背离实际的评价。《文学遗产》原由社会科学院文学研究所主办，那时已改为《光明日报》自办。主持人章正续是老报人，承他邀约，我

---

[1]《李伯元作品的思想倾向初探》，《光明日报》1965年10月31日。

曾连续写过几篇文章,参加讨论。

"文革"期间,我无事可干。最初拟和好友陈漱渝君合写《鲁迅传》,也曾协助卧病在床的吴则虞教授编《中国佛教思想文选》,后来同学谭家健君建议写本《中国小说简史》,我欣然同意。于是分工合作。不过似乎一直没有写完,也就没有考虑出版。这就是现在本书中有几篇研究古典小说的未刊文章的原因。

陈旭麓教授曾主编过一套《中国近代史丛书》。我曾写过一本小册子,题名《黄遵宪》,完整地叙述黄遵宪的生平、思想,评述其诗歌作品和史学著作《日本国志》,蒙旭麓教授赏识,收入他主编的丛书,于1979年8月由上海人民出版社出版。本次个人编辑文集,我将该书改名为《黄遵宪传》,收入文集中的《思潮与人物》卷中。其他有关文章,则收入本书和《晚清史要》卷,敬请读者诸君留意。

我是中文系出身,1960年毕业离校以后,由中国文学转而研究中国哲学,又转而研究中国近代史和中华民国史。"钩挂三方来闯荡"。正确乎?错误乎?幸乎?不幸乎?

2022年4月26日急就

目　录

首都师范大学出版社版《寻求历史的谜底》序　　　　　　　金冲及
中国人民大学出版社版《杨天石文存》序　　　　　　　　　金冲及
《杨天石文集》序　　　　　　　　　　　　　　　　　　　刘梦溪
宽广的视野、深厚的功力　　　　　　　　　　　　　　　　王奇生
　　——2023年4月19日在香港三联书店读者见面会上的讲话
自序　　　　　　　　　　　　　　　　　　　　　　　　　杨天石

"城中好高髻"的联想　　　　　　　　　　　　　　　　　　1

向西汉新贵族敲响的警钟　　　　　　　　　　　　　　　　4
　　——读枚乘辞赋《七发》
　　一、"楚太子"的"病"源于生活"奢侈"　　　　　　　4
　　二、政治规劝　　　　　　　　　　　　　　　　　　　7
　　三、生活腐朽与政治变质　　　　　　　　　　　　　　9

李白最佩服的南齐诗人谢朓　　　　　　　　　　　　　　　11
　　一、南齐的杰出诗人　　　　　　　　　　　　　　　　11
　　二、山水诗的成就超过谢灵运　　　　　　　　　　　　20

孕育了陈子昂的是上升发展的时代高潮吗？　　　　　　　　26
　　——与林庚先生商榷

说王维《终南山》诗中的"隔水"二字　　　　　　　　　　30

两句唐诗的启示　　　　　　　　　　　　　　　　　　　　32

唐诗现实主义运动的先驱　　　　　　　　　　　　　　　　34
　　元结（723—772）、顾况（727—815）和《箧中集》　　34

I

白居易的生平和创作道路	39
唐诗现实主义文学运动的理论基础	43
白居易诗歌的人民性	48
一、对统治阶级骄奢淫逸的揭露与鞭挞	48
二、边疆各族侵扰与统治阶级昏庸无能	50
三、残酷的剥削与压迫	51
四、反对穷兵黩武的战争，关心妇女、寒士和穷苦农民	53
白居易诗歌的艺术性	56
附论：《长恨歌》与《琵琶行》	62
白居易后期诗歌的消极倾向	66
新乐府运动的其他参加者	70
张籍（768—830）、王建（765—830）、元稹（779—831）、李绅（772—846）	70
三说李商隐	76
王充以后又一人	76
古来情语爱迷离	78
牙旗玉帐真忧国	81
补说李商隐	84
——政治讽刺诗第一人	
晚唐皮日休等人的现实主义诗潮再兴	91
杜牧的《清明》诗	96
朱熹的"变天"诗	98
南宋词述略	102

《水浒传》的伟大成就及其悲剧结局　　106
- 农民革命风暴的产物　　106
- 官逼民反　　108
- 以暴抗暴的革命颂歌　　110
- 人民英雄赞　　113
- 受招安的悲剧结局　　116
- 《水浒传》的艺术性　　118

宋江与儒学　　124
——旁门说《水浒传》之一
- "隐恶扬善"　　124
- 尊卑"有序"　　125
- "理合如此"　　125

宋江之死与忠义之道　　127
——旁门说《水浒传》之二

金圣叹砍《水浒传》和明末农民起义　　131
- 金圣叹的"当世之忧"　　131
- 明朝政府招安政策的破产　　133
- 掩盖了宋江投降派的真面目　　135

论《西游记》　　138
- 一、从宗教故事向神话的演化　　138
- 二、吴承恩的生平和思想　　140
- 三、孙悟空　　142
- 四、唐僧和猪八戒　　146
- 五、"佛法无边"与其他　　148
- 六、《西游记》的艺术性　　149

《西游记》的情节衍变与主题虚化   154
    一、《西游记》没有主题   154
    二、无数民间说书人和戏曲艺人的创作   155
    三、宗教故事的骨架与说书人敷施的血肉   155
    四、神话中的世态与人间影子   156

论《杨家将传》   158

论《封神演义》   161
    突出地表现"诛暴君"的思想   161
    商纣王式的统治者可以推翻   162

论《金瓶梅》   166

略谈袁中郎的诗   170

为商民呼吁的袁中郎诗   182

从刘效祖的《挂枝儿》说到艺术的露与藏   185

晚明文学理论中的"情真"说   188
    一、一个新的文学价值观的提出   188
    二、尊"情"黜"性"，反对道学，反对封建说教   190
    三、反对拟古主义，提倡表现自家真面目   196
    四、历史功过   198

关于宣南诗社   200
    一、成立始末与活动情况   201
    二、"国家闲暇可清吟"   204
    三、林则徐、龚自珍等人和宣南诗社的关系   205
    四、宣南诗社传说的产生   206

西郊落花何处寻 209
——读龚自珍《西郊落花歌》

风雷的召唤 213
——论龚自珍的诗
  一、抨击专制，憧憬新时代、新人材 214
  二、瑰玮奇异，汪洋恣肆，独辟新境界 224
  三、影响了一个时代的诗人和诗作 230

龚自珍的戒诗与学佛 233
  一、"观心"与"戒诗" 233
  二、第二次"戒诗" 236
  三、"戒诗"与逃禅 237
  四、先进思想家的痛苦与挣扎 240

鸦片战争时期诗人（上） 242
  魏源 242
  林则徐 245
    附：青史毕竟有是非——读林则徐诗有感 248
  张维屏 252
    附：读张维屏《新雷》诗 255
  朱琦 257
  林昌彝和《射鹰楼诗话》 258

鸦片战争时期诗人（下） 261
  陆嵩 261
  黄燮清 263
  姚燮 265
  贝青乔 267
  无名氏的讽刺诗 269

黄遵宪的生平、思想和创作 273
  一、黄遵宪的生平与思想 273
  二、黄遵宪的文学主张 277
  三、黄遵宪的诗作 281

晚清的"诗界革命" 288

康有为、梁启超、谭嗣同、蒋智由、丘逢甲等新派诗人 294
  康有为 294
  梁启超 298
  谭嗣同 301
    附：谭嗣同的《狱中题壁》诗 305
  蒋智由 307
    附：《奴才好》不是邹容的作品 309
  丘逢甲 310

论晚清"谴责小说"的揭露和谴责 312
  揭露和谴责了什么？提出了什么样的社会改革方案？ 312
  这是哪个阶级的揭露和谴责？从属于什么样的政治路线？怎样认识它们的社会作用？ 317
  批判几种对"谴责小说"的揭露与谴责的错误认识 320

歪曲晚清现实的《文明小史》 325
  一、如何描写新的社会阶层 326
  二、如何描写新的斗争 330
  三、理想人物 331

从《庚子国变弹词》看李伯元作品的思想倾向 335
  一、污蔑义和团，为中外反动派对义和团的血腥镇压拍手叫好 336

二、美化帝国主义，为侵略者开脱罪责	338
三、宣扬帝国主义的武力，鼓吹妥协求和	340
四、美化出卖民族利益的统治者，散播对清王朝的幻想	342

晚清小说中的复古主义思潮   345
  一、宣扬旧道德   345
  二、贬抑新思潮   348
  三、对民主革命的恐惧和对抗   352

陈范与《红楼梦》研究   354

曾朴传   357

陈三立传   361

"城中好高髻"的联想

好多年前,我在大学读书的时候,读到一首汉代民谣:"城中好高髻,四方高一尺;城中好广眉,四方且半额;城中好大袖,四方全匹帛。"说的是汉代时尚流行的情况。据考,汉代京师贵族女子崇尚高髻、广眉、大袖,各地群起效法,结果愈来愈发展,愈来愈强化,于是头发梳得愈来愈高,高至一尺以上;眉毛愈画愈宽,以致宽到遮住半个额头;衣袖愈做愈大,以致耗费整匹绸缎。

这是一首很有哲理、富有警示意味的歌谣。何以然呢?

世间万事万物都有度。在一定的条件下,一定的范围内,它是合理的,但是,超过了一定条件,一定范围,它就变成不合理了。例如,头发梳得高一点,眉毛画得宽一点,衣袖做得宽松一点,也许很美;但是,过高、过宽、过大,也许就成了怪物,由美变丑了。这就是掌握"度"的重要性。我们的老祖宗说"过犹不及",意思是说:过度与不足,左和右是两个极端,都不可取,必须"执两用中",在左与右的两个极端中取其"中"。这里所说的"中",就是"度",也就是合理的分寸。

这让我想起1958年的事情来了。那时候,上面提倡深耕、密植,以增加农业生产，目的也许是不错的。但是，下面却愈耕愈深，愈植愈密。有一次我所在的班级到京郊平谷县（今平谷区）东鹿角村锻炼，和村民们一起深耕。好家伙，那地几乎挖了两人深，站在地底要费好大劲儿才能把土甩到地面上。自然，来年严重减产，丰收的希望变成了歉收的懊恼。为何？耕得过深的结果是，适宜谷物生长的熟土层被破坏，不适宜谷物生长的生土被翻到了上面，不减产才怪呢！

那年头，这样的例子似乎不少。上面号召大炼钢铁，下面就全民炼钢，处处炼钢，人人炼钢。记得我所在的北京大学提出，国家争取年产1070万吨钢，北大要争取年产1070吨钢。于是我们立即行动，在宿舍旁就地挖坑，从教授家中的壁炉上拆来耐火砖，从卧室床上拆来铁制脚蹬子、煤炭、劈柴、废铁，混置共冶，轰轰烈烈地炼起"炒钢"来，自然，炼出的是一堆废渣。河北省有一个徐水县（今保定徐水区），为了响应上面"大跃进"的号召，提出"跑步进入共产主义"。那"跑步"的时间原定三年，不久就听说已经进入"共产主义"了，于是大家纷纷去"取经"，参观那靠"红薯"撑饱肚皮的"共产主义"。遗憾的是，很快连"红薯"也供应匮乏了。

"城中好高髻，四方高一尺。"这首民谣所描述的是民间"时尚"的变形走样，然而它同样适用于其他领域。例如，一种"主张"，或者一种"号召"，提出之后，经过流传推行，就可能层层加码，愈演愈烈，以致完全扭曲。聪明的领导者要了解这一"规律"，自觉地加以制止。汉代的政治家们就很懂这一点，汉代不止一个人阐述过这首民谣的警示意义，认为它可以告诉人们："改政移风，必有其本。上之所好，下必甚焉。"那意思是：上面不仅要慎其所"好"，而且要严防下面发展为"甚"。好事一过头就会成为坏事，真理往前一步就是荒谬。至于坏的决策呢，一"甚"起来，可就惨了！

走笔至此，想起老一辈著名漫画家丰子恺。他在1956年11月发表过一幅漫画：三个古装女人，一个高髻冲天，一个阔眉蔽额，一个大袖扫地，奇形怪状，毫无美感可言。那画的题目就是"城中好高髻"，显然，老画家是看出了这首民谣所包含的哲理或警示意义的。然而，不幸的是，这幅漫画后来却被视为"反党、反社会主义的大毒草"。其批判词有云："当时正是匈牙利反革命事件爆发不久，国内外反动派蠢蠢欲动的时刻，正处在右派分子猖狂向党进攻的前夕，一贯反共的老手丰子恺，立刻跳出来，配合了这股反革命的气焰，利用他'小中能见大''弦外有余音'的反革命伎俩，首先向党发起进攻。"云云。

想起此事，不禁感慨系之！

录自杨天石著《当代学人精品：杨天石卷》，广东人民出版社2016年版。

向西汉新贵族敲响的警钟

——读枚乘辞赋《七发》

在西汉前期的辞赋中，枚乘的《七发》是篇很有特色的作品。

《七发》属于骚体流派，但又有创新发展。它批判两汉新贵族的腐朽生活，含蓄地讽喻吴王刘濞的分裂、复辟行为，今天读起来还能给人不少启发。

一、"楚太子"的"病"源于生活"奢侈"

枚乘（约前210—前138？），字叔，淮阴人。生活于汉文帝、汉景帝时代，曾在吴王刘濞和梁孝王刘武下边做过文学侍从之臣。死于汉武帝初年。

"楚太子有疾，而吴客往问之。"《七发》一开头就痛骂贵族的腐化，指出楚太子已经得了重病。正是：邪气侵犯，心烦意闷；耳聋目暗，神智昏昏；体衰力竭，百病齐生。文章向他们大喝，长此不治，"大命乃倾"，就要完蛋了。

枚乘认为，腐朽的生活方式乃是得病的根由。《七发》中，吴客向楚太子直率地指出，你的病，就是因为房子住得太好，饭菜吃得太油腻，衣服穿得过暖，伺候的美女太多，日夜纵欲享乐的结果。吴客说：放纵耳目的欲望，追求肢体的安逸，就会影响血脉的和畅，进进出出离不开车子，就是瘫痪的预兆。幽深清凉的宫室是寒热病的媒介，妖姬美女是砍伐生命的利斧，美酒佳肴是烂肠的毒药。吴客认为，迷恋腐朽的生活就等于是甘心吃毒药，在猛兽的爪牙下面戏耍，必将断送自己的健康和生命。

枚乘的这些思想，是值得人们永远记取的真理。

枚乘认为，要治疗纵欲享乐病必须首先治疗病人的思想。文章中，吴客曾从音乐、饮食、车马、宫苑、打猎、观涛等方面去启发楚太子。当吴客谈到打猎、观涛时，楚太子的面部有了喜色。最后，吴客表示要推荐春秋战国时期的各派思想家来，共同"论天下之精微，理万物之是非"，让楚太子听到世界上最精妙的理论——"要言妙道"，于是，楚太子出了一身大汗，一场重病突然好了。

治病要治根。打猎固然可以活动筋骨，观涛可以新耳目，但是，关键在思想。当一个人能正确地认识"万物之是非"时，他必然能脱离低级趣味。志趣改变了，就会鄙弃腐朽的生活方式；真理的阳光晒到了，毒菌就会灭亡；思想境界提高了，精神就会振奋。对于一切迷恋腐朽生活的病者来说，枚乘所开出的都是一剂对症的良方。

西汉初期，新兴地主阶级曾经是革命的、生气勃勃的；限于长期战争以后的社会经济条件，这一阶级的政治代表人物的生活也是比较俭朴的。据历史记载，当时连皇帝都准备不出四匹毛色纯一的马来驾车，有些将相则只能坐牛车。汉文帝刘恒在位二十三年，没有大规模地增建过宫室园林，穿戴、车马、玩好等也不讲究。一次修建露台，约需费用百金，刘恒嫌花钱多，就没有建。他还要求自己的妃子衣服不得拖地，帏帐不得刺绣，用以提倡"敦朴"的社会风气。

对于工商奴隶主的腐朽生活，新兴地主阶级也曾试图从某些方面加以限制，例如刘邦曾经命令商人不得衣丝乘车，加重对商人的租税等。但是到了枚乘生活年代的后期，情况就大不一样了。当时，工商奴隶主的生活已经奢侈得非常惊人，他们"衣必文采，食必粱肉"，连墙壁都装饰着绣花丝绸。新兴地主阶级的很大一部分人生活已经严重腐朽，皇族、公卿大夫等官僚们学着工商奴隶主的样子，"争于奢侈"，住的房子，坐的车子，穿的衣服都越出了自己的等级，"僭于上，无限度"。这些新贵族们已经突破了地主阶级法律所划定的界限，"无限度"地扩大了自己的享受特权。他们有的人，老婆多到几百个，儿子生到一百二十多个，园林大到方广三百余里。有的则公开扬言，做了"王"，就应该每天"听音乐，御声色"，任意胡搞。

生活上腐朽的程度增加一分，革命朝气就要减退十分。这些新贵族们虽然原属于新兴地主阶级，但是，他们的生活糜烂到了这种程度，哪里还会有什么革命朝气！哪里还会保持得住西汉初期的那种生气勃勃的精神！在腐朽生活的臭泥塘里，他们已经被淹得奄奄一息，像"楚太子"一样得了重病，快完蛋了。

枚乘的时代，汉王朝北部还存在着匈奴奴隶主侵扰的严重威胁，中原、东南等地区的奴隶主复辟势力也正在磨刀霍霍，伺机蠢动，新兴地主阶级专政亟待巩固。当时的先进思想人物都反对腐朽的生活，贾谊激烈地批判过那正在一天天发展的"淫侈之俗"，晁错也曾总结过赵高篡权后秦王朝"宫室过度，嗜欲无极"的经验教训。枚乘和贾谊、晁错的立场一致，所代表的是地主阶级较低的阶层，有一条争上游、鼓干劲的路线。他不愿意看到本阶级分子的糜烂、堕落，期望他们能从臭泥塘里爬出来，关心巩固新兴地主阶级专政的"天下"大事。《七发》是枚乘投向腐败的新贵族们的一把批判的匕首，又是向他们敲起的一声洪亮的警钟。

二、政治规劝

《七发》还有着它的言外之意。

《七发》中，吴客曾经对楚太子说："今时天下安宁，四宇和平。"从这一点看，它应该写作于吴王刘濞等发动叛乱之前，是给吴国贵族们看的。

刘濞是刘邦的侄子，年轻时曾经参加过平定淮南王英布叛乱的战斗。出于巩固东南地区的需要被刘邦封为吴王，统领三郡五十三城。分封制是奴隶制的残余痕迹，被分封的诸侯王在政治、经济、军事等方面都拥有很大的特权。刘濞利用这些特权，在封地内恢复奴隶制剥削，开矿冶铁，私铸钱币，煮海为盐，积聚了大量的商品和货币，"钱布天下"，生活上也日益腐朽。他修建了庞大的园林，搜罗了无数珍奇玩好，过着"富于天子"的奢侈生活。

政治上的反动和生活上的腐朽是相互联系、相互影响的。政治上反动，生活上一定腐朽；生活上腐朽，政治上也必然日趋反动。在财富增加的同时，刘濞政治上的野心和生活上的贪欲都无限制地膨胀起来。刘濞这个"暴发户"恨不得一下子把汉朝江山全部抢过来，化为自己皇座下面的私产。他长期装病不朝，暗中大搞阴谋，广泛招纳奴隶主、亡命徒和被汉王朝追捕的反革命，把刘邦对他的期望完全抛到脑后，秘密勾结北方的匈奴奴隶主，竭力反对西汉王朝限制和削弱诸侯王的特权，阴谋推翻中央政权。这样，刘濞这个新兴地主阶级的后代就堕落成为奴隶主复辟势力的代表。

刘濞的蜕变不是个别的例子，也不是一个偶然的现象，旧制度的残余只能滋生旧制度的政治代表，实行分封制的结果只能培养一茬又一茬的奴隶主复辟分子和分裂割据分子。刘邦时代，发动叛乱的有淮南王英布等一批新贵族，文帝刘恒时代，发动叛乱的有济北王刘兴居、淮南王刘长等新贵族，而在景帝刘启时代，和刘濞串连在一起的又有楚王、赵王、胶东王、胶西王、济南王、淄川王等又一批新贵族。他们在经过了长时期的准备后，正在揣时度力，待机求逞。

把《七发》放到这一政治斗争的背景中去考察，那么我们对它意义的认识就会更深一层。

《七发》中楚太子的病实际上是刘濞一类新贵族生活的写照。楚太子的病不仅是身体上的病，而且暗喻刘濞一类新贵族政治上的分裂病、复辟病。枚乘是在通过生活问题含蓄地对刘濞等进行政治上的规劝。《七发》中，吴客批评楚太子有"浩唐之心"，"浩唐"就是浩荡，它不是在隐约地批评刘濞之流正在膨胀的政治野心吗？《七发》中，吴客还曾建议楚太子，接触"世之君子"，"变度易意"。度就是计划，意就是念头，它不是在要求刘濞之流摆脱奴隶主势力的包围，亲近地主阶级，改变分裂、复辟的打算吗？"久执不废，大命乃倾"，这是妙语双关，警告刘濞之流，如固执不改，必然垮台完蛋。"论天下之精微，理万物之是非"，这是在建议刘濞之流研究研究理论问题，搞清楚何者为是，何者为非，不要逆历史潮流而动了。

由于枚乘是刘濞手下的臣子，也由于刘濞反对革命的事业还处在弯弓待发阶段，"其事尚隐"，所以枚乘只能这样苦心地、隐约地做文章。

在《七发》之外，枚乘还写过《上书谏吴王》和《上书重谏吴王》两篇文章，它们是《七发》的补充性的阐发。在《上书谏吴王》中，话还是暗示性的。"危于累卵，难于上天"，枚乘暗示刘濞：发动叛乱不仅危险，而且办不到；人如果做了"弃义背理"的事，只能自取灭亡。

当然，刘濞这种野心家是不会接受任何正确意见的，枚乘不愿意再在他身边待下去，便和邹阳等人一起离开了他，跑到梁孝王刘武手下。

公元前154年，刘濞公开发动叛乱，枚乘于是又写了《上书重谏吴王》。枚乘不了解，刘濞这种人不可能劝回头，只有使用武器的批判才是最有效的办法。总是劝啊，劝啊，这是枚乘的局限。

在《上书重谏吴王》中，由于刘濞反革命的弓箭已经射出，所以枚乘的话也就说得清楚明朗了。他警告刘濞，发动吴国的士兵去反抗西汉中央政权，就像用烂肉去碰利剑，一定要失败。然而，利令智昏，刘濞正在自称"东帝"，热烈地做着皇帝梦。他自以为有了几十年的准备，"积金钱，修兵革，聚谷食"，军事上、物质上都已经有了相当基础，必胜无疑。

一切反动派总是错误估计了形势，刘濞起兵不到三个月，就被打得兵败军散。卅年准备，一朝垮台，结果仓皇夜遁，被别人砍下脑袋，装在盒子里，到处传观。

《七发》中楚太子的"病"是好了，这反映了枚乘的善良愿望；现实中楚太子——刘濞的"病"却一天天严重，最终送掉大命，彻底完蛋，这反映了历史的规律。

历史上，凡是搞分裂、搞复辟的头子，大都是改不过来的。

三、生活腐朽与政治变质

尽管《七发》对刘濞之流没有发生作用，但是它所提出的问题却是有意义的。在阶级社会中，生活腐朽，政治变质乃是一个相当普遍的现象。

枚乘生活的时期，地主阶级从总体看，还是一个革命的阶级，它正在反对奴隶主复辟势力，力图巩固新兴的地主阶级的专政，因此它才可能提出这一问题。但是腐朽生活是剥削阶级、剥削制度的必然产物，新兴地主阶级毕竟是剥削阶级，它解决不了这个问题，历史上一切剥削阶级也都解决不了这个问题。

在《七发》中，枚乘提出以"要言妙道"来医治腐朽享乐病，这一思想有它的深刻性，但是剥削阶级不可能有这种真正的"要言妙道"。

彻底抵制腐朽的生活作风，永葆美妙的革命青春，这，只有无产阶级革命家才能做到。

方志敏同志曾经说过："为着阶级和民族的解放，为着党的事业的成功，我毫不希（稀）罕那华丽的大厦，宁愿居住在卑陋潮湿的茅棚；不希（稀）罕美味的西餐大菜，宁愿吞嚼刺口的苞粟和菜根；不希（稀）罕舒服柔软的钢丝床，宁愿睡在猪栏狗窠似的住所；不希（稀）罕闲逸，宁愿受一天做十六点钟工的劳苦……"

方志敏同志这段话所展示出来的乃是无产阶级最美好的精神境界，无产阶级之所以具有这样的精神境界，乃是因为它是代表先进生产力的劳动阶级，是肩负着解放全人类，彻底埋葬旧世界这一伟大任务的革命阶级，是拥有马克思主义这一"要言妙道"的阶级。

今天，我国还处在社会主义初级阶段，资产阶级法权和资产阶级思想影响还存在，有些人总想用尽一切办法来和我们较量，其中，资产阶级生活作风就是他们进攻和腐蚀我们的手段之一，而我们队伍中的一些意志薄弱者的蜕变也往往从生活作风开始。我们要坚持学习马克思主义，坚持限制资产阶级法权，坚持抵制资产阶级生活作风。

列宁曾经说过："小生产是经常地、每日每时地、自发地和大批地产生着资本主义和资产阶级的。"毛泽东由此指出："工人阶级一部分，党员一部分，也有这种情况。无产阶级中，机关工作人员中，都有发生资产阶级生活作风的。"对于我们队伍中的这种"一部分"，我们要建议他们读一读枚乘的《七发》，用马克思主义的"要言妙道"治一治自己的病。

录自杨天石未刊手稿。

李白最佩服的南齐诗人谢朓

月下沉吟久不归,古来相接眼中稀。

解道澄江净如练[1],令人长忆谢玄晖。

——李白

一、南齐的杰出诗人

谢朓,这一公元五世纪的南齐诗人,曾经博得过不少人的击节称叹。所谓"灵妙之心,英秀之骨,幽恬之气,俊慧之舌,一时无对"。[2]恃才傲物如李白,却"一生低首谢宣城",谢朓在诗歌艺术上的成就在很大程度上超过了他的同时代人。如果说,谢灵运是"元嘉之雄",那么,谢朓是可以被称为"永明之英"的。

在传留下来为数不算太多的诗人的作品中,谢朓一而再、再而三地

---

[1] 谢朓原诗《晚登三山还望京邑》为"余霞散成绮,澄江静如练。"李白在引用时改"静"为"净"。

[2] 钟惺、谭元春:《古诗归》。

表现了他的隐逸思想，表现了他离开尘俗的愿望。这种思想的出现绝非偶然，而是有其深刻的社会原因。

谢朓（464—499），字玄晖，后人为避讳，常写作元晖。因为他曾经做过安徽宣城太守，所以也被称为"谢宣城"。他与东晋诗人谢灵运齐名，谢灵运被称为"大谢"，谢朓则被称为"小谢"。原籍陈郡阳夏县（今河南太康）。宋孝武帝大明八年（464），生于丹阳郡建康县（今南京）。其家庭是贵族。祖父谢述，做过吴兴太守。父亲谢纬，任散骑侍郎，母亲是宋文帝的第五个女儿长城公主。因此，谢朓可以说是皇帝的外甥。

在谢朓出生前的第十九个年头里，这个家庭曾经有过一次大的灾难。诗人的大伯父谢综与其亲戚——《后汉书》的作者范晔谋反，事发被杀，二伯父谢约被牵连处死，谢纬被免死流放广州。直到孝建年中，谢纬才遇赦还京师。不过，到谢朓稍通人事的时候，这次风波已经平息，谢纬又已经官至正员侍郎了。然而，可以断定，这件事对于谢朓一生的思想与行事有很大影响。

据《南齐书》本传记载："朓少好学，有美名，文章清丽。"十九岁以后，开始踏上仕途。很快，就结识了正在广泛搜罗文士的竟陵王萧子良，成为他"西邸"的座上客。萧子良是南齐皇帝齐武帝萧赜的第二个儿子。在那里，谢朓与当时文坛上的一些知名人物，如沈约、王融、任昉等成为好友，是著名的"竟陵八友"之一。谢朓是个热情、豪放，有名士风度的人物。关于这些，《梁书》与《南史》中都还保存着一些记载。

> 江革，字休映……革幼而聪敏，早有才思……读书精力不倦……齐中书郎王融、吏部谢朓雅相钦重。朓尝宿卫，还过候革，时大雪，见革弊絮单席，而耽学不倦，嗟叹久之，乃脱所著襦，并手割半毡与革充卧具而去。
>
> ——《梁书·江革传》

>　　朓好奖人才，会稽孔觊粗有才笔，未为时知，孔珪尝令草让表以示朓，朓嗟吟良久，手自折简写之，谓珪曰："士子声名未立，应共奖成，无惜齿牙余论。"其好善如此。
>
>　　　　　　　　　　　　　　　——《南史·谢朓传》
>
>　　到洽，字茂㳂……洽少知名，清警有才学士行。谢朓文章盛于一时，见洽深相赏好，日引与谈论。
>
>　　　　　　　　　　　　　　　——《梁书·到洽传》
>
>　　诸葛璩，字幼玟……陈郡谢朓为东海太守，教曰："……处士诸葛璩，高风所渐，结辙前修……闻事亲有啜菽之窭，就养寡藜蒸之给，岂得独享万钟，而忘兹五秉？可饷谷百斛。"
>
>　　　　　　　　　　　　　　　——《梁书·诸葛璩传》

从上述记载里，不难看出，尽管谢朓一生没有离开过官场，然而他的为人，他的为官，却和南朝政权中腐败贪婪的官僚们有着显著的不同。

谢朓有自己的政治理想和事业心。他景慕三国时的孙权，赞美他的业绩："江海既无波，俯仰流英眄。""三光厌分景，书轨欲同荐。"（《和伏武昌登孙权故城》）[1]他也景慕自己的祖先，东晋时的政治家谢安和名将谢玄："阽危赖宗衮，微管寄明牧。长蛇固能剪，奔鲸自此曝。"（《和王著作融八公山》）对于当时中国南北分裂的局面，诗人也曾经有过"将标齐配，刻扫秦京。愿驰龙漠，饮马悬旌"的想法（《三日侍华光殿曲水宴代人应诏》）。诗人也曾一定程度流露过对贫苦人民生活的同情，其《赋贫民田》诗云："会是共治情，敢忘恤贫病。"这是整个南北朝甚至整个中国古代诗坛很少有人写过的题材。同诗云：

---

[1] 文中所引诗，如无说明又未加注者，均引自谢朓所著《谢宣城集》。

"敦本抑工商，均业省兼并"，又《始之宣城郡》诗云"烹鲜止贪竞，共治属廉耻"。重视农业，抑制工商，尽量不扰民，少扰民，防止贪欲和奔竞，以"廉耻"作为治理的道德规范。这固然是一种乌托邦，是一种儒家和道家思想混杂着的乌托邦，其中不无落后、消极的成分，然而诗人毕竟看出了社会矛盾所在，看出了社会的不合理之处，有其积极意义。

在《隋王鼓吹曲十首》的《入朝曲》中，诗人写道："献纳云台表，功名良可收。"云台本为汉代悬挂功臣名将图像的纪念性建筑，谢朓这样写，表明诗人对为国立功也曾有过艳羡和期待。

这里我们必须要比较着重地考察他和隋郡王萧子隆之间的关系。隋郡王萧子隆，是齐武帝萧赜的第八个儿子，在武帝诸子中，最以才貌见称。萧赜视之为曹操的儿子曹植，称之为"我家东阿"。谢朓在诗中也常常以隋郡王比拟曹植。萧子隆时任镇西将军、荆州刺史，掌控长江中游的核心地带。永明八年（490），谢朓曾为萧子隆写作《隋王鼓吹曲十首》，希望他将所属地区治理为清净、平和的世界："夫君迈惟德，江汉仰清和。"诗中，谢朓语重心长地表达了他的"百年如流水，寸心宁共知"的知己感，显然想辅助萧子隆做一番事业。"塘春多迭驾，言从伊与商。衮职眷英览，独善伊何忘。愿辍东都远，宏道侍云梁。"（《奉和隋王殿下十六首》之三）这里，谢朓不仅以商汤喻萧子隆，以伊尹自比，而且表示愿意永远追随萧子隆，为他效力。年轻的时候，正是把未来的一切都镀上一层黄金的时候，谢朓这时，也对未来满怀着幻想和希望。他后来在《思归赋》中称赞时任荆州刺史一职的萧子隆为"英藩"，期望他好好治理这块土地，表现出一种得蒙知遇、踌躇满志，渴望有所作为的期待。赋云："昔受教于君子，逢知己之隆盱。被名立之羽仪。沾宦成之藻绚，羌服义而不怠，岂临岐而渝变。"赋中既有对得到萧子隆厚待的感激，也有矢志不渝的誓言。

尽管谢朓并不希望久居官场，然而好景不长，现实很快就粉碎了他的理想。由于萧子隆和谢朓过分接近、亲密，引起了朝廷的猜疑和不安，和谢朓同在荆州的长史王秀之以"朓年少相动"为理由向武帝萧赜告密。[1]所谓"年少相动"，就是说，谢朓是一个血气方刚的危险人物，会怂恿萧子隆做出一些什么事来。武帝萧赜因此就把谢朓召回京都去了。

在离开萧子隆的时候，谢朓写了篇告别信——《拜中军记室辞隋王笺》，中称："抚膺论报，早誓肌骨"，谢朓以此二句叙述感恩图报之心，次述虽然离去，仍然期望有朝一日，能做回萧的属下。谢朓甚至说："虽复身填沟壑，犹望妻子知归。"意思是即使本人不幸死去，弃骨山野，妻子和孩子也会投效门庭。话说到这个程度，可知谢朓和萧子隆关系之深，也可知他被召回京时，不无对凶险的担心。

萧赜就是萧子隆的父亲，为什么对儿子还如此不放心呢？原来齐高帝萧道成的江山就是乘刘宋子孙互相残杀的机会夺得的，所谓："吾本布衣素族，念不到此，因藉时来，遂隆大业。"[2]他在临终时便告诫萧赜，要他"敦睦亲戚"：刘氏若不是骨肉相残，他族哪得乘机夺位？萧赜一生汲取这个教训。本来，齐诸王出镇，都设立典签一职，它的主要任务是监视诸王，权力甚大。"主帅一方之事，悉以委之。时入奏事，一岁数返，时主辄与之间语，访以州事，刺史美恶专系其口。"[3]萧赜想把皇位传给大儿子及其爱孙萧昭业，对于这个已经颇有人望的第八个儿子萧子隆自然不能没有防范。

谢朓被迫和隋郡王萧子隆分离这件事，对诗人的生活和创作产生了很大的影响。在《暂使下都，夜发新林至京邑，赠西府同僚》诗中，他

---

[1]《南齐书·谢朓传》。
[2]《南齐书·高帝本纪》。
[3]《资治通鉴》卷一三九。

写道："大江流日夜，客心悲未央。徒念关山近，终知返路长。"他知道，此行恐有不测之祸，但又心存侥幸，希冀平安。诗云："常恐鹰隼击，时菊委严霜。寄言蔚罗者，寥廓已高翔。"仔细体味诗意，谢朓对自己被召回京后可能遭遇的凶险有过比较严重的预测。不过，谢朓显然过虑了。

史载：永明十一年（493）正月，太子萧长懋死，皇孙萧昭业还年幼，萧赜非常钟爱这个宝贝皇孙，七月，萧赜逝世，萧昭业继位，成为南齐的第三任皇帝。萧赜调谢朓回京，只是防患未然，并无萧子隆和谢朓的任何"不轨"实据。相反，萧赜和萧昭业都非常欣赏谢朓的文才。不久谢朓被调任新安王中军记室，成为王府中起草文件的秘书。建武二年（495），谢朓写作《思归赋》，表示要自此归隐："养以虚白之气，悟以无生之篇。"这以后，谢朓诗中本来就不是很强烈的事业心和功名心不见了，跟着而来的是本来就存在的厌恶世俗的隐逸思想的表述。

隐士出现得很早，传说中的许由、巢父，春秋时的长沮、桀溺，战国时的颜斶，於陵仲子，汉代的严子陵，魏晋时的嵇康、阮籍都是这一类人物。随着隐士的产生，也就产生了隐逸诗。

隐士、隐逸，情况复杂，难以一概而论。它是一种消极行为、消极思想，是一种和当权统治者的不合作态度，是对丑恶现实的不满和憎恶。西晋时，嵇康因吕安事下狱，钟会在朝廷上指责说："今皇道开明，四海风靡，边鄙无诡随之民，街巷无异口之议。而康上不臣天子，下不事王侯，轻时傲世，不为物用，无益于今，有败于俗。"因此他力主严惩，声称"今不诛康，无以清洁王道"。[1]可见，当权的统治者如何厌恶与自己不合作以至相对立的隐士。

谢朓由荆州被召回京，南齐统治阶级荒奢淫乐到达极点，内部矛盾

---

[1]《世说新语·雅量第六》。

尖锐，政权纷乱动荡也到达极点。萧昭业还是皇孙的时候，常常叫女巫杨氏祈祷，让他的父亲、太子萧长懋早死。祖父生病的时候，又叫杨氏祷祀，好让他快做皇帝。即位以后，更是腐朽、荒淫透顶。史载：国库所存大量金钱布帛，在即位未满一年时，即挥霍殆尽。隆昌元年（494）七月，西昌侯萧鸾引兵杀死萧昭业，矫太后令，立新安王萧昭文为南齐的第四任皇帝。不过这位新皇帝只当了75天，又被萧鸾杀死。萧鸾为了铲除自己登基的障碍，开始翦除诸王。九月，杀谢朓的上司——对谢倍加赏识的隋郡王萧子隆等藩王，十月，杀桂阳王萧铄等藩王，最后废去萧昭文，自立为南齐的第五任皇帝。

南齐政权的特点是内部矛盾尖锐，兄弟亲属之间互相残杀，因而统治者更迭频繁，对此，诗人极为担心。其《高斋视事》诗云："空为大国忧，纷诡谅非一。"所言"纷诡"，指的应该就是上述相杀、相篡的情况。在《始出尚书省》诗中，诗人写道："宸景厌照临，昏风沦继体。纷虹乱朝日，浊河秽清济。防口犹宽政，餐茶更如荠。"诗人看不惯这些丑恶、污秽的事情，不愿同流合污。其《酬王晋安》诗云："谁能久京洛，淄尘染素衣。"建武二年（495），北魏孝文帝亲率大兵三十万伐齐，沿淮水东下，攻钟离，魏将刘昶、王肃率二十万军攻义阳。内忧加上外患，谢朓只能发点感叹，其《和江丞北戍琅邪城诗》云："京洛多尘雾，淮济未安流。岂不思抚剑，惜哉无轻舟。"

处在统治阶级内部尖锐的矛盾和斗争中，谢朓自然感到危险。他曾把自己比作水中的蒲草，时时有被洪水冲得不知去向的危险。其《蒲生行》诗云："蒲生广湖边，托身洪波侧。春露惠我泽，秋霜缛我色。根叶从风浪，常恐不永植。"[1]谢朓既然希望远祸保身，又要保持自己的纯洁和干净，就必然要想离开这丑恶的现实世界。"既秉丹石心，宁流

---

[1] 此诗通行本《谢宣城集》不载，见于《乐府诗集》。

素丝涕。因此得萧散,垂竿深涧底。"(《始出尚书省》)。他虽贵为中书郎,值宿禁中,其感觉却是"信美非吾室,中园思偃仰。朋情以郁陶,春物方骀荡。安得凌风翰,聊恣山泉赏。"(《直中书省》)谢朓并不是没有矛盾,其《观朝雨》诗云:"戢翼希骧首,乘流畏曝鳃。动息无兼遂,歧路多徘徊。"归隐吧,又有"怀禄"之思;做官吧,又危险得很。其《京路夜发》诗云:"敕躬每踽踽,瞻恩惟震荡。"险恶的官场风波终于使他得出了"去翳北山莱"(《观朝雨》)的结论。

尽管谢朓一生并没有离开官场,然而,正像他的友人沈约《和谢宣城》诗所言"从宦非宦侣",他的官做得既勤勉,又潇洒。建武二年(495),谢朓出任宣城太守,他很满意。主因在于该地山水佳丽,风景绝佳。他高兴得连写两首诗,一首为《之宣城出新林浦向板桥》:"既欢怀禄情,复协沧州趣。嚣尘自兹隔,赏心于此遇。"另一首为《始之宣城郡》:"弃置宛洛游,多谢金门里。招招漾轻楫,行行趋岩趾。江海虽未从,山林于此始。"他觉得,自己从此可以离开是非场、富贵地,投向大自然的怀抱了。前人记载说:"谢玄晖为宣城,境中佳处,双旌五马,游历殆遍。"[1]《南畿志》也说他写诗、从政两不误:"每高斋视事,吟啸自若,而未尝以玩替政。"[2]谢朓在当地的陵阳山巅盖了一座房子,名曰高斋[3],又筑别宅于当涂青山,悠游于山水之间,过着"高阁常昼掩,荒阶少诤辞"(《在郡卧病呈沈尚书》)、"凌崖必千仞,寻溪将万转"(《游山》)的悠游生活。这时,功名利禄、美食华服,早已为诗人蔑视:"谁规鼎食盛?宁要狐白鲜!方弃汝南诺,言税辽东田。"(《宣城郡内登望》)"云谁美笙簧?孰是厌蒻轴?愿言税逸驾,临潭饵秋菊。"(《冬日晚郡事隙》)"蒻轴",语见《诗·卫风》,指隐士。在谢朓眼中,

---

[1] 葛立方:《韵语阳秋》。
[2] 转引自《安徽通志》。
[3] 见《宣城县志》。

隐士的淡泊生涯美过终日"笙簧"的富贵岁月，甚至连浩荡的"皇恩"也不值得一顾："要欲追奇趣，即此陵丹梯。皇恩竟已矣，兹理庶无睽。"（《游敬亭山》）

在中国古典文学中，隐逸诗、山水诗、田园诗常常结合，谢朓的诗也是这样。大自然是一首永远唱不完的歌。山水诗，反映人们对自然美的欣赏和追求，也同时反映了人的胸怀、气质和精神面貌。对隐士说来，清新美好的大自然又和丑恶的现实相对立。隐士们在对自然美的歌咏中，隐喻了对于世俗腐朽生活的憎恶，找到了陶情冶性、托心、养心之所。谢朓在《将游湘水寻句溪》中云："轻蘋上靡靡，杂石下离离。寒草分花映，戏鲔乘空移。兴以暮秋月，清霜落素枝。"同诗又云："及兹畅怀抱，山川长若斯。"大自然是多么干净而又美好啊！诗人完全沉浸在它里面了。和大自然的美相比，是非场、富贵场显得多么污秽和龌龊啊！诗人在《和沈祭酒行园》中明确地说明了这一点："君有栖心地，伊我欢既同。何用甘泉侧，玉树望青葱。"诗人要远远地抛弃那些行政事务和喧嚣污俗的社会："嚣尘及簿领，弃舍出重城。"（《和刘西曹望海台》）

尽管谢朓在诗中解决了仕和隐的矛盾，然而在实际生活中这个矛盾却并未解决。他还有"怀禄"之情，不能毅然高蹈丘园，只能继续在宦海中浮沉。永泰元年（498），谢朓的岳父、南齐开国将领王敬则在会稽（今绍兴）起兵，谢朓因告密受到封赏，他虽曾三次辞谢不受，但最后还是在统治集团的又一次内部斗争中做了牺牲品。东昏侯永元元年（499），朝中"六贵"之一、辅政大臣萧遥光起兵，自立为皇帝，谢朓遭人构陷，诬为参与萧遥光密谋，被捕，死于狱中，年仅36岁。友人沈约作诗《伤谢朓》哀悼说："吏部信才杰，文峰振奇响。调与金石谐，思逐风云上。岂言陵霜质，忽随人事往。尺璧尔何冤，一旦同丘壤。"

二、山水诗的成就超过谢灵运

谢朓诗有自己的独特风格。它不同于建安文学的苍凉悲壮，陶渊明的恬淡自然，也不同于鲍照的奔放激烈。即使是和山水诗的第一位大师谢灵运比较，也仍然有很大的不同。谢朓曾经学习过谢灵运的表现手法。"岩垂变好鸟，松上改陈萝"就是对"池塘生春草，园柳变鸣禽"的模拟。然而谢朓在山水诗的成就上却超过了谢灵运。读灵运的诗，我们总觉得有点儿沉闷和板滞，除了少数的几篇外，大自然在他的笔下似乎总是灰溜溜的，有点儿愁眉苦脸。而谢朓诗的特点则是清新、绮丽、明朗。按照美学原则：绮丽太过，就流入华缛，使人有堆金铺玉的感觉，如果绮丽而又不失清新，那就是佳妙的境界。谢朓的诗就正是这样。方东树说过："元晖诗如花之初放，月之初盈，骀荡之情，圆满之辉，令人魂醉。"[1]王世懋说："古人云：'秀色若可餐。'余谓此言惟毛嫱、西施、昭君、太真、曹植、谢朓、李白、王维可以当之。"[2]由此可见谢朓诗在人们心中引起的美学效果。

> 远树暖阡阡，生烟纷漠漠。鱼戏新荷动，鸟散余花落。
> ——《游东田》
> 茹溪发春水，阰山起朝日……巢燕声上下，黄鸟弄俦匹。
> ——《春思》
> 余霞散成绮，澄江静如练。喧鸟覆春洲，杂英满芳甸。
> ——《晚登三山还望京邑》

---

[1] 方植之：《昭昧詹言》。
[2] 王世懋：《艺圃撷余》。

美丽的江南春色被谢朓出色地描写出来了。这里诗人给我们展开的是一幅欣欣向荣、生意盎然的图画。

轻云霈广甸，微风散清漪。连连绝雁举，渺渺青烟移。
——《奉和隋王殿下十六首·五》
余雪映青山，寒雾开白日。暧暧江村见，离离海树出。
——《高斋视事》

在诗人的笔下，连苍凉凄清的秋冬景色也是明朗而活泼的。

"云阴满池榭，中月悬高城"，诗人在这里把我们带进了一个幽静、娴雅的境界。"四面寒飙举，千里白云来""红尘朝夜合，黄沙万里昏"，这里的景色又是那样雄伟、豪壮。而"花丛乱数蝶，风帘入双燕""香风蕊上发，好鸟叶间鸣"，又是那样的纤细、柔和。诗人把大自然丰富多彩的变化生动地为我们再现了出来。

在发现并表现自然美方面，谢朓是独具慧眼的，用前人的话来说，就是善于"出景"。平常的自然事物，经过诗人的组织排列，就是一幅绝妙的图画。"窗中列远岫，庭际俯乔林"，远山本来只是远山而已，然而诗人使你置身在窗子里，让你的视线局限在窗框中，使远山在窗框中展现出来，这就组成了一幅绝妙的图画。"云端楚山见，林表吴岫微"，这里，从缥缈的云团和稀疏的树杪中隐约地、依稀地显出了山头，组成这幅图画又是多么需要独到的匠心。"威纡距遥甸，巉岩带远天"，这一幅画也是用同一种手法组成的。王维曾经学习过这种手法，写过"林疏远村出，野旷寒山静。帝城云里深，渭水天边映"。白居易也特别重视这种手法，他在《宣州崔大夫阁老忽以近诗数十首见示，吟讽之下，窃有所喜，因成长句，寄题郡斋》一诗中说："谢玄晖殁吟声寝，郡阁寥寥笔砚闲。无复新诗题壁上，虚教远岫列窗间。"

钟嵘曾经批评过谢朓，说他"微伤细密"。其实这正是诗人的优点。唯其细密，始能刻画入神，引人入胜。陆时雍说："若情事关生，形神相配，虽秋毫毕具，愈见精奇。"[1]这是很正确的。还是让我们来看看谢朓的诗吧："日华川上动，风光草际浮。"这里，诗人把太阳照在江面上晶莹闪烁的景象以及绿意可掬、欣欣向荣的野草表现得那么形象、逼真，令人叫绝。读这两句诗，仿佛看印象派优秀的风景画。光的效果本来就难以表现，更何况是通过语言！"鱼戏新荷动，鸟散余花落"，自然界一点小小的变动都没有逃过诗人的眼睛。"池北树如浮，竹外山犹影。""新萍时合水，弱草未胜风。""叶低知露密，崖断识云重。"诗人的观察多么细致，而表现又多么具体、生动，堪称穷形极态、体物到家。车尔尼雪夫斯基说过："美是生活"，"任何事物，凡是我们在那里面看得见是依照我们的理解应当如此的生活，那就是美的；任何东西，凡是显示出生活或使我们想起生活的，那就是美的"。[2]正因为谢朓善于表现自然的千姿万变，因而更能启发我们的想象，使我们"忆起生活"，沉浸到一个丰富、美丽、多彩的大自然中去。

在谢朓的许多诗里，写景并不是自然主义的，而是服务于感情的抒发。

夕殿下珠帘，流萤飞复息。长夜缝罗衣，思君此何极！

——《玉阶怨》

绿草蔓如丝，杂树红英发。无论君不归，君归芳已歇。

——《王孙游》

---

[1] 陆时雍：《古诗镜》。
[2] 车尔尼雪夫斯基：《生活与美学》人民文学出版社1959年版第6—7页。

这里诗人选取了最有特征的自然景物，将主人公的活动和情感发展置于一个最有感染力的典型环境中，构成相应的艺术氛围，这就对"情"的表现起着加强和烘托的作用，使它更加优美感人。

佳期期未归，望望下鸣机。徘徊东陌上，月出行人稀。

——《同王主簿有所思》

这一首诗就写得更好了。诗人并没有着力描写主人公怎么样惆怅、焦急，只是给我们展开了一幅"月出行人稀"的图画，而一缕剪不断、理还乱的情思也就通过这幅图画表现了出来。它的妙处就在于言不及情，而情自寓于其中，具有使你反复玩味，咀嚼无穷的艺术魅力，正如沈德潜所说："语近情遥，含吐不露为贵；只眼前景，口头语，而有弦外音。"[1]"觉笔墨之中，笔墨之外，别有一段深情妙理。"[2] 又如"江路西南永，归流东北骛。天际识归舟，云中辨江树。"前人对后两句的评价高极了。钟惺说它是"水云万里，一幅烟江送别图"。[3] 王夫之说它："隐然一含情凝眺之人，呼之欲出。"[4]

谢朓的时代，声律说兴起并盛行。《南齐书·陆厥传》说："永明末盛为文章，吴兴沈约、陈郡谢朓、琅琊王融，以气类相推毂，汝南周颙，善识声韵。约等文皆用宫商，以平上去入为四声，以此制韵，不可增减，世呼为永明体。"《梁书·庾肩吾传》也说："齐永明中，文士王融、谢朓、沈约文章始用四声，以为新变。至是转拘声韵，弥尚丽靡，复逾于往时……"由于声律、排偶的兴起，古体诗和近体诗开始分野，

---

[1] 沈德潜：《唐诗别裁集》。
[2] 沈德潜：《古诗源》。
[3] 钟惺、谭元春：《古诗归》。
[4] 王夫之：《古诗评选》。

谢朓的诗已经接于唐诗了。这里要说明的是，声律、排偶讲求的都是诗歌形式和技巧上的进步，应该为内容服务。抛弃诗的内容，而一味在排偶、声律上花工夫，将形式本身看作目的，这是舍本逐末的做法，只会使诗歌走入繁缛和华而不实的死胡同中去。这正是齐梁文学的通病。一般说来，谢朓的诗还没有这方面的弊端，至于以后"转拘声韵，弥尚丽靡，复逾于往时"，那是不能要谢朓负责的。前人所谓"元晖别具一副笔墨，开齐梁而冠乎齐梁"[1]，大概也就是这个意思吧！

太过犹不及，只有运用恰当，恰到好处，才不会出问题。《古诗归》将谢朓和谢灵运（谢康乐）比较，认为谢朓"往往以排语写出妙思，康乐亦有之。然康乐排得可厌，却不失为古诗；玄晖排得不可厌，业已浸淫近体。"谢朓正是这样一个由古体过渡到近体诗的优秀诗人。上文说过，谢朓的诗已经更加接近于唐诗，有的简直就是唐律、唐绝。如：

  日落窗中坐，红妆好颜色。舞衣襞未缝，流黄覆不织。蜻蛉草际飞，游蜂花上食。一遇长相思，愿寄连翩翼。

——《赠王主簿》

  渠碗送佳人，玉杯邀上客。车马一东西，别后思今夕。

——《金谷聚》

谢朓的诗对于后人影响很大，特别是李白，他一再写诗赞美："诗传谢朓清"，"蓬莱文章建安骨，中间小谢又清发"。李白正是吸取了鲍照的奔放激烈和谢朓的清新绮丽而形成自己独特的风格。此外，我们在王维和岑参的诗中，也可以发现和谢朓的接近之处。伟大的现实主义诗人杜甫也曾在寄岑参诗中说："谢朓每篇堪讽诵。"

---

[1] 方植之：《昭昧詹言》。

应该指出，尽管谢朓在诗歌艺术上有很大的成就，但他的诗题材和内容都嫌狭窄，浑厚不足，佳句多，佳篇少，个别的诗已开宫体滥觞，这些都不能不算是较大的缺点。然而，这并无损于他在文学史上的地位。"齐有元晖，独步一代。"[1]在齐梁时代，能够出现这样一位诗人，实在难能可贵。他在由古体向近体的过渡以及山水诗的发展中的功绩依然是不可抹杀的。

录自杨天石未刊手稿。

---

[1] 王士禛：《古诗选》。

孕育了陈子昂的
是上升发展的时代高潮吗？

——与林庚先生商榷

林庚先生在"盛唐气象"一文中说"陈子昂是盛唐诗歌的揭幕人"，是"呼唤着盛唐时代的"。又说：孕育了陈子昂这样的诗人的是"上升发展的时代高潮"，他"是不满足于初唐以来由于太平盛世而安于现状的倾向的"。正像林先生在他的整个学术体系中美化了盛唐社会一样，在这里，林先生也美化了初唐社会。我们认为，陈子昂的确是不满现状的，他也的确有一种事业心，然而这种不满，绝不是"百尺竿头更进一步"的不满，不是说社会已经很好了，要求再好一点，而是不满于初唐动乱的政治状况、强大的外患和贫困的人民生活。

公元683年，唐高宗李治死在洛阳以后，陈子昂在《谏灵驾入京书》中说：

> 臣闻秦据咸阳之时，汉都长安之日，山河为固，天下服矣……今则不然，燕代迫匈奴之侵，巴陇婴吐蕃之患，西蜀疲老，千里赢粮，北国丁男，十五乘塞，岁月奔命，其弊不堪。秦之首尾，今为阙矣！即所余者，独三辅之闲尔。顷遭荒馑，人被荐饥，自河而

西，无非赤地，循陇以北，罕逢青草，莫不父兄转徙，妻子流离，委家丧业，膏原润莽，此朝廷之所备知也……然则流人未返，田野尚芜，白骨纵横，阡陌无主，至于蓄积，犹可哀伤。

这里有一点点太平盛世的影子吗！翻开《陈伯玉文集》，这样触目惊心的例子还很多。

我们并不否认陈子昂对盛唐诗歌发展所起的作用，他推崇"汉魏风骨"，提出诗歌的现实主义主张，反对六朝以来的浮靡、虚夸的文风和形式主义的文学创作，然而我们却不能承认陈子昂是所谓歌颂盛唐的"盛唐气象"的揭幕人，因为我们在他的诗歌创作中，实在找不出什么"青春的旋律"和"无限的展望"。我们也不承认孕育了陈子昂思想感情的是所谓"上升的时代高潮"，而是这个时代的种种矛盾。诚然，经过了南北朝长期分裂的局面，经过了隋末农民起义以后所出现的统一的唐帝国，的确带给一些人，主要是中小地主阶级以希望，激发了他们的一些事业心。他们希望有一个更好的局面出现，希望为这个新政权服务。陈子昂的父亲陈元敬就曾对他说："战国如糜，至于赤龙。赤龙之兴四百年，天纪复乱，夷胡奔突，贤圣沦亡，至于今四百年矣，天意其将周复乎？於戏！吾老矣！汝其志之"（《府君有周文林郎陈公墓志文》）。在陈子昂的诗中，也的确可以找到一些"感时思报国，拔剑起蒿莱"之类的句子，然而现实本身却也在扼杀着陈子昂的这种事业心。尽管他一再上书献策，结果还是"奏闻辄罢之"（《陈氏别传》），统治阶级还是我行我素。尽管陈子昂胸怀大志，在随当时权贵武攸宜东征契丹时，要求"分麾下万人以为前驱"，然而结果不过是"署以军曹……兼掌书记"而已（均见《陈氏别传》）。最后陈子昂不得不以父老为辞，请求解官，回到四川射洪山当隐士去了。不想隐士还是当不成，陈子昂这样一个属于统治阶级并且赫赫有名的诗人，竟因得罪武三思，由武三思授意，被一个小小的无赖县官置于死地。唐代社会的"光明面占着上风""人才解放"的程度也就可想而知了。

陈子昂一生是郁郁不得志的，在他的诗中，由于个人的壮志不遂、功业不成而攻击统治阶级的诗并不少："汉庭荣巧宦，云阁薄边功。可怜骢马使，白首为谁雄？"这里的陈子昂对统治阶级已经是满腹牢骚了。在他的《蓟丘览古赠卢居士藏用七首》中，更明确地表达了他的今不如古的慨叹："隗君亦何幸，遂起黄金台。"诗人为自己没有生在燕昭王时代，没有郭隗那样的命运而深深地惋惜。

他的"感遇诗"流露了那么多的对时代、国家和个人命运的忧虑，反映了那么多社会问题和矛盾，风格情调上倒更像阮籍的《咏怀》。其中有的是对于边塞人民和战士的同情，有的是对统治阶级的各种抨击和对它所进行的战争的不满，有的是一种不得意的牢骚、人生无常的幻灭的悲哀以及弃世脱俗的想法，恰恰没有什么对"太平盛世"的歌颂，没有什么"蓬勃的饱满的生活情绪与自豪感"。林先生是把《全唐诗》从头读过的，我想用不着在这里举例说明吧。这一切难道不正是时代的反映吗？

这里林先生也许会提出《登幽州台歌》来作为反驳。我们先不说用一首诗甚至一句诗来代表整个的陈子昂的风格是多么危险，其实即使是这首诗，也并不能成为林先生的理论依据。关于它的创作过程，《陈氏别传》记载说："（子昂）感激忠义，常欲奋身以答国士，自以官在近侍，又参预军谋，不可见危而惜身苟容。他日，又进谏，言甚切至，建安谢绝之……子昂知不合……因登蓟北楼，感昔乐生燕昭之事，赋诗数首，乃泫然流涕而歌曰：'前不见古人……'"据此可知，这是诗人东征契丹不得志时之作。我们虽不认为这首诗就怎样颓废消沉，然而抒发一种功业不成的失意感，一种个人孤寂和渺小的思想却是不能否认的。用林先生的常用语来说，这首诗是苍凉悲壮的，又哪里有什么蓬蓬勃勃的气象呢？林先生居然说这首诗"揭开了盛唐的序幕","唤起了时代的注意",我们实在无法理解。

林先生这里也许又会问："既然陈子昂的诗反映了这么多的矛盾和问题，那么，陈子昂所反映的时代竟是没落的了，历史上还会有什么唐代的上升高潮呢，岂不是造成认识上的混乱吗？"我们说，这没有什么不可理解的，由于人民的斗争和创造，由于统治阶级对人民暂时作了一些让步，或者当时还在继续作着一些让步，而整个社会又处在一个没有兵乱的安定环境中，因此社会可以有一定程度的发展。这有什么可以奇怪的呢？没有人说陈子昂的时代是没落的无望的，然而难道因此就可以说，他的时代是"光明面占着上风"吗？应该看到，在唐代社会的发展中，它的矛盾和危机也在发展着，而且不管它有着怎样的发展，都不能改变其为封建社会的性质。不理解这一点，就无法理解陈子昂诗中的那种愤懑和不平，那种基本上还是苍凉的调子，也无法理解李白、王维、孟浩然等盛唐诗人的全貌。正是林先生主观地美化了唐代社会，硬把它说成是光明面为主，才使得林先生自己形成了认识上的混乱，不能正确地解释文学现象。

初载学生自办的油印刊物《革新》，录自《光明日报》1958年8月24日。

说王维《终南山》诗中的"隔水"二字

夜,读《王维集》,至《终南山》诗末二句,不禁掩卷沉思起来。为便于说明问题,抄录全诗如下:

太乙近天都,连山到海隅。白云回望合,青霭入看无。分野中峰变,阴晴众壑殊。欲投人处宿,隔水问樵夫。

"隔水",妙在何处?改成"路边问樵夫",何如?思忖之下,觉得"隔水"二字实不可移易,改成"路边",就点金成铁了。

主人公一路置身在雄伟的终南山中,欣赏那似分还合的白云,似有若无的青霭,阴晴变化的峰壑,兴致正浓,不觉已近天黑,要找个有人家的地方住宿了。然而,四顾茫茫,万山重重,杳无人烟,主人公不禁有点着急了。忽然,水那边,有一个樵夫挑着柴晃晃悠悠地走过来了。主人公高兴了,忙扯起喉咙,大声喊道:"喂——樵子!哪里有可以借住的人家?喂——"声音在山谷中回响着,嗡嗡的。山水哗哗,樵夫听不清,便歇下担子,侧着耳,聚精会神地听着,仍然无用,便也扯起了嗓子，大声喊道："什么——大声点——"声音也在山谷中回响着，嗡嗡的。如此几番，最后主人公才得到了满意的回答。

如果读者大体上同意我们对本诗意境的体会的话，那么，可以看出，"隔水"虽仅两字，却蕴含了如此丰富的生活内容，勾起了我们这么多的遐想，有这么多东西容我们去体会，去挖掘。而"路边问樵夫"呢？因为是在路边，距离近而又无山水的哗哗声，只需一问一答，寥寥数语，问题便可解决，主人公和樵夫便可各走各路，有何意趣！

一个有容量，一个无容量；一个意境深远，一个意境浅露。

作诗的目的不在于叙述或交代某些生活事件、过程，而在于创造出凝练、含蓄的意境，通过有限的形象表现出无限的不尽之意，所谓"情融于内而深且长，景耀乎外而远且大"（《麓堂诗话》）是也。

录自杨天石《横生斜长集》，天津百花文艺出版社1998年10月第1版。

两句唐诗的启示

江南园林常常题有"曲径通幽"四字,它源于唐人常建诗《题破山寺后禅院》,原诗云:

清晨入古寺,初日照高林。曲径通幽处,禅房花木深。山光悦鸟性,潭影空人心。万籁此都寂,但余钟磬音。

据说,宋朝的欧阳修特别欣赏"曲径"一联,想模仿它而久不可得。
常建的这两句诗写得确实好。吟诵之余,我们不由悟得了创作上的一条道理。树木丛生,花开似锦,如此美景,自当尽兴饱览为快。但这美景又被安排在园林深处,造园者绝不让你三步两步就走到它的跟前,也不让你一张目就尽收眼底,而是隐隐约约地让你先窥见一点端倪,激起你探幽寻胜的强烈愿望,然后再引导你走上一条曲曲折折的小径,最后才豁然开朗,佳木名花,一气展现。

创作何尝不如此?意境贵深不贵浅,情节贵曲不贵直。优秀的作品绝不一下子把什么都和盘托出,绝不让读者一览无余,看到上文就猜到下文，而是丰富多彩，曲折多姿。当你自以为山穷水尽时，突然峰回路转，柳暗花明，又是一片新的天地在招引你了。明人李梦阳《黄州》诗云："浩浩长江水，黄州那个边？岸回山一转，船到堞楼前。"其所述意境差近。

"曲径通幽"，该也算得是一条艺术规范吧！

录自杨天石《横生斜长集》，天津百花文艺出版社1998年10月第1版。

唐诗现实主义运动的先驱

元结（723[1]—772）、顾况（727—815）和《箧中集》

安史乱后，唐代社会的各种矛盾和危机急剧地发展。人民生活困苦不堪，统治阶级却以为天下已经太平，生活极端腐化。一部分帮闲文人尽力在粉饰现实，但是当时另一部分进步文人，敏锐地看到了社会的严重矛盾和危机。759年（唐肃宗乾元二年），元结在《时议》中指出："今天下残破，苍生危急，受赋役者，多寡弱贫独，流亡死生，悲忧道路。"统治者却是"天子重城深宫，燕私而居。……万姓疾苦，时或不闻。而厩有良马，宫有美女，舆服礼物，日月以备。休符佳瑞，相继而有。朝廷歌颂盛德大业，四方贡赋尤异品物。"（《时议》上篇）这里，元结对两种不同阶级的生活做了比较。对待这种局面，元结等具有进步思想的文人是不满意的。他们没有忘记安史之乱的教训，在探索"理乱之道"、对统

---

[1]《中国历代人名大辞典》中载元结生于719年，《唐诗大辞典》中载元结生于715年，本文录自1955级北大中文系编《中国文学史》，取723年，为尊重作者原义，故未改。

治者提出种种改良主张的同时，便也想到了利用文学这一武器。

760年，也就是安史之乱后6年，元结选取沈千运、王季友、于逖、孟云卿、张彪、赵徵明、元季川等七人的诗共24首，编成《箧中集》。七人中有的与元结处在同时期，有的比他早，大部分都是生活比较贫寒，政治上也都不很得意的人。因而他们的诗大都直抒感情，毫无浮靡虚夸之气。其中一部分诗篇也反映了一些贫苦人民的生活和感情，如孟云卿的《今别离》《古别离》《悲哉行》等。他的《伤时其一》中所说的"虎豹不相食，哀哉人食人"，更是表达了他对社会本质的认识。他和杜甫是朋友，杜甫对他评价很高，曾说："李陵苏武是吾师，孟子论文更不疑。一饭未曾留俗客，数篇今见古人诗。"（《解闷其五》）此外，赵徵明的《回军跛者》特别值得重视。它控诉了统治阶级所进行的战争的罪恶。

> 既老又不全，始得离边城。一枝假枯木，步步向南行。去时日一百，来时月一程。常恐道路旁，掩弃狐兔茔。所愿死乡里，到日不愿生。闻此哀怨词，念念不忍听。惜无异人术，倏忽具尔形。

元结编选《箧中集》是有目的的：宣传自己的文学主张，反对各种各样的形式主义、享乐主义的文学。他要求文学反映现实，《〈箧中集〉序》中说：

> 风雅不兴，几及千岁……近世作者，更相沿袭，拘限声病，喜尚形似，且以流易为词，不知丧于雅正。

他又在《刘侍御月夜宴会序》中说："於戏！文章道丧盖久矣……系之风雅，谁道是邪！"在《二风诗论》中，他更明确地宣布，其写作是要"极帝王理乱之道，系古人规讽之流"。元结这种文学主张，正是继承我国文学史上周民歌和汉民歌的现实主义传统，要文学反映现实，反映人民疾苦，而不是单纯追求声律与辞藻的华美，供个人怡情遣兴，饮宴娱宾的文字游戏。从他所说的"诸公尝欲变时俗之淫靡"（《刘侍御月夜宴会序》）一语看来，这是当时很多诗人共同的倾向。如顾况在《悲歌序》中也曾说："理乱之所经，王化之所兴，信无逃于声教，岂徒文采之丽！"

元结、顾况等不仅在理论上推崇周民歌和汉民歌的现实主义传统，也在自己的创作中努力学习这种诗歌的精神。

他们的笔触首先涉及当时重大的社会问题。对统治阶级的横征暴敛提出严重的抗议：

> 带水摘禾穗，夜捣具晨炊。县帖取社长，嗔怪见官迟。
>
> ——顾况《田家》

在统治阶级的这种残酷剥削之下，人民的生活陷入水深火热之中。感人至深的是元结著名的《贫妇词》：

> 谁知苦贫夫，家有愁怨妻。请君听其词，能不为酸凄。所怜抱中儿，不如山下麑。空念庭前地，化为人吏蹊。出门望山泽，回顾心复迷。何时见府主，长跪向之啼。

人民不能忍受这种非人的生活，纷纷流亡他乡，元结的《去乡悲》就反映了这种情况：

> 日行见孤老，羸弱相提将。闻其呼怨声，闻声问其方。方言无患苦，岂弃父母乡。

763年，元结任道州刺史时，州县被外族抢掠，十室九空，人民生活本已痛苦不堪，而统治者的横征暴敛，却有增无减。元结除了上书为民请命外，又写了《春陵行》和《贼退示官吏》二诗，反映整个社会动乱给人民带来的苦难和他对人民的深切同情：

  州小经乱亡，遗人实困疲。大乡无十家，大族命单羸。朝餐是草根，暮食仍木皮。出言气欲绝，意速行步迟。追呼尚不忍，况乃鞭扑之。

他攻击那些只知盘剥人民以取得高位的官吏："使臣将王命，岂不如贼焉？今彼征敛者，迫之如火煎。谁能绝人命，以作时世贤。"杜甫在夔州看见了这两首诗后，很高兴地说："不意复见比兴体制，微婉顿挫之词。"并且作了《同元使君春陵行》一诗，对这两首诗倍加称赞，称其为："两章对秋月，一字偕华星。"

诗人们不仅尖锐地抨击封建统治阶级对人民无限的榨取，斥责封建王朝的腐败，还把眼光接触到当时日益严重的社会阶级剥削。《采蜡》就用阶级矛盾的两面加以对比的方法，更增强了作品的思想内容。顾况的《囝》，写一个孩子的悲惨遭遇，具有很高的典型意义，它代表了封建社会中人民充满血泪的生活，尖锐地揭示了剥削阶级和人民的对立。诗中还采用了当地方言俗语，这在当时实在是一个大胆的尝试。

这些现实主义的诗人们，在他们的创作中，更为广泛地反映了人民各方面的生活痛苦。

顾况的《上古之什补亡训传十三章》是有意识地在学习周民歌的作品，虽然形式上有些机械模拟，但内容则是深刻反映现实的。如《上古》章表现作者对农民劳动艰苦的同情："啬夫孔艰……岂止馁与寒。啬夫咨咨，秭盛苗衰……手胼足胝。水之蛭螾，吮喋我肌。"特别应该指出的是，他取首句二字为题并标明主题，如"筑城，刺临戎也。"就是后来白居易新乐府"首章标其目"的先例。

其他如顾况的《公子行》写贵公子的骄奢淫逸，《弃妇词》反映封建社会中妇女的低下地位和动辄被男子抛弃的不幸命运。元结也有这方面的作品。所以元结和顾况的创作精神是沿着杜甫所开辟的道路一直发展下来的。他们质木无文的诗歌风格，现实主义的诗歌理论和创作，对以后的新乐府运动，在理论上和创作上都有一定的影响。他们二人是新乐府运动的开路人。

还应该指出的是，元结、顾况等人都重视学习当代民歌。748年，元结在《系乐府》中写过一首模仿渔夫歌的《欸乃曲》，767年又写了五首，在序中他说："逢春水，舟行不进，作《欸乃》五首，令舟子唱之，盖以取适于道路云。"他的《漫歌八曲·将牛何处去》明显地表现了模仿民歌的痕迹。顾况也写过一首《竹枝词》。他的一些五七言绝句和乐府《长安道》，也都具有民歌情调。可见新乐府运动在它最初的阶段，就从当时民歌中找到无穷无尽的源泉，吸收了无限丰富的营养。

录自北京大学中文系文学专门化1955级集体编著《中国文学史》上册，人民文学出版社1959年版。

白居易的生平和创作道路

白居易（772—846）是继杜甫以后又一位伟大的现实主义诗人。他生活的时代，正是唐帝国经过安史之乱，急剧走下坡路，日益趋向衰败、灭亡的时代。他的优秀作品全面、深刻地反映了这个时代。

白居易的诗歌继承并发展了《诗经》以来的现实主义传统。杜甫在他稍前所作的诗篇给他树立了现实主义创作的优秀范例；元结、顾况等人在理论和创作上给予了他良好的影响；再加上他接近人民，同情人民，对人民的疾苦有深刻的理解和丰富的经验，因而他才能在文学理论上、文艺创作上达到中国古典诗歌现实主义的高峰。

白居易出生在一个小官僚的家庭里，祖父和父亲只做过州县的小吏，生活比较贫寒，常常是"衣食不充，冻馁并至"（《元白唱和集序》）。在他10岁的时候，军阀相继割据称雄，彼此混战，前后达四年之久，连唐德宗也逃往奉天（今陕西乾县）避难。由于战乱，白居易全家由故乡新郑迁往荥阳，不久，又迁到越中。早年的这些经历，使他比较容易接触现实生活。

白居易青年时代的生活也十分贫困，常常愁衣愁食，漂泊流浪。他在

《秋暮西归途中书情》中说过:"马瘦衣裳破,别家来二年。忆归复愁归,归无一囊钱。"他还亲身经历过封建王朝残酷的剥削,后来他在《论和籴状》中说"臣久处村间,曾为和籴之户,亲被迫蹙,实不堪命。"这一切,对他不满现实、刚直耿介的性格的形成产生了很大影响。长期的贫困流浪生活,使他接近人民,了解到战争所带给人民的痛苦,使他的感情与人民的感情引起共鸣,且对他人道主义精神的形成和发展有着直接的关联。

成年时代的白居易是有"兼济天下"的大志的。806年他在应"才识兼茂明于体用科"的考试所准备的《策林》中,全面地叙述了自己的政治理想,提出了许多对人民有利的主张。他认为人民的贫困是统治阶级荒淫生活的结果,它的祸源是皇家的奢侈和整个官僚集团的上行下效。又在《策林·人之困穷由君之奢欲》中说:"上苟好利,则天下聚敛之臣将置力焉","上益其侈,下成其私,其费尽出于人,人实何堪其弊"。在当时的历史条件下,白居易能够认识并且大胆地说出这些来,实在很不容易。他还反对统治者用各种苛捐杂税去掠夺人民的生活资料,提出"利在于利万人","富在于富天下"的主张,希望统治者在自己享乐的同时,也考虑考虑人民的饥寒痛苦。从人民的利益出发,白居易提出了一系列改革政治的主张。特别值得注意的是他的反兼并、均贫富的思想。他认识到"财产不均,贫富相并"是社会矛盾的根源。虽然他的各种改革的主张和意见也还是希望通过封建政权自上而下地实现,然而这种思想的萌芽却是非常难能可贵的。在许多其他问题上,白居易的主张也是符合人民利益的。白居易的许多思想突破了他的阶级局限,具有民主主义因素,了解这些,对了解他的作品很有意义。

白居易的思想除了具有民主主义因素外,还有着强烈的人道主义精神。他时时刻刻关心人民的疾苦,他的"从政",正是"济民"的一种表现。在他做盩厔(今陕西周至)尉时,看到妇女们因为捐税繁重,不得不拾穗充饥,便想到自己"岁晏有余粮",因此而感到惭愧。大气炎热了，他便想到"独善诚有计，将何救旱苗"。

公元808年，宪宗调白居易做左拾遗，他认为这是实现政治理想的时候，屡次上书言事，甚至当面和皇帝争执。《资治通鉴》第二三八卷记载："白居易尝因论事，言'陛下错'，上色庄而罢，密召承旨李绛，谓'白居易小臣不逊，须令出院'。"这一段时间，白居易反对统治者各色各样巧立名目的剥削。当时国用拮据，宪宗为了削平藩镇，便卖官鬻爵，很多节度使纷纷入朝，送大批钱财给皇帝，美其名曰"进奉"，以取得高官。元和三年至四年（808—809）白居易先后有《论于頔、裴均状》《论王锷欲除官事宜状》《论裴均进奉银器状》等文，极力谏阻此事。其后，元和四年（809）二月，江淮大旱，白居易更直接为民请命，要求减免租税，此外，白居易也直接和宦官集团进行斗争。

正是因为白居易有民主主义思想，有人道主义精神，有不畏权势敢于斗争的勇气，有刚直耿介、对现实不妥协的性格，才使得他能够写出那么多伟大的现实主义诗篇，并且倡导了新乐府运动的开展。

元和元年到六年（806—811）是白居易创作上的黄金时期。他的绝大部分现实主义诗篇都产生于这一段时间。元和四年（809）开始写作新乐府。元和五年（810）写成《秦中吟》诸诗，以他深刻敏锐的眼光，通过现实生活各个角度，猛烈地抨击封建现实和统治者，具有极强的战斗性。这些诗歌受到人民的欢迎，也必然招致权贵们的非难。他在《与元九书》中回忆当时的情况说："闻《秦中吟》，则权豪贵近者相目而变色矣。闻《登乐游园》寄足下诗，则执政柄者扼腕矣。闻《宿紫阁村》诗，则握军要者切齿矣。"由此可见，这些诗精准地击中了统治者的要害。

元和六年至十五年（811—820），这是白居易思想上的惶惑苦闷期。四十岁时，他因母丧退居渭上，感到自己理想无法实现，消极思想开始滋长："直道速我尤，诡遇非吾志。胸中十年内，消尽浩然气。"（《适意》二首）但这时，他的政治态度基本上还是积极的，也写出了《采地黄者》《村居苦寒》等优秀诗篇。元和九年（814）冬，入朝做左赞善大夫。次年，因为有人刺杀主张削平藩镇的宰相武元衡、刺伤御史裴度，他上书力争捕贼雪耻，受到官僚集团嫉妒，便用一个莫须有的罪名将他贬为江州刺史，继而又贬为江州司马，这对白居易是一个极大的打击。他的思想非常苦闷："若不坐禅销妄想，即须行醉放狂歌。"（《强酒》）这两句诗正好说明他胸中的抑郁不平和思想矛盾。这时他写出了现实主义辉煌名篇——叙事诗《琵琶行》。他还在《与元九书》中系统提出了现实主义的文学理论。但这一时期内，他的消极思想也有所发展，感到人生无常，更加喜爱陶渊明、韦应物的作品，并且在庐山东林寺结草堂，养鱼种花，过起隐逸生活。

元和十五年一直到去世（820—846）是白居易思想转入消极而退隐朝市时期。元和十二年（817），白居易被改授为忠州刺史。元和十五年（820），唐宪宗为宦官所害，穆宗即位。同年冬，他改拜尚书司门员外郎，从忠州入朝。这时，他还希望有所作为，但是穆宗十分荒唐、昏庸，沉于声色，不把国事放在心上，宰相也不得其人。结果，藩镇割据再起。白居易几次上书言事，都不被采用。他的好友元稹自从贬官江陵后，便巴结宦官，爬上高位，且又排挤裴度。牛李党争事起，官僚互相倾轧。这一切都使白居易对现实完全绝望。他不愿继续在朝做官，主动要求到杭州做刺史。这是他政治态度根本转折的标志，从此，便无意过问国事。此后，他对人民疾苦仍有一定程度的关心，但基本态度消极。在诗歌创作上，也转入吟咏性情。大和二年（828）以后，政治上越发消极，对现实采取冷漠态度。思想愈来愈消极，诗歌创作更每况愈下，描写闲适生活的诗篇大量出现。

录自北京大学中文系文学专门化1955级集体编著《中国文学史》上册，人民文学出版社1959年版。

唐诗现实主义文学运动的理论基础

公元 806 年（唐宪宗元和元年）以后，文坛上渐渐开始现实主义文学运动，许多诗人都从事新乐府的写作。当时的社会面貌和阶级矛盾在文学中得到全面深刻地反映。在这次运动中，伟大的诗人白居易是杰出的参加者和领导者。他在《与元九书》《新乐府序》等著作中宣传了自己的文学主张。他的好友元稹也有许多与他类似的看法。他们全面地建立了现实主义的文学理论，总结了我国自《诗经》以来现实主义的文学创作经验；认识了文学的社会功能，强调文学为政治服务和文学的思想性、倾向性，彻底地宣布和唯美主义、形式主义文学决裂；确立了现实主义文学的正宗地位。他们的理论促使现实主义文学运动进一步发展，从而使文学创作进入一个更为自觉的阶段。

他们认为文学应该为政治服务，文学是一种社会斗争的工具和武器，应该有助于社会的进步和发展。白居易和元稹在他们前期，都致力于现实斗争，都有自己的政治理想。在他们看来，文学应该是实现这种理想的手段，而且是一种极为重要的手段。白居易说，诗歌要用来"泄导人情"，"补察时政"，也就是说，创作应该有目的，"不虚为文"。白居易的讽喻诗反映了那么多的社会问题，正是为了服务于他们"兼济天下"的政治主张。当时，阶级矛盾已很严重，一方面是富者田连阡陌，而贫者则无容足立锥之地。宪宗为了削平藩镇，加紧对人民的搜刮。白居易出于他的人道主义精神，在左拾遗任内，曾屡次为民请命，与统治者进行过不少斗争。他力求诗歌创作也服务于这种斗争。他在《与元九书》中说：

> 自登朝来……始知文章合为时而著，歌诗合为事而作……仆当此日，擢在翰林，身是谏官，月请谏纸，启奏之外，有可以救济人病，裨补时阙，而难于指言者，辄咏歌之。

他要求文学反映人民疾苦，在《伤唐衢其二》一诗中说："是时兵革后，生民正憔悴。但伤民病痛，不识时忌讳。遂作《秦中吟》，一吟悲一事。"元稹也在《和李校书新题乐府十二首序》中说："予友李公垂贶予《乐府新题》二十首，雅有所谓，不虚为文。予取其病时之尤急者，列而和之。"可见他们认识到文学的社会功能，希望通过诗歌来解决社会上存在的严重矛盾，减轻人民所受的剥削。因此，讲求文学的功利，要求一首诗的写作应该收到一定的功效。白居易在《读张籍古乐府》一诗中就说过，"读君《学仙》诗，可讽放佚君。读君《董公》诗，可诲贪暴臣……上可裨教化，舒之济万民。"因此，他们反对各种形式主义、唯美主义文学，提倡文学"为君、为臣、为民、为物、为事而作，不为文而作"（《新乐府序》）。

他们也明确地认识到文学应该植根于现实生活的土壤中，应该真实地反映现实，必须以深厚的生活经验作为基础，正确地认识生活、理解生活，提倡文学创作应该有感触而发。白居易在《策林六十九》中说："大凡人之感于事，则必动于情，然后兴于嗟叹，发于吟咏，而形于歌诗矣！"元稹也在《进诗状》中说过："凡所为文，多因感激。"他们的创作实践雄辩地证实了这一点。他们的诗歌有充实的内容，有丰富的思想性，他们也这样去要求别人。白居易在《寄唐生》中曾说他的创作和贾谊的哭时事的性质一样，只是"不能发声哭"，才"转作乐府诗"。白居易特别强调"实录"，在《秦中吟序》中说："贞元、元和之际，予在长安，闻见之间，有足悲者，因直歌其事，命为《秦中吟》。"这就告诉人们，白居易的诗歌创作题材都来自现实生活，其爱憎十分鲜明。所谓"闻见之间，有足悲者"，正是他所持的态度，而真实性、倾向性正是现实主义的主要特征。他们要求"篇篇无空文，句句必尽规"，反对歪曲现实、点缀升平、歌功颂德的反现实主义文学。在封建社会中，人民被压迫、被剥削，他们的生活就是最大最基本的真实，一切点缀升平的文学都是不真实的、反现实主义的货色。白居易在《策林六十八》中说："述作之间，久而生弊，书事者罕闻于直笔，褒美者多睹其虚辞，今欲去伪抑淫，芟芜划秽，黜华于枝叶，反实于根源。"这一段话可以看作对反现实主义文学的抨击和按生活真实写作的号召。在《采诗官》中，白居易尖锐地揭露了这种粉饰文学的反动作用："周灭秦兴至隋氏，十代采诗官不置。郊庙登歌赞君美，乐府艳词悦君意。若求兴谕规刺言，万句千章无一字……夕郎所贺皆德音，春官每奏唯祥瑞。……贪吏害民无所忌，奸臣蔽君无所畏。"

元稹和白居易都强调诗歌的战斗作用，要求诗歌内容与形式统一。白居易在《与元九书》中主张："诗者，根情，苗言，华声，实义。""情"和"义"是内容，而"苗"和"华"（花）是形式。他的《新乐府》《秦中吟》都是这种理论的优秀实践。"系于意，不系于文"，也就是说内容决定形式，形式为内容服务。所以他对自己《新乐府》的要求是："其辞质而径，欲见之者易谕也；其言直而切，欲闻之者深诫也；其事核而实，使采之者传信也；其体顺而肆，可以播于乐章歌曲

也。"(《新乐府序》)

在文学批评上,他们也有卓越的见解,都以政治标准为第一位来衡量作品,文学创作不合乎"美刺"之道,不能对社会有所裨益,而只是追求声律辞藻的华美,那是他们所不取的。至于有思想性而艺术性不高的作品,他们则认为应提出鼓励,积极扶植。在《策林六十八》中,白居易说:

> 且古之为文者,上以纽王教,系国风;下以存炯戒,通讽谕。故惩劝善恶之柄,执于文士褒贬之际焉;补察得失之端,操于诗人美刺之间焉。今褒贬之文无核实,则惩劝之道缺矣;美刺之诗不稽政,则补察之义废矣。虽雕章镂句,将焉用之……俾辞赋合炯戒讽谕者,虽质虽野,采而奖之;碑诔有虚美愧辞者,虽华虽丽,禁而绝之。

白居易和元稹不仅用这一标准去评价当代的诗人和作品,而且用同样的标准对他们以前的文学遗产做了一个总结。将周汉民歌、陈子昂、杜甫以来的现实主义的传统提到正宗地位。对各种各样反现实主义文学进行了尖锐的批判,他们尤其推崇《诗经》以来的"风雅比兴"传统,因为这些现实主义作品反映了人民的思想愿望和社会精神面貌,可以补察时政:"闻《北风》之言,则知威虐及人也;闻《硕鼠》之刺,则知重敛于下也……国风之盛衰,由斯而见也;王政之得失,由斯而闻也;人情之哀乐,由斯而知也。"(《策林六十九》)因此,他们攻击齐梁以后的形式主义、唯美主义文学,指斥其"嘲风雪,弄花草"没有现实意义。他们说"丽则丽矣,吾不知其所讽焉"。白居易对李白、杜甫、陈子昂的一些责难,也正是从他们反映现实的深度和广度去衡量的。他们也还能够从社会基础上去评价文学,这在当时来说是很不容易的：

> 建安之后，天下文士遭罹兵战。曹氏父子鞍马间为文，往往横槊赋诗，故其遒壮抑扬、怨哀悲离之作，尤极于古。
>
> ——元稹《唐故工部员外郎杜君墓系铭并序》

总之，元、白的文学理论产生于阶级矛盾进一步尖锐之中，当时，现实主义文学正在蓬勃发展中，它反过来又指导和推进这一运动的发展。他们的文学理论远远超过此前的钟嵘、刘勰等人。

录自北京大学中文系文学专门化1955级集体编著《中国文学史》上册，人民文学出版社1959年版。

白居易诗歌的人民性

白居易是我国最伟大的现实主义诗人,他的诗极其全面、深刻、尖锐地揭露了唐代社会的种种矛盾,有力地抨击整个封建社会,表现了对劳动人民的深厚同情与关怀,具有高度的人民性。

一、对统治阶级骄奢淫逸的揭露与鞭挞

白居易在诗歌中深刻地揭露统治阶级穷奢极欲、花天酒地的荒淫生活,并且指出,这种生活建筑在残酷地剥削人民的基础上,因而有力地打击了腐朽的封建统治。中唐以来,贵族、官僚、藩镇等追求豪奢生活,达到了惊人程度。据元稹说:"京城之中,亭第邸店以曲巷断;侯甸之内,水陆腴沃以乡里计,其余奴婢、资财,生生之备称之。"(《叙诗寄乐天书》)他们为了摆阔气,最讲究宅第的华美。白居易的《伤宅》讽刺说:

谁家起甲第,朱门大道边。丰屋中栉比,高墙外回环。累累

六七堂，栋宇相连延。一堂费百万，郁郁起青烟。洞房温且清，寒暑不能干。高堂虚且迥，坐卧见南山……

他满怀义愤地说："主人此中坐，十载为大官。厨有臭败肉，库有贯朽钱……岂无穷贱者，忍不救饥寒？"白居易将这些不顾人民死活，只管自己歌舞享乐的达官们的秽行丑态，具体地揭露出来。

秦中岁云暮，大雪满皇州，雪中退朝者，朱紫尽公侯。贵有风雪兴，富无饥寒忧。所营唯第宅，所务在追游。朱门车马客，红烛歌舞楼。欢酣促密坐，醉暖脱重裘。秋官为主人，廷尉居上头。日中为一乐，夜半不能休……

白居易富于人道主义精神，不能不想到另一面："岂知阌乡狱，中有冻死囚！"原来，他们的豪奢生活建立在人民的白骨之上！诗人尖锐讽刺权贵们竞赛买牡丹的风气，指出："一丛深色花，十户中人赋！"劳动人民辛辛苦苦创造出的财富就这样被统治阶级随便糟蹋。《缭绫》中，诗人痛心地说："汗沾粉污不再著，曳土踏泥无惜心。缭绫织成费功绩，莫比寻常缯与帛。丝细缲多女手疼，扎扎千声不盈尺。昭阳殿里歌舞人，若见织时应也惜。"不但官吏如此，皇帝更变本加厉。在《八骏图》中，诗人讽刺皇帝道："《白云》《黄竹》歌声动，一人荒乐万人愁。"为了满足奢侈生活需求，整个统治阶级的官吏系统，实质上是一套贪污系统。白居易的《黑潭龙》一诗便以鼠比官，鞭挞这一群贪污官吏：

黑潭水深色如墨，传有神龙人不识。潭上架屋官立祠，龙不能神人神之。丰凶水旱与疾疫，乡里皆言龙所为。家家养豚漉清酒，朝祈暮赛依巫口。神之来兮风飘飘，纸钱动兮锦伞摇。神之去兮风亦静，香火灭兮杯盘冷。肉堆潭岸石，酒泼庙前草。不知龙神享几多，林鼠山狐长醉饱。狐何幸，豚何辜，年年杀豚将喂狐。狐假龙神食豚尽，九重泉底龙知无？

当时的官僚们热衷功名富贵，他们虽年至八九十，决不退休，白居易的《不致仕》便是讽刺这些人的。

二、边疆各族侵扰与统治阶级昏庸无能

这样一套腐朽机构，当然无法抵御境外之敌。中唐时，吐蕃、回纥侵扰，成为主要边患。河湟一带完全落入蕃手，吐蕃一度攻入长安。当时，带兵的将领都强兵自固，只知抬高自己地位。白居易的《西凉伎》猛烈抨击说：

自从天宝兵戈起，犬戎日夜吞西鄙。凉州陷来四十年，河陇侵将七千里。平时安西万里疆，今日边防在凤翔。缘边空屯十万卒，饱食温衣闲过日。遗民肠断在凉州，将卒相看无意收。

诗人揭露，他们并非没有收复失地的能力，只是看重个人势力，并不想到国家。

如今边将非无策，心笑韩公筑城壁。相看养寇为身谋，各握强兵固恩泽。

——《城盐州》

在这种情况下，外族入侵势必毫无忌惮。回纥恃平定安史之乱有

功,每年以 1 匹马换 50 匹缣的代价,大肆劫夺。所送之马,大都羸弱,由此,人民的负担因而加重。《阴山道》写此事:

> 五十匹缣易一匹,缣去马来无了日。养无所用去非宜,每岁死伤十六七。缣丝不足女工苦,……捧授金银与缣彩。谁知黠虏启贪心,明年马来多一倍。缣渐好,马渐多,阴山虏,奈尔何!

内政既腐朽,外事又无能,怎么将社会局面维持下去呢?当然只能加重对人民剥削了。

三、残酷的剥削与压迫

唐代到这时,两税法已代替租庸调制,由此增加许多额外捐税,一级级官吏可以拿各种名目去层层中饱。《秦中吟》的《重赋》反映这种情况:

> 国家定两税,本意在爱人。厥初防其淫,明敕内外臣。税外加一物,皆以枉法论。奈何岁月久,贪吏得因循。浚我以求宠,敛索无冬春。织绢未成匹,缲丝未盈斤。里胥迫我纳,不许暂逡巡。岁暮天地闭,阴风生破村。夜深烟火尽,霰雪白纷纷。幼者形不蔽,老者体无温。悲喘与寒气,并入鼻中辛。昨日输残税,因窥官库门。缯帛如山积,丝絮如云屯。号为羡余物,随月献至尊。夺我身上暖,买尔眼前恩,进入琼林库,岁久化为尘。

在寒冷的冬天,老幼形骸不蔽而官府却缯帛如山,丝絮如云。为什么会这样呢?那是因为官吏们要"买尔眼前恩"。这就是阶级社会的本质：一些人要升官发财，另一些人就必然要挨饿受冻。白居易的伟大，正在于他能自觉地选择典型事件，在一首诗中画出鲜明的两幅画：一幅阴沉，"悲喘与寒气，并入鼻中辛"。无比的辛酸，往往比号哭更为深刻。另一幅画，人们只凭一"窥"，就可见到如山、如云般的帛絮，真不知其中到底有多少，而且，这些如山、如云的缯帛丝絮被掠取后，居然"进入琼林库，岁久化为尘"。这就典型而深刻地揭露出社会本质，在客观上引起人们强烈的憎恨。在《杜陵叟》里，作者又从统治阶级的残酷与虚伪上揭示社会本质：

> 杜陵叟，杜陵居，岁种薄田一顷余。三月无雨旱风起，麦苗不秀多黄死。九月降霜秋早寒，禾穗未熟皆青干。长吏明知不申破，急敛暴征求考课。典桑卖地纳官租，明年衣食将何如？剥我身上帛，夺我口中粟，虐人害物即豺狼，何必钩爪锯牙食人肉！不知何人奏皇帝，帝心恻隐知人弊；白麻纸上书德音，京畿尽放今年税。昨日里胥方到门，手持尺牒榜乡村，十家租税九家毕，虚受吾君蠲免恩！

残酷与虚伪相辅相成，是统治阶级惯用的维护其利益的两种手法。要巩固其统治，过荒淫生活，就必定会用残酷的手段。另一方面，还必须搞些小恩小惠来笼络人心，以便掩盖其剥削，防止人民起来反抗。在这首诗中，白居易明白地说，虐人害物，使人民无法生活下去，这就是豺狼；豺狼吃饱之后，又假惺惺地来蠲免。诗人将统治阶级的这两种手法集中到一件事上，统治阶级的本质就暴露无遗了。白居易这一方面的作品相当多，如《采地黄者》写人民用地黄去换"马残粟"以糊口，可见其贫困。其他如《观刈麦》《村居苦寒》等，都反映人民饥寒交迫的生活。

除此之外，人民还遭受极其严重的超经济剥削。中唐时，宫市盛行。宫市的内容，韩愈曾说过："宫中有要市外物，令官吏主之，与人为市，随给其直。"这实际上就是官家对人民的随意抢劫，是当时苛捐杂税中最有代表性的一种。白居易在《卖炭翁》诗中揭露："一车炭重千余斤，宫使驱将惜不得。"中唐时，宦官经常当政擅权，皇帝的生命有时也常常控制在他们手中。他们掌握神策军，到处专横施暴，有如太上皇一般。白居易的《宿紫阁山北村》揭露说：

晨游紫阁峰，暮宿山下村。村老见余喜，为余开一尊。举杯未及饮，暴卒来入门。紫衣挟刀斧，草草十余人。夺我席上酒，掣我盘中飧。主人退后立，敛手反如宾。中庭有奇树，种来三十春。主人惜不得，持斧断其根。口称采造家，身属神策军。主人慎勿语，中尉正承恩。

在当时，人民生活毫无保障，连吃一顿饭也不得安宁。这就写出了这个社会充满暴虐的影子。末句有似杜甫"慎莫近前丞相嗔"一样，充满敢怒而不敢言的愤激心情。因此，"握军要者切齿矣"！

在这个时代中，什么样稀奇古怪的残忍事情都有。道州人，由于生得矮小，竟被州官当作贡物。白居易在《道州民》中写道："道州民，多侏儒，长者不过三尺馀。市作矮奴年进送，号为道州任土贡。任土贡，宁若斯，不闻使人生别离，老翁哭孙母哭儿。"

四、反对穷兵黩武的战争，关心妇女、寒士和穷苦农民

残酷的战争给人民带来难以想象的痛苦，《新丰折臂翁》写主人公为逃避兵役而折臂，"夜深不敢使人知，偷将大石捶折臂"。之所以如此，是因征战的结果必然是"千万人行无一回"，"痛不眠，终

不悔，且喜老身今犹在"，"一肢虽废一身全"。这是人民对统治者穷兵黩武政策的抗议。

白居易十分关心妇女命运。在封建社会中，妇女多受夫权的压迫。白居易《太行路》诗云："人生莫作妇人身，百年苦乐由他人。"写出了妇女的特殊悲惨命运。《上阳白发人》《陵园妾》写宫女的悲苦，对摧残她们青春的不人道待遇提出控诉。其中的宫女不是只有点淡淡的薄愁，而是具有沉痛的思想感情的被压迫女性形象。《母别子》斥责达官将军们玩弄女性，喜新厌旧。《议婚》抨击不合理现象，为贫家女鸣不平。

白居易的诗也反映封建社会中贫寒知识分子的不幸遭遇。贵族公子不须权贵援引，即可坐享高官厚禄，而一般文人则可能长期沉沦。《悲哉行》抨击门阀制度。朱门乳臭，年方二十，就可以袭爵承封，"声色狗马外，其余一无知"，而另一方面，如《涧底松》所写："有松百尺大十围，生在涧底寒且卑。"

白居易是一个伟大的人道主义者，他同情人民疾苦，利用文学与统治阶级斗争，平时有所见，或者自己做了新衣，发了俸禄，住了新屋，就自感惭愧，觉得没有理由白吃白穿。其《观刈麦》诗云：

> 田家少闲月，五月人倍忙……。足蒸暑土气，背灼炎天光。力尽不知热，但惜夏日长。复有贫妇人，抱子在其旁。右手秉遗穗，左臂悬弊筐。听其相顾言，闻者为悲伤。家田输税尽，拾此充饥肠。今我何功德？曾不事农桑。吏禄三百石，岁晏有余粮。念此私自愧，尽日不能忘。

又其《村居苦寒》云：

> 八年十二月，五日雪纷纷。竹柏皆冻死，况彼无衣民。回观村

间间,十室八九贫。北风利如剑,布絮不蔽身。唯烧蒿棘火,愁坐夜待晨。乃知大寒岁,农者尤苦辛。顾我当此日,草堂深掩门。褐裘覆䌷被,坐卧有余温。幸免饥冻苦,又无垄亩勤。念彼深可愧,自问是何人?

这里,我们看到白居易已经不是从一个统治者出发,对自己丰衣足食感到理所当然。他把自己当作一个普通人来和农民比,深深感到惭愧,发出"自问是何人"之叹。因而,怎么能使广大人民都食饱衣足,就成为他人道主义的中心内容。他新制布裘就想到,"丈夫贵兼济,岂独善一身。安得万里裘,盖裹周四垠。稳暖皆如我,天下无寒人"(《新制布裘》)。这里,白居易的理想比杜甫的"大庇天下寒士"就更进了一步。

录自北京大学中文系文学专门化1955级集体编著《中国文学史》上册,人民文学出版社1959年版。

白居易诗歌的艺术性

白居易诗歌艺术成就巨大，是我国古典诗歌现实主义的高峰。他为反映现实，深刻地揭示社会本质，描写了许多生动的典型形象，继承并独创了若干艺术手法，大大地丰富了我国现实主义文学的宝库。

白居易的现实主义创作是自觉的，具有鲜明的目的性。他提倡"文章合为时而著，歌诗合为事而作"，实际上要求文学必须反映现实，"不虚为文"。他要求诗歌"救济人病，裨补时阙"，实际上也就是要求文学要反映社会弊端，为其改造和救治服务。正因为如此，白居易力求从高度纷繁复杂的社会现象中，选取最典型的事件和人物，运用一系列手段创造多种典型形象，全面地反映社会生活。这是他最伟大的艺术成就。

《秦中吟》《新乐府》和其他讽喻诗，广泛反映社会的各个方面，几乎篇篇都反映重大社会问题。有的揭露残酷的剥削压迫，如《杜陵叟》《重赋》《卖炭翁》《纳粟》《宿紫阁山北村》等；有的反映人民的赤贫生活，如《采地黄者》《观刈麦》《村居苦寒》等；有的揭露统治阶级的荒淫生活，如《歌舞》《轻肥》《伤宅》等；有的反映边患严重和统治者腐朽无能，如《阴山道》《西凉伎》《城盐州》等；有的写官僚贪污腐化，如《黑潭龙》《不致仕》等；有的反映妇女悲惨命运，如《陵园妾》《上阳人》《母别子》等；有的反对穷兵黩武，如《新丰折臂翁》等；有的反对门阀制度，为知识分子鸣不平，如《涧底松》等。由此可见，白居易善于从封建社会的繁复现象中抓住本质，选取典型事件。他让我们看到了"愿易马残粟"的农民、卖炭翁、为逃避兵役而自己折臂的残废老人、"汉心汉语吐蕃身"的戎人、被幽闭一生的宫女、胡旋女、西凉伎、被迫遗弃两个孩子的母亲等被压迫的劳动妇女；让我们看到了贫寒知识分子、贪官污吏、荒淫无耻的贵族官僚等人物形象；还让我们还看到了许多典型事件，如征收羡余物、竞买牡丹花、把人民当奴隶进贡、上贡缭绫，等等。

  诗人善于通过细节刻画、对比、抒情与叙事结合等一系列艺术手法，塑造典型形象，使之鲜明突出。因而无论写人或叙事，都能深深地打动人。愤怒处，令人怒发冲冠；悲痛处，使人动情流泪。在这里，我们看到了诗歌的巨大艺术魅力。例如《缚戎人》，诗人为了"达穷民之情"而作。"戎人"本是唐人，在蕃中做了四十年奴隶，历尽千辛万苦，苦思故乡。汉服，蕃人不让穿，他希望能在"年未衰"之时回到祖国，可是，又怕走漏消息，逃不出去，便"誓心密定归乡计，不使蕃中妻子知"，终于冒死逃出"严兵鸟不飞"的蕃境。他的悲惨命运和他宁弃妻儿回乡，不做异域奴隶的反抗精神，已紧紧抓住了读者的心，谁都会为他脱离险境而兴奋，特别是读到他看到同胞汉兵，那种"路旁走出再拜迎"的喜悦心情，更会被深深感动。至此，情节的发展突然发生意外的转折。他虽能说汉语，但那身借以逃生，也是胡人强穿给他的蕃衣，却使他被误认为蕃人，再次被捕，重受灾难。"游骑不听能汉语，将军遂缚作蕃生"，他竟被充军江南，过起更悲惨的生活。这回，不但蕃中的妻儿尽失，自己也已老衰，此行"定无存恤空防备"，更不知"若为辛苦度残年"！这些情节，更为深刻地揭露了统治阶级的昏庸和腐朽，使得作品中的形象更加典型化，激起我们对统治者更加强烈的愤恨，对"戎人"遭遇更加深厚的同情。"戎人"的一生就是在腐朽统治下的所有边境人民悲惨遭遇最集中最典型的反映。在表现方法上，诗人首先写一群被充军"戎人"的共同悲惨命运，以揭示其普遍性，然后以"忽逢江水忆交河，垂手齐声呜咽歌"转接，下面全以"戎人"自己之口叙述，使我们了解并体会他们共同的遭遇和处境，就更为深刻而感人。

　　《卖炭翁》中，作者成功地塑造了一个在残酷剥削下，挣扎在死亡边缘的劳动者。宫市是中唐时期一般剥削之外最为严重的抢劫式的超经济的掠夺。作者在塑造卖炭翁的形象时，首先描绘他的外貌"满面尘灰烟火色，两鬓苍苍十指黑"，突出一个艰辛的劳动者形象，然后指明"卖炭得钱何所营，身上衣裳口中食"。将一车炭和他的生命紧紧地捏合到一起。"可怜身上衣正单，心忧炭贱愿天寒。"老翁既然"衣单"，又加上夜来城外的一尺大雪，他当然希望天气能暖和一些，但是为生活资用所迫，他却宁肯忍受加倍的寒冻，希望天再寒一些，好多卖一点炭钱。这一情节，反映卖炭翁内心矛盾，更加突出地写出了那个时代人民的悲苦心理。可是，这一车炭，却被"黄衣使者白衫儿"白白抢走了。这该激起人们怎样的愤怒！诗人就是通过这些具有本质特征的细节，不断深化主题，使得形象具有高度的典型性。《采地黄者》中的采地黄者，是当时被剥削压迫而无法生活的农民形象。他困苦得实在不能生活下去，只好到地里采地黄，向"白面郎"哀求"愿易马残粟"。诗中以"白面郎""肥马"与"采地黄者"的强烈对比，深刻地反映剥削者的奢侈和农民比马还不如的生活，这就很清楚地说明阶级社会的不合理。由此我们可以看出白居易诗歌的高度概括和典型化的手法，在创造典型的人物形象时，诗人运用典型细节描写结合人物心理的刻画逐步深化主题的做法是经常的。例如：《新丰折臂翁》《宿紫阁山北村》写神策军砍掉30年的老树。这老树为主人喜爱，军士砍去也不见得有什么大用，但通过这一细节却使我们感到，这批强盗在民众面前是什么也不会放过，一切都要抢走，这就突出了这些反面军士的形象，揭示了其本质。《上阳白发人》云："未容君王得见面，已被杨妃遥侧目。妒令潜配上阳宫，一生遂向空房宿。"表面看来，只是偶然被杨妃所见而遭殃，实际上说明，即使你"脸似芙蓉胸似玉"，在宫廷里也只有空房独宿的遭遇。

白居易在创造典型形象时使用的另一个手法是运用对比，使得对立两面的形象都更为鲜明突出。《轻肥》首先描写内臣气势横溢，"尊罍溢九酝，水陆罗八珍。果擘洞庭橘，脍切天池鳞。食饱心自若，酒酣气益振。"然后转笔写道："是岁江南旱，衢州人食人。"这种对比，具有高度概括性，它是封建社会中矛盾集中的形象反映。此外，白居易诗中还有更深一层的对比，例如，《红线毯》以人衣和地衣作比，《采地黄者》中以人食和马粟对比，都说明了统治者不但生活远远优于农民，连他们的牲畜，都要比劳动人民舒适、优越上千万倍，从而使对立更加鲜明突出。在《卖炭翁》中则有老翁与"黄衣使者白衫儿"的对立，《缭绫》中有春衣一对值千金的"昭阳舞人"和"丝细缲多女手疼"的劳动妇女的对立等，但又不雷同，有的是整首诗中贯穿了形象对立，有的是末句突出了一个对立面。凡此都是把对立的阶级矛盾形象化地体现到诗歌中，使这些诗歌具有强烈揭露和战斗力量。

白居易诗歌中的形象是完整不可分的。每首诗都是一个完整统一的形象，以一个人或一件事为中心，他的诗不以个别警句取胜（当然也有警句），正因为如此，形象丰富而饱满。它可以容纳经过高度概括的丰富的社会内容，他的《秦中吟》《新乐府》差不多首首都是如此。白居易的"卒章显志"正是这一完整形象不可分割而又更加深化的重要组成部分。当诗人描写或叙述到最后时，随着情节的发展，诗人的感情也达到了顶点，诗人自己被作品反映的生活所牵动而达到了感情的爆发点，就出现了高度概括形象突出的诗句，例如《红线毯》在叙述宣城太守年年讨好皇帝而加样织毯，命"百夫同担进宫中"之后，愤怒地直抒其情云：

> 宣城太守知不知？一丈毯，千两丝。地不知寒人要暖，少夺人衣作地衣！

这是作者愤慨到极点时的感情爆发，成为大快人心的严词责问。它是全诗的重要部分和感情的顶峰。诗人在创作过程中常常抒情和叙事配合并用，在叙事中就充满感情。经过一段感人的叙事之后，继续抒情，而这种抒情又往往和"卒章显志"相结合。例如《官牛》云：

> 右丞相，马蹄踏沙虽净洁，牛领牵车欲流血。右丞相，但能济人治国调阴阳，官牛领穿亦无妨。

这些地方，过往的封建学者、资产阶级学者或者批评白居易诗说"尽"，或者认为和全诗游离，实际上因为他们主张"怨而不怒"，看不惯、也不愿意那么严厉地抨击统治阶级。在我们看来，这里不但形象上完整不可分，而且表现出诗人的鲜明倾向性，直接出面将自己要说的话说出来告诉读者。有时，白居易从创造鲜明、突出的完整艺术形象的需要出发，在诗歌中也运用丰富的想象和优美的描写手法，例如《缭绫》云："缭绫缭绫何所似？不似罗绡与纨绮。应似天台山上明月前，四十五尺瀑布泉。中有文章又奇绝，地铺白烟花簇雪……织为云外秋雁行，染作江南春水色。"这些地方，读者看到这么多天然、形象的比喻，就会引起对这些缭绫的爱，而这种爱反过来就是对糟蹋这些劳动果实的统治者的恨。

白居易诗风格平易浅近，朴素通俗，流畅易懂，这既是他努力学习民间文学和人民语言的结果,也是他竭力使自己的作品易于为人民大众所接受,作了巨大努力的结果。惠洪《冷斋夜话》云:"白乐天每作诗,令一老妪解之。问曰'解否',妪曰'解',则录之;'不解',则易之。"这故事虽不一定可信,却有力地说明,白居易为使人民大众能接受自己的作品,作了怎样的努力。其文学理论基本上从周汉民歌中总结出来。他的讽喻诗,完全承受民间文学现实主义精神,无论内容与形式都和周汉民歌一脉相承。既反映当时的社会现实内容,又采取民歌的形式,所以他命之为新乐府。他的诗不用典故,不堆积辞藻,能够直抒胸臆,畅所欲言,大胆地表达思想感情,甚至斥骂统治阶级,表现出作家强烈的主观倾向性,一点也不隐晦曲折。他能够在诗中将意思说"尽",使人感到淋漓尽致。他的诗不以词句和所谓意境来吸引人,而以完整形象、真实感情来激动人,这是一种很高的艺术性。在许多地方,白居易的诗歌语言和口语几乎没有什么区别,如:

新丰老翁八十八,头鬓眉须皆似雪……问翁臂折来几年,兼问致折何因缘。翁云贯属新丰县,生逢圣代无征战。

玄宗末岁初选入,入时十六今六十……今日宫中年最老,大家遥赐尚书号。小头鞋履窄衣裳,青黛点眉眉细长。外人不见见应笑,天宝末年时世妆。……

这些诗具有民歌的自然韵律,读起来朗朗上口,如:"太行之路能摧车,若比人心是坦途。巫峡之水能覆舟,若比人心是安流。"又如:"陵园妾,颜色如花命如叶。命如叶薄将奈何。一奉寝宫年月多。年月多,时光换,春愁秋思知何限。"特别应该指出的是,他喜学当代民歌、变文的语言,还创作了许多模仿民间歌词的作品。例如:"一山门作两山门,两寺原从一寺分。东涧水流西涧水,南山云起北山云。""花非花,雾非雾;夜半来,天明去。来如春梦几多时?去似朝云无觅处!"

白居易之所以能取得如此伟大的艺术成就,首先取决于他的先进思想和同情人民疾苦的优秀品质。他善于从现实生活中得到感受,并善于运用才能,创造出艺术成果。例如白居易最优秀作品之一《卖炭翁》,就是根据亲身所见所闻而作。白居易任盩厔县(今周至县)尉时,曾因催税到过终南山,亲眼见到烧炭者的痛苦生活。"宫市之弊",更是他所目睹之事。在《秦中吟序》中,白居易就说过:"贞元、元和之际,予在长安,闻见之间,有足悲者。因直歌其事。"

这是一种敢于面对现实的勇敢精神。

附论:《长恨歌》与《琵琶行》

《长恨歌》作于元和元年(806),是白居易早年最著名的作品。它在民间流传十分广泛,故元稹在《白氏长庆集序》中云:"二十年间,禁省、观寺、邮候墙壁之上无不书,王公妾妇、牛童马走之口无不道。"

《长恨歌》写唐明皇和杨贵妃的爱情悲剧。白居易在《长恨歌》中批判他们建立在剥削和荒淫基础上的爱情,指出其爱情悲剧的必然性,但是,作者并没有始终将他们当作历史上的实有人物来写,而是将二人幻化、虚化,作为爱情悲剧的牺牲者,歌颂他们始终不渝、坚贞专一的爱情。

《长恨歌》一开始,作者就指出,"汉皇重色思倾国"。紧接着,作者批判唐明皇废弃朝政的荒淫生活:"春宵苦短日高起,从此君王不早朝。承欢侍宴无闲暇,春从春游夜专夜。"也讽刺由此而造成的裙带政治:"姊妹弟兄皆列土,可怜光彩生门户。"这样作者就为写悲剧的必然到来打好基础。果然,"渔阳鼙鼓动地来,惊破霓裳羽衣曲",李、杨的爱情也遭到毁灭："六军不发无奈何，宛转蛾眉马前死！""君王掩面救不得，回看血泪相和流！"

长诗由此转入对李、杨生死不渝的爱情的热烈歌颂。唐明皇情意深长、废寝忘食地思念贵妃，以至于"行宫见月伤心色，夜雨闻铃肠断声"。因此感动"临邛道士鸿都客"，"遂教方士殷勤觅"。接着，作者以丰富多彩的浪漫主义笔法，描写方士上天入地，寻觅杨妃，使作品显得奇幻华美。最后终于在虚无缥缈的山上找到了杨妃。她对君王也同样爱得非常深沉："闻道汉家天子使，九华帐里梦魂惊。"但是，由于生死两隔，无从与君王再见，"唯将旧物表深情，钿合金钗寄将去"。她真挚誓言："但教心似金钿坚，天上人间会相见。"可惜，悲剧并没有转为喜剧，作者在无比同情与感慨中结束长诗："天长地久有时尽，此恨绵绵无绝期！"长诗后半部，明皇和杨妃已经不再是帝王和贵妃的关系，而是成为体现人民坚贞专一的爱情的理想形象。《长恨歌》之所以流传得如此之广，和中唐以来市民阶层的扩大有很大关系。有关故事广为流传，当时有娼妓云："我诵得白学士《长恨歌》，岂同他妓哉！"（白居易《与元九书》）

《长恨歌》在艺术上有高度成就。不但运用浪漫主义手法虚构海上仙境，增加作品的奇异情趣，而且能运用肖像描写来塑造人物形象，如描写杨妃初见明皇："回眸一笑百媚生，六宫粉黛无颜色。"写方士刚找到她时："玉容寂寞泪阑干，梨花一枝春带雨。"此外诗人还通过景物描写，刻画人物的思想感情与心理状态："蜀江水碧蜀山青，圣主朝朝暮暮情。""归来池苑皆依旧，太液芙蓉未央柳。芙蓉如面柳如眉，对此如何不泪垂？"此外作者还运用了充满民间文学情调的比喻句，如"在天愿作比翼鸟，在地愿为连理枝"等。

《琵琶行》是元和十一年（816）白居易被贬为江州司马时的作品。中唐以后，妓女数量大大增加，她们在封建社会里是被侮辱、被损害者，生活和命运最为悲惨。琵琶女就是这样一个具有普遍意义的形象，年轻时盛名一时："十三学得琵琶成，名属教坊第一部。曲罢曾教善才服，妆成每被秋娘妒。"可是"今年欢笑复明年，秋月春风等闲度"，青春虚耗，最后是"门前冷落鞍马稀，老大嫁作商人妇"，然而"商人重利轻别离"，她只好"去来江口守空船，绕船月明江水寒"，过着无比悲凉的生活。白居易将她的命运和自己政治上不得意联系起来："我从去年辞帝京，谪居卧病浔阳城。"诗人将自己的命运和琵琶女的命运结合起来。"我闻琵琶已叹息，又闻此语重唧唧。同是天涯沦落人，相逢何必曾相识。"这里，诗人不惜自降身份，和琵琶女同列，寥寥数语，情真语挚，充分流露出作家对琵琶女的同情，也表达出他们对社会的共同不满和对凉薄的世态人情的感叹。

白居易的《琵琶行》同样具有高度艺术性。作家善于运用细节描写刻画人物，表达主题。"千呼万唤始出来，犹抱琵琶半遮面"两句诗，既符合主人公不幸的身份和性格，又生动地刻画了她羞羞答答的内心状态。其景物描写、环境场所描写，也能很好地表现主人公的感情，造成相应的抒情气氛。"枫叶荻花秋瑟瑟"，"别时茫茫江浸月"，"东船西舫悄无言，唯见江心秋月白"，这些诗句，既形象逼真地表现了主人公的活动场所，也惟妙惟肖地表现了主人公的心态。在音乐描写上，表现出作家高度丰富的想象和惊人的语言驾驭能力。他能以具体形象写出声音的高低快慢，抑扬顿挫，形成五光十色、七彩缤纷的局面：

转轴拨弦三两声，未成曲调先有情。弦弦掩抑声声思，似诉平生不得志。低眉信手续续弹，说尽心中无限事。轻拢慢捻抹复挑，初为《霓裳》后《六幺》。大弦嘈嘈如急雨，小弦切切如私语。嘈嘈切切错杂弹，大珠小珠落玉盘。间关莺语花底滑，幽咽泉流水下难。水泉冷涩弦凝绝,凝绝不通声暂歇。别有幽愁暗恨生,此时无声胜有声。银瓶乍破水浆迸,铁骑突出刀枪鸣。曲终收拨当心画,四弦一声如裂帛。

这些音乐描写并未游离情节,游离人物,而是出色地表达了琵琶女的性格和感情,也卓越地传达了白居易本人心中的不平和郁闷。

录自北京大学中文系文学专门化 1955 级集体编著《中国文学史》上册,人民文学出版社 1959 年版。

白居易后期诗歌的消极倾向[1]

长庆以后，白居易的诗歌丧失了前期的战斗光辉，写了不少歌咏个人闲适生活的作品。这自有其复杂的阶级根源和社会根源。

白居易出身于小官僚地主家庭，由于地位较为低下，生活比较贫困，因而和统治阶级有某种程度上的矛盾，并可能因此而接近人民、为人民说话，产生出同情人民、反对残酷剥削的人道主义和民主主义的作品来。有时候，他希望实现自己开明的政治理想，采取积极进取的态度，向统治者作一定程度的斗争。但一旦挤进统治者的行列以后，也便可能忘记人民。他常常为自己的地位而得意自满："紫泥丹笔皆经手，赤绂金章尽到身。"(《戊申岁暮咏怀三首·其二》)这一切都是使他在政治上越来越消极的原因。

随着他政治上的消极和远离人民，也就导致了他后期诗歌的消极倾向，诗歌主张也改变了。他后期的诗歌主要是写自己"独善其身"的生活。他过的是官僚生活，因而对自己生活的吟咏，也就是对官僚生活的

---

[1] 原题《白居易后期诗歌的反现实主义倾向》。

吟咏，实际上成了粉饰现实、歌颂升平的文学了。

> 自三年春至八年夏，在洛凡五周岁，作诗四百三十二首，除丧明、哭子十数篇外，其他皆寄怀于酒，或取意于琴，闲适有余，酣乐不暇，苦词无一字，忧叹无一声，岂牵强所能致耶！
> ——《后集序》

这时候人民的苦难他早已忘记了。这一段时间，他的诗歌中充斥着对于闲适、懒散生活的欣赏与描绘，对于自己所过的地主阶级生活的欣赏，以及"明哲保身""审躬省分"等逃避现实置身事外的消极思想的宣扬，甚至不乏对功名富贵的庸俗描写。表现在前、后期诗歌中的白居易已经完全是两个人了。即使是"甘露之变"这样巨大的政治事件，也没能震动他，却更加坚定了他逃避现实的决心。

白居易前后期诗歌创作的不同，说明了一个诗人只有置身于现实的斗争中，关心人民，在思想上、生活上都和人民站在一起的时候，他的诗才会有现实意义。而当他置身在现实斗争以外，在思想上和生活上都远远地离开人民的时候，他的创作源泉便会枯竭，思想便会逐渐僵化。如果政治上不得意了，便会消极隐退，即所谓"穷则独善其身，达则兼济天下"。这种思想支配了中国封建社会中许多作家和知识分子，其所以产生，也有其经济基础。因为不管怎么样，他们总还有几亩地和一些财产，有后退之路，退隐以后，用不着愁衣愁食，相反却可以逍遥自在，求得精神上的解脱。这也说明了世界观对创作所起的决定性作用。前期的白居易，思想上"兼济天下"占上风，诗歌也真是"唯歌生民病"；后期以"独善其身"占上风，于是诗歌就变成歌颂个人闲适生活了。

白居易也正是如此。"穷则独善其身，达则兼济天下"，是他的人生观。他在《与元九书》中说:"大丈夫所守者道,所待者时。时之来也,为云龙,为风鹏,勃然突然,陈力以出;时之不来也,为雾豹,为冥鸿,寂兮寥兮,奉身而退。进退出处,何往而不自得哉?"这种思想基本上支配了他一生的行藏用舍。早年,在他写作那些战斗性极强的讽喻诗的同时,他就有和元稹一同归隐的打算,在政治上不得意,连遭贬斥,穆宗、敬宗等皇帝又很糟糕,统治阶级在一天天腐朽下去,作为知识分子的白居易是软弱的,经不起统治阶级的打击,这时他感觉到"兼济天下"不行了,于是就追求"独善其身"。他的这种转变与当时的政治局势和他的生活分不开。早年的斗志、棱角也就逐渐消磨殆尽,牛、李党争的兴起,阴险的官场风波又把他吓住了:"昨日延英对,今日崖州去。由来君臣间,宠辱在朝暮。"(《寄隐者》)他觉得还是明哲保身不担风险为好,离开忠州入京时,他说:"险路应须避,迷途莫共争。此心知止足,何物要经营。玉向泥中洁,松经雪后贞。无妨隐朝市,不必谢寰瀛。但在前非悟,期无后患婴。"(《江州赴忠州至江陵已来舟中示舍弟五十韵》)这就是他后期所采取的生活态度。特别是元和十四(819)年,他回京以后,步步高升,官愈做愈大,对政治没有兴趣了,愿意做闲官。政治地位和经济地位的变化,自然也使他的思想发生变化。个人主题的吟咏,愈来愈空虚无聊。

应该指出,以上乃是就白居易后期的基本倾向而言。他在后期对于人民疾苦也并不是完全无动于衷,他在杭州和苏州都为人民做过不少好事,人民对他也是有好感的。

他也写过这样的诗篇:

百姓多寒无可救,一身独暖亦何情。心中为念农桑苦,耳里如闻饥冻声。争得大裘长万丈,与君都盖洛阳城。

——《新制绫袄成感而有咏》

公元844年，也就是他去世前两年，他还出资开凿龙门潭的八节滩，以利船只航行，免除船夫在大冷天船破以后下来推船的痛苦，并写诗云：

七十三翁旦暮身，誓开险路作通津。夜舟过此无倾覆，朝胫从今免苦辛。十里叱滩变河汉，八寒阴狱化阳春。我身虽殁心长在，暗施慈悲与后人。

——《开龙门八节石滩诗二首·其二》

也还应该指出，尽管他后期消极了，但他前期的那些现实主义诗篇和文学理论仍然光芒万丈。它们是我国古典文学的瑰宝，弥足珍贵，对于他的同时代人和后代的文学创作都起了巨大影响。古典诗歌的批判现实主义到了他的时代才形成高潮，达到最高峰。

录自北京大学中文系文学专门化1955级集体编著《中国文学史》上册，人民文学出版社1959年版，有少量改动。

新乐府运动的其他参加者

张籍（768—830）、王建（765—830）、元稹（779—831）、李绅（772—846）

唐以前，文人的乐府诗往往拟赋古题，到初唐岑参、高适手里，乐府诗得到大发展，创造出许多优秀的作品。到杜甫之时，由于现实生活的需要，乐府诗得到更新的发展。元和年间，李绅、元稹、白居易等人，都竞作新乐府，一时成为风气。元稹在《乐府古题序》中说："近代唯诗人杜甫《悲陈陶》《哀江头》《兵车》《丽人》等，凡所歌行，率皆即事名篇，无复倚傍。予少时与友人乐天、李公垂辈，谓是为当，遂不复拟赋古题。"可见新乐府运动直接地、有意识地在继承杜甫的现实主义传统。杜甫之后，元结和顾况等人都在这方面做过不少探索。经过长期的酝酿，到这时形成了以白居易为首的多人运动，除元稹、张籍、王建、李绅外，还有唐衢、刘猛、李余等人，可惜后面三个人，都没有作品保存下来。

代宗、德宗之世，吐蕃、回纥屡次骚扰唐王朝，烧杀抢掠。吐蕃一度攻入长安,吓得代宗从长安外逃,结果河湟一带全部沦陷。这一时期,有很多诗作反映人们对边境局势的忧虑,如张籍《陇头行》:"陇头路断人不行,胡骑夜入凉州城。汉兵处处格斗死,一朝尽没陇西地。驱我边人胡中去,散放牛羊食禾黍。去年中国养子孙,今著毡裘学胡语……"这一时期,统治者对外的穷兵黩武政策也加深了人民的灾难。诗人们写了不少作品,控诉战争罪恶,表现高度的人道主义精神:

渡辽水,此去咸阳五千里。来时父母知隔生,重著衣裳如送死……身在应无回渡日,驻马相看辽水傍。

——王建《渡辽水》

年年征战不得闲,边人杀尽唯空山。

——张籍《塞下曲》

一面是人民战死在边疆,另一面却是将军独邀功勋:"碛西行见万里空,幕府独奏将军功。"(张籍《将军行》)一面是边患日益严重,另一面是官军却和强盗一样也在掠夺人民:"闻道官军犹掠人,旧里如今归未得。"(张籍《董逃行》)

丈夫在战场上战死了,妇女的命运就更为悲惨:"夫死战场子在腹,妾身虽存如昼烛。"(张籍《征妇怨》)诗人们怀着愤怒的心情描写了他们和亲人的生离死别,抒发了他们对和平生活的愿望:"絮时厚厚绵纂纂,贵欲征人身上暖。愿身莫著裹尸归,愿妾不死长送衣。"(王建《送衣曲》)表现在这里的感情真是沉痛已极,一字一泪。

当时,人民不仅备尝战争的痛楚,也还得忍受统治者各种各样的赋税的剥削,六十多年来的战争更大大地增加了军费开支,其结果是人民的负担愈益加重。在这种情况下,他们写了大批反映农民所受剥削和他们贫困生活的诗篇:

> 麦收上场绢在轴,的知输得官家足。不望入口复上身,且免向城卖黄犊。
>
> ——王建《田家行》
>
> 苗疏税多不得食,输入官仓化为土。岁暮锄犁傍空室,呼儿登山收橡实。
>
> ——张籍《野老歌》
>
> 春种一粒粟,秋收万颗子。四海无闲田,农夫犹饿死!
>
> ——李绅《悯农二首·其一》

这些诗,都是当时现实的真实写照。

在他们的诗篇中,反映得较多的还有另一类主题:织妇生活。这也是有其社会基础的。统治阶级荒淫的生活需要大量丝织品,唐朝每年要"赠送"两万匹绢给回纥,回纥用马来不等价地大量换取各种丝织品。"织妇何太忙,蚕经三卧行欲老。蚕神女圣早成丝,今年丝税抽征早。……征人战苦束刀疮,主将勋高换罗幕。……东家头白双女儿,为解挑纹嫁不得。……"(元稹《织妇词》)人民辛勤劳动的结果,自己却不能享用,"输官上顶有零落,姑未得衣身不著。"(王建《当窗织》)在《簇蚕辞》中,王建更代表人民提出了责问:"已闻乡里催织作,去与谁人身上著?"

中唐社会,商业有了空前发展,商人阶层的力量逐渐壮大,他们拥有雄厚的经济力量,甚至皇帝都要向他们借钱。他们也就因此勾结官府,求官求势,牟取暴利,过着豪华富贵的生活,这与当时农民的生活构成鲜明的对比。参加新乐府运动的诸诗人,由于对农民的同情,便在诗歌中鞭挞商人唯利是图、制作假货的行为,批判他们因此而致身富贵。在这一方面,元稹的《估客乐》做了最尖锐的揭发:

> 父兄相教示,求利莫求名……火伴相勒缚,卖假莫卖诚……

> 鍮石打臂钏，糯米炊项璎。归来村中卖，敲作金玉声……
> 所费百钱本，已得十倍赢……先问十常侍，次求百公卿……
> 归来始安坐，富与王家勋……一身偃市利，突若截海鲸……

这大概可以说是最早的打假诗。

张籍的《野老歌》《贾客乐》等诗，也从农民角度表达了对商人的富贵生活的愤激："西江贾客珠百斛，船中养犬长食肉。""年年逐利西复东，姓名不在县籍中。"

参加新乐府运动的诸诗人，对统治者的荒淫无耻的生活和他们的骄横强暴自然也是不满的，张籍的《求仙行》讽刺统治者的求仙学道、企图长生不老。他的《楚宫行》讽刺统治者的荒淫生活。王建的《羽林行》更是大胆揭发：

> 长安恶少出名字，楼下劫商楼上醉。天明下直明光宫，散入五陵松柏中。百回杀人身合死，赦书尚有收城功……出来依旧属羽林，立在殿前射飞禽。

这些人的诗所反映的社会内容是广阔的、丰富的，其中以张籍、王建的成就最为突出。他们的诗不仅题材广泛，而且都不是客观的描绘，也不是封建士大夫对于人民的偶然的怜悯。他们的诗具有极强烈的抗议性质，直接为劳动人民说话。张籍和王建出身都很贫寒，以后中了进士，也都是做小官，长期不得迁调，生活仍然很清苦。张籍自己就说过："老大登朝如梦里，贫穷作活似村中。"四十岁左右的时候还做着太祝的小官，眼睛又有病。王建的情况也和他差不多，他在《自伤》一诗中说：

> 衰门海内几多人？满眼公卿总不亲。四授官资元七品，再经婚

娶尚单身。图书亦为频移尽，兄弟还因数散贫。独自在家长似客，黄昏哭向野田春。

这些因素决定了他们能够接近人民，体会人民的灾难和痛苦，写出大量批判性极强的现实主义的诗篇来。他们在艺术上也有极高成就，由于对生活熟悉，因而用素描手法所刻画出来的生活图画高度真实，人物形象生动，如张籍的《江南行》《江村行》中对江南农村的描绘，王建的《镜听词》所刻画出来的少妇的形象。特别应该指出的是他们对于劳动人民的情感和充满血泪的生活所作的细致和真实的描绘，如张籍的《寄衣曲》《妾薄命》《促促词》，王建的《去妇》《水夫谣》等。

他们在艺术上的另一特色是民谣式的语言：通俗，浅近，善于运用人民口语。很多诗和民间歌谣的风格完全一样，如"促促复促促，家贫夫妇欢不足""天欲雨，有东风，南溪白鼋鸣窟中""雉咿喔，雏出壳。毛斑斑，嘴啄啄"等。

以白居易为领导的新乐府运动继承并发展了杜甫的现实主义创作，他们的诗是一面时代的镜子。历代诗人，很少能像他们这样接近人民，直接为人民说话，对封建社会做过如此尖锐的批判。这一段时期是我国文学史上的辉煌时期，它是古典诗歌现实主义的最高峰。参加新乐府运动的诸诗人的创作和文学理论，对后代产生了深远的影响。

在声势浩大的新乐府运动的影响下，其他一些诗人也写出了某些现实主义的诗篇，如柳宗元的《田家三首》，但其中掺杂了一些士大夫的感情。孟郊出身贫寒，他的诗也在一定的程度上突破了其创作方法的局限，反映出封建社会中贫寒知识分子的生活和感情，也多少反映了人民的贫困痛苦和被剥削的生活，有一定现实意义，和新乐府的精神是相通的，如《织妇词》《寒地百姓吟》等。

最后有必要谈谈刘禹锡（772—842）。他和柳宗元一样，也因参加王叔文的进步政治集团而被贬官。在贬斥中接触到江南一带的民歌，模仿它们，拟作了若干首《竹枝词》，大都清新、活泼，给他的诗带来了新的生命。

录自北京大学中文系文学专门化1955级集体编著《中国文学史》上册，人民文学出版社1959年版。

三说李商隐

王充以后又一人

提起李商隐，人们大体都知道，他是晚唐的一位著名诗人，很少人知道，他还是一位具有强烈反传统思想的异端思想家，堪称王充以后又一人。李商隐有一篇《上崔华州书》，中云：

> 愚生二十五年矣。五年诵经书，七年弄笔砚。始闻长老言，学道必求古，为文必有师法，常悒悒不快。退自思曰：夫所谓道，岂古所谓周公、孔子者独能耶？盖愚与周、孔俱身之耳！以是有行道不系今古，直挥笔为文，不爱攘取经史，讳忌时世，百经万书，异品殊流，又岂能意分出其下哉！

中国人过去有两大弊病，一是好尊崇古代，一是好制造偶像。人们爱将夏、商、周说成是好得不能再好的黄金时代，把周公、孔子说成伟大得不能再伟大的超级圣人。于是，一切以古为法，以周公、孔子之言为准，似乎只有这两位才有发现和掌握真理的资格，他们的话，句句都是"道"的体现，人们只要以他们的是非为是非就可以了。然而，李商隐偏不信这个邪，说是："道"并非周公、孔子"所独能"，我李商隐和周公、孔子同样是人，也都能发现和掌握"道"（俱身之耳）。因此，治国、平天下（行道）不必区分今古，写文章不必从经书、史书中找依据，也不必顾及当代忌讳。你看，李商隐的口气有多大，多么狂妄！幸亏唐代没有"四人帮"一类人物，否则必定被打翻在地，被定成什么"反周、孔分子"不可。

李商隐的上述思想是不是偶然的呢？不是。他还有一篇《容州经略使元结文集后序》，内称：

> 论者徒曰：次山不师孔氏为非。呜呼，孔氏于道德仁义外有何物？百千万年，圣贤相随于途中耳。次山之书曰：三皇用真而耻圣，五帝用圣而耻明，三王用明而耻察。嗟嗟此书，可以无乎？孔氏固圣矣，次山安在其必师之耶！

次山，就是元结，中唐时期的一位文学家。大概当时有人批评元结"不师孔子"，这当然是个极为严重的批评，严重得可以丢官、抄家、身败名裂，然而李商隐却不以为然，一句"孔氏于道德仁义外有何物"，表露出对孔子的几分不敬；又一句"百千万年，圣贤相随于途中"，就将孔子摆到了一个正常的系列中。真理的发展是一条既漫长又宽阔的历史大道，在这条路上，前有逝者，后有来人，谁也不能垄断真理，谁也不能终结真理，不会几百年、几千年才出一个。"孔氏固圣矣，次山安在其必师之列耶！"在李商隐看来，三皇五帝各有其治国、平天下之道，各不相师，各因所宜，自然孔子的那一套也不必师守不变。

自汉代儒学定于一尊后，孔子的地位就日渐升高，于是，有王充出而挑战。中唐以后，韩愈作《原道》，把周公、孔子作为尧、舜以后代代相传的"道统"重要环节，孔子的地位再次升高，于是有李商隐出而挑战。明乎此，就会明白《旧唐书》为什么批评李商隐"恃才诡激"了。

古来情语爱迷离

龚自珍《天仙子》词云：

> 古来情语爱迷离，恼煞王昌十五词，楚天云雨到今疑。铺玉版，捧红丝，删尽刘郎本事诗。

屈原的弟子宋玉写过一篇《高唐赋》，叙述楚襄王游高唐，梦中与巫山神女相遇，神女自称："旦为朝云，暮为行雨。"后来李商隐作诗云："非关宋玉有微辞，却是襄王梦觉迟。一自高唐赋成后，楚天云雨尽堪疑。"龚自珍词中的"楚天云雨到今疑"即从李商隐诗蜕化而来。

龚自珍本人写过不少爱情诗，自然他也读过不少古代的爱情诗。"古来情语爱迷离"，这一句话道出了中国封建社会中许多文人爱情诗词的共同特点。它们往往是"不肯吐一平直之语，幽咽迷离，或彼或此，忽断忽续，所谓善于埋没意绪者"。这种情况，尤以李商隐最为突出。何以然？前人好以恋爱对象的神秘来解释。这当然有其道理，恋爱属于私生活，谁愿意说得明明白白！但是也还有别的原因。

和民间文学比较起来，中国古代文人的爱情作品相当不发达。这一主题，在许多情况下被封建统治者和封建礼教扼杀了。陶渊明的《闲情赋》虽然自称目的在于"抑流宕之邪心，谅有助于讽谏"，但萧统还是认为"白璧微瑕，惟在《闲情》一赋"。元稹写过不少"古今艳体"诗，但他在给白居易写信时却要特别声明，目的在于进行思想教育。据他说，

"又有以干教化者，近世妇人，晕淡眉目，绾约头鬟，衣服修广之度，及匹配色泽，尤剧怪艳，因为艳诗百余首"。由此想到，今天的女士们可真幸福，她们在描眉画目、涂口红、着时装时不用担心挨批判了。

唐代的礼教不像宋以后那样严酷，但对李商隐也不是没有影响。他的有些诗，明明写爱情，却偏要盖上政治的纱幕。例如，他写过一篇《西溪》：

怅望西溪水，潺湲奈尔何！不惊春物少，只觉夕阳多。色染妖韶柳，光含窈窕萝。人间从到海，天上莫为河。凤女弹瑶瑟，龙孙撼玉珂。京华他夜梦，好好寄云波。

据考证，此前李商隐死了妻子，本诗是悼亡兼怀念远在京都的儿女之作。然而就是这样一首诗，被传到他的上司节度使柳仲郢那里去了，幸而他的上司相当开明，不但不以为忤，反而和了一首。于是，李商隐上书致谢，但是他对写作本诗的解释却是："前因暇日，出次西溪，既惜斜阳，聊裁短什。盖以徘徊胜境，顾慕佳辰，为芳草以怨王孙，借美人以喻君子。"就是不肯承认这是一首抒发个人感情的作品。

情发于中，不能不写，但是又不愿也不能写得显豁明白，于是，就只有让它"迷离"了。"迷离"的办法之一就是"无题"，不标题目，别人自然抓不着头脑。有些诗只以首二字为题，事实上也就等于无题。"迷离"的办法之二是托之于花鸟虫禽和神话人物，如萧史、桃叶、王昌、阮肇、刘阮妻、萼绿华、杜兰香、洛神、巫山神女、卓文君、牵牛、织女等等。"迷离"的办法之三是吞吞吐吐，欲言又止，反正不让你看明白。

李商隐的《无题》写的大都是一种艰难的、磨折重重的、无望的，但却又是一种真挚强烈、生死不渝的爱情。从诗中可知，相爱的男女主

人公聚散离多,很难见面:

> 未容言语还分散,少得团圆足怨嗟。(《昨日》)
> 红楼隔雨相望冷,珠箔飘灯独自归。(《春雨》)
> 刘郎已恨蓬山远,更隔蓬山一万重。(《无题》)

不仅如此,男女主人公的爱情还可能是受压迫、受摧残的:

> 狂飙不惜萝阴薄,清露偏知桂叶浓。(《深宫》)

为此,主人公忍受着巨大的痛苦:

> 春心莫共花争发,一寸相思一寸灰。(《无题》)

然而,越是痛苦,越是相爱:

> 春蚕到死丝方尽,蜡炬成灰泪始干。(《无题》)

这是一种刻骨铭心的相思,一种至死不改的爱情。在中国古代诗人中,将爱情悲剧写得如此强烈,如此缠绵动人的,只有一个李商隐。

诗如其人,李商隐对妻子的感情相当诚挚。还是前述那位柳仲郢,大概是怜惜李商隐丧妻后生活孤寂,要送一位名叫张懿仙的歌伎给他,但李商隐不愿接受,上书谢绝说:"兼之早岁,志在玄门,及到此都,更敦夙契,自安衰薄,微得端倪。至于南国妖姬,丛台妙妓,虽有涉于篇什,实不接于风流。"

在唐代,家里有几个歌伎,本是很普通的事。韩愈、白居易,谁不是这样？但是李商隐不要。自妻子去世后，他思念旧情，忽忽不乐，于是，就一意事佛，"方愿打钟扫地，为清凉山行者"（《樊南乙集序》）这时，他40岁还不到。可见他对妻子很忠诚，忠诚得有点"迂"。李商隐出身贫寒，位不过"掌书记"（秘书），他的上司兼岳父王茂元则官为节度使，是方面大员。"结爱曾伤晚，端忧复至今"（《摇落》），可能他和妻子之间婚前有过艰难的相爱经历，有些《无题》诗或许就是他们之间感情生活的记录吧！

牙旗玉帐真忧国

李商隐的《无题》诸诗写得太好、太有名了，所以他留给世人的印象大抵是个风流才子和写爱情诗的能手，其实他还有另一面，这就是，他还是一位忧国忧民的诗人。清人姚莹《论诗绝句》六十首之一云：

> 锦瑟分明是悼亡，后人枉自费平章。牙旗玉帐真忧国，莫向无题觅瓣香。

姚莹的这首诗有两个缺点，一是论定李商隐的《锦瑟》是悼亡之作，过于武断，其实它也可能是一首追忆生平的自叙诗。另一缺点是否定李商隐的《无题》诗，显得道学气重了点。不过姚莹的这首诗的第三句："牙旗玉帐真忧国"，以之论李商隐，却是很正确的。

李商隐《重有感》首二句云："玉帐牙旗得上游，安危须共主君忧。"全诗写唐文宗时期的"甘露之变"。当时宦官仇士良专权，皇帝被挟制，宰相李训与凤翔节度使郑注等人合谋，以石榴树上有甘露为名，引诱仇士良等前往观看，准备乘机加以诛杀，但不料事机不密，反为所害。仇士良因之大杀朝官，株连千人。李商隐此诗表达了对宦官专权的愤恨，并期待在外手握兵权的将军们能够兴兵除害。《重有感》之前，李商隐还写了《有感》二首，也是为"甘露之变"而发。在那个"白色恐怖"时期，李商隐一而再、再而三地作诗议政，说明诗人正义感和责任感的强烈。

姚莹之外，林则徐也有诗论李商隐道：

> 江湖天地两沦虚，党事钩连有谤书。偶被乘鸾秦赘误，讵因罗雀翟门疏。郎君东阁骄行马，后辈西昆学祭鱼。毕竟浣花真髓在，论诗休道八叉如。
>
> ——《河内吊玉溪生》

李商隐是有安邦定国之志的人，其《安定城楼》诗云："永忆江湖归白发，欲回天地入扁舟"，表明他曾经想先做一番事业，回转天地，然后归隐江湖。林则徐此诗，首论李商隐的用世（天地）和退隐（江湖）之志双双落空，其原因在于他不幸做了王茂元的女婿，被牵连到晚唐的牛李党争中，因此成了牺牲品。继论李商隐的诗虽然后来发展为滥用典故的西昆派，但是李诗得到杜甫的"真髓"，不是温庭筠一流所可以相比的。

把李商隐说成杜甫的继承人，有没有道理呢？有。除了上述为姚莹所肯定的《有感》《重有感》之外，李商隐的《行次西郊作一百韵》《灞岸》《寿安公主出降》等诗，或抨击藩镇割据，或哀叹民生凋敝，都恰有与杜甫诗相通之处。他的大量政治讽刺诗在风格上虽与杜诗有异，但在关心国事民瘼这一层次上又并无二致。

在近代中国，认为李商隐继承了杜甫的并不只是林则徐一人。有位姜白贞，写了一部《玉溪生诗解》，姚燮为它作过一篇序，中云："夫义山之遇，贾生也，而其心则杜老也。"后来成为戊戌六君子之一的刘光第也曾说过:"二樊忠爱有遗篇(樊川、樊南)",以"忠爱"二字评价李商隐和杜牧,也是意在和杜甫相联系。

鸦片战争以后,中国国势凋敝,杜甫、李商隐的诗都曾流行过。有一阵子,杜甫的《诸将》成为众多诗人模拟的榜样。又有一阵子,李商隐的《有感》《重有感》成了众多诗人模拟的对象。翻开清人鲁一同、顾复初、陈玉树等人的诗集,都可见模拟李商隐之作,有的干脆标明《甲午冬日拟李义山〈重有感〉》,那是甲午战争中国人被日本人打败的时候了。

录自杨天石《横生斜长集》,天津百花文艺出版社1998年10月第1版。

补说李商隐

——政治讽刺诗第一人

在李商隐的众多诗作中,有一类不能不提,这就是他的政治讽刺诗。

李商隐的时代,社会上各种矛盾已经到空前尖锐的程度,唐帝国奄奄一息,处在死亡的边缘。统治阶级愈来愈穷凶极恶地对人民剥削。随着城市经济的发展,物质生活水平的提高,统治阶级的生活也愈来愈豪奢淫侈。李商隐的政治讽刺诗以咏史为形式,或评论古人古事,或咏怀古迹,或慨叹前朝兴亡,通过形象化的手法再现某些历史画面,但都是从现实出发,基于现实生活感受而借古讽今,抨击现实,讥刺现实。矛头所指,都是唐代的统治阶级、贵族,特别是封建最高统治者。

瑶池阿母绮窗开,黄竹歌声动地哀。八骏日行八万里,穆王何事不重来?

——《瑶池》

传说古代周穆王时,天大风雪,百姓冻馁,穆王作《黄竹之歌》以示哀痛。其后穆王西游昆仑山,西王母在瑶池设宴,临别作歌,希望穆王不死时再来，穆王约以三年之后。李商隐写这首诗时，大风雪再现，百姓哀声动地。李商隐问道，"穆王有八匹日行八万里的好马，何以不再出现了呢？"这首诗表面写周穆王的故事，但和他的《海上》《过景陵》《华岳下题西王母庙》等诗一样，都是讽刺唐代封建君主求仙服药、希冀长生的愚昧行为。李商隐一生，经历过唐宪宗、穆宗、敬宗、文宗、武宗、宣宗等几个皇帝，他们都求访异人，建筑望仙观、望仙台，封道士为银青光禄大夫，服食金丹，但无一长生，有的竟因服药燥渴而死。关于这些，史册上记载很多，为免獭祭之讥，不一一征引。又如：

朝元阁迥羽衣新，首按昭阳第一人。当时不来高处舞，可能天下有胡尘？

——《华清宫》

诗人在这首诗里指斥唐玄宗和杨贵妃在华清宫的荒淫生活，认为这种荒淫生活是安史之乱的根源。诗人这类作品还很多，如《华清宫》（华清恩幸古无伦）《骊山有感》《龙池》等。它们不是忆古、怀古，而是咏本代史，直接告诫唐代的统治者。中唐以后，华清宫在人们的心中被看作祸根，而封建君主却差不多都向往着这个行乐"福地"。为此，君主和臣僚之间有过斗争。穆宗时，皇帝要去华清宫游乐，"宰相率两省供奉官诣延英门，三上表切谏。"[1]敬宗时，皇帝要到骊山温泉洗澡，左仆射李绛、谏议大夫张仲方等"屡谏不听"[2]。宣宗时，也有过皇帝要去华清宫，"谏官论之甚切"的事[3]。由于臣僚们一再反对、劝阻，华清宫日益冷落衰败，昔日远自西域向朝廷贡马的旧事已成过去，内厩长满荒草，李商隐有诗云：

---

[1]《资治通鉴》卷二四一。
[2]《资治通鉴》卷二四三。
[3]《资治通鉴·唐纪》卷六五。

华清别馆闭黄昏，碧草悠悠内厩门。自是明时不巡幸，至今青海有龙孙。

——《过华清内厩门》

诗人到了华清宫，放眼望去，宫门深锁，夕阳落照，强大清明的盛世不再，只有在青海，才能找到当年龙马的后代了。

诗人的另一类诗，如《隋宫》《隋宫守岁》《南朝》等似乎确实是一般的咏怀古迹，感叹前朝兴亡，如：

乘兴南游不戒严，九重谁省谏书函？春风举国裁宫锦，半作障泥半作帆。

——《隋宫》

紫泉宫殿锁烟霞，欲取芜城作帝家。玉玺不缘归日角，锦帆应是到天涯。于今腐草无萤火，终古垂杨有暮鸦。地下若逢陈后主，岂宜重问后庭花？

——《隋宫》

两首诗讽刺的都是隋炀帝，但也仍然针对现实，从现实出发。晚唐的几个皇帝的淫乐生活和隋炀帝完全一样。穆宗时，谏议大夫郑覃、崔郾等五人进言："陛下宴乐过多，畋游无度，今胡寇压境，忽有急奏，不知乘舆所在。又晨夕与近习倡优狎昵，赐予过厚。"敬宗则是在穆宗死后不久，就"数游宴、击毬奏乐，赏赐宦官、乐人不可悉纪"。文宗稍好一些，但也曾"发左右神策军千五百人浚曲江及昆明池"，又"作紫云楼于曲江"。而武宗时则是"五坊小儿得出入禁中，赏赐甚厚"。[1]

---

[1]《资治通鉴》卷二四一、二四三、二四五、二四六。

这样的资料还很多，不赘引。诗人正是通过这些诗间接地讽刺唐代的皇帝，指出他们荒淫生活的结果必然也和隋炀帝一样自取灭亡。

根据上文所述，不难看出，李商隐的这些诗是一种特殊形式的讽刺诗，它们在咏古、咏史的形式下隐射现实，表达思想。在李商隐前，李贺曾经用这种形式批判、嘲笑过德宗、宪宗的求仙、宦官的专权，贵族和统治阶级的淫靡奢侈的生活，如《秦王饮酒》《相劝酒》《仙人》《吕将军歌》《追赋画江潭苑四首》《贾公闾贵婿曲》等诗。李商隐继承李贺的这些传统和手法并使它继续向前发展。在李商隐的讽刺诗里，倾向性、批判性更强、更鲜明，讽刺也更辛辣，因而大大刺伤封建文人，被认为是"大伤名教"，"非常宜言"，"诗语殊尖薄矣"。

讽刺诗，它以揭露生活中的丑为目的。通常讽刺诗的作者并不在诗中直接出面表示自己的态度，而是细致地、淋漓尽致地通过生活本身的形式，将丑表现为丑，形象化地再现出来，引起人们憎恶、轻蔑的感情。李商隐的讽刺诗也正是这样：

玄武开新苑，龙舟宴幸频。渚莲参法驾，沙鸟犯勾陈。寿献金茎露，歌翻玉树尘。夜来江令醉，别话宿临春。

——《陈后宫》

茂苑城如画，阊门瓦欲流。还依水光殿，更起月华楼。侵夜鸾开镜，迎冬雉献裘。从臣皆半醉，天子正无愁。

——《陈后宫》

在这两首诗中，诗人描绘出了一幅封建统治者们大兴宫苑、纵情声色的游宴图。"从臣皆半醉，天子正无愁"两句，更是绝妙的写真，它生动地勾勒出封建最高统治者及其侍从、狎客醉酒昏昏、恣意享乐的神态，作者的态度也正隐藏在这幅画后面。"半醉""无愁"，统治者不正是这样醉生梦死，丝毫也不过问人民的苦难和社会、国家的危机吗？

  七国三边未到忧，十三身袭富平侯。不收金弹抛林外，却惜银床在井头。彩树转灯珠错落，绣檀回枕玉雕锼。当关不报侵晨客，新得佳人字莫愁。

——《富平少侯》

  西汉时张安世被封为富平侯，他的曾孙张放十三岁继承爵位，史称富平少侯。本诗借汉喻唐，"七国三边"，暗指晚唐藩镇割据和边疆民族入侵的局面，在这种动荡、紧张的局势下，统治阶级却过着如此荒淫豪奢的生活，有愁而"莫愁"，正是在这种鲜明的对比中，形成了巨大的鞭挞力量。旧注以为该诗讽敬宗李湛"好奢好猎、宴游无度，赐予不节，尤爱篆组雕镂之物"。据说这位皇帝"视朝每晏"，有一次，群臣入阁，太阳老高了，皇帝还未上朝，官僚们久等，有站不住而倒下的。[1]冯浩《玉溪生年谱》将此事记于宝历元年，但这一年诗人才十三岁，似乎还写不出这篇作品来。其实，诗人的这些讽刺诗虽有现实根据，但不一定专为一人一事而发，无须强引史事——为之牵合。

  诗人的讽刺手法是多种多样的。除上述外，又如：

  一笑相倾国便亡，何劳荆棘始堪伤。小怜玉体横陈夜，已报周师入晋阳。

  巧笑知堪敌万机，倾城最在著戎衣。晋阳已陷休回顾，更请君王猎一围。

——《北齐二首》

---

[1]《旧唐书》卷十七上。

这两首诗含有丰富而深厚的思想内容，它通过北齐灭亡前夕某些历史事实的咏叹，指出统治者的荒淫生活是国家灭亡的根本原因。统治者沉酣于游猎声色的时候，也就是危机最严重的时候。这是咏史诗，但又是针对着唐武宗等封建君主的"幸鄠校猎""幸云阳校猎"等事件而发的。前人说，"咏史诗妙在不议论"，这两首诗的思想正是这样，是通过形象地再现了的历史事实本身的逻辑自然地显现出来的。

应该指出，这两首诗的讽刺力量也还在于诗人将两种互相矛盾、互相排斥、各成极端的生活现象联结起来，形成一种尖锐的对照。国家危在旦夕和游猎无度是互不相容的，但在"咸阳陷落"的危急时刻，妃子们居然还要求君王再"围猎"一场。正是在这种对照中，在这种不调和的同一和联结中，构成了它的讽刺效果。车尔尼雪夫斯基说过：无论是妙语或讥笑，它们的本质都在于骤然而敏捷地把两个物象放在一起比照，而这两个物象其实是属于完全不同的概念范围的。[1]这段话虽然是美学中的"滑稽"的，但可以帮助我们理解这种手法的特点。又如：

宣室求贤访逐臣，贾生才调更无伦。可怜夜半虚前席，不问苍生问鬼神。

——《贾生》

为国家社稷而求贤访良，这是多么严肃而有意义的大事，贤君良臣的结合又是封建社会中多少知识分子梦寐以求的政治理想。将一代才人贾谊从流放地湖南召回来了，"夜半"在宫中紧急召见，所问却是无关紧要的"鬼神"之事，与"苍生"毫无关系，怎不令人心冷！也正是在这种对照中，在这种不调和的联结里，诗人给了封建统治者以辛辣的讽刺。

---

[1]《美学论文选》，人民文学出版社1957年版第141页。

在一部分讽刺诗里，由于诗人主观感情的强烈，常常在形象地暴露了丑以后，又自己跳出来说话，直接抨击现实，将讽刺和批判结合。如《少年》一诗讽刺门阀世袭制度，主人公在年轻时就受到封赏，出入宫寝，成为可以在皇帝身边陪猎、争功邀宠的田蚡、窦婴一类贵族，诗云："外戚平羌第一功，生年二十有重封。直登宣室螭头上，横过甘泉豹尾中。别馆觉来云雨梦，后门归去蕙兰丛。"至此，诗人在写了一句"霸陵夜猎随田窦"点出了他们的贵族身份后，突然笔锋一转，以"不识寒郊自转蓬"一语作结，不再多写，这就突出地表露了对郊野寒士命运难测的不平，无限的愤怨尽在不言之中。

从李商隐的讽刺诗中可以看出，诗人在藩镇割据、边疆民族侵扰和统治阶级愈益腐朽糜烂的状况下，已经清楚地预感到了唐帝国必然灭亡的命运和社会大变动到来的必然性，但李商隐毕竟是封建地主阶级的知识分子，他同情人民的苦难，对现实不满，但他的政治理想依然摆脱不了仁君贤相的范围。他不可能彻底地否定封建制度。他固然用自己的笔从各个角度讽刺统治阶级，但他的出发点依然是为了维护唐帝国的灭亡。这是他的局限，也是他的悲剧。

李商隐的政治讽刺诗是晚唐讽刺文学的一个组成部分。它和杜牧、罗隐的讽刺诗，皮日休、陆龟蒙的小品文组成了一股讽刺文学的潮流，起过一定的战斗作用。在中国文学史上，这样大量地用咏史的形式巧妙地讽刺现实，当推李商隐为第一人。他对后代文人的政治讽刺诗的写作产生了积极影响。

录自杨天石未刊稿。

晚唐皮日休等人的现实主义诗潮再兴

穆宗即位以后，唐帝国一直处在苟延残喘之中，到了懿宗、僖宗的时候，已经日薄西山，气息奄奄了。土地兼并愈演愈剧，统治集团内部的斗争，更是加深了人民的苦难，各种矛盾都已经白热化。公元859年，有浙东人裘甫领导的农民起义；868年，有庞勋领导的兵变；874年底，更是爆发了王仙芝和黄巢所领导的农民大起义，达十年之久。在这矛盾总爆发的阶段，一部分知识分子的感情逐渐发生变化，开始接近人民，他们中的个别人最后走向人民。他们在诗歌上继承中唐以来以白居易为代表的现实主义的传统，反映这一个历史时期的社会面貌，成就较大的有皮日休（834—883）、聂夷中（837—884）、杜荀鹤（846—904）等人。

他们在生活遭遇上的共同特点是，出身都比较贫寒，政治上都不得意，有一段饱经沧桑的经历。聂夷中在公元871年中了进士，但因皇帝忙着打仗，无暇顾及分配官职给他。他便滞留在长安，过了一段颇为贫苦的生活，逐渐体会到稼穑艰难，逐渐和农民有了感情相通之处。《公子家》讽刺贵公子："种花满西园，花发青楼道。花下一禾生，去之为恶草。"杜荀鹤在四十六岁时才中进士,亲身参加过劳动,在这以前,风尘仆仆地奔走于权贵之门,对统治者也有所不满:"一回落第一宁亲,多是途中过却春。……马壮金多有官者,荣归却笑读书人。"(《下第东归道中作》)在他们之中,走得最远的是皮日休。他的生活也比较贫苦,常常要靠别人周济,为了谋取一官半职,碰过不少钉子。封建社会残酷的现实教育了他,使他的思想锋利而锐敏,对于当时社会的本质能有深刻的认识。在《鹿门隐书》中,他说:"古之官人也,以天下为己累,故己忧之;今之官人也,以己为天下累,故人忧之。"又说:"古之置吏也,将以逐盗;今之置吏也,将以为盗。"他不将封建的最高统治者皇帝放在眼里,对于他们,他也做了最大胆的也是最深刻的揭露。在《读司马法》一文中,他说:"古之取天下也以民心,今之取天下也以民命。"皮日休的这些思想,使他可以称得起是他所在阶级的叛逆者,历代诗人中还没有一个人的思想达到过这样的高度!"呜呼!尧舜大圣也,民且谤之。后之王天下,有不为尧舜之行者,则民扼其吭,捽其首,辱而逐之。折而族之,不为甚矣!"(《原谤》)皮日休的上述思想是他所处时代的产物,是晚唐阶级矛盾尖锐化的反映。

公元877年左右,皮日休在苏州参加了黄巢的起义部队,成为旧时代文人中唯一的一个。

晚唐阶级矛盾的尖锐不仅孕育了皮日休这样的叛逆诗人,也孕育了现实主义的文学理论。它们继承元、白的文学理论发展而来,以皮日休为代表。晚唐文坛,唯美主义的温、李诗风占着统治地位,情调感伤,内容大都吟咏个人哀乐,风格绮靡华丽。《松陵集序》中,皮日休直接表达了对这种风气的不满。他推崇陆龟蒙的诗文说:"近代称温飞卿、李义山为之最,俾生参之,未知其孰为之后先也。"又在《正乐府序》中说:"今之所谓乐府者,唯以魏晋之侈丽,陈梁之浮艳,谓之乐府诗,真不然矣。"他推崇白居易的为人和创作,在《白太傅》中说:"吾爱白乐天，逸才生自然。谁谓辞翰器，乃是经纶贤。欻从浮艳诗，作得典诰篇。"他的文学主张也和白居易相同，认为文学有认识价值，从中可以看出人民的疾苦和社会的面貌："乐府，尽古圣王采天下之诗，欲以知国之利病，民之休戚者也。……诗之美也，闻之足以观乎功；诗之刺也，闻之足以戒乎政。……由是观之，乐府之道大矣。"（《正乐府序》）他重视民间文学："所至州县山川，未尝不求其风谣。"（《霍山赋序》）他也反对形式主义的文学，要求文学能对社会有所补益，自称他的诗文都是："上剥远非，下补近失，非空言也。"（《文薮序》）

正是在这样的时代里，在这样的社会思想和文学思想的指导下，白居易以来的现实主义文学传统继续发展着。皮日休、杜荀鹤、聂夷中的诗，深刻地反映这一个历史时期中人民贫困的生活和他们所受的残酷剥削。晚唐社会，皇帝、宦官、藩镇、官僚竞相对人民进行压榨，人民的全部劳动成品还不够交税：

二月卖新丝，五月粜新谷。医得眼前疮，剜却心头肉。

——聂夷中《咏田家》

父耕原上田，子劚山下荒。六月禾未秀，官家已修仓。

——聂夷中《田家二首·其一》

而且还不止于此，贪官污吏们更是层层中饱，毫无顾忌。皮日休的《橡媪叹》就是反映这种情况的："如何一石余，只作五斗量？狡吏不畏刑，贪官不避赃。"他们比毒蛇还毒，毫不考虑人民的死活，喝饱了人民的鲜血。杜荀鹤的《再经胡城县》对此作了尖锐的揭发：

去岁曾经此县城，县民无口不冤声。今来县宰加朱绂，便是生灵血染成。

统治者的加官晋爵原来是建筑在人民的鲜血上的，诗人以他敏锐的眼光洞察了这帮官吏的本质。皮日休的别具一格的寓言讽刺诗《喜鹊》和《蚊子》以及《正乐府》中的《贪官怨》，也是讽刺这些吸人脂膏的官吏的。他的《正乐府》十篇是对于白居易的《新乐府》的模仿，提出了较多的社会问题。其中《卒妻怨》《橡媪叹》《贪官怨》《农父谣》《哀陇民》等，都是很优秀的作品。晚唐社会，统治者的剥削和灾荒结合在一起，人民就更无法生活，只能以草根槐叶充饥，"黄粮如珠"，饿殍累累，皮日休在《三羞诗三首·其三》中描绘了这样一幅惨绝人寰的图画：

夫妇相顾亡，弃却抱中儿。兄弟各自散，出门如大痴。一金易芦卜，一缣换凫茈。荒村墓鸟树，空屋野花篱。儿童啮草根，倚窗空羸羸。斑白死路傍，枕土皆离离。

杜荀鹤的诗全面反映黄巢大起义以后的社会面貌。黄巢起义被镇压后，江南一带被军阀纷纷割据，经常发生战争，人民被横征暴敛，农村经济生活完全被破坏，出现一片萧条景象：

夫因兵死守蓬茅，麻苎衣衫鬓发焦。桑柘废来犹纳税，田园荒后尚征苗。时挑野菜和羹煮，旋斫生柴带叶烧。任是深山更深处，也应无计避征徭！
——《山中寡妇》

家随兵尽屋空存，税额宁容减一分。衣食旋营犹可过，赋输长急不堪闻。蚕无夏织桑充寨，田废春耕犊劳军。如此数州谁会得，杀民将尽更邀勋！
——《题所居村舍》

此外，他的《乱后逢村叟》也属于这一类的作品。

皮日休、聂夷中、杜荀鹤以他们的创作反映了这一历史时代，应该是晚唐文学的正宗，他们的诗不论在反映现实的深度和广度上，或者是艺术上，都取得了很高的成就。特别在语言上，浅近通俗，几乎完全不用典。他们的创作是中唐以来现实主义文学的继续发展。

录自北京大学中文系文学专门化1955级集体编著《中国文学史》上册，人民文学出版社1959年版。原题《晚唐现实主义文学的发展》。

杜牧的《清明》诗

旧时儿童读物《千家诗》中有一首标明杜牧的《清明》诗，传诵很广。

诗云：

清明时节雨纷纷，路上行人欲断魂。
借问酒家何处有，牧童遥指杏花村。

此诗不见于杜牧本集，是否杜作，暂且不论，这里只讨论对该诗的几种修改。

明人谢榛在《四溟诗话》中说："此作宛然入画，但气格不高。或易之曰：'酒家何处是，江上杏花村。'此有盛唐调。予拟之曰：'日斜人策马，酒肆杏花西。'不用问答，情景自见。"

谢榛这个人好改人诗，但往往改得并不高明，此亦一例。

细雨霏霏，微风拂拂，正是雨酥风腻、桃红柳绿的清明时节，主人公沐雨栉风，一路行来，不觉魂断魄消，酒兴勃发。他向一个骑在牛背上缓缓行来的牧童问道:"小哥,借问酒家在何处?"牧童用手指着遥远处一个隐隐约约被杏花掩映着的村落回答:"那里就是。"

这就是《清明》诗所创造出来的意境。这个"遥"字用得实在好。曾经有人问我,改成"牧童手指杏花村"如何?我答之曰:"不好!有'遥'字,境界全出;无'遥'字,境界索然!"

诗必须创造感性形象,除了给人以色彩感、数字感、声音感、动作感之外,也还必须给人以空间感。无"遥",则杏花村近在眼前,可以一目了然,意境是迫狭的;有"遥",则诗中的天地顿时宽阔起来,我们的视线也仿佛随着牧童的手指而射向远方。我们都会想到,主人公要一解酒渴,就还得穿花过柳,在风雨中赶上几里路吧!不仅如此,有"遥",则杏花村景就是隐隐约约、看不真切;惟其看不真切,就更感到无限丰富,不知其中隐藏着几许美景,几许春光,就更加挑逗起主人公兼程赶路的无限情致。陆时雍《诗境总论》中云:"吞吐深浅,欲露还藏,便觉此衷无限。"说的正是这个道理。

古代画家是很懂得这个"遥"字的意义的,所以他们作画讲究"孤城置之远边,墟市依于山脚","孤峰远设,野水遥拖"(李盛《山水诀》)。一幅画,总要有近景,有远景,在"不厌其详"地铺设了正面的"溪山林木"后,还讲究"旁边平远峤岭,重叠钩连缥缈而去,不厌其远,所以极人目之旷望也"(郭熙《林泉高致》)。

录自杨天石《横生斜长集》,天津百花文艺出版社1998年10月第1版。

朱熹的"变天"诗

朱熹是哲学家，不过他很喜欢写诗。他的诗，也有写得不坏的。这些先不谈，想谈的是给他带来麻烦，差一点惹下大祸的诗。

福建崇安是朱熹的第二故乡，该地的武夷山是有名的风景区。1183年（南宋淳熙十年），朱熹在那里修了一座别墅，称为武夷精舍，是授徒讲学的地方。第二年（淳熙十一年），朱熹在精舍闲居时，曾和朋友们乘着小船，游山玩水，颇得其乐，高兴之余写了十首《九曲棹歌》。棹歌者，船歌也。这十首歌是：

武夷山上有仙灵，山下寒流曲曲清。
欲识个中奇绝处，棹歌闲听两三声。

一曲溪边上钓船，幔亭峰影蘸晴川。
虹桥一断无消息，万壑千岩锁翠烟。

二曲亭亭玉女峰，插花临水为谁容？

道人不复荒台梦，兴入前山翠几重。

三曲君看架壑船，不知停棹几何年？
桑田海水今如许，泡沫风灯敢自怜！

四曲东西两石岸，岩花垂露碧㲯毿。
金鸡叫罢无人见，月满空山水满潭。

五曲山高云气深，长时烟雨暗平林。
林间有客无人识，欸乃声中万古心。

六曲苍屏绕碧湾，茅茨终日掩柴关。
客来倚棹岩花落，猿鸟不惊春意闲。

七曲移船上碧滩，隐屏仙掌更回看。
却怜昨夜峰头雨，添得飞泉几道寒。

八曲风烟势欲开，鼓楼岩下几萦洄。
莫言此处无佳景，自是游人不上来。

九曲将穷眼豁然，桑麻雨露见平川。
渔郎更觅桃源路，除是人间别有天。

武夷山有四十九峰、八十七岩、九曲溪、桃源洞、流香涧、卧龙潭、虎啸岩等名胜。本诗当是歌咏九曲溪之作。第一首总写，第二首以下分写各曲。十首诗除了略有沧海桑田之叹外，主要写自然景色，可以说毫无政治内容。令朱熹意想不到的是，十年之后，这首诗却成了他梦想"变天"的证据。

在对道学的态度上，南宋王朝有道学与反道学之争。1194年（绍熙五年），支持道学的宰相赵汝愚被免去相位，赶出朝廷，发遣边地，最后病死衡州。与此同时，得到赵汝愚支持的朱熹也受到激烈攻击。御史沈继祖上疏，指责朱熹有"不孝其亲""不敬其君""不忠于国""欺侮朝廷""哭吊汝愚""有害风教"等罪。其中作为重要证据的就是武夷《棹歌》中的一句诗。他说：当赵汝愚病死衡州，朝野交庆的时候，朱熹却以"死党"身份，带着百余名门徒在野外号哭，并且在诗中写道："除是人间别有天"。

在古代，"天"是皇帝的象征。"除是人间别有天"，不是梦想"变天"是什么？所以沈继祖厉词问道："人间岂别有一天耶？其言意岂止怨望而已！"按照他的这种逻辑定罪，将朱熹充军、监禁以至杀头都是可以的。然而，正如读者已经知道的，此诗写于十年前，是一首风景诗。"别有天"者，别有洞天、别有境界、别有天地之意，是写自然界的景色变幻的，和赵汝愚案根本无关。

为了证明朱熹有"变天"的企图，沈继祖又写道：

> 剽窃张载、程颐之余论，寓以吃菜事魔之妖术，以簧鼓后进，张浮驾诞，私立品题，收召四方无行义之徒，以益其党伍，相与餐粗食淡，衣褒带博，或会徒于广信鹅湖之寺，或呈身于长沙敬简之堂，潜形匿迹，如鬼如蜮，士大夫之沽名嗜利觊其为助者，又从而誉之、荐之，根株既固，肘腋既成，遂以匹夫窃人主之柄，而用之于私室，飞书走疏，所至响应。

朱熹及其门徒们饮食简单，"餐粗食淡"，这是事实，但是沈继祖却和"吃菜事魔之妖术"联系起来，问题可就严重了。宋代民间有摩尼教，尊奉汉代黄巾起义的领袖张角为教祖，那是被认为"吃菜事魔"的，后来发展为有名的方腊起义。沈继祖那么写，朱熹岂不成了方腊第二了吗？

沈继祖说朱熹"或会徒于广信鹅湖之寺，或呈身于长沙敬简之堂"，也是事实。但是，一次是和陆九渊见面，一次是和张栻见面，所讨论的都是道学中的基本理论问题，用今天的话来说，都是学术问题，并未议论时政，然而，在沈继祖的笔下，那是"黑帮"和"黑帮"之间的"黑会"。"潜形匿迹，如鬼如蜮"，不是"黑帮""黑会"是什么！

沈继祖深文周纳，目的是在政治上将朱熹打倒，使他"永世不得翻身"，但是沈继祖觉得还不够，于是在疏文中继续提出朱熹的其他罪名，如：收取高额学费，巧计夺朋友之财、接受贿赂等。其中有一条虽不算大问题，但却使朱熹浑身臭烘烘的罪名是：诱引尼姑二人做小老婆，出去做官时公然随身带着云云。

笔者不拟在这里讨论宋代道学和反道学斗争的是非曲直，本文只想指出，对政敌的这种斗争方式是不可取的。

"文革"中有"批倒批臭"一语，意思是不仅要在政治上将人打倒，而且要在思想、道德、生活等方面将人批臭，于是，无中生有、无限上纲、武断事实、牵强附会、任意解释、罗织入罪等手段一一使出，无所不用其极。一般人以为"批倒批臭"是"文革"的"新事物"，史无前例，其实，这倒是国粹，古已有之。其例证之一就是上述朱老夫子的遭遇。

录自杨天石《横生斜长集》，天津百花文艺出版社1998年10月第1版。

南宋词述略

辛弃疾是南宋最杰出的词人。他志在匡复、统一河山，但是却没有用武之地，一腔忠愤，完全发泄在词里。他的词博大丰富，有抗战词、闲适词、农村词、爱情词等多种。抗战词抒写杀敌救国，恢复中原的抱负，批判南宋当局的苟且偷安。他经常表示："要挽银河仙浪，西北洗胡沙"（《水调歌头》）、"袖里珍奇光五色，他年要补天西北"（《满江红》）。他渴望驰骋疆场，为国立功。《破阵子》（醉里挑灯看剑）写对横戈跃马的战斗生活的向往，慨叹白首无成。《鹧鸪天》（壮岁旌旗拥万夫）回忆年轻时斩将搴旗的壮举，愤懑于南渡之后，"却将万字平戎策，换得东家种树书"。一直到垂暮之年，还在京口写下了著名的《永遇乐》《南乡子》等词，借对历史人物孙权、刘裕等人的怀念，表达坚决抗金的主张和老当益壮的战斗意志。这些作品是辛词中最光辉的部分。闲适词中的《西江月》（以家事付儿曹）写报国无门，"宜醉宜游宜睡"，"管竹管山管水"的生活和郁闷。《水调歌头》写与鸥鸟相约，"今日既盟之后，来往莫相猜。白鹤在何处，尝试与偕来"。《鹧鸪天》写"一松一竹真朋友，山鸟山花好弟兄"。这类词貌似闲适，实际上表现出一代英豪的无限悲愤。在长期的隐逸生活里，辛弃疾写下了部分农村词，歌颂江南清新秀丽的景色和劳动人民的淳朴风尚。《清平乐》写农家怡然自乐的生活场面："大儿锄豆溪东，中儿正织鸡笼。最喜小儿无赖，溪头卧剥莲蓬。"《西江月》写农村夏夜景色，通过浓郁的稻花香味和喧闹的蛙鸣，表现出作者对于丰收在望的喜悦心情。此外，辛弃疾还写过少数爱情词，如《清平乐》写女子对爱人的思念："却把泪来做水，流也流到伊边"，情感缠绵，堪称奇想。

辛词五音错杂，色彩缤纷，而其最主要的特征是激扬奋厉，气魄宏大，前人曾誉之为"大声鞺鞳，小声铿锵，横绝六合，扫空万古，自有苍生以来所无。"（《辛稼轩集序》）他笔下的自然都有一种奔腾驰骤的气象，如"叠嶂西驰，万马回旋，众山欲东。"（《沁园春》）"秦望山头，看乱云急雨，倒立江湖。"（《汉宫春》）他笔下的人物也大都雄姿英发，叱咤风云，如："射虎山横一骑，裂石响惊弦。"（《八声甘州》）、"更千骑弓刀，挥霍遮前后。"（《一枝花》）他在苏轼的基础上，空前地扩大了词的容量和表现力，尤其善于将写散文和策论的手段用于写词，使作品丰富而不芜杂，放纵自由而又不失格律。多用长调，便于综合运用描写、叙事、抒情、议论多种手段，笔力驰骋。语言上，取材骚、赋、散文、经典、史籍、小说以至俚语，形成雄深雅健的风格。但是有时用典、用事过多，议论过多，不免影响了形象的鲜明。辛词在当时和后世都产生了巨大的影响。

与辛弃疾同代的词人，有陆游、陈亮、刘过等。陆游的词风格多样。《诉衷情》《谢池春》《夜游宫》写报国热忱，雄健超爽。《钗头凤》写对前妻唐氏的曲折而深挚的感情，凄婉缠绵，是传诵千古的名篇。陈亮的身世与辛弃疾类似，所作如《水调歌头》《念奴娇》等，也都是辛弃疾式的壮词。刘过好论兵，作品感慨国事，虽偶有粗率之处，但激越豪放，也是辛派词人中的重要作家。

南宋词坛的另一派作家以姜夔、史达祖、吴文英为代表。姜夔以江西诗派的诗法入词，自成一体。他长于音律，精通乐理，多自制曲，有十七首词自注工尺旁谱，是研究词与音乐关系的珍贵资料。他的词，注重艺术锤炼，不用粉泽浓妆，意境素淡幽远。前人曾以"清空"二字概括他的词风。《扬州慢》写扬州兵燹后的情景："自胡马窥江去后，废池乔木，犹厌言兵。渐黄昏，清角吹寒，都在空城。"陈廷焯对此词称颂备至，认为"情景逼真"，"他人累千百言，亦无此韵味"。(《白雨斋词话》)。《点绛唇》写过苏州时对唐末诗人陆龟蒙的追怀，其中"数峰清苦，商略黄昏雨"被认为是代表作者词风的名句。他还写了不少爱情词，《踏莎行》表现一种魂牵梦萦的思念，如"别后书辞，别时针线，离魂暗逐郎行远。淮南皓月冷千山，冥冥归去无人管"。《暗香》《疏影》是他的两首自制曲。当时，诗人范成大住在苏州石湖，二词均为访范期间所作，同咏梅花，是有名的姊妹篇，张炎认为"前无古人，后无来者，自立新意，真为绝唱"(《词源》)。

史达祖的风格与姜夔相近，论者或以姜史并称，实际上史不及姜。史工于咏物，以描写见长。如《双双燕》，极妍尽态地描写春燕；《绮罗香》咏春雨，通篇找不出一个雨字，却没有一句不切题意。吴文英承继周邦彦的词风，着意追求艺术技巧，讲究字面、锤炼词句、措意深雅、守律精严，形成了浓艳、深曲、奇幻的特点。有些学者认为他的词近似于李贺、李商隐的诗，这是有道理的。他论词主张"音律欲其协"，"下字欲其雅"，"用字不可太露"，"发意不可太高"，有些词不免流于晦涩堆砌。他自制的新腔《莺啼序》，第一段从伤春起兴，第二段回忆"十载西湖"的欢情，第三段写"别后访、六桥无信"的怅惘，第四段悼亡，长达二百四十字，是词中最长的调。对于他的词，尊之者誉为南宋第一大家，抑之者讥为"如七宝楼台，眩人眼目。碎拆下来，不成片段"(张炎《词源》)。这一争论，一直延续到辛亥革命时期的南社词人中。

宋元之际的张炎则瓣香姜夔，注重格律的协洽和文句的琢炼。《南浦》从飞燕、落花、鱼痕、扁舟、青草、流云等角度写春水，手法活泼，风致妍然，他因此被称为"张春水"。宋亡后，作品格调凄清，表现出"亡国之音哀以思"的特点。前人曾以姜、张并称。他的同代作家周密也是格律派的重要作家，极为注意形式。早期作品清丽条畅，晚期作品低沉灰暗，代表作有《一萼红》。另一词人刘辰翁则能于沉痛悲苦中透发激越豪壮之气，走的是辛弃疾的路子。他在词中反复写元夕、端午、重阳、伤春、送春，无不深切地表达了对故国故土的眷恋。《宝鼎现》作于宋亡后，前两段写北宋、南宋灯节的繁华，第三段交织着回忆与痛苦，令人有"字字悲咽"之感。

录自丁守和主编、杨天石等任副主编的《中华文化大词典》，广东人民出版社1989年版。此稿屡经修改，现据杨天石所存手稿增补。

《水浒传》的伟大成就及其悲剧结局

农民革命风暴的产物

《水浒传》写的是北宋末年的一次农民起义。

约在北宋宣和元年（1119）或稍前，宋江等三十六人率众举行起义，活动于今天的河北、河南、山东南部及江苏北部地区。

关于这次起义，宋代史书中有一些记载。从中可知，义军勇敢善战，所向无敌，宋王朝的几万军队都抵挡不住他们。关于它的结局，说法不一，比较多的说法是被张叔夜招安了，后来并且被利用去镇压东南地区的方腊起义。

南宋时期，宋江起义的故事在民间广为流传。当时话本中已有《石头孙立》《青面兽》《花和尚》《武行者》等篇目。著名的人物画家高如、李嵩曾经替宋江等三十六人画了像。宋末元初的作家龚开又给这些画写了赞语，分别记录了三十六人的姓名和绰号。就在这同时或稍后，出现了《大宋宣和遗事》。其中已经有了杨志卖刀、晁盖智取生辰纲、宋江杀阎婆惜、九天玄女娘娘赐"天书"、三十六人梁山泊聚义,并提到张叔夜招诱,宋江收方腊有功、封节度使,可以说已经具备了《水浒传》故事的雏形。以后戏曲舞台上出现了大量的"水浒"戏。根据今天所能见到的材料,至少在三十种,其中李逵、宋江等人的形象已经相当生动。

就在这丰富的民间"说话"和戏曲创作的基础上,元末明初,出现了长篇小说《水浒传》。

从宋江起义到《水浒传》成书,经过了二百多年。这段时期,阶级矛盾、民族矛盾都非常尖锐。12世纪初,北方的女真贵族灭掉了北宋,13世纪末,蒙古贵族又灭掉了南宋,建立了元朝。由于蒙古贵族实行残酷的阶级压迫和民族压迫,14世纪50年代,黄河、淮河、长江流域爆发了大规模的农民起义。《水浒传》正是在这一起义高潮以后出现的。它反映了宋、元时期农民革命的面貌,农民的思想、情绪和愿望,可以说是农民革命风暴的产物。

《水浒传》的作者是施耐庵。他的生平没有确切的记载。我们只知道他曾定居于兴化县(今兴化市)白驹镇,这里属于张士诚起义的中心地区。传说他参加过张士诚的起义,和张的部将卞元亨是好朋友。

《水浒传》的版本比较复杂,有百回本、百十回本、百二十回本、百二十四回本、七十回本等多种。从现有材料看,百回本可能比较接近原本,它包含了梁山泊聚义、受招安、征辽、征方腊等故事。明代万历年间,有人加进了"征四虎""征王庆"两部分,成为百二十回本。明末清初,文人金圣叹从敌视农民起义的立场出发,删去了宋江等受招安以后的情节,篡改了部分文字,伪造了卢俊义的"噩梦",暗示梁山英雄最终要被一网打尽。这就是后来广为通行的七十回本。新中国成立后,国家出版机构以七十回本为底本,删去了金圣叹伪造的部分,恢复了被篡改的文字,成为七十一回本,同时也校订出版了百二十回本。

官逼民反

历史上一切人民革命都是反动统治阶级压迫的结果。《水浒传》的思想成就之一，首先在于表现中国封建社会里人民所受的压迫，揭露封建统治阶级贪残昏暴的丑恶面目，从而一定程度地揭示出农民起义的社会根源。

《水浒传》描绘了形形色色的贪官污吏、恶霸地主、土豪劣绅，高俅便是他们的代表人物。他当权之后，与蔡京、童贯等互相勾连，朋比为奸。他们的势力像蛛网似的伸展于统治集团的各个部分：高衙内是高俅的干儿子，高唐州知府高廉是高俅的叔伯兄弟，殷天锡是高廉的妻舅，北京留守梁世杰是蔡京的女婿，江州知府蔡得章是蔡京的儿子，东平府太守程万里是童贯门下的门馆先生。他们豢养着一帮虞候、管营、差拨、公人以为鹰犬爪牙，地方上的恶霸地主、土豪劣绅则与他们串联一气，胡作非为。人民处于水深火热中。

赤日炎炎似火烧，野田禾苗半枯焦。农夫心内如汤煮，公子王孙把扇摇。

这就是那个时代两个对立阶级生活的鲜明写照。在那样的社会里，人民饱受压迫。金翠莲，这个与老父相依为命的少女，被恶霸镇关西虚钱实契，强占了去，不久又被赶出来，靠卖唱来偿还那根本没有到手的典身钱。解珍、解宝，这一对山村猎人打下了老虎，不仅猎物被地主混赖了去，而且还被打入大牢。善良而懦弱的武大郎被西门庆害了性命，画匠王义被太守夺了女儿，发配远恶军州。不仅人民无法生活下去，连封建统治阶级内部的某些人也难以幸免。王进被高俅逼走，林冲被害得家破人亡，差点儿被烧死在大军草料场中，柴进虽有"丹书、铁券"保护，也还是成了戴上重枷的"死囚"。这一切，有力地说明了当时阶级压迫的严重。

过去，封建正统史学家们常常把人民起义的原因诬蔑为"不逞之徒"的为非作歹，而《水浒传》却写出了北宋王朝的政治黑暗，揭示了为非作歹之徒就在封建统治阶级内部，官逼民反，造反有理，只是由于他们的种种罪恶活动，民不堪命，才导致了起义的爆发。这虽然还不是科学的阶级分析，却包含着客观真理。

当然，《水浒传》所反映的宋代社会矛盾还是比较肤浅的。毛泽东指出："地主阶级对于农民的残酷的经济剥削和政治压迫，迫使农民多次地举行起义，以反抗地主阶级的统治。"[1]对于封建社会中农民的生活状况，《水浒传》反映得还太少。在对封建统治者的揭露上，还有所回避。例如在《大宋宣和遗事》中，宋徽宗是一个无道昏君的形象。他荒淫无耻，修万岁山，运太湖石，以致民不聊生，死者相枕，而在《水浒传》里，这些都没有得到表现。在某些地方，甚至还颂扬他"至圣至明"，只因"身居九重，却被奸臣闭塞贤路"，才把朝政弄坏了。不仅如此，《水浒传》还写了一些好官吏、好地主，例如东平府尹陈文昭就被称赞为"平生正直"，禀性贤明。这样，就使人感到造成宋代社会矛盾的根源就是贪官当道，污吏专权，奸邪困忠良以及部分恶霸劣绅鱼肉人民的结果，一切都是高俅、蔡京等奸党的责任。"狼心狗幸滥居官，致使英雄扼腕"，农民阶级对地主阶级统治的反抗，在作者的笔下，只是忠良与奸邪的斗争而已。

这就不能不影响到作者对其他许多问题的认识和描写。

---

[1]《毛泽东选集》合订本，人民文学出版社1967年版第588页。

以暴抗暴的革命颂歌

在《水浒传》成书以前或以后的许多作家的作品里，对于人民的苦难，虽然也或多或少地有所反映，但一般也只是洒几滴同情之泪。他们不是要人民忍辱退让，就是寄希望于所谓"清官"，或者"惟歌生民病，愿得天子知"，祈求"圣明"的皇帝采取一点"改良"措施。他们总是希望在封建制度内部，依靠某些个别人物，有秩序地自上而下地来解决某些问题。

《水浒传》则不然。它歌颂人民群众以暴抗暴的革命斗争。通过艺术情节，《水浒传》批判了林冲所信奉的忍让哲学，否定了武松对官府和"正当"的法律手续所抱有的幻想。正如李逵所说："条例，条例，若还依得，天下不乱了！我只是前打后商量！"《水浒传》肯定的是这种对封建统治者"打"字当头的精神。

当然如果停留在个人反抗的水平上，只会给封建统治阶级这儿或那儿制造一些麻烦；《水浒传》的伟大之处就在于它进一步肯定了人民群众可以在一定条件下从事集体的武装斗争，可以闹州郡、杀官军、对抗官府……

点点星火，汇为燎原烈焰。在小说中，我们看到英雄们逐渐团聚起来，拜盟结伙，成为一支武装力量，建立了梁山根据地。他们一次又一次地击溃了封建王朝的讨伐。两赢童贯，三败高俅；闹无为，克高唐，取青州，攻东平、东昌，三打祝家庄，踏平曾头市；南至浔阳，北至大名，西至华州；浩浩荡荡，军锋所至，官军望风披靡，甚至一直闹到东京城下，紫禁城中。这就突出地歌颂了义军和人民的伟大力量，通过形象的语言告诉人们：声势赫赫、貌似强大的封建统治者是可以战胜的。

《水浒传》又进一步肯定了人民的许多权利，就是可以自行镇压某些不法官吏、恶霸劣绅。蔡九知府的"驴头"可以取，在乡里害人、行歹事的黄蜂刺可以割，刘知寨、高廉、贺太守、程万里等贪官污吏都可以杀；他们"酷害良民"积攒下来的家私财物，官府库藏的金银钱谷、绫锦缎帛也都可以夺取。在梁山英雄看来，上任的官员凡是箱子中搜出金银的一定是赃官，可以毫不留情；害民的钱粮广积的大户，欺压良善的暴富小人的家私都可以尽数收拾上山。"不义之财，取之何碍！"这些地方实际上包含了这样的思想：从人民身上掠取去的东西，人民就可以用武力夺回来。这样，梁山英雄的行动就触及了封建法权所保护的地主阶级财产所有制，反映了劳动人民对封建剥削的一种自发的反抗。

和封建历史学家把农民起义军描绘为杀人不眨眼的强贼相反，《水浒传》则表现了梁山英雄严明的纪律。他们不许杀害百姓，不许放火烧人房屋，不劫夺客商车辆人马，所过州县村坊，秋毫无犯。除经常将贪官污吏的家私、官府库藏的米粮俵散给人民外，对于因战争受到损失的地方还特别予以救济。

义军热爱人民，人民拥护义军。《水浒传》写出了义军所过之处，人民扶老携幼，烧香罗拜；义军未到之处，人民日夜盼望；义军的行动下顺人情，上合天心。在作者笔下，似乎连神、仙、佛也同情义军。五台山的长老特别看重又吃狗肉又喝酒，杀人放火的鲁智深，法力无边的罗真人对山寨的许多好处表示欣喜，九天玄女娘娘授给宋江以"替天行道"的权力。自然，这些情节是荒诞的，反映了神权思想、宗教观念对人民的束缚。但是，这些地方又无疑是在论证义军的意志就是天的意志，具有不容怀疑的正义性。

《水浒传》还表现了中世纪封建压迫下人民革命的社会理想。从第七一回的一篇"单道梁山泊的好处"的文字和其他一些地方看，可以概括为下述几点：

一、政治上的平等观念——"八方共域，异姓一家"，"不分贵贱"，"无问亲疏"，"帝子神孙，富豪将吏，并三教九流，乃至猎户渔人，屠儿剑子，都一般儿哥弟称呼"。

二、经济上的平均主义——"一样的酒筵欢乐"，"论秤分金银，异样穿绸锦，成瓮吃酒，大块吃肉"。

三、个性上的和谐共处——"或精灵，或粗卤，或村朴，或风流，何尝相碍，果然认性同居"。

四、分工上的随才器使——有人耍笔舌，有人弄刀枪，有人当水军，有人当马军，有人考算钱粮出纳，有人起造修葺房舍，有人专造兵符印信，有人专造旌旗袍袄，各按其偏长使用。

《水浒传》所表现的这种理想虽然是一种不能实现的乌托邦，但在当时，却有其历史的进步性，起着批判和对抗封建制度、封建思想的革命作用。正如恩格斯所说，在农民战争中，农民的平等要求是"对极端的社会不平等，对富人和穷人之间、主人和奴隶之间、骄奢淫逸者和饥饿者之间的对立的自发的反应"，它"是革命本能的简单的表现"。[1]

需要指出的是，《水浒传》所表现的社会理想是建筑在小农经济上的空想社会主义，和无产阶级思想有着本质的区分。马克思主义认为，无产阶级的平等要求的实际内容都是消灭阶级的要求。任何超出这个范围的平等要求，都是荒谬的。

在肯定人民群众集体的武装斗争，歌颂人民革命理想的同时，《水浒传》又宣扬了封建正统观念。

在作者看来，赵宋王朝是应运而立，天命所在。"神器从来不可干"，宋朝的江山只能保而不能反。李俊只能去作"化外之王"；方腊等改元建号、占州据府，设官置吏，就是作乱的反贼；斗争的目标只应该

---

[1]《反杜林论》，人民出版社1970年版第104页。

是剪除贪官污吏、奸臣谗佞、害民大户、暴富小人，而不应该是彻底推翻宋王朝。这样，伟大的人民起义就被限制在为民除害、除暴安良的层面上。

人民英雄赞

在封建地主阶级的历史书籍和文学作品中，人民的形象常常是被歪曲了的。他们或是被表现为青面獠牙，十恶不赦，或是被表现为驯服苟且，要不就是浑浑噩噩，愚昧无知。而在《水浒传》里，则出现了完全相反的情况。它歌颂农民起义的英雄，歌颂他们在反封建压迫的斗争中所表现出来的各种品质。这样，为剥削阶级所颠倒了的历史就在一定程度上被颠倒过来了。

《水浒传》所塑造的主要英雄人物有李逵、鲁智深、武松、阮氏三雄、林冲等多人。

李逵，外号铁牛，又号黑旋风，出身贫雇农，哥哥是地主家的长工。自幼养成了烈火般的反抗性格。在他看来，"打了人的是好汉"，"吃人打了"便是"不长进的"孬种。上梁山，他最积极；对梁山事业，也最忠诚。"兄弟若闲，便要生病"，一有任务，他都第一个抢着要去。他心粗胆大，不懂得什么叫退缩和恐惧。刀斧箭矢丛中，总是火辣辣地抡起两把板斧向前杀去。即使是东京城下，他也敢独自去劈城门。对敌人，他有着强烈的仇恨。打州劫县，挥斧杀敌是他平生最大的快活事。同时，对受难人民，起义弟兄，又有着深厚的同情和友爱。沂水县的李鬼假冒他的名字抢劫，谎称家有九十岁老母，他信以为真，慷慨赠银。他把农民革命的利益看得高过一切，容不得革命队伍中的任何丑恶现象。当宋江失陷江州时，他"早晚只在牢里伏侍"，"寸步不离"，临刑前，又以破釜沉舟的决心孤身劫法场，毫不考虑个人安危，而当他误听宋江强抢民女时，也可以睁圆怪眼，拿起双斧，直奔宋江。在梁山英雄中，他革命最坚决。在他身上，找不到多少正统观念、忠君思想的影子。"便造反，怕怎地"，他理直气壮地提出"造反"要求，多次主张"杀去东京，夺了鸟位"，建立自己的政权："晁盖哥哥便做大宋皇帝，宋江哥哥便做小宋皇帝。吴先生做个丞相，公孙道士便做个国师，我们都做个将军。"他最激烈的反对宋江的妥协投降路线，当宋江在《满江红》一词中流露了盼望招安的情绪时，他气愤地一脚把桌子踢起，撅做粉碎。当陈太尉前来招安时，他夺过皇帝的诏书来，扯得粉碎，揪住陈太尉，拽拳便打，高叫："你莫要来恼犯着黑爹爹，好歹把你那写诏的官员尽都杀了！"一直到最后，他还主张"招军买马，杀将去，只是再上梁山泊倒快活"。

李逵的弱点是不讲策略，乱杀乱砍，容易为盲动主义和单纯报复情绪所左右。

鲁智深，原名鲁达，是个不识字的下层出身的军官。他见义勇为，嫉恶如仇。当他听说恶霸镇关西霸占金翠莲的罪恶事实后，气愤得连晚饭也吃不下，第二天便去惩罚了这个恶霸。高俅的干儿子高衙内调戏林冲的妻子，鲁智深立即提着铁禅杖，大踏步抢来，声称，若撞见高俅，"且教他吃洒家三百禅杖"，"但有事时，便来唤洒家与你去"。他对黑暗现实采取着主动的、积极进攻的态度。"禅杖打开危险路，戒刀杀尽不平人"，这两句诗是他战斗性格的集中概括。他刚强、粗鲁，但是，在援助被压迫者时，却表现出异常的周到和细心。为了防止店小二拦截金氏父女，他可以拨条凳子在店门口坐上两个时辰。他敏锐而机智地发现了董超、薛霸暗害林冲的歹意，救了林冲，一直把他送到沧州。"救人须救彻"，这是他生活的原则。对于宋王朝，他不抱幻想："只今满朝文武，多是奸邪，蒙蔽圣聪，就比俺的直裰染做皂了，洗杀怎得干净？"因此，他也坚决反对招安。

武松，出身城市贫民，哥哥是卖炊饼的。他浑身有千百斤力气，是著名的打虎英雄。在老虎面前，他没有丝毫的怯懦。他的豪言是："平生只是打天下硬汉，不明道德的人。"对于官府，他有过幻想，也受过某些封建官僚的利用和欺骗。是严酷的阶级迫害教育了他，使他认识了张都监之流人物的阴险面目，冲天的怨恨化为激烈的复仇行动。"大闹飞云浦""血溅鸳鸯楼"之后，豪迈地用仇人的血写下了八个大字："杀人者，打虎武松也！"彻底地宣告了和封建统治者的决裂。在梁山英雄中，武松也是坚决反对受招安的一个。他激烈地指责宋江："今日也要招安，明日也要招安去，冷了弟兄们的心！"

阮氏三雄，都是穷苦渔民。他们生活在乡村里，亲身感受到宋朝政府官吏和"科差"的压迫与骚扰，对那些"虐害百姓"的酷吏赃官们有着刻骨的仇恨。"如今该管官司没甚分晓，一片糊涂"，这就是他们对现实的清醒认识。他们又生活在梁山附近，对于水泊里起义者的性格和生活，早就有着自发的向往和赞美。在他们身上，蕴藏着巨大的革命积极性。上梁山后，他们多次在水上大显身手，立下了赫赫战功。

林冲，是和李逵等不同的另一类英雄形象。他是东京八十万禁军枪棒教头。有人企图污辱他的妻子，他怒不可遏，恰待下拳狠打时，认得是本管高太尉的干儿子高衙内，于是，手便软了下来。"不怕官，只怕管"，不得已采取了退让息事的态度。但是，他又满腹牢骚："男子汉空有一身本事，不遇明主，屈沉在小人之下，受这般腌臜的气！"这就是埋在他心底的火种。发配沧州了，他仍然忍气吞声，希冀有朝一日"挣扎得回来"。但是，高俅的魔爪始终不肯放过他，陆谦、富安追踪而至，要拾他一两块骨头回话。这样，他心中的火种就迸发为愤怒的烈焰，终于挺直腰板站了起来，跨进了梁山英雄的行列。

在歌颂梁山英雄时，《水浒传》曾经把他们的品质概括为两个字——"忠义"。

《水浒传》中的"义"，内容比较复杂。它有时指梁山英雄们除凶灭恶、劫富济贫等革命行动，有时指下层人民、起义兄弟之间患难相扶、生死与共的团结互助关系。在这些地方，它和历代封建统治者所提倡的"无礼义，则上下乱"，"未有义而后其君者也"的"义"迥然不同，起着鼓舞、组织人民进行反对封建统治者斗争的积极作用。但是这一道德观念又是小生产者的意识形态，它常常偏重个人恩怨，这就容易在政治上失去判断大是大非的标准，导致对个人情谊的盲目忠诚，甚至被剥削者收买利用。比如武松可以为阳谷县知县效劳，也可以为孟州道的霸主施恩去醉打蒋门神；张都监略施小恩小惠，武松又表示愿"执鞭随镫，服侍恩相"；这些就是"义"的消极面的典型表现。

《水浒传》中的"忠"，则完全是封建糟粕。它要求人们忠于以皇帝为首的封建制度，服从皇帝的个人意志。不仅宋江等人"愿与皇上尽忠"，连阮小五、阮小七的山歌中也有"忠心报答赵官家"的思想。这种情况，反映了统治阶级的道德体系对于人民的影响。

在梁山英雄身上，还有些行为反映了古代游民阶层的局限。例如不分青红皂白地骂人、打人、杀人等。对妇女也还保存着一定程度的封建观念。

受招安的悲剧结局

在受招安问题上，梁山义军内部是有斗争的。但是由于以宋江为代表的妥协、投降路线占了支配地位，终于引导义军走上了错误和毁灭的道路。

据《水浒传》描写，宋江"家中颇有些过活"，属于农村中的中小地主。他本人是郓城县押司，处于封建政权机构的最底层，和地主阶级当权派有一定矛盾："但犯罪责，轻则刺配远恶军州，重责抄扎家产，结果了残生性命"。因此他在家中挖掘了藏身地窖，预先教爹娘出了籍册，以免连累家庭。同时他和下层人物又有密切联系，"平生只好结识江湖上好汉"，"济人贫苦，周人之急，扶人之困"。这种情况，使得他可以在一定程度上同情起义英雄，并在一定条件下走上梁山。但是，他的出身和社会地位又决定了他必然有严重的封建思想。他的上梁山是被迫的、经过多次反复的，"为被官司所逼，不得已啸聚山林，权借梁山水泊避难"，是一种临时措施。他总是盼望着"圣主宽恩"，然后"尽忠报国"，"封妻荫子"，"不枉了为人一世"。他对梁山事业有过一定贡献，但是他的思想他的路线却从根本上危害和葬送了梁山事业。

在招安描写上，充分表现了作者思想中的矛盾。

一方面，作者肯定义军受招安。

宋元时期是民族矛盾空前尖锐的时期。当女真贵族南侵时，北方人民曾广泛组织"忠义巡社"，结为"忠义民兵"，并以"赤忠报国，誓杀金贼"相号召；不少义军和宋朝统治者合作，共同抗击金军。一直到元末农民起义时，韩林儿在亳州建立的农民政权还号称"大宋"。这种历史情况，是《水浒传》作者肯定义军受招安的原因之一。"统豺虎，御边幅；号令明，军威肃，中心愿，平虏保民安国"，宋江《满江红》词中的这几句也透露了他受招安的原因之一是为了"平虏"。尽管如此，《水浒传》肯定义军受招安仍然是错误的。

在民族矛盾上升时期，被压迫阶级可以和压迫阶级结成联盟，甚至可以作出某种让步，以共同抗击民族敌人。但是绝不可以放弃自己独立的政治路线，不可以让掉阶级的根本利益，不可以搞阶级投降主义。受招安，正是这样的投降主义。

由于作者世界观中的清醒一面，"自古权奸害善良，不容忠义立家邦"，《水浒传》又揭露了蔡京、高俅等奸党对于义军一而再、再而三地迫害。义军在征辽后，又被派去征讨田虎、王庆、方腊，死的死，伤的伤，走的走，原来热热闹闹、兴旺发达的一支队伍七零八落，回京时只剩下二十余人，还不为蔡京、高俅等所容，卢俊义、宋江先后被害，这就又在客观上揭示了封建统治阶级所谓"招安"的欺骗性，批判了宋江及其妥协投降路线。

把受招安的结局表现为悲剧，忠实地表现了一支农民起义部队从发展壮大到在错误路线的引导下走向失败的历史过程，这是《水浒传》的重要成就。

需要指出，在揭露蔡京、高俅等罪恶的镇压派的同时，《水浒传》又美化了宿太尉等招抚派，美化了宋徽宗。据描写，宋徽宗非常喜爱梁山英雄，蔡京等的阴谋他"全然不知"，事后，又"嗟叹不已"，建立庙宇，敕封列侯，御笔题额……这就告诉了读者，镇压与招抚并不是交互为用的反革命的两手，毒害梁山义军的只是几个"谗臣贼相"，其原因仅仅是"嫉贤妒能"，如高俅所说："这宋江、卢俊义皆是我等仇人，今日倒吃他做了有功之臣，受朝廷这等恩赐，却教他上马管军，下马管民。我等省院官僚，如何不惹人耻笑？"封建王朝镇压农民起义的事实被描写为"权奸毒害忠良"，这就又为封建统治者开脱了罪责。

"水浒传"的艺术性

在创作方法上，《水浒传》基本上是现实主义的。它真实地表现了宋、元这一特定历史时期的社会面貌，正确地塑造了在那个时期里所形成的若干典型性格。同时它又有着浪漫主义精神，表现出强烈的激情和理想色彩。

在揭露赵宋王朝的社会黑暗和歌颂历史的光明面——农民起义的关系上，《水浒传》以歌颂农民起义为主；在描写人民苦难生活和表现人民革命性格的关系上，《水浒传》以表现人民革命性格为主。和某些古典作品迥然不同，它不热衷于表现被侮辱与被损害的"小人物"的悲剧命运，而是集中全力塑造叱咤风云的农民起义的英雄形象。它以鲜明的色调歌颂英雄们在对封建统治者的斗争中所建立的业绩，突出他们反抗压迫、敢于造反的光辉品质，表达了处于封建统治下中世纪人民的愿望。

人物的不同性格取决于人物的不同社会地位和生活经历。《水浒传》特别善于揭示由于不同的社会地位和生活经历所形成的人物的独特个性。梁山英雄来自社会的各个阶层、各个方面，有着各不相同的生活遭遇，因此，也就表现出不同的思想面貌。李逵坚决革命，宋江妥协投降，《水浒传》揭示出，这是他们的不同社会地位所产生的必然结果。一个是长工的弟弟，家有老娘"在村里受苦"，一个是宋太公之子，可以"守些田园过活"；一个是江州城里卑下的"小牢子"，一个是郓城县中知县和他"最好"的押司。他们在招安问题上有着不同的态度是完全合理的。《水浒传》又写出了三个不同性格的军官：鲁达、林冲、杨志。鲁达大字不识，无家无业；林冲地位不低，生活优越，家庭美满；杨志，"三代将门之后"，做到"殿司制使官"，但是"时乖运蹇"。他们在上梁山问题上的不同表现也是完全合理的。

不仅塑造出鲜明、独特的个性，而且正确地揭示出形成这种个性的社会的、政治的、个人的原因，这是《水浒传》现实主义的重要成就。

人物性格不同，他们的行为方式、心理状态、语言特色也就各不相同。同是见义勇为，嫉恶如仇，李逵有李逵的行为方式，鲁达有鲁达的行为方式；同是打虎，武松与李逵不一；同是劫法场，石秀又与李逵相异。例如鲁达拳打镇关西，先是让郑屠切精肉"臊子"十斤、肥肉"臊子"十斤、寸金骨"臊子"十斤，以便既有时间让金氏父女从容远去，又"消遣"这个自命为镇关西的恶霸，而在三拳打得郑屠挺在地上，只有出的气，没有入的气时，鲁达又巧妙地安排了脱身：

鲁提辖假意道："你这厮诈死，洒家再打。"只见面皮渐渐地变了。鲁达寻思道："俺只指望痛打这厮一顿，不想三拳真个打死了他。洒家须吃官司，又没人送饭，不如及早撤开。"拔步便走，回头指着郑屠尸道："你诈死，洒家和你慢慢理会。"一头骂，一头大踏步去了。

粗中有细，刚直、勇武中时时表现出丰富的斗争经验，这是鲁达的特点。怕吃了官司"没人送饭"，这又是孤身一人的鲁达特有的心理状态。

至于李逵打死殷天锡其人，则完全是另一个样子：

——原来黑旋风李逵在门缝里张看，听得喝打柴进，便拽开房门，大吼一声，直抢到马边，早把殷天锡揪下马来，一拳打翻。那二三十人却待抢他，被李逵手起，早打倒五六个，一哄都走了。却再拿殷天锡提起来，拳头脚尖一发上，柴进那里劝得住？看那殷天锡时，早已打死在地。

热腾腾、火辣辣，见了不平事，唯一的办法是动拳头，抡板斧，直来直去，没有心机，这是李逵的特点。

不仅表现人物做什么，而且注意表现他怎样做，这是《水浒传》现实主义的又一重要成就。

《水浒传》还善于通过重大的典型事件来刻画英雄人物。这些事件往往具有尖锐、激烈的冲突，适宜突出英雄人物的高大和壮美。鲁智深的英雄形象是通过拳打镇关西、大闹野猪林等事件树立起来的，武松的英雄形象是通过景阳冈打虎、醉打蒋门神、血溅鸳鸯楼等事件树立起来的，林冲的英雄形象是通过风雪山神庙、火拼王伦等事件树立起来的……在塑造英雄人物时，《水浒传》很少作日常生活的琐细表现，也很少作繁缛的雕镂，而是重点落笔，浓涂重染，选择一件到几件典型事件，充分展开，形成有声有色、曲折生动的故事；《水浒传》的几个主要英雄人物都有一个到几个这样的故事，它们在读者的心目中留下了强烈的印象。

对于英雄性格的某些方面，《水浒传》有时还使用夸张等手法予以渲染突出。例如鲁智深"醉打半山亭"一节，写鲁智深"下得亭子，把两只袖子搭在手里，上下左右使了一回。使得力发，只一膀子搧在亭子柱上，只听得刮剌剌一声响亮，把亭子柱打折了，坍了亭子半边"。这段描写，从细节上看并不完全真实，它在生活的基础上作了适当的想象和夸张，但是一个粗豪威武的古代力士的形象却被鲜明地表现了出来。

继承了话本的传统，《水浒传》特别善于描写行动中的人。它往往抓住人物在行动中富有特征性的外貌、动作、表情予以表现，寥寥数语，神情毕肖。例如写鲁智深救林冲是："只见松树背后雷鸣也似一声，那条铁禅杖飞将来，把这水火棍一隔，丢去九霄云外。跳出一个胖大和尚来。"写武松盘问何九叔时是："只见武松揭起衣裳，飕地掣出把尖刀来，插在桌子上……一双手按住胳膝，两只眼睁得圆彪彪地，看着何九叔。"写李逵劫法场是："又见十字路口茶坊楼上，一个虎形黑大汉，脱得赤条条的，两只手握两把板斧，大吼一声，却似半天起个霹雳，从半空中跳将下来。"这些描写都极为准确、生动。

《水浒传》的环境和场景描写是和人物活动紧密结合的，它注重简洁、洗练。三十一回，写武松杀入鸳鸯楼时，只有几句话："只见三五枝画烛莹煌，一两处月光射入，楼上甚是明朗，面前酒器，皆不曾收。"它准确地概况了场景的主要特点，又与武松急于复仇、无暇细看的心情相吻合。

《水浒传》的结构比较完整地反映了一支农民起义队伍由个人反抗到集体的武装斗争，逐步发展壮大以至于失败的全过程。四十六回以前，以人物为中心，通过几个带有独立性的传奇故事，描写了一些不同出身的英雄经过不同的途径走上梁山的经过。四十六回以后，以事件为主体，主要描写组织起来并建立了根据地的梁山义军和官军、地主、恶霸之间展开大规模战争的情景。七十一回"排座次"是全书的顶峰。结构宏伟壮阔，一波未平，一波又起，跌宕曲折而又环环相扣，组织得十分严密巧妙。

《水浒传》的语言和《三国演义》不同，是经过提炼的北方口语。通俗、鲜明，富于表现力量，标志着文学语言的高度成熟。人物语言具有强烈的个性特色，正如鲁迅所说，"是能使读者由说话看出人来的"。[1]例如五十三回，写李逵听戴宗说，罗真人不让公孙胜下山时，便叫起来道："教我两个走了许多路程，我又吃了若干苦。寻见了，却放出这个屁来！莫要引老爷性发，一只手捻碎你这道冠儿，一只提住腰胯，把那老贼道直撞下山去！"这段话，粗鲁、急躁、爽直，只能出于李逵之口。不仅主要人物的语言各有特点，即使有些次要人物，如王婆、潘金莲等，他们的语言也是各不相混的。"你这个腌臜混沌！有甚么言语，在外人处说来，欺负老娘！我是一个不戴头巾男子汉，叮叮当当响的婆娘！……不是那等搠不出的鳖老婆！"这是潘金莲骂武大的一段话，不多的几句，生动勾画出了一个伶牙俐齿、无理搅三分的市井泼妇形象。

《水浒传》在艺术上也有若干不足。

它的人物在七十一回之后就大都定型，缺少发展。若干人物的上梁山没有充分的生活根据。卢俊义的形象比较苍白。梁山义军千方百计地动员他上山，上山后又让他坐了第二把交椅，实在没有多大道理。

---

[1]《看书琐记》，《鲁迅全集》第五卷，人民文学出版社1973年版第429页。

《水浒传》也还有若干自然主义的表现。例如在写两性关系时，文笔有时比较猥亵；对人肉作坊、卖人肉馒头、啖人肉、吃人心的描写，除了给读者一些毫无意义的恐怖印象之外，对整个艺术形象和主题表现，都有损无益。

录自杨天石《中国小说简史》，未刊手稿。

宋江与儒学

——旁门说《水浒传》之一

浔阳楼上,宋江题壁词云:"自幼曾攻经史",这是符合实际的。《水浒传》中,宋江的许多言论都可以在儒家著作中找到出处。这里列举三例,以为证明。

"隐恶扬善"

《水浒传》第三十三回写花荣诉说清风寨知寨刘高及其"婆娘"的劣迹时,宋江劝道:"贤弟差矣。自古道:'冤仇可解不可结'。他和你是同僚官……他虽有些过失,你可隐恶而扬善。贤弟休如此浅见。"

按《论语·子路》篇载:有一个叫叶公的人对孔子说,我的家乡有个正直的人,他的父亲偷了人家的羊,他便亲自去告发。孔子说:我们家乡正直的人和你讲的不一样,"父为子隐,子为父隐",正直的品德就在这里。其后,孔伋在《中庸》中明确地提出"隐恶扬善"论。又其后,西汉董仲舒在《春秋繁露》中说:"礼,子为父隐恶。"班固在《白虎通》中说:"人臣之义,当掩恶扬美。"可见,宋江的"隐恶扬善"论得自儒学的真传。

尊卑"有序"

《水浒传》第九十回，燕青在秋林渡射下了十数只鸿雁，惹得宋江大发了一通议论。宋江说：鸿雁是"仁义之禽"，具备"仁、义、礼、智、信"等五种道德，在飞行时，"尊者在前，卑者在后，次序而飞"，云云。

宋江借鸿雁说教也是有来源的。董仲舒说：雁的性格，"有类于长者"，"长者"在百姓之上，因此，必然懂得"先后"之道和"行列"之治（《春秋繁露》第七十二）。唐朝的孔颖达说："物生自然有尊卑"，例如，鸿雁的"飞行有列"就是天生的，可见"尊卑自然而有"，"天地初分之后，即应有君臣治国"（《礼记正义序》）。上述宋江对燕青的说教，明显地来自董、孔的著作。

"理合如此"

征辽后，梁山将士回军东京城下，蔡京奏过天子，传旨教省院出榜禁约："凡一应出征官员将军头目"，"非奉上司明文呼唤，不许擅自入城。如违，定依军令拟罪施行。"这道榜文激起了梁山将士的愤怒，"众将得知，亦皆焦躁，尽有反心"。于是，阮氏三兄弟与李俊、张横等水军头领，约请了吴用，计议"就这里杀将起来，把东京劫掠一空，再回梁山泊去"，再次起义。事情为宋江得知，宋江除表示"我当死于九泉，忠心不改"外，又召集大小头领训话，声称："俺是郓城小吏出身，又犯大罪，托赖你众兄弟扶持，尊我为头，今日得为臣子。自古道：'成人不自在，自在不成人。'虽然朝廷出榜禁治，理合如此。"

这"理合如此"四字，见于《朱子语类》。据《礼记·檀弓》记载：晋献公听信谗言，要杀儿子申生，申生拒绝了他的兄弟重耳劝他出逃的建议，遵从父意，自缢而死。朱熹在评论此事时说："人有妄，天则无妄，若教自家死，便是理合如此，只得听受之。"（《朱子语类》卷九八）在朱熹看来，"君要臣死，不得不死；父要子亡，不得不亡"，晋献公要杀他的儿子申生，申生虽然无辜，也应该遵命自杀，这是"天"意。

"理合如此"，类似的话朱熹还说过多次。"理"是程朱理学的主要哲学范畴。据程颐、朱熹们说：在物质世界产生之前，这个"理"就产生了。它支配着、主宰着天地万物，也支配着、主宰着人与人之间的关系，有君臣，有父子，为子必孝，为臣必忠。它们都是"天然合当如此底道理"。很明显，程颐、朱熹们的"理"是一种为封建制度、封建伦理规范辩护的哲学，它论证的是地主阶级统治有理、压迫有理。

宋江的思想和程颐、朱熹的思想有其相似之处，所以，他把晁盖等智取生辰纲，上梁山，杀官军的行动称为"上逆天理"，又把李逵"杀去东京，夺了鸟位"的豪言斥为"不省得道理"；相反宋王朝禁约梁山将士的措施，则被说成"理合如此"。

通过以上三例，可以看出《水浒传》作者在塑造宋江时受到过传统儒学影响。

录自杨天石《横生斜长集》，天津百花文艺出版社1998年10月第1版。

宋江之死与忠义之道

——旁门说《水浒传》之二

在《大宋宣和遗事》中,宋江打方腊后,被封节度使,是个喜剧式的结尾。在《水浒传》中,宋江打方腊后加授武德大夫、楚州安抚使,兼兵马都总管,但不久,就被蔡京、童贯、高俅等贼臣陷害,吃了放进慢药的"御酒",中毒身死,是个悲剧的结尾。

两种结尾孰优孰劣呢?"自古权奸害善良,不容忠义立家邦。"《水浒传》写宋江之死,一方面是为了将所谓"忠"与"奸"的矛盾贯穿全书,一方面则是为了按照儒学伦理规范,塑造一个"完美"的艺术典型。

宋代的理学家朱熹说过:"困厄有轻重,力量有小大。若能一日十二辰点检自己,念虑动作都是合宜,仰不愧,俯不怍,如此而不幸填沟壑,丧躯殒命,有不暇恤,只得成就一个是处。如此,则方寸之间全是天理,虽遇大困厄,有致命遂志而已。"(《朱子语类》卷十三)又说:"学者须是于此处见得定,临利害时,便将自家斩剉了,也须壁立万仞始得。"(《朱子语类》卷五十八)朱熹这里讲的都是道德修养问题,他要求人们能够经受各种大"困厄"的考验,即使碰到"将自家斩剉""丧躯殒命"的情况,也要站稳脚跟,毫不动摇,恪守儒学道德规范。

《水浒传》写宋江之死完全符合朱熹的这一要求。

你看，宋江自饮"御酒"之后，已知中了"贼臣"们的奸计，于是，他"检点自己思虑动作"，叹道："我自幼学儒，长而通吏，不幸失身于罪人，并不曾行半点异心之事。"很有点儿朱熹所说的"仰不愧，俯不怍"的意思。不仅如此，他还处处替朝廷着想，怕自己死后李逵"再去啸聚山林"，便连夜使人往润州唤取李逵，也与他慢药服了，从而消除了宋王朝的一个隐患。

宋江虽然无辜被害，死在旦夕，而对宋王朝仍然忠心耿耿，自称："我为人一世，只主张'忠义'二字，不肯半点欺心。今日朝廷赐死无辜，宁可朝廷负我，我忠心不负朝廷。"这是宋江死前的自白，够得上朱熹所说的"方寸之间全是天理"的标准了。

宋江是《水浒传》作者全力歌颂的英雄人物。清末的燕南尚生在《水浒传新或问》中说："试思操纵予夺之权，耐庵之秃笔操之者也。使非第一流人物，何故安之于大统领之地位乎？"这是看出了《水浒传》作者的用心的。在宋江身上，作者几乎堆砌了人间的一切"美德"，什么"及时雨""呼保义""孝义黑三郎"啦，什么"仗义疏财""扶危济困"啦，什么"仁、义、礼、智、信皆备"啦，等等。其中，《水浒传》作者突出宣扬的是"忠义"，它是宋江思想的灵魂。《水浒传》写宋江之死，正是为了在死这一大关节上更充分地表现宋江的"忠义"之道，在完成宋江形象上涂抹上最后一道油彩。

在表现宋江之死上，《水浒传》作者是颇费苦心的。李逵，这是个一贯主张"杀去东京，夺了鸟位"的革命派，又是个听说宋江抢了民女就拿起双斧"径奔宋江"的烈汉子，但是，却被宋江的"忠义"所感动，表示"死了也只是哥哥部下一个小鬼"。吴用，是早期梁山事业的奠基者、晁盖的主要助手，不愿意投降，但受宋江之死的感动，居然和花荣双双自缢于宋江墓前。宋江死后，被"玉帝"封为"梁山泊都土地"，被宋徽宗封为"忠烈义济灵应侯"，四时享祭，祈风得风，祈雨得雨……在作者笔下，宋江真是死得感天动地，影响深远。

"忠能固君臣，安社稷，感天地，动鬼神"，这是东汉儒家经典《忠经》中的一段话。《水浒传》作者的上述安排，正体现了《忠经》的这一思想。

旧史有所谓《忠义列传》，是表彰那些在生死问题上能经得住考验的"忠臣义士"们的。据旧时史官们说，"非死之难，处死之难"，意思是：死并不难，正确地对待死、处理死是难的，所以要表彰表彰，好给人们作榜样。《晋书》是首创《忠义列传》的一部史书，它表彰了不少"杀身以成仁"的人。此后，这一体例就被沿袭了下来，越来越受到重视。北宋时，宋祁、欧阳修等修《新唐书》，将《忠义列传》的地位抬到各分类列传的首位。元朝在修宋、辽、金三史时，丞相脱脱特别集合"儒臣"讨论，议决"前代忠义之士，咸得直书而无讳焉"，也就是说，那些当年的敌人都可以表彰，于是，《宋史》的《忠义列传》就被浩浩荡荡地塞进了一百七八十人之多。明初，朱元璋在做了皇帝后不久，也匆匆忙忙地下令表彰前代的"忠臣义士"。

历代的统治者为什么要这样热心地提倡"忠义"呢？修《新唐书》的宋祁讲得很清楚。他说："忠义者，真天下之大闲（闲，就是法度的意思）欤！"又说："故王者常推而褒之，所以砥砺生民而窒不轨也。"原来，宋祁们要用"忠义"之道来磨炼人们甘心为皇帝卖命送死，又要用它来防止冲决冲击封建制度的"不轨"行为。

《水浒传》写宋江，正是按《忠义列传》的要求写的，所以《水浒传》又叫《忠义水浒传》。

然而，上述云云只是事情的一面。还应该说明的是，《水浒传》作者和旧史官们又有很大的不同。这就是他对造反的梁山好汉们有强烈的同情，因此才能那样饱蘸感情的笔墨，绘声绘影地写出了一百单八将的故事，将他们处理为英雄，处理为正面人物，而不是"乱臣贼子"，这是旧史官们所永远无法达到的高度。

旧式的农民起义领袖被招安后，或是成为皇帝的奴才，得以苟全，或是仍被猜忌，不得善终。《水浒传》通过写宋江之死，将一百单八将的命运写得凄凄惨惨，这就忠实地表现了一支农民起义部队从发展壮大到走向失败的历史全程，揭示了封建统治阶级所谓"招安"的欺骗性，在客观上否定了宋江的妥协投降行为，读者自会得出自己的结论——受招安之路不可走，那是绝路一条。这是现实主义的力量，也就是文艺学中通常所谓"形象大于思想"吧！

还是将《水浒传》结局处理为悲剧好。

录自杨天石《横生斜长集》，天津百花文艺出版社1998年10月第1版。

金圣叹砍《水浒传》和明末农民起义

《水浒传》较早的本子是百回本，它包括了梁山泊聚义、受招安、征辽、打方腊等内容。明代万历年间，有人加进了打田虎、王庆的故事，成为百二十回本。到了明朝末年，金圣叹自称得着《水浒传》的古本，认为招安以前是施耐庵所写，招安以后都是罗贯中所续。于是，把七十一回以后一刀砍去，改原来第一回为楔子，这就成了"断尾巴蜻蜓"——七十回本。

鲁迅说："至于金圣叹为什么要删'招安'以后的文章呢？这大概也就是受了当时社会环境底影响。"[1] 这是一个极为深刻的见解。

金圣叹的"当世之忧"

金圣叹（1608—1661），吴县（今苏州）人，出身破落地主家庭，敌视农民起义，是个一辈子未能挤进地主阶级当权派行列的文人。入

---

[1]《中国小说的变迁》，《鲁迅全集》第八卷，人民文学出版社 1957 年版第 338 页。

清后，1660年，因听说顺治皇帝很欣赏他所批的书，"忽承皇帝来知己"，感激涕零，向北叩头。第二年，他参与当地反贪官的活动，和一批儒生跑去哭孔庙。当时，顺治帝福临刚死，金圣叹等被控为"纠党肆横""震惊先帝之灵"，不久被杀。

明末，由于严重的阶级压迫和剥削，激起了风起云涌的农民起义。1641年，李自成的起义部队攻克洛阳，震动明王朝。1644年初，李自成改西安为西京，国号大顺，改元永昌，并迅速率师东征，于3月19日攻入北京，推翻了明王朝的统治。据金圣叹《〈水浒〉序（三）》：金批七十回本《水浒传》出现于一六四一年，这正是社会阶级斗争十分激烈、明王朝行将覆亡的历史时期。

金圣叹对《水浒传》的批释中，有不少地方是针对明末政治现实而发的评论。

例如第十五回，杨志对梁中书说："这厮们一声听得强人来时，都是先走了的。"金圣叹在此批道："借事说出千古官兵，可恼可笑。"这里，显然流露了金圣叹对明朝官兵镇压农民起义不力的不满。

又如第五十一回，金圣叹批道："今也纵不可限之虎狼，张不可限之馋吻，夺不可限之几肉，填不可限之溪壑，而欲民之不叛，国之不亡，胡可得也！"金圣叹这里所说的"今也"，显然指的是明末的社会现实。当时，反动统治阶级仍然醉生梦死，肆意掠夺、榨取劳动人民，以至连金圣叹都感到"民之不叛""国之不亡"是不可能的了。

再如第六十九回，金圣叹批道："然而世无伯乐，贤愚同死，其尤驳者，乃遂走险。至于势溃事裂，国家实受其祸。""走险"，指的是投入农民起义；"势溃事裂"，正是明王朝覆亡前夕的真实写照。

可见《水浒传》虽然成书于明初，但金批《水浒传》却产生于明末的政治土壤，是为明末地主阶级的政治利益服务的。

在《〈水浒〉序（二）》中，金圣叹写道："虽在稗官，有当世之忧焉。"金圣叹忧的乃是汹涌澎湃的农民革命高潮，是明王朝的垮台完蛋。砍《水浒传》正是从这一"当世之忧"出发的。

明朝政府招安政策的破产

对于农民起义军，反动统治阶级历来采取"剿"与"抚"的反革命两手策略。所谓"剿"，即坚决镇压，实行残酷的屠杀和迫害；所谓"抚"，即实行招安，以官职、爵禄等收买农民军的叛徒。这两手都是为了扑灭革命烈火，因此反动统治阶级经常同时使用，或交替使用。但是，由于阶级斗争形势的不同，反动统治阶级在不同时期也会形成不同的策略重点，甚至形成"剿""抚"两派的策略分歧。

金圣叹属于主"剿"派。他一再表示，农民起义军为"王道所必诛"。他说："有王者作，比而诛之，则千人亦快，万人亦快者也。"在他看来，只有"剿"，只有"大正其罪"，才能"昭往戒，防未然，正人心，辅王化"，巩固地主阶级的统治。所以，他坚决反对招安。第一，他认为农民起义军受招安根本不可信。他说："狼子野心，正自信你不得！"又说："夫招安，则强盗之变计也。"第二，他认为实行招安有损封建王朝的尊严，破坏地主阶级的法律，在《宋史目》中，他批评主张招安宋江的宋朝官僚侯蒙"一语有八失"，即侯蒙主张招安的话中，有八个地方不妥当，什么"温语求息，失朝廷之尊"，"轻与议赦，坏国家之法"等。金圣叹认为，强盗不办罪就不能治天下。在《梁山泊英雄惊恶梦》这一回中，他借嵇叔夜之口骂道："万死狂贼，你等造下弥天大罪，朝廷屡次前来收捕，你等公然拒杀无数官军，今日却来摇尾乞怜，希图逃脱刀斧，我若今日赦免你们时，后日再以何法去治天下。"不仅如此，金圣叹又直接出面赞美嵇叔夜的话为："不朽之论！"第三，也是最主要的，金圣叹认为，对农民起义军实行招安，就起不到警戒作用，不能防止农民革命的再起。在他看来，招安的结果，农民起义军"进有自赎之荣，退有免死之乐"；"有罪者可赦，无罪者生心"，造反的便会愈来愈多。他说："彼一百八人而得幸免于宋朝者，恶知不将有若干百千万人，思得复试于后世者乎？"可以清楚地看出，为了维护地主阶级反动的长治久安，为了永远消弭农民革命风暴的兴起，金圣叹是怎样地焦思苦虑、惶惶然而又惴惴然！

在《水浒传》中，宋王朝在后期对梁山泊起义军采取的是招安政策，这正是金圣叹所反对的。于是，他砍去了受招安等内容，另外编一个卢俊义的"恶梦"，预示凡参加农民起义军的都要一一明正典刑："将宋江、卢俊义等一百单八个好汉，在于堂下草里，一齐处斩"。尤其恶毒的是，金圣叹还在这句话的后面批为"真正吉祥文字"，以幸灾乐祸的口吻发泄他对农民起义军的刻骨仇恨。金圣叹妄想用这种办法以儆效尤，"防后人未然之心"，在这一点上，他启发了清朝反动文人俞万春，他所写的《荡寇志》一书，不过是金圣叹设计的"恶梦"的具体化而已。

鲁迅说："单是截去《水浒》的后小半，梦想有一个'嵇叔夜'来杀尽宋江们，也就昏庸得可以。"[1]金圣叹根本不懂得农民起义军前赴后继、彼伏此起，既剿不完，也杀不尽的规律。这就是他的"昏庸"所在。

任何人的思想总是他所处时代的产物，总要受当时社会环境的制约，金圣叹砍《水浒传》反映了明朝政府招安政策的破产。

例如：1630年，陕西三边总督杨鹤，曾发给农民起义军以"免死牒"，妄图招安当时正遍布关中的王嘉胤等起义军。王嘉胤等拒绝受"抚"，进一步壮大革命力量。1631年，起义军发展为三十六营，拥有二十余万之众的浩大队伍。在这种情况下，明朝政府以"主抚"失策的

---

[1]《谈金圣叹》，《鲁迅全集》第四卷，人民文学出版社1973年版第403页。

罪名逮捕杨鹤下狱。

又如：1634年，农民起义军高迎祥部误入车箱峡绝地，向总督河南、陕西等五省军务的兵部侍郎陈奇瑜要求"招安"。当农民军走出栈道时，一起杀死了明朝政府的"安抚官"，继续坚持战斗。于是，明朝政府逮捕陈奇瑜，充军边地。

再如：1638年，总理南京、河南等地军务的熊文灿向农民起义军"赠送"鱼肉，张贴招安文榜，一次又一次地派使者去农民起义军中"招抚"，但最后还是失败了。熊文灿因此被明王朝逮捕，并于1640年被杀。

"大败公事，为世僇（音陆，侮辱的意思）笑。"这是金圣叹对宋朝的主"抚"派侯蒙的评语，也是对明末主抚派的嘲笑。

有压迫就有反抗，有地主阶级对农民的剥削压迫，就必然有农民对地主阶级的反抗斗争。金批七十回本《水浒传》出现的时候，正是明朝政府砍下熊文灿脑袋后的四个月。当时，明朝政府的策略重点已由"抚"转为"剿"，再次组织对农民起义军的大围攻。金圣叹砍《水浒传》正适应了明王朝这一策略重点的转变。但是用屠刀"剿"也好，用官职、爵禄"抚"也好，都无法遏阻农民起义的洪流。和任何时代反动统治者一样，明朝政府镇压与招安的两手政策的失败乃是必然的。

掩盖了宋江投降派的真面目

在金批本《水浒传》中，对宋江宣扬的许多投降主义言论，金圣叹都力辩其不可信，同时也力辩所谓罗贯中续书的愚蠢可笑。例如，金批本《水浒传》五十七回，宋江对呼延灼说："小可宋江怎敢背负朝廷？盖为官吏污滥，威逼得紧，误犯大罪，因此权借水泊里随时避难，只待朝廷赦罪招安。"金圣叹批道："处处以此数语说人入伙，正是宋江权诈铁案，而村竖反因此文，续出半部，又衷然加以忠义之名，何也？"这样的例子很多。在《水浒传》中，宋江把自己要投降的意思每说一遍，金圣叹就批一次，真是针锋相对，不厌其烦。例如，在三十一回、四十一回、五十四回中，都有类似的批语。

中国农民是富有革命传统的。在对反动地主阶级的斗争中，农民起义军及其领袖们大都威武不屈，坚持革命。朱明王朝的末代统治者妄图利用招安来收买叛徒、瓦解革命，结果都破产了。于是，又主张血腥镇压。金圣叹为了适应明朝政府由主"抚"到主"剿"的策略重点的转变，竟然连《水浒传》中所描写的宋江这样货真价实的投降派也睁着眼睛不承认，仅仅认为不过是一种"权诈"。这真是"昏庸得可以"。

《水浒传》写了宋江投降活动的全过程。七十一回之后，宋江从卑躬屈膝地接受招安到穷凶极恶地镇压方腊。这一切，是宋江投降派面目的大暴露，是七十回前宋江性格的合乎逻辑的发展。金圣叹把这一切都砍掉了，宋江投降派的真实面目就被掩盖了。

按照金圣叹设想的结局，宋江、卢俊义等应该被"嵇叔夜"这样一个刽子手"一齐处斩"。宋江这个"今日也要招安，明日也要招安"的投降派居然没有投降，这是不真实的。鲁迅说："敌人是不足惧的，最可怕的是自己营垒里的蛀虫，许多事都败在他们手里。"[1]金圣叹"处斩"了宋江，砍掉了宋江叛卖革命的大量罪行，"蛀虫"居然不"蛀"，梁山革命事业竟然不是败在宋江手里，这是不真实的。

毛泽东指出："《水浒》这部书，好就好在投降。做反面教材，使人民都知道投降派。"金批七十回本《水浒传》所砍掉的恰恰正是宋江们由投降愿望变为投降行动的部分。这就影响了读者认识投降派和投降主义路线，掩盖了《水浒传》这一部宣扬投降主义的反面教材的本质。这

---

[1]《鲁迅书简》（下），人民文学出版社1973年版第775页。

是金圣叹砍《水浒传》的要害所在。

录自《光明日报》1975年10月4日，本文后来改题《〈水浒〉为何成了"断尾巴蜻蜓"——旁门说〈水浒〉之三》，收入杨天石《横生斜长集》，天津百花出版社1998年10月第1版，文字有删节。

论《西游记》

一、从宗教故事向神话的演化

唐太宗贞观三年（629），有个年轻的和尚叫玄奘，他为了弄清佛教教义中的某些问题，经西域私行去印度取经。行程五万余里，历游大小一百一十余国，在印度住了十多年。贞观十九年（645），携带六百余部经文回到长安。

在古代交通不便的条件下，玄奘的印度之行是个奇迹。在当时，就引起了人们的巨大轰动。后来，玄奘口述西行途中的见闻，由弟子辩机记录为《大唐西域记》，叙述西域各国历史和风土情况；玄奘的另外两个弟子慧立、彦悰则著有《大唐大慈恩寺三藏法师传》，详细地记述取经的全过程。其中除写到沿途所遇到的沙河、雪山、热海等困难险阻外，也出现了一些神异的记载，如"逢诸恶鬼""夜则妖魑举火""毒龙恶兽多窟其中"，以及"有西女国，皆是女人"等。这些对于后来取经故事的创作无疑具有启发想象的作用。

宋代，玄奘取经的故事逐渐成为民间艺人的创作素材。北方的金国舞台上已经在演出名为《唐三藏》的戏曲，南宋的临安则出现了说经话本《大唐三藏取经诗话》。第一次将取经故事引进小说领域。它写到一个帮助取经的猴行者，自称是花果山紫云洞八万四千铜头铁额猕猴王，八百岁时偷吃了西王母的十颗蟠桃，左肋判八百，右肋判三千铁棒，押在花果山紫云洞。这个猴行者一路战胜白骨精、馗龙等几种妖魔，克服了不少自然困难。取经回来后被唐太宗封为钢筋铁骨大圣。书中还写到了一个吃人的怪物深沙神，被降服后，手托金桥，让法师（玄奘）等一行人过去。

元代，出现了名为《唐三藏西游记》的平话。全书现在已经看不到了，只在朝鲜古汉语课本《朴通事谚解》中保留了一个经过转述的片段——车迟国斗圣。内容和今本《西游记》有关章节大体相同。这本书的注解还提到了其他一些情节，如说：西域有花果山，山下有水帘洞，有老猴精号齐天大圣，曾入仙桃园偷蟠桃，偷老君灵丹药，偷王母绣仙衣，召开庆仙衣会。玉帝派李天王领兵十万及诸神将至花果山与大圣作战，被打败。巡山大力鬼王推荐灌江口神小圣二郎前来，抓住大圣，本应处死，因观音请求，被押于花果山石缝内，画如来押字封着。后来被唐僧救出，和沙和尚及黑猪精猪八戒一起往西天取经。一路遭遇黑熊精、黄风怪、地涌夫人、蜘蛛精、狮子怪、多目怪、红孩儿怪等多种妖魔，经过了棘钩洞、火焰山、博屎洞、女人国及许多恶山险水。"降妖去怪，救师脱难，皆是孙行者神通之力"。此外，在《永乐大典》一三一三九卷"送"字韵部分，有一段"魏徵梦斩泾河龙"的文字，引书标题作《西游记》。它可能和《朴通事谚解》所述同出一书。保存下来的这一段约一千二百余字，主要情节、文字和今本《西游记》基本一样，只是没有韵文，文言色彩略重，记叙也不及今本详细。最近，考古工作者还发现了元代北方磁州窑烧制的瓷枕，上面绘有唐僧、孙悟空、猪八戒、沙和尚西行取经的图像，它说明取经故事在元代已经广泛流传，为人们所熟悉。[1]

与"说话"艺人口头讲说的同时，取经故事也继续在舞台上演出。元代剧作家吴昌龄曾作有《唐三藏西天取经》，已失传。明初杨讷的《西游记杂剧》现在还可以见到。其中孙悟空的反抗精神已经得到进一步的渲染。他自称："曾教三界费精神，四方神道怕，五岳鬼兵嗔，六合乾坤混扰，七冥北斗难分，八方世界有谁尊，九天难捕我十万总魔君。"

从上述材料可以看出，取经故事经历了漫长的演化过程。它进入民间之后，人民就按照自己的愿望和路线对它进行改造。虔诚的宗教徒唐僧愈来愈明显地被安排到陪衬位置上去，而花果山的猴精孙悟空却愈来愈突出地成为故事中的主要英雄。宗教色彩愈来愈被冲淡，神话成分则不断增加。

在这样的基础上，吴承恩对它进行加工整理，写成了现在的《西游记》。

二、吴承恩的生平和思想

吴承恩（1510？—1582？），字汝忠，号射阳山人，明淮安府山阳县（今江苏淮安）人。祖上曾经做过文职小官僚，到他父亲时，已经没落为卖花线、花边的小商人，并时常受到地方政府差役的压榨。吴承恩的父亲很爱读书，能整日对人谈说历史故事，又好谈时政，碰到不平事，常常很愤激。

由于封建科举制度的极端腐朽，吴承恩多次应试，只得了一个"岁贡生"。此后他曾经做过长兴县丞，和上级合不来，又曾在荆王府里做

---

[1]《文物与考古》，《光明日报》1973年10月8日。

过"纪善"一类的小官，晚年的生活很贫困。

吴承恩的著作除《西游记》外，留存下来的还有《射阳先生存稿》四卷，今人整理校订为《吴承恩诗文集》。

从《射阳先生存稿》中的有关资料可以知道：

一、吴承恩幼年时就很喜欢故事"奇闻"，常常偷偷地购读各种"野言稗史"。长大以后，这种爱好进一步得到发展。他曾编写过一本叫作《禹鼎志》的短篇小说集，在序言中自述：目的并不在于说明鬼的存在，而是"纪人间变异，亦微有鉴戒寓焉"，包含着现实生活的内容和为现实提供借鉴的目的，这本书没有流传下来。

二、吴承恩对明代的社会现实是不满意的。他认为当时的社会"行伍日凋，科役日增，机械日繁，奸诈之风日竞"，〔1〕曾经抨击说："近世之风，余不忍详言之也。"〔2〕他希望能有突出的人物来改变这种状况。在《二郎搜山图歌》中，他歌颂神话传说中的二郎神搜山灭妖的事迹，认为现实生活中也存在着各种各样的"妖魔"，它们是人民苦难的根源："民灾翻出衣冠中，不为猿鹤为沙虫。坐观宋室用五鬼，不见虞廷诛四凶。""五鬼"，指的是宋朝王钦若、丁谓等五个残害人民的官僚；"四凶"，指的是传说中帝尧时代的四个坏人。吴承恩慨叹于这些人不仅得不到诛戮，反而受到朝廷的重用。"野夫有怀多感激，抚事临风三叹息。胸中磨损斩邪刀，欲起平之恨无力。救月有矢救日弓，世间岂谓无英雄。"吴承恩自己无力改变这种状况，不得不把全部感情寄托于理想中的"英雄"。但是，对于明王朝，他仍然是忠驯的。在《瑞龙歌》中，吴承恩写道："停看寰宇遍耕桑，历万千年保天位。"他希望神宗朱翊钧能在皇帝的宝座上永远坐下去。

---

〔1〕《赠卫侯章君履任序》，《吴承恩诗文集》卷二。
〔2〕《送郡伯古愚邵公擢山东宪副序》，《吴承恩诗文集》卷二。

三、吴承恩受过佛教的影响。在《陌上佳人赋》中,吴承恩曾说自己"余方禅味如蜜",把宗教鸦片比为蜜糖。淮安的景会禅寺凋敝了,吴承恩写了《钵池山劝缘偈》,为重修景会禅寺募捐,其中说:"吾今告大众,愿汝信不疑。"劝人们都来信仰佛教。新中国成立后,还曾有人买到过吴承恩的手迹《云湖画菊跋》,署名是"山阳邑人射阳居士吴承恩"。居士,正是旧时在家学佛人的称呼。

了解了这些,有助于我们了解《西游记》的思想倾向。

三、孙悟空

孙悟空是《西游记》中一位神通极为广大的英雄。

他原是东胜神洲傲来国花果山天产的一个石猴,"不归人王法律",人间的封建统治者管不了他。他富有造反精神,敢于蔑视上至玉皇大帝下至阎罗天子为代表的鬼神系统的神权。先闹龙宫,索取了天河定底的神针铁作为武器。次闹阴司,把两个勾死人打为肉酱,责令十代冥王:"快报名来,免打!"最后,从生死簿上勾去了猴类名籍,高嚷:"了帐!了帐!今番不伏你管了!"一路棒,打出幽冥界。在玉皇大帝面前,他自称"老孙",只朝上唱个大喏。玉帝封他为"弼马温",他认为玉帝"甚不用贤",愤怒地出了天宫,自封齐天大圣,要与天国的最高统治者分庭抗礼。他完全不理睬天宫中森严的等级秩序,会友游宫,交朋结义,与那九曜星、五方将、二十八宿、四大天王、普天星相、河汉群神等俱以兄弟相待。他多次击败天兵的征剿。降魔大元帅、三坛海会大神、十万天兵、天罗地网、刀砍斧剁、雷屑钉打,以至太上老君八卦炉中的"文武火",都奈何他不得。凭着一条棒,直打得"九曜星闭门闭户,四天王无影无形",偌大天宫,"更无一神可挡"。在斗争中,他进一步提出要玉帝搬离天宫,让出凌霄宝殿。他说:"常言道:'皇帝轮流做,明年到我家。'只教他搬出去,将天宫让与我,便罢了,若还不让,定要搅攘,永不清平!"

没有统一之君就不会有统一之神。天上的统治秩序乃是地上的统治秩序的反映,神权世界的造反者乃是现实世界中造反者的折光。孙悟空闹三界的行为曲折地反映了封建社会里人民对于统治者的斗争和反抗,表现了那个时期人民摆脱各种压迫和枷锁的愿望。在孙悟空面前,下至幽冥、上至天宫的诸神都充分暴露了他们的虚弱本质:色厉内荏,貌似强大,而实际不堪一击。这种情况,反映了神权观念在人民思想中的动摇,也曲折地反映了地上的封建统治者的衰败没落。

在保护唐僧去西天取经的过程中,孙悟空一直保持着对妖魔的高度警惕。一阵风过,他也要抓过来闻闻,研究一下是虎风还是妖风。他善于识别各种各样的妖魔。黄眉大王幻化成小雷音寺和如来佛祖,唐僧、八戒、沙和尚等,取经见佛心切,一步一拜地拜上灵台,但孙悟空独能于禅光瑞蔼之中发现隐藏的凶气,公然不拜,在仔细观看见其是假后,抡棒便打。百眼魔君幻化为虚礼谦恭的道士,暗藏毒药,殷勤地换茶敬客,八戒见那盏中里有三个红枣儿,拿起来咽得都咽在肚里,但孙悟空却能从道士自用的茶盏里是两个黑枣儿这一点上发现问题,最终没有上当。白骨夫人第一次变作"月貌花容的女儿",孙悟空掣铁棒,当头就打;第二次,变作"年满八旬"的老妇人,一步一声地哭着走来,八戒以为是"那妈妈儿来寻人来了",但孙悟空却认为"这老妇有八十岁,怎么六十多岁还生产?断乎是个假的"。第三次,变作白发苍苍的老公公,也没有骗过孙悟空的火眼金睛。取经路上,不管妖魔变化出什么样的形象,竭力装出怎样可怜而且无害的样子,孙悟空都能敏锐地看出它的本来面目。

对于妖魔,孙悟空的态度是"都教他了账",表现了除恶务尽的原则精神。他见妖就打,逢怪便灭,绝不讲什么仁慈。"只管行起善来,你命休矣。妖精乃害人之根，你惜他怎的！"这就是孙悟空的指导思想。在灭妖之后，孙悟空还常常将它们的巢穴都彻底毁掉，以免给妖怪提供"他日复生"的机会。

在对妖魔的斗争中，孙悟空坚韧不拔，乐观、机智。情况再险恶，妖魔再凶狠，他都充满信心，全无畏缩退后之心，"就是东洋大海也荡开路，就是铁裹银山也撞透门"！他善于变化，常常深入魔窟，摸清敌情，又善于钻入妖精肚腹，在里面"支架子，跌四平，踢飞脚"，有着丰富多变的战术。

《西游记》中的妖魔，有的是基于取经途中的自然困难而展开的艺术想象，如能使天地无光的黄风怪以及成精的各种毒虫猛兽等。对于这些妖魔的斗争就反映着古代劳动人民征服自然的渴望。但是，也有不少妖魔，表现着一定的社会特征。从它们身上，我们可以窥见那个时期封建统治阶级的某些面影。例如：圣婴大王把一伙穷神剥削得"披一片，挂一片"，"衣不充身，食不充口"，小妖还要讨什么"常例钱"，无物相送，就要来"拆庙宇，剥衣裳"。这一情节，正是封建社会中某些官僚、地主的缩影。又如：如意真君霸住了落胎泉水，凡取水的百姓必须奉献"花红表里，羊酒果盘"，这就很有点儿像封建社会里在某些角落里横行的地头蛇。此外，像金兜怪睡觉时，左右列几个抹粉搽胭的山精树鬼侍候，脱脚的脱脚，解衣的解衣，这显然是荒淫懒惰的剥削阶级生活的写照。这些妖精们又广有联系，受害者往往无门投告。乌鸡国的假国王"神通广大，官吏情熟——都城隍常与他会酒，海龙王尽与他有亲；东岳天齐是他的好朋友，十代阎罗是他的异兄弟"。这类描写，更反映了封建统治阶级成员之间彼此庇护、人民有冤难申的状况。

在《西游记》中，还有一些妖魔直接参与人间世界的政治生活。例如：鹿力大仙、虎力大仙、羊力大仙在车迟国被尊为"国师"，灭佛兴道，抓和尚做苦工，"四下里快手又多，缉事的又广，凭你怎么也是难脱",两千和尚中死了有六七百,自尽的有七八百。又如:南极寿星的脚力白鹿变化为老道人模样,携带白面狐狸变成的年轻女子,进贡与比丘国国王,被封为"国丈"。他又献了一种海外秘方,要用一千一百一十一个小儿的心肝做药引子,煎汤服药,据说有千年不老之功。这些情节,曲折地反映了明代中叶特务横行、皇帝迷信道教、沉迷女色的社会现实。

"胸中磨损斩邪刀",孙悟空手中的金箍棒就是吴承恩幻想的"斩邪刀"。在《西游记》扫荡群妖的描写里,反映封建社会里人民消灭社会邪恶力量的理想和愿望。孙悟空乃是人民幻想中的为民除害的英雄。

对于孙悟空,《西游记》的作者是热爱的,对孙悟空闹三界的行为,在一定程度上也是赞美和同情的。在这一形象身上,还可能倾注着吴承恩自己对封建统治集团的某些不满。吴承恩是一个在科举和仕途上很不得意的封建知识分子,孙悟空对玉帝的"甚不用贤"的指责正表现着吴承恩对封建统治者不正派的用人路线的愤懑。

但是,从根本上,《西游记》的作者对于孙悟空的造反又是不赞成的。所以一方面,固然把孙悟空的造反行为表现得有声有色;另一方面,又通过韵文表示,这是"欺天罔上""妖猴作乱",把他压到了五行山下,取经路上,还一再让他忏悔,说什么要"将功折罪"。这是作者世界观中存在着矛盾的表现。

"水浒之众,皆大力大贤有忠有义之人",宋、明时期,某些进步思想家看到了封建统治者[1]的昏庸腐朽,对于散处于草泽的造反者有时能给予一定的同情和肯定。他们希望这些造反者能为封建王朝所用,出来整顿社会,改革政治。在这方面,《水浒传》和《西游记》的倾向有其一致之处。

---

〔1〕李贽:《忠义水浒传序》,《焚书》卷三。

四、唐僧和猪八戒

唐僧，在历史上是取经的真正主角，但《西游记》中，却在许多方面成了被嘲笑和批判的人物。

在唐僧身上，既有佛教徒的虔诚，又有封建知识分子的迂腐、软弱。取经路上，他既思乡，又怕旅程艰难，更怕妖魔为害，常常哭哭啼啼，一副脓包相。他一味讲求无原则的慈悲，说什么"出家人扫地恐伤蝼蚁命，爱惜飞蛾纱罩灯。"贼人拦路抢劫，他不准打，"宁死决不敢行凶"，要孙悟空"棍下留情，莫要打杀那些强盗"。贼人把他捆吊树上，刚被解救下来，他却对贼人关怀备至，听说贼人头上打了两个窟窿，便要"讨两个膏药与他两个贴贴"。他不相信世界上会有那么多妖怪，毫无识别能力，人妖颠倒，是非不分。见到楼台亭宇，就以为是好下处，便去化斋；见到佛，不管是真是假，纳头便拜。妖精掌握了他的特点，常常利用他的慈悲心理，"善终取计"、"以善迷他"，或是变作跌折腿的道士，或是变为被麻绳捆了手足的儿童，不然，就变作大树上绑着的青年女子，用以博得他廉价的善心。他都一一以为真实，结果是受骗上当，成了妖精的俘虏，多次差一点被蒸了吃掉。

对贼人、妖精讲慈悲，对坚决剿灭贼人、妖精的孙悟空却很苛刻，轻则"猢狲长，猴子短"地骂个不停，重则大念其紧箍咒，甚至几次把他赶走。

通过唐僧的形象，《西游记》的作者批评了现实生活中那种真伪不分，对社会丑恶现象讲慈悲、讲容忍的错误倾向，也对佛教教义的某些方面作了批判。

猪八戒是孙悟空的师弟，取经事业的助手。他很能劳动，在高老庄当"女婿"时，倒也勤谨，扫地通沟、搬砖运瓦、筑土打墙、耕田耙地、种麦插秧，什么都干。取经途中，他是挑行李的"长工"。荆棘岭是他开路，稀柿衕是他清道。在被妖精捉住以后，他并不像唐僧那样哀求告饶，而是骂了又骂，嚷了又嚷，所以孙悟空肯定他"却还不倒了骑枪"。

猪八戒身上也有不少严重的缺点。他贪恋小家庭，刚参加取经队伍之际，就要求岳父高老"上复丈母、大姨、二姨并姨夫、姑舅诸亲"；"好生看待我浑家，只怕我们取不成经时，好来还俗"。他念念不忘"回炉做女婿"，时时提议散伙；一有机会，就张罗着解包袱、分行李。他贪吃、好色、爱占小便宜，这些，时常迷住他的眼睛和心窍，使他和唐僧一样，失去识别妖魔的能力。圣婴大王变成被绳子吊在树上的孩儿，许下"典卖田产""重重酬谢"的谎言，猪八戒一心想着吃食，不分好歹，放下怪来。白骨夫人变做斋僧的女子，说"青罐里是香米饭，绿瓶里是炒面筋"，他高兴得跑了个猪癫风。当孙悟空证明了这些吃食不过是拖尾巴的长蛆一类东西时，他却因为"甜头"未能到嘴，怀着私忿，认定妖精是人，几次三番地向唐僧进谗言冷语，挑唆唐僧念紧箍咒。他常常因为贪小利而吃大亏。见到三件纳锦背心，就私自拿来想受用，结果刚刚穿上，就被妖精捆住。在对妖魔的斗争中，估摸对手和自己的手段差不多，他可以踊跃出阵；看到孙悟空即将取胜，他也可以举起九齿钯前来参战；但是，当形势不利时，他也可以假借出恭，溜进荆棘葛藤里，让别人独个儿和妖魔苦战。

对待社会上的丑恶现象，他有时也可以不闻不问。比丘国的假国丈要用一千多个小儿的心肝做药引子，他的态度是："他伤的是他的子民，与你何干！且来宽衣服睡觉。"

有时，猪八戒的私有心理达到了非常可笑的地步。在清苦的行脚僧生活中，他居然零零碎碎地攒了五钱银子，塞在左耳朵眼里。他毫不掩饰自己的占便宜、爱钱财的心理。听说妖精是犀牛，他首先想到的是"锯下角来，倒值好几两银子哩！"听说妖精有宝贝，他坦然地向孙悟空声明:"我却不奈烦甚么小家罕气的分宝贝,我就要了。"

通过猪八戒,《西游记》的作者讽刺了封建社会里小私有者性格中某些落后的方面。

猪八戒的形象也有不够合理的地方。他是天蓬元帅转世,有一定本领。但是在斗争中却常常显得过分无用,洋相出尽。这是作者追求笑料过了头的结果。

五、"佛法无边"与其他

《西游记》写的是宗教取经故事,它从"说经"话本发展而来。"说经"是一门和佛教关系比较密切的艺术行业,它的艺人中有不少本身就是僧侣。在多年的流传中,人民群众不断改造、充实、丰富了它,灌注进了不少非宗教的甚至和宗教完全相反的社会政治内容和进步思想,但是,都没有能从根本上更动它作为宗教故事的骨架。

《西游记》前七回写孙悟空大闹天宫,第八至第十三回写取经缘起,第十四回以后,写西天取经。它的情节是:一个神通广大的猴子,最终没能跳出如来佛的掌心,不得不皈依佛门,取经途中立了功,终成正果,从这一情节看,它劝人信奉佛教,宣扬了"佛法无边"、劝"善"惩"恶"思想。

这一思想在猪八戒和沙和尚形象的创造上也有体现。猪八戒原是天河里的天蓬元帅,因酒后戏弄嫦娥,被玉帝打了两千锤,贬下凡尘,错投猪胎。沙和尚,原是灵霄殿下的卷帘大将,因在蟠桃会上失手打碎了玻璃盏,被玉帝"打了八百,贬下界来",七日一次,将飞剑来穿胸胁百余下。他们二人都因为成了佛门弟子,保唐僧取经有功,结果脱离苦海,分别成为净坛使者和金身罗汉。

在《西游记》中,所有神仙、妖魔的法力都是很有限的,只有如来佛和观世音菩萨的法力才是无限的；不少妖魔都要借助佛的力量才能被收服。《西游记》认为：一个国家，如果崇奉佛教，就可以"海晏河清""风调雨顺"；一个人，如果崇奉佛教，就可以消灾解难，超升"极乐世界"。

《西游记》还宣扬了佛教的因果报应、六道轮回和出世解脱思想。"万缘都罢，诸法皆空"，在这些地方，它否定客观世界的真实性，否定人的现实生活，让人们相信一切都是虚幻的、命定的，实际上是要人心甘情愿地忍受现实世界的一切压迫和苦难。列宁指出："宗教是终身给他人劳作、为穷困和孤独紧压着的人民群众到处蒙受的精神压迫的一种。"[1]《西游记》的宗教思想，是应予严肃批判的糟粕。

《西游记》写了不少妖魔，它们和神佛大都有关系。黄袍怪是天上的奎星，黑河妖是西海龙王的外甥，独角兕大王是老君的青牛，黄眉大王是弥勒佛的司磬童儿……孙悟空在扫荡群妖之际，常常声言要找到神、佛本人，问他个"纵放家属为邪""钤束不严""家法不谨"之过。这些地方，实际上说明了作者对现实问题的一种看法：社会邪恶力量和封建统治集团有联系，问题只在于"钤束不严"而已。

《西游记》写了不少人间国度。其中有的统治者是所谓"重爱黎民"的"贤王"，如玉华王。有的是所谓"无道"昏君，如比丘国王、灭法国王等，但他们都是"真天子"，略经点拨，都可以迅速醒悟。这种情况，也清楚地表现了作者的封建局限。

六、《西游记》的艺术性

《西游记》是一部积极浪漫主义的神话作品。

在《矛盾论》中，毛泽东指出："这种神话中所说的矛盾的互相变

---

[1]《社会主义和宗教》，《列宁全集》第十卷，人民出版社1958年版第62页。

化,乃是无数复杂的现实矛盾的互相变化对于人们所引起的一种幼稚的、想象的、主观幻想的变化,并不是具体的矛盾所表现出来的具体的变化。"又指出:"神话或童话中矛盾构成的诸方面,并不是具体的同一性,只是幻想的同一性。"这一段话精辟地指出了《西游记》创作方法的主要特征。

《西游记》所反映的矛盾,例如孙悟空和某些妖魔的矛盾乃是现实中广大人民群众和社会邪恶势力矛盾的表现,但是,这种矛盾并不是按其现实形式表现出来的,而是通过幻想形式表现出来的。现实生活中不存在,也不可能存在孙悟空这样一个神猴,不存在也不可能存在"白骨夫人"一类的妖精。但是,在孙悟空和"白骨夫人"身上,人们又可以发现和认识生活中某些真实的本质方面。它既是假的,又是真的;既是幻想,又反映着一定的社会现实内容。

《西游记》充满了丰富神奇的想象。孙悟空一个筋斗,可以翻十万八千里,一条金箍棒,重一万三千五百斤。要它长,可以上抵三十三天;要它小,可以变为绣花针儿藏在耳朵里。呼风来风,唤雨来雨。拔一把毫毛,可以变为千百个小猴。刀不能伤,火不能损,变化无端,隐显莫测,有降龙伏虎的手段,翻江倒海的神通。自然,这一切都是幻想,是假的,但是它又反映了古代人民征服自然、发展和壮大自身力量的愿望。从这一点上来说,又有其真实性。

在形象的塑造上,鲁迅曾经指出过,《西游记》的特点是:"使神魔皆有人情,精魅亦通世故",[1]"纵使写的是妖怪,孙悟空一个筋斗十万八千里,猪八戒高老庄招亲,在人类中也未必没有谁和他们精神上相像。有谁相像,就是无意中取谁来做了模特儿。"[2]它善于将幻想的神

---

[1]《中国小说史略》,未刊手稿。
[2]《出关的"关"》,《鲁迅全集》第六卷,人民出版社1973年版第422页。

性、魔性、一定社会类型的人的特性以至动物的某些特性和谐地统一起来。三十四回，写孙悟空变作金角大王、银角大王的老母亲，娇娇滴滴、扭扭捏捏地走出轿来，大小群妖一概不让，两个魔头双膝跪倒，朝上叩头，叫道："母亲，孩儿拜揖。"这时，孙悟空一面回答："我儿起来。"同时，后面的猴尾巴子就撅了起来。处在顺利条件下容易踌躇满志，这是一定社会类型的人的感情，但一得意就撅起尾巴子，这又是猴的特征。《西游记》在塑造孙悟空形象的时候，不只是着力表现他神奇和非凡的一面。而且，也注意刻画他和人"精神上相像"的一面。例如，写他的顽皮、淘气；写他最恼火人家揭他短处——在玉皇大帝下面当过"弼马温"；喜欢听奉承话，唐僧表扬了几句，就更加努力；因为猪八戒喜欢进谗言，所以有时就不免要耍弄、耍弄这个呆子等。这样，这个形象对于读者来说就有在生活中"似曾相识"的亲切感。

在细节上，《西游记》也常常把幻想和现实、假和真巧妙地结合起来。二十五回，写镇元仙因为孙悟空等毁了人参树，把唐僧等师徒四人都抓住了，要放进油锅炸，孙悟空让台边的石狮子变成自己的模样，他的真身却起在云端里：

> 只见那小仙报道："师父，油锅滚透了。"大仙教"把孙行者抬下去！"四个仙童抬不动；八个来，也抬不动；又加四个，也抬不动。众仙道："这猴子恋土难移，小自小，倒也结实。"却教二十个小仙，扛将起来，往锅里一掼，烹的响了一声，溅起些滚油点子，把那小道士们脸上烫了几个燎浆大泡！只听得烧火的小童喊道："锅漏了！锅漏了！"说不了，油已漏得罄尽，锅底打破。原来是一个石狮子放在里面。

这里的细节就有真有假，石狮子变为孙悟空的替身，是假；二十个小仙才能扛将起来，小道士脸上烫起的燎浆大泡，锅漏了，又是真，是基于生活真实而展开的艺术想象。

《西游记》的另一艺术特色是幽默和诙谐的风格。它善于在迷离恍惚的神话情节中穿插进对封建社会世态人情的揶揄，善于挖掘和表现人物性格中的喜剧因素，将辛辣的讽刺、善意的嘲笑和生动有趣的叙述结合为一体。全书洋溢着一种健康的风趣。人们读《西游记》，常常会发出会心的微笑。例如第九十八回，写阿傩、迦叶向唐僧索取"人事"，没有"人事"，就传白纸本儿。孙悟空告到如来那里，如来说："经不可轻传，亦不可以空取。向时众比丘圣僧下山，曾将此经在舍卫国赵长者家与他诵了一遍，保他家生者安全，亡者超脱，只讨得他三斗三升米粒黄金回来。我还说他们忒卖贱了，教后代儿孙没钱使用。"后来，唐僧将紫金钵盂献出，"阿傩接了，但微微而笑"，旁边的力士、庖丁、尊者"你抹他脸，我扑他背，弹指的，扭唇的……须臾，把脸皮都羞皱了，只是拿着钵盂不放。"这里，实际上讽刺的是元明时期封建统治者贪污成风、爱钱如命的状况。又如第三十二回，写猪八戒巡山，钻进红草坡，使钉耙扑个地铺，舒舒服服地睡下，道声"快活！就是那弼马温，也不得像我这般自在"时，孙悟空却变作一个啄木鸟儿在他嘴唇上挖揸的一下，慌得他乱嚷："有妖怪！有妖怪！把我戳了一枪去了！嘴上好不疼呀！"一会儿又埋怨说："蹭蹬啊！我又没甚喜事，怎么嘴上挂了红耶？"这以后，孙悟空又变作蟭蟟虫钉在他身上，目睹他怎样对石头唱个大喏，怎样演习说谎："他问甚么门，却说是钉钉的铁叶门。他问里边有多远，只说入内有三层。——十分再搜寻，问门上钉子多少，只说老猪心忙记不真……"然后，在唐僧目前揭了他的底，迫使他第二次巡山。这次，猪八戒处处小心，疑心生暗鬼，把老虎、枯木、白颈老鸦都当成了孙悟空的变化。在这一回里，猪八戒的胆小、懒惰、说谎，孙悟空的机智、顽皮，唐僧的耳软心活的性格特征都得到了喜剧性的表现。

据《天启淮安府志》记载，吴承恩为人"善谐剧"；《西游记》一书所表现的幽默、诙谐的风格显然和他的个人风格是有关系的。

《西游记》的语言以北方口语为基础，也夹杂有淮安方言的成分，不少词汇至今还存在在苏北人民的口头。《西游记》人物语言性格化的程度很高。六十一回，孙悟空煽灭了火焰山，罗刹女要求发还芭蕉扇，这时，猪八戒喝道："泼贱人，不知高低！饶了你的性命，就够了，还要讨甚么扇子，我们拿过山去，不会卖钱买点心吃？费了许多精神力气，又肯与你！雨蒙蒙的，还不回去哩！"它微妙入神地揭示了猪八戒贪吃怕苦、爱占小便宜的精神状态。在人物语言中，《西游记》还善于使用俗语。第五回，花果山的群猴为从天宫归来的孙悟空接风，在劝酒时，崩、巴二将会说："美不美，乡中水"，"亲不亲，故乡人"，都是旧时代长期流传在人民口头的俗语。这些例子比比皆是，它们有力地增添了这些神话人物的真实感和乡土气。

《西游记》在艺术上的缺陷是：沙和尚的形象比较苍白，缺乏个性；谈禅说佛的偈语、诗词过多，不仅在思想上是消极的，艺术上也是累赘；个别章节追求笑料，间有庸俗之笔；唐僧每次被妖魔捉住后，妖魔都不马上吃，而要留一段时间，这在神话中也显得不那么合乎逻辑。

录自杨天石《中国小说简史》，未刊手稿。

《西游记》的情节衍变与主题虚化

一、《西游记》没有主题

人们爱为《西游记》找主题,然而产生麻烦很多。早些年,有学者说,孙悟空大闹天宫是中国封建社会中无数次农民起义的艺术反映。此说被誉为是一种马克思主义的分析,颇流行了一阵子。然而,人们很快发现,此说如成立,孙悟空就被摆到了一个很尴尬的位置——他当弼马温岂不是接受招安,成了农民革命的叛徒?后来的扫平各种妖怪,岂不是为地主阶级当打手了?于是,又一种新的说法出现了——反映人类为追求理想而勇猛直前、克服一切艰难险阻的精神。这种说法避免了让孙悟空当叛徒的命运,然而书中何必有大闹天宫的情节?

对《西游记》的主题还有种种说法,但衡以小说实际,往往扦格难通。敝意以为,《西游记》没有全书统一的主题。

二、无数民间说书人和戏曲艺人的创作

《西游记》不是文人的个人创作,也不是某个时期的作品。它孕育于说书人、戏曲艺人和无数民间作者参加创作,经历了漫长的流传、衍变、丰富的过程。这是理解《西游记》的钥匙。

《西游记》的发端原来是一则宗教故事,其基本情节骨架是:玄奘(唐僧)克服种种艰难险阻去印度(西天)取经。这一基本情节骨架的基本意义是表现出宗教徒的虔诚、苦行和一心向佛的坚贞与毅力。玄奘的两个弟子写过一本《大唐大慈恩寺三藏法师传》,它在叙述玄奘途中所遇到的沙河、雪山、热海的同时,也出现了一些怪异的记载,如"逢诸恶鬼""夜则妖魑举火"等。后来的说书人和戏曲艺人在此基础上加以想象、推演,情节越来越丰富,出现了孙悟空,出现了大闹天宫,出现了降妖伏魔,但是始终没有改变上述基本情节骨架,因而它的基本意义也就被或明或隐地保存着。这种情况,即使到了吴承恩手里,也没有发生根本变化。

大闹天宫不过是佛法无边的铺垫:孙悟空本领再大,不是终被我佛如来压到五行山下了吗?

真佛不易见,真经不易求。唐僧所遇到的种种劫难,孙悟空的降妖伏魔,不过是为了表现宗教徒向佛、取经的虔诚和坚贞而已。就宗教故事而言,《西游记》的情节首尾一贯,并无矛盾。

三、宗教故事的骨架与说书人敷施的血肉

《西游记》故事的基本骨架虽是宗教故事。但是在长期的演变过程中,无数说书人为它敷施了血肉,投进了自己的喜怒哀乐,也投

进了自己的美学趣味和价值取向。因此它再也不是一个单纯的宗教故事了。你说它是宗教故事吧,它偏要在有的地方嘲笑佛祖。你说他歌颂宗教徒的虔诚吧,它偏要让孙悟空成为第一主角,让唐僧退居次要地位。

于是大闹天宫的故事被突出起来了。降妖伏魔的故事被渲染起来了。孙悟空的神通和智慧被强调起来了,越来越惹人喜爱了。猪八戒、沙和尚的形象创造出来了。这样它的宗教气味就越来越淡,而神话的色彩就越来越浓了。这一切都是说书人敷施在原取经故事骨架上面的血肉,它们的基本意义自然和宗教故事大不相同,甚或相反。应该承认,真正使这个宗教故事丰富起来、生动起来,充满神话色彩的是无数的民间艺人,特别是说书人。

四、神话中的世态与人间影子

天上的神都是人塑造的,有着现实的影子、人间的影子。

《西游记》写神魔世界,自然也有现实的影子、人间的影子,鲁迅所谓"讽刺揶揄则取当时世态",又所谓"神魔皆有人情,精魅亦通世故"是也。然而它只是一种片段的、曲折的影子,一种折光,不能胶柱鼓瑟,不能一一对号。

《西游记》虽然被改造为神话小说,但是又保留着宗教故事的基本骨架。它的骨架和血肉之间有矛盾,它的基本意义也就具有双重性。

吴承恩只是《西游记》的整理者,不是创作者。前文已经指出,现存《永乐大典》一三一三九卷有一段"魏徵梦斩泾河龙",引书标题已是《西游记》。保存下来的这一段约一千二百余字,主要情节、文字和今本《西游记》基本一样,只是没有韵文,文言色彩略重,记叙也不及今本详细。它说明《西游记》在元代已经基本成型。

吴承恩不是曹雪芹，没有曹雪芹的艺术自觉。从吴承恩到曹雪芹，还隔着一百三十多年。吴承恩更不是当代作家，不会有当代作家的艺术自觉，我们用现代人的艺术自觉去要求《西游记》，检验《西游记》，没有不出错的。

原题《〈西游记〉断议》，录自杨天石《横生斜长集》，天津百花文艺出版社 1998 年 10 月第 1 版。

论《杨家将传》

在《三国演义》《水浒传》《西游记》之后，明代中叶，长篇小说大量浮现。现在可以见到的约五六十部，其中比较著名的是《杨家将传》《封神演义》和《金瓶梅》。

明代中叶，出现了两部描写杨家将事迹的长篇小说。一部是《北宋志传》，或称《杨家将传》，相传为嘉靖时书商熊大木所作，共五十回。一部是《杨家将演义》，全称《新镌杨家府世代忠勇演义》，署名秦淮墨客（纪振伦校阅），共八卷五十八则。写的都是北宋名将杨业、杨延昭父子等人的战斗故事。

杨业、杨延昭都是宋史上的真实人物。杨业曾于公元980年在雁门关大破契丹兵。986年，又曾率军收复云、应、寰、朔等四郡。杨延昭是杨业之子，年轻时随父出征，经常担任先锋。他守边二十余年，屡次打败契丹兵。

杨业父子的事迹，在北宋时就已传遍民间，"里儿野竖，皆能道之"。[1] 南宋时，话本中有《杨令公》《五郎为僧》等篇目。金本中，有

---

[1]《供备库副使杨君墓志铭》，《欧阳修全集》卷二十九。

《打枢饕》一剧。元代，有《谢金吾诈拆清风府》《昊天塔孟良盗骨》等戏剧。明代，这一方面的戏曲继续浮现。《杨家将传》《杨家将演义》正是在这一基础上出现的。

本书的论述以《杨家将传》为主。《杨家将传》创造了一系列战斗英雄形象。

老英雄杨业骁勇善战，斩辽将如"斩瓜切菜，无人敢当"，号称杨无敌。因奸臣潘仁美的陷害，被困于陈家谷，"鏖战不已，身上血映征袍"，长叹说："本欲立尺寸功以报国，不期至于此间，吾之存亡未知，若使更被番人所擒，辱莫大焉！"他在走出胡原时看到了汉朝的李陵碑，认为李陵不忠于国，以头触碑而死。在历史上，杨业是重伤被俘、绝食牺牲的。《杨家将传》所作的这种艺术变动，就更突出了杨业忠于国家、忠于民族的品质。

杨延昭，又称杨六郎，是《杨家将传》歌颂的主要英雄。他精于箭术，所用破弓，辽将"接弓在手，睁目咬牙，尽力扳扯，不动半毫"。他不慕高官厚禄，一心守卫边疆，在解晋阳之危，战退辽兵后，宋真宗本要封他为乔州节度使，但杨延昭却拒绝接受，自愿去做"佳山寨巡检"，为的是"佳山乃三关冲要之地"，处于前线，守住佳山，辽兵就不敢南下。任内，他招用绿林好汉孟良、焦赞等人，扯起杨家金字旗号，威震幽州，辽人畏惧。

杨宗保在《杨家将传》中是杨延昭之子，少年英雄，杨门中的新生力量。他十三岁时就登场挂帅，任征辽破阵上将军。在他的指挥下，打破了七十二座天门阵，取得了对辽战争的决定性胜利。

北宋王朝是一个疲弱的王朝。它经常受到契丹、女真贵族的威胁，只能屈辱求和，以大量的金帛买得暂时的苟安，而最终则削地灭国。《杨家将传》与此相反，它大胆虚构了宋军攻入辽国，大获全胜的情节，从而突出地表现了宋元以来中原地区人民反抗民族压迫的爱国主义情感。

《杨家将传》还塑造了杨令婆、杨八娘、杨九妹、木（穆）桂英等女英雄形象。其中最突出的是木阁寨主木（穆）桂英。她勇武胜过男子，不仅打败了杨宗保，自行择配，决定了自己的婚姻，而且，连英雄盖世的杨延昭也不是她的对手。在击退西夏国进犯的战斗中，杨宗保被困，木（穆）桂英力主出援，于是，组成了以杨门周夫人为上将的清一色的女将指挥的队伍，"不想女将有如此英雄"，"军前锐气，胜过边将远矣"！在木（穆）桂英等女将的支援下，杨宗保等才取得了对西夏的胜利。

木（穆）桂英等杨门女将形象的创造是对封建社会中传统的男尊女卑、妇女无用思想的突破。

《杨家将传》是一部未完稿，从它开篇的一段叙述看，原计划写到杨文广征南，平定侬智高为止，不知何以未能写完。

《杨家将演义》和《杨家将传》情节基本相同，它在征辽以后，紧接以杨文广征南，而将征西的故事移至征南之后。全书的结局是：杨文广之子杨怀玉杀了神宗的宠臣张茂，召集全家计议："朝廷听信谗言，我屡屡被害，辅之何益！"于是全家脱离宋王朝，走入太行山，彻底和封建统治者决绝。这一结局，显露了作者对封建王朝、封建统治集团的强烈不满。

《杨家将传》和《杨家将演义》在艺术上都比较粗糙，除草莽影响孟良、焦赞外，人物形象大都不够鲜明，风格紊乱，不少地方模拟《水浒》《三国演义》《西游记》等书，情节也有不少荒诞或不合理的部分。明显地可以看出仓促拼凑成书的痕迹。

两书对我国戏曲曾经产生过广泛的影响。

录自杨天石未刊手稿。

论《封神演义》

《封神演义》是出现于明代中叶的一部神话历史小说。

公元前十二世纪，商纣王的统治非常残酷，在渭水流域的周武王率兵东征纣王。在商朝奴隶战场起义的帮助下，灭掉了商王朝。《封神演义》写的就是这一历史事件。它以元代的《武王伐纣平话》为基础，广泛地采取元、明时期"说话"艺人和民间传说的艺术成果。作者生平不清楚。万历年间的舒载阳刊本《封神演义》卷二题记云："钟山逸叟许仲琳编辑。"这个"编辑"二字很好地说明了本书的成书特点。

突出地表现"诛暴君"的思想

小说中的商纣王是一个无道暴君。他"剥削贫民"，搜刮"民脂民膏"，"竭天下之财以穷己欲"：大兴土木，营建鹿台、摘星楼等豪华建筑，"有钱者买闲在家，无钱者重役苦累"；又置肉林、酒海，"荒淫酒色，征歌逐伎，穷奢极欲"。为了堵住臣下进谏的道路，防止宫人反抗，他创制了残酷的刑罚。其一是炮烙——将人用铁索捆缚于火烧红的铁柱上；其二是虿盆——在深坑内满置蛇、蝎，将人推纳于中。他可以任意将老人和少年的胫骨用斧砍开，验看骨髓；也可以将怀孕的妇女肚腹剖开，判别胎儿性别。在他的暴虐统治下，"四方刀兵乱起，水旱频仍，府库空虚，民生日促"。

《封神演义》中的商纣王集中体现了奴隶社会、封建社会中许多无道暴君的特点，同时在明代中叶，又有着现实的政治意义。从武宗朱厚照以下的几代皇帝身上都有着商纣王的影子。

商纣王式的统治者可以推翻

"无道之君，天下共弃之"，《封神演义》主张，皇帝如果不好，那么，臣子可以不听他的命令，天下人可以抛弃他。"天下者非一人之天下，乃天下人之天下"，皇帝的宝座不必非由一家一姓世袭不可。"以有道伐无道，以无德让有德，此理之常"，具有道德的人讨伐没有道德的君主，无道的君主让位于有道德的人，这是合理的正常现象。"天命无常，惟有德者居之"。老天爷的意志是可以变动的，只有有道德的人才能得到天的信任。

在封建社会里，占统治地位的是"君为臣纲、父为子纲、夫为妻纲"的思想，按照这种观念，臣子要绝对地忠诚于皇帝，君叫臣死，臣不得不死；父要子亡，子不得不亡。小说中的伯夷、叔齐及大批站在纣王方面的殷臣、殷将等都是这种观念的拥护者。他们认为天子之尊，上等于天，皇帝是神圣而不可冒犯的。"子不言父过，臣不彰君恶"，纣王虽然无道，但下不可犯上，臣不可伐君，武王伐纣是"大逆不道"的"篡位"行为。小说通过多次辩证，否定这种观念，大力肯定了武王伐纣的行动，认为这是顺应天命的堂堂正正的义举。

《封神演义》中的周文王、周武王、姜子牙是一种理想化的形象。

按照小说的描写，在周统治的境内，"民生物阜，市井安闲"，"无妻者给予金钱而娶，贫而愆期未嫁者，给与金银而嫁，孤寒无依者，当月给口粮，毋使欠缺"，他们在军事行动中力求做到不扰民、害民。明令军队不可妄行杀戮，不可攫取民间物用，"每只俱有工食银五钱，并不白用一只"。在攻克商都后，考虑到天下诸侯与闾阎百姓所受的"剥削之祸"，因此将纣王积聚的财富分给诸侯、百姓，聚敛的稻廪则赈济饥民。这些地方，表现了处于封建统治下人民的某种愿望。

和《武王伐纣平话》比起来，《封神演义》的思想性在几个方面有明显的退步：首先是文王、武王身上都有严重的封建观念。文王临终前，一再遗言，即使纣王已经恶贯满盈，也不能以臣伐君。武王完全是在姜子牙的影响下才勉强出兵的。他在看到东伯侯等大战纣王时，居然慨叹："冠履倒置，成何体统！"

在对纣王之子殷洪、殷郊的描写上，《封神演义》把他们处理为奉师命下山协助姜子牙伐纣，但受申公豹挑拨，站到了纣王方面，都死于非命。这就避免了以子伐父的局面出现。

在对伯夷、叔齐的态度上，《武王伐纣平话》原采取批判态度。在《封神演义》中，却称颂他们是"天下义士"，"至今称之，犹有余馨"。毛泽东说："唐朝的韩愈写过《伯夷颂》，颂的是一个对自己国家的人民不负责任、开小差逃跑，又反对武王领导的当时的人民解放战争，颇有些民主个人主义思想的伯夷，那是颂错了。"《封神演义》正是这样，把伯夷、叔齐和一大批为纣王尽忠死节的殷臣、殷将都颂错了——他们和牺牲的周臣、周将一起上了封神榜；连暴君纣王都成了"天喜星"。

这些地方说明了《封神演义》的作者还受着封建道德观念的严重束缚。

《封神演义》的局限还表现在严重的宿命论思想和宗教神权观念上。

按小说作者看来，世间的一切是由一种超世间的力量决定的。这就是"天数"。周当兴,商当死,是"天数";周在伐商前,要经历三十六场征伐之危,是"天数";姜子牙有七死三灾,也是"天数",甚至谁在哪死,何时死,怎样死法,也是"天数"。一切都是命定的,上天早已安排下的。

《封神演义》中有大量的宗教神仙,他们法力无边,能够预知一切,战争的进程、胜败完全取决于他们。

这样,人在历史活动中的巨大能动作用就被排斥了。

此外,《封神演义》把纣王实行暴虐统治的原因归罪于妲己,既是"女人是祸水"的封建观念,又是一种唯心史观。

在艺术上,小说创造得比较成功的形象是哪吒。他原是陈塘关总兵李靖之子。出生时,右手套一金镯,名乾坤圈;肚腹上围一红绫,名混天绫。七岁时,在河边洗澡,将混天绫放在水里,提一提,江河晃动;摇一摇,乾坤动撼。他打死了龙王三太子,痛打了龙王敖光,射死了石矶娘娘的门人,又剖腹,剜肠,剔骨肉,算是把血肉之躯还给父母,和李靖脱离了关系,在得知李靖毁了他的泥身之后,居然脚踏风火二轮,手提火光鎗,声言:"已将骨肉还他了,我与他何干,还有甚么父母之情!"雄赳赳地赶着要复仇。在这一形象身上,比较多地体现了泼辣色彩。当然,哪吒最后还是向李靖屈服了,这是这一形象的缺陷。它同样反映着作者的局限性。

在哪吒之外,杨戬有诸般变化,草竖立在手,吹口气,便可以化作头撑天、脚踏地面的大汉。杨任,被纣王剜去双目,眼眶里长出两只手,手心里反而有两双眼睛。可以上看天庭,下观地狱,中看人间。雷震子,身有二翅,飞起来,有风雷之声,一棍打下,山嘴可以塌一半。土行孙,有地行之术,身子一扭,影踪全无。这些都表现了作者丰富的想象。

《封神演义》描写了众多的人物,但往往只有外貌、法宝、坐骑的区别，缺乏思想性格特征。它的战争描写集中于斗法宝、斗阵图，而缺乏对战略、战术的叙述；不少战斗过程写得千篇一律，形成一个固定的模式，显得单调，沉闷。

录自杨天石未刊手稿。

论《金瓶梅》

《金瓶梅》是我国第一部由文人独立创作的长篇小说。它成书于明代中叶权臣严嵩父子倒台以后的一段时间。至少在万历二十三年（1595）左右，即以钞本的形式流传开来。现存最早的刻本是万历四十五年（1617）刊行的由欣欣子和东吴弄珠客写序的《金瓶梅词话》。

据欣欣子的序言，《金瓶梅词话》的作者是兰陵笑笑生。兰陵，山东峄县的古称。从书中大量运用山东土话这一点看，作者可能是山东人。

明代中叶，中国封建社会已经进入末期。商品经济发达，资本主义生产方式开始萌芽，地主阶级疯狂地追求财富和物质享受，愈益腐朽堕落。《金瓶梅》所反映的正是这一时期的社会状况。

《金瓶梅》的情节以《水浒传》中西门庆故事为引子。主角西门庆，原是清河县破落户财主，开着药铺，专一放高利贷，"在县里管些公事，与人把揽说事过钱，交通官吏，因此满县人都惧怕他"。因为跟东京杨提督结了亲，得了两三场横财，又拜到权臣蔡京门下做干儿子，被任命为理刑副千户，挤进封建统治阶层，成为豪富泼天，田连阡陌，开着好几家铺子的官僚、地主和商人。

在西门庆身上，表现了剥削者狠毒和无耻的特征。

西门庆的人生哲学是："欲求生快活，须下死功夫。"他贪赃枉法，荒淫纵欲，没有任何道德观念的约束。为了自己的享乐，不惜置人于死地。他本有一妻二妾，但还不满足。勾引潘金莲，毒死武大郎；私通李瓶儿，气死花子虚，买通流氓殴打蒋竹山。此外，又奸占仆人来旺的妻子宋蕙莲，设下圈套，用谋害家主的罪名将来旺送官究办，导致蕙莲自缢；蕙莲的父亲不服，反被送到县里，遭到痛打，受气身亡。

正如宋蕙莲所指责的，西门庆乃是一个"弄人的刽子手"。

西门庆的罪恶行为得到了封建统治者的支持和保护。毒死武大郎，西门庆通过杨提督的关系转央蔡京，得以逍遥法外。蕙莲自缢，西门庆差人递了一纸状子、三十两银子与知县，就草草了结了这桩命案。在封建统治集团的内部斗争中，有一次，西门庆本来要受到惩办，只因为送了五百两银子给左相李邦彦，李邦彦把文书上西门庆的名字改为贾庆，于是，西门庆仍然平安无事。不仅如此，这样一个恶霸、刁徒、淫棍，居然被统治者肯定为"才干有为，英伟素著"，"在任不贪，国事克勤"，由理刑副千户升为正千户。

以西门庆的暴发和荒淫生活为中心，《金瓶梅》相当全面地揭露了封建社会的黑暗和封建统治者卑鄙龌龊的面貌：徽宗皇帝迷信道教，"朝欢暮乐"，"爱色贪杯"，是陈后主式的昏君，他命令太尉朱勔往江南、湖、湘等地采运花石纲，一路毁闸折坝，民不聊生。

蔡京及其子蔡攸等权臣倚仗徽宗的宠信，"在朝中卖官鬻爵，贿赂公行，悬秤升官，指方补价"。蔡京过生日的时候，进京路上挤满了"贺寿旦""进生辰纲"的官员；过生日的当天，满朝文武都来拜寿伺候。为了巴结蔡京，西门庆先期派人去杭州等地买办龙衣、金花宝贝等上寿礼物，共有二十多扛。

太监是社会上的特权阶层。仅清河一地，就有看皇庄的薛太监，管砖厂的刘太监，"三岁内宦，居于王公之上"，他们交往官吏，声势烜赫。

统治者骄奢淫逸，花天酒地。西门庆宴请宋御史等人一次，"费勾千两金银之多"，而他购买一个丫头，所费不过四两，购买一个奶妈也不过六两。

"赃官污吏，遍满天下，役烦赋重，民穷盗起，天下骚然"，这就是《金瓶梅》对当时社会状况的概括。这是一个霉烂到了骨头的社会，是一个行将崩溃的社会。

据历史记载，明朝中叶的几个皇帝，如武宗朱厚照、世宗朱厚熜、神宗朱翊钧都非常腐朽，或沉溺酒色，或迷信佛、道，或"好货成癖"。世宗时的权臣严嵩及其子世蕃等专权二十余年，大量接受贿赂，官员升迁，决定于所贿金钱的多寡；又广收干儿义子，朝臣中的干儿义子多至三十余辈。《金瓶梅》的材料虽然有取于宋史，但主要来源于明代的社会生活。

在思想性上，《金瓶梅》有着严重的缺陷。它充斥着对于丑恶现象的描写，却没有任何光明与理想的成分，漆黑一团，仿佛是一潭臭泥。它在书中写了许多被压迫、被蹂躏的妇女和小人物的故事，但他们大都安于自己的命运，而没有反抗的要求。它津津有味不厌其烦地描绘西门庆等人污秽的性生活，表现出剥削阶级的恶劣趣味。"报应本无私，影响结相似。要知祸福因，但看所为事"，它按照佛教的因果报应思想处理了故事和几个主要人物的结局：李瓶儿死于花子虚在阴间的索命，潘金莲死于武松的复仇，西门庆和春梅死于纵欲，西门庆的儿子孝哥被和尚度化，"贤淑"的吴月娘善终而亡。在不少地方，还可以看出作者的思想是相当落后的。他迷信鬼神，歧视妇女，评价人物的标准是极为迂腐的封建道德观念。

在艺术上，《金瓶梅》开创了一种新的写法。它以一个家庭的兴衰为线索，以一个人物活动为中心，通过日常生活，展开对社会生活的广阔描写。通过《金瓶梅》，我们可以认识明代封建统治者对人民的压迫，官场的黑暗，官僚、地主、商人们腐朽堕落的生活，建筑在金钱和权势上的人与人之间的丑恶关系，以及城市商业和高利贷流动的多方面的内容。然而，这一切，又都被组织在西门庆家庭兴衰的主线上。

《金瓶梅》描写了众多的人物。上自皇帝、权臣、太监、一般官僚，下至商人、知识分子、医生、店伙、仆役，以至市井无赖、帮闲篾片、娼妓、媒婆、僧侣、道士、尼姑等，无一不是描写的对象。不少形象是鲜明的。除西门庆外，潘金莲的狠辣刻薄，应伯爵的溜须凑趣，包括某些着墨不多的人物，如流氓鲁华、张胜等都写得相当生动。

在生活过程的叙述和生活场景的描写上，《金瓶梅》特别注意细腻和逼真，它往往不惜笔墨用大量细节具体而微地进行铺陈和表现。

在语言上，《金瓶梅》使用的是北方城市的市井语言，泼辣而明快。它的人物语言富于特征，对于塑造人物性格起了突出的作用。例如应伯爵的一段话："哥说的是。婆儿烧香当不得老子念佛，各自要尽自的心。只是俺众人们，老鼠尾巴生疮儿——有脓也不多。"寥寥几句，活生生地勾勒出一个谄媚而吝啬的帮闲者形象。

《金瓶梅》在艺术上的缺陷是自然主义。它对于所要反映社会生活现象缺乏剪裁和选择。细大不捐，兼收并蓄。因此，臃肿、琐碎、繁复。几个主要人物的性格前后矛盾。例如西门庆，本是个玩弄妇女的流氓，但在李瓶儿死时，却被描写成有情有义的男子。他是见钱眼开的市侩，有时却又被描写为慷慨大方，能救人之急。在李瓶儿等人物描写上，也有这种紊乱现象。

《金瓶梅》在艺术上的某些特点对于清代现实主义巨著《红楼梦》有一定影响。它的色情描写则在中国小说史上开了一个恶劣的先例。

录自杨天石《中国小说简史》，未刊手稿。

略谈袁中郎的诗

如果说，明代文人作家的诗坛好比一片荒漠，那么中郎的诗便是这荒漠中的一片绿洲。明初，宋濂、刘基已有拟古倾向，宣德、正统年间，杨士奇等人所创立的"台阁体"的诗歌，都是些雍容华贵、从容安闲地粉饰现实的货色，而此后的前后七子的拟古主义运动，在反"台阁体"上虽也有其意义，然而从基本倾向看来，也仍然是反现实主义的，他们不是以现实生活作为创作的源泉，而是刻意模仿秦汉、盛唐，精心地制作各种古色烂斑的假古董。直到袁中郎的时代，中郎和他的同道们才明显地打出反拟古主义的战旗，向拟古主义者的文学发动了猛烈的攻击。中郎的诗在当时黑漆一团的诗坛上，恰像一颗明珠一样，发出闪烁的光辉。我们在这里赞美的不是旧文人所欣赏的他的那些清淡萧疏的风景诗、隐逸诗，也不是那些宣扬禅宗妙悟的佛理诗，而指的是他为数相当不少的现实主义诗篇。

我们所写文学史给予公安派和袁中郎的文学主张以充分的评价，这是对的。然而关于他的诗，阐述得却过于简陋："袁宏道写了不少诗，亦多精心之作，但成就不如散文高"。朱非二说："人多谓中郎之诗俊逸似太白，而下笔无一点尘似子瞻。恐怕是过分了些。他的诗如《戏题斋壁》《江上见》等都是较好的作品。"仅此而已矣。也还只是艺术风格上的泛泛之谈，没有涉及中郎现实主义诗歌创作所反映的社会内容。

明代社会，商品经济飞跃发展，十六世纪到十七世纪间，资本主义萌芽更为显著，中国的封建社会已经进入逐渐解体的缓慢过程中。社会经济基础的变化，使得阶级关系、社会结构和思想意识形态等也有了相应的改变。然而封建制度却极力在压制着、摧残着资本主义萌芽的发展，其结果是阶级矛盾的尖锐化，爆发了全国规模的市民运动——城市工商业者、手工业工人和有一部分中小地主参加的对皇族地主统治集团的斗争。与此同时，农民与地主阶级的矛盾仍然严重地存在着，并且也仍是这一时期的主要矛盾。中郎就生活在这样一个历史时代里，也以他的诗作部分地反映了这个历史时期的面貌。

商品经济的发展使得皇族地主集团愈益穷奢极欲，对财富的要求急剧增长。凤阳巡抚李三才在给朱翊钧的上书中曾说："陛下每有征求，必曰内府匮乏……其实不然。陛下所谓匮乏者，黄金未遍地，珠玉未际天耳！"（《通鉴明纪》卷四十五）为了满足糜烂生活的需要，统治者对全国人民，包括市民在内进行了空前残酷的大掠夺。本来，明王朝对工商业者的剥削已很苛重，而矿业则一律只准官办。1597 年（万历二十五年），明王朝更派宦官充任矿监、税使，分赴全国各地对新兴工商业者进行公开的抢劫。

> 甲虫蠹太平，搜利及丘空。
> 板卒附中官，钻簌如蜂踊。
> 抚按不敢问，州县被诃斥。
> 捶掠及平人，千里旱沙赤。
> 兵卫与邮传，供亿讵知几。

即使沙沙金,官支已倍蓰。

……

三河及两浙,在在竭膏髓。

——《猛虎行》

中郎的这首诗就是反映这一事件的。当时这帮宦官由于有最高统治者的支持,曾经有不少人向朱翊钧上书请罢矿税,终归无效,便倚势横行,作威作福,向人民敲诈勒索,借开矿搜刮民财,诬指富户私开矿藏,随便说别人房屋田产下有矿,以要挟索贿。其实他们并不管开矿的事,而是"矿不必穴,而税不必商,民间丘陇阡陌皆矿也,官吏农工皆入税之人也。"(《明史》卷二三七《田大益传》)结果搞得民穷财尽,工商萧条,而统治者以及这帮宦官却搜刮到了无法估量的财物。

雪里山茶取次红,白头孀妇哭春风。
自从貂虎横行后,十室金钱九室空。

——《竹枝词十二首·其二》

贾客相逢倍惘然。梗楠杞梓下西川。
青天处处横豺虎,鬻女陪男偿税钱。

——《竹枝词十二首·其三》

据中郎手订的编年排列的《潇碧堂集》,可知这两首诗都作于1602年。在这前一年,由于税监宦官陈奉在武昌滥收税课,"掊克万端,至伐冢毁屋",爆发了市民的反陈奉运动,在苏州,也爆发了丝织行业的罢织,和织工、染工的反对税监孙隆的运动。这两首诗,都是当时现实的真实反映。由于这些宦官——皇族地主集团的代表的横暴摧残和压榨,使得许多手工业作坊和商店纷纷倒闭。在《月夜登良乡塔冈，与子公诸友作别》一诗中，诗人也指出"荒垣残叶几家村"正是"乡关十路九貂虎"的结果。明代宦官的权势极大，他们实际上掌握了政治、经济和军事的大权，而东厂、西厂则是由宦官直接掌握的特务机关。

中郎能够在这里突破封建文人"敦本抑工商"的社会理想，表达对市民的同情，实在是相当可贵的。而他在诗歌中把矛头指向操掌生杀大权的宦官集团，则更需要极大的勇气。当然，这里也应该说明，中郎对于新兴的市民阶层还缺乏充分的认识，对于当时起义的矿工也抱着敌对的态度，这些正是他的局限性所在。

明代统治者不仅对工商业者，也对全国人民进行残酷的压榨。除税上加税外，又巧立不少名目，增添新税："按丁增调，履亩加租，赋额视二十年前不啻倍之矣！"（《明史》卷二二五）中郎在很多诗里表达了对于统治者这种疯狂掠夺的愤懑："一城不数武，容得几科条？！"（《青县赠潘茂硕》）当时，东南各省由于工商业和农业都很发达，更成了统治者剥削压榨的中心："邸报传来闷，民膏到处难。东南供费极，不忍更凋残。"（《初夏同江进之坐孙内使池台感赋》）统治者的剥削是无孔不入、无所不至的，请看：

舟居元不即田功，稍与农家节令同……
才闻摊税征渔户，又说抽丁报老翁。
——《新买得画舫将以为庵因作舟居诗·其八》

钓竿拂晓霜，衣薄芦花絮。
一亩不籍官，也被官差去。
浪道渔家乐，供输亦未闲。
君欲长安稳，隐于徒隶间。
——《江上见数渔舟为公卒所窘二首》

统治阶级的横征暴敛使得人民生活陷于极端贫困的境地,而这一段时间又水旱连连,天灾人祸交相为虐,人民已经到了不能喘气的地步了:"垂头语老翁,邑中今苦涝。洼田无寸收,高乡有虫耗。部符搜宿逋,县家敢迟骛。鬻田田不售,儿女输官钞。壮者思逃移,沟壑生难料。"(《丽阳驿题壁》)其结果是统治者掠得惊人的财富,过着空前腐朽糜烂的生活。土地兼并愈演愈烈,皇室、贵族、大官僚大地主占有大量土地,明朝中叶,朝廷直接占有的官田已占全国私田的七分之一。中郎在"显灵宫集诸公以城市山林为韵"第三首中所写的"东郊西陇皆官亩"就是这种情况的反映。中郎深深地同情人民疾苦,他反对统治者对人民的苛重剥削,愤懑于统治阶级的荒淫腐朽:"痛民心似病,感事泪成诗。"(《赠江进之·其一》)他做过吴县令,任上也为人民做过不少好事,他不忍心不顾人民死活地去催租索赋:"索逋赋,逋赋索不得。不是县家苦催征,朝廷新例除本色。东封西款边功多,江淮陆地生洪波。内库马价支垂尽,民固无力官奈何? ……嗟乎! 民日难,官日苦,竹开花,矿生土。"这里,应该说明一点,这首诗反映了一个边患问题,"内库马价支垂尽",就是指的和女真族的马市贸易问题。因此诗中没有对最高统治者进行谴责,而是希望"安得普天尽雨金,上为明君舒宵旰",这并不是对朱翊钧有什么袒护,这一点,是应该注意的。也应该指出,上列各诗中所表现出来的中郎对于人民疾苦的同情,不仅是对于农民,很大成分也是对于市民的同情。我们还可以看另一首诗:万历二十七年(1599),明王朝因为要镇压播州一带的人民起义,诏加四川湖广田赋,而在二十九年(1601),由于起义被镇压,又假仁假义地宣布免除四川、贵州、湖广、云南加派的田租和逋赋。中郎曾为此高兴过,他在《午日沙市观竞渡感赋》一诗中写道:

渚宫自昔称繁盛,二十一万肩相磨。西酉中珰横几载,男不西成女废梭。琵琶卖去了官税，健儿半负播州戈。笙歌沸天尘捲地，光华盛校十年多。耳闻商禁渐弛缓，努力官长蠲烦苛。太平难值时难待，千金莫惜买酒醅。

中郎在这里表示他反对"商禁"，反对对商人的苛重剥削的态度，并且在感情上与他们相通，为他们的不幸哀叹，为他们获得喘息的机会而高兴，这是一件非常值得注意的事。

明代统治者从人民那里抢掠得大量财富，生活愈益奢靡荒淫，万历二十七年（1599），诸皇子结婚，就取用了太仓银二千四百万两。结果搞得"户部告匮"。怎么办？"严核天下积储"，还是向人民头上搜刮，人民生活日益陷入绝境。统治阶级的荒淫和人民的贫困构成了鲜明对比。中郎有一首《荆州后苦雪引》写道：

东皇放晴亦不恶，何事飞霙巧穿凿？入市不填万井饥，积峡推助江神虐。蔬盘日日嚼冰丝，岂有羊脂充羹臛。扑窗打幔十日落，千门无路贷金错。厨断烟销牙齿阁，下方自苦天自乐。玉娘斜坐抱双脚，仙官云吏供嘲谑。东海盛醋黄姑酌，……羲和上书翻见缚。丁令无官化飞鹤，吁嗟！天公待民何其薄？野人扶白觅沟壑。

这首诗写得比较隐晦，诗中隐指的史实，一时还来不及一一钩稽清楚。然而，不难看出，这里所写的天上的享乐者正是地上的享乐者，"下方自苦天自乐"，正是人民和统治者的对立。诗中反映了诗人对这种对立的不满以及无力改变这种情况的感慨。"丁令无官化飞鹤"，正是诗人的自喻。这首诗约作于公元1602年，正是他归隐故乡的一段时间。诗人在另外一段时间所写的一首《巷门歌》，也表明诗人思考到了一些社会的本质问题："富儿积财贫儿守，父老吞声叹未有。"

中郎之所以在《荆州后苦雪引》一诗中采用比较隐晦的象征手法，当有一种难言之隐，这正是明代统治阶级高度集权统治和实行特务政策的结果。当时，敢于伸张正义的人随时有杀身之祸。在《答黄无静祠部书》中，中郎就曾说过："今时作官，遭横口横事者甚多，安知独不到我等也"。在《入燕初遇伯兄述近事偶题》一诗中，诗人也说："词曹虽冷秩，亦复慎风波"。这种高压的窒息气氛在《显灵公集诸公以城市山林为韵》第二首中反映得就更突出了：

野花遮眼酒沾涕，塞耳愁听新朝事。邸报束作一筐灰，朝衣典与栽花市。新诗日日千余言，诗中无一忧民字。旁人道我真聩聩，口不能答指山翠。自从老杜得诗名，忧君爱国成儿戏。言既无庸默不可，阮家那得不沉醉？眼底浓浓一杯春，恸于洛阳年少泪。

诗人是有抱负的："莫放大鹏天上去，恐遮白日骇愚蒙。"（《放言效白·其四》），他也有济世救民的大志："几时谏鼓似钟悬，尽拔苍生出沟渎"（《万寿寺观文皇旧钟》）。然而在这种"世路两平三仄岭，人情八折九回滩"的险恶社会中，在统治者的高压统治下，说一两句话都很危险，诗人又能有什么办法呢？不难看出，诗人对于不能用诗歌来畅快爽直地反映人民的疾苦，感情是沉痛的："旁人道我真聩聩，口不能答指山翠"，而对于朝政的日益腐朽，诗人更是充满了愤激。

晚明社会，卖官鬻爵大为盛行。中郎在《白铜儿》一诗中对此做了最辛辣的讽刺：

白铜儿，白铜儿，闭眼不观书与诗。积玉辇金游帝里，买得乌纱绣补衣。归来白马吓儿童，黑纻满堂金字红。炙牛锤马邀乡里，青丝华馆闹春风。越女吴娃娇侍侧，又欲凌空生羽翼。房中素女术无成，汞里金丹采不得。洪都老道术最奇，龙虎真人张天师。宝箓一箱金百两，牛头可作门前厮。击大法锣鸣大鼓，百余道士挥白尘。门外幡幢引雷公，江上芙蓉灯竞吐。后门逼债前门舍，乞儿歌郎趋满野。方士行来眼欲穿，山僧醉后颜如赭。儒生读书书总多，白发无官可奈何。生乏白金献天子，死无黄纸赂阎罗。

这里的讽刺可谓淋漓尽致了："牛头可作门前厮"，正是有钱能使鬼推磨的意思；"后门逼债前门舍，乞儿歌郎趋满野"两句揭开了剥削者假仁假义的面具；"生乏白金献天子，死无黄纸赂阎罗"，则更是骂尽了最高统治者和官僚集团。当时官僚集团已经腐朽透顶，贪污腐化，见钱眼开，千方百计地积累财富。诗人在《答内》一诗中也幽默地对此进行讽刺："一尺刚肠五尺身，我非儿女宁拜人……我腕如绵面似纸，未得一钱先羞死。书生无才不解贪，不是将身比秋水。"中郎也做过官，然而他却不像绝大多数官僚一样对人民横征暴敛，作威作福，也不像他们那样汲汲于功名利禄，而是感到"鞭笞惨容颜，薄领枯心髓"（《戏题斋壁》），决心"冷澹足生活，不向睛处暖"（《和官谷馆子》）。对于官僚们为了升官发财而阿谀奉承，媚如柔猫的丑态，中郎深为憎恶。他在《步小修韵怀景升》一诗中斥责"世人眼塞开元钱"，在《偶成》一诗中斥责官僚们的结拜逢迎："京师重拜客，酬答有成例……未必诸高官，不省尘霾气。"中郎一生，始终保持了他的高洁品质，不肯与时流同流合污："永夜伴清晖，寒士寒亦得"（《看月》）。在《和伯修家字》一诗中，诗人写道：

京师盛重五，所在竞繁华。空庭唯竹石，胜之以清嘉。藤阴代帷幄，禅板代笙筘。荷筒当酒盏，药草当名花。枯柏四五株，胜彼百髻丫。风篁数枝响，陋彼百淫哇。彼歌此呕喝，质朴类田家。区区未免俗，白酒渍红砂。

中郎的这种生活方式和这首诗所表现出来的"清高"的情调绝不能等闲视之，不能认为是一般知识分子的孤高自傲和孤芳自赏，而是对统治阶级荒淫无耻生活不满的结果，在这个意义上，也可以说它是对于统治阶级的一种批判和鄙视。只要我们略略看一看明王朝的最高统治者、宦官、权臣、一般官僚是在过着一种什么样的生活，便会发现中郎这首诗的价值。

袁中郎的时代，也正是外患日益严重的时代。1592年，日本丰臣秀吉派兵侵朝，朝鲜向中国求援，但明王朝派出的军队由于将领的腐败，先后战败。1597年，丰臣秀吉又继续侵朝，明王朝的援军也接二连三地吃了败仗。中郎当时正在京师，他在《送刘都谏左迁辽东苑马寺沟》一诗中写出了当时的战争局势和自己的忧虑："倭奴逼朝鲜，虚费百亿万。竭尽中国膏，不闻蹶只箭。东房近乘胜，虚声震京甸。我兵折大将，腹背两受战。"这两次中国援朝的战争都是正义的战争，而倭寇也早从十四世纪起，就不断骚扰江浙沿海了。中郎一方面在《从军行赠程生》《山中逢老衲，少时从征有功者》等诗中表达了他的从军杀敌的热忱，一方面也对腐朽的明王朝军队和醉生梦死的统治阶级进行了谴责。他在《酒正喧萧君席上作》一诗中指斥调京援朝的刘铤所督率的川军"逐虎怯，逐飞蚊"，只会在人民面前作威作福。在《闲居》第五首中他又写道：

儿童也解谈东事，箫鼓何因动北邻？竟日飞霾无却处，一层吹了一层尘。

连儿童也在关心国家大事，而统治阶级中却还有人在荒淫取乐。"箫鼓何因动北邻"？诗人在这里义正词严地提出了责问。

中郎诗的社会内容是丰富的，他的诗是现实的诗，其中反映了他对人民疾苦，特别是市民疾苦的同情，反对统治阶级对于人民包括市民的苛重剥削，反对统治阶级对于新兴工商业和市民的摧残压制，从各个方面揭露了统治阶级荒淫朽的生活。这些都是中郎诗的精华部分，文学史是应该加以阐述的。

中郎诗在艺术上也有其特色，他受过市民文学的影响和熏陶。在《听朱生说〈水浒传〉》一诗中他自述："少年工谐谑，颇溺滑稽传。后来读《水浒》，文字益奇变。六经非至文，马迁失组练。"他在《与龚惟长先生书》中把罗贯中、关汉卿和司马迁并列。在《答李子髯》一诗中，他说"当代无文字，闾巷有真诗。却沽一壶酒，携君听竹枝"。他推崇"闾阎妇人孺子所唱《擘破玉》《打草竿》之类"的作品，说他们是"真人所作，故多真声"。中郎曾仿作过不少民歌，如：

龙洲江口水如空，龙洲女儿挟巨艣。奔涛扑面郎惊否？看我船敧八尺风。

——《竹枝词》

侬家生长在河干，夫婿如鱼不去滩。冬夜趁霜春趁水，芦花被底一生寒。

——《竹枝词·时阻风安乡河中》

中郎的其他诗歌也大都带有民歌的清新可喜的特色，语语自然，不事雕琢涂饰，大都不用隐晦的典故。中郎的诗，有中郎自己的性情，和当时的拟古主义者的"秦钟汉鼎"式的作品迥然不同，绝无矫揉造作、无病呻吟之语。这和他主张诗歌要表现真实的感情"独抒性灵，不拘格套，非从自己胸臆流出，不肯下笔"（《叙小修诗》）分不开。而袁中郎的文学主张和诗歌中所反映的一些思想却是有其深刻的社会根源的。

一开始我们就曾指出，由于资本主义萌芽的发展，明末时，中国的封建社会已经进入渐趋解体的缓慢过程中，社会经济基础的变化使得阶级关系、社会结构和思想意识形态等也有了相应的改变。因而在知识分子中就出现了这样一些人，他们的思想已不完全属于封建主义的体系，而具有了一些新的因素和成分。泰州学派的代表人之一王艮的思想中就强调了个人，反映了个体生产者与小生产者的要求，这和当时市民阶层的发展有关。而他的弟子朱恕则是一个樵夫，朱恕的弟子韩贞则是一个陶匠，他们活动于农工商贾之中。这一派中颜钧、何心隐等人则提出"制欲非体仁论"，具有更激烈的反传统反教条的色彩。而中郎的老师李卓吾则是我国早期启蒙思想的先驱者、反专制主义的战士。他的思想中包含了某些反映市民要求、同情市民的观点。他对儒家经典作了深刻而激烈的批判。这些都是中郎的文学思想和他诗歌中所反映出来的一些先进思想的哲学基础。有了它们以后，中郎才能提出"独抒性灵，不拘格套"的诗歌主张，才能对拟古主义者的理论和作品展开如此激烈的攻击，才能对市民文学作出这样高的评价。从而中郎才能突破了拟古主义的窠臼，形成自己的风格。中郎诗中的一些先进思想才不会被理解为无源之水。关于这些，我们的文学史的论断基本上是正确的，然而总还觉得缺乏令人信服的论述，有待于进一步的研究。

最后应该指出，中郎诗也存在着较严重的局限性。正因为他所处的是一个"天崩地解"的时代，是封建社会发生了重大变化的时代，因而在这样的历史条件下所孕育出来的一些新的人物，他们都在一定程度上对当时社会有所不满和批判，希望有所变动。中郎就曾说过："如此世界，虽无甚决裂，然闷郁已久，必须有大担当者出来整顿一番。"(《与刘云峤祭酒》)然而由于封建主义的强大，资本主义又还只是处在萌芽阶段，因而他们虽对现实不满，却看不到出路，时而感到孤独无力，在战斗了一阵以后，便很容易消沉下去。中郎虽然并不甘心遗世，然而还是几度归隐，在山水和佛理中求得精神上的解脱，写了相当不少的消极感伤、带有虚无色彩的作品，这些都是中郎诗的糟粕，任何对它们的美化都应该反对。也应该指出，在我们指出了中郎诗中的一些新的思想，他的文学主张的阶级和哲学基础以后，绝不能把袁中郎和李卓吾这些人就简单地看作市民阶层的思想家、文学家。他们思想体系的基本方面还没有突破封建主义的范畴。因为当时资本主义毕竟还只是处于萌芽阶段，任何简单化的看法都是反历史主义的、错误的。

录自杨天石未刊手稿。

为商民呼吁的袁中郎诗

袁中郎，就是袁宏道，小品文写得呱呱叫，人们往往不知道，他的诗也写得不错，颇有现实内容，对了解明代社会相当有裨益，例如其作品《猛虎行》。

明代社会，商品经济有了飞跃发展，但是，皇族地主集团的贪欲也随之剧增，对财富的要求日渐膨胀。前引凤阳巡抚李三才在给神宗皇帝朱翊钧的上书时曾说："陛下每有征求，必曰内府匮乏……其实不然，陛下所谓匮乏者，黄金未遍地，珠玉未际天耳！"(《通鉴明纪》卷四十五)为了满足腐朽糜烂生活的需要，皇族地主集团对全国人民，包括商民在内进行了前所未有的大掠夺。本来，明朝政府已有完整的征收机关。1597年（万历二十五年），神宗皇帝又派宦官充任矿监、税使，分赴全国各地对新兴工商业者进行公开的抢劫。《猛虎行》一诗反映的就是这种情况。这些势如"猛虎"的矿监、税使们，依仗皇室给予的特权，无恶不作，随意诬指富户私开矿藏，随便说别人房屋田产下有矿，以便要挟索贿，结果，搞得各地民穷财尽，工商萧条。诗末，袁中郎沉痛地写道："三河及两浙，在在竭膏髓。"这正是当时社会的真实写照。

1602年（万历三十年），前引袁中郎《竹枝词》道：

雪里山茶取次红，白头孀妇哭春风。
自从貂虎横行后，十室金钱九室空。
贾客相逢倍惘然，梗楠杞梓下西川。
青天处处横珰虎，鬻女陪男偿税钱。

貂虎、珰虎指的都是宦官。这首《竹枝词》反映出"贾客"们在皇族地主集团盘剥下彻底破产的状况。如果连他们都十室九空，卖儿卖女，则其他社会阶层的状况可想而知。

中国是个农业国家，统治阶级和士大夫一向主张"敦本抑工商"，所以在文学作品中，商人大抵是被批判的对象。例如唐代大诗人白居易在他的名诗《琵琶行》中，就指责"商人重利轻别离"。然而到了明代，这种情况有了改变。在袁中郎的上述《竹枝词》中，商人就不是批判对象，而是同情对象了。这是明代社会的新现象，也是明代文学的新现象。

袁中郎同情商民，反对明朝政府对工商业者的苛重剥削。他在《青县赠潘茂硕》诗中说："一城不数武，容得几科条！"又在《初夏同江进士坐孙内使池台感赋》诗中写道："邸报传来闷，民膏到处难。东南供费极，不忍更凋残。"当时新兴工商业主要集中在东南地区，凋残如此，经济何能繁荣！

东南萧条，长江流域也同样不振。袁中郎又有《午日沙市观竞渡感赋》诗道：

渚宫自昔称繁盛，二十一万肩相磨。西酋中珰横几载，男不西成女废梭。琵琶卖去了官税，健儿半负播州戈。笙歌沸天尘捲地，光华盛校十年多。耳闻商禁渐弛缓，努力官长蠲烦苛。太平难值时难待，千金莫惜买酒醒。

渚宫，当即沙市，江汉平原的物资集散地。从袁诗可知，明代中叶当地已经有21万人口，可见其工商业之繁盛。然而，皇室地主集团派遣的宦官们一来，折腾几年之后，结果是男废耕，女废织，连为商人们卖唱的琵琶女都失业了。袁中郎希望统治者放松"商禁"，删除各种"烦苛"条例，让商业繁荣起来。

明代中叶，商品经济的发展大体与西方处于同一水平，然而，西方不久就发展起来，迅速建立了资本主义现代文明，而中国的资本主义却始终处于萌芽阶段。为什么？我想，其原因之一就在于高度集权的明朝皇族地主集团对新兴工商业的压制和盘剥。读了袁中郎的有关诗篇后，也许对解决这一中国历史之谜不无帮助吧！

录自杨天石《横生斜长集》，天津百花文艺出版社1998年10月第1版。

从刘效祖的《挂枝儿》
说到艺术的露与藏

明代散曲家刘效祖有一首《挂枝儿》：

> 新竹儿倚朱栏清风可爱，香几儿靠北窗雅称幽斋，千叶榴，并蒂莲，如相比赛。槐阴下清风静，垂杨外月影筛。忽听的几个娇滴滴的声音也，笑着把茉莉花采。

这首散曲并不能算是上品，但却可以借用来说明抒情诗美学中的一个重要问题。

散曲中，作家首先着力描写的是环境：新竹、朱栏、槐荫、垂杨、清风、月影，构成了一幅十分优美的图画。这里，作家的笔墨是可以称之为铺陈唯恐不尽的，但是一写到人，笔墨却突然吝惜起来了。作家没有肯让我们看看这群活泼、美丽的少女的容态和她们采花时的欢乐情景，而只让我们听到了她们"娇滴滴"的声音，从笑声中知道她们在"把茉莉花采"。

这不禁使我想起了我国古典艺术理论中的露与藏问题。艺术，要露,也要藏。不露,则不能造成鲜明、生动的形象,不能语语如在目前,不能使诗成为"无形画";但又不能过露,过露则无余蕴,因此艺术又要藏,藏了,才能含蓄蕴藉,构成"画外意"。聪明的诗人和画家总是善于动员读者、欣赏者来积极进行思维活动,挑逗他们的想象力,使他们浮想联翩,不能自已。他们绝不把什么都无保留地献给读者,绝不培养读者成为思想上的懒汉。

刘效祖的这首《挂枝儿》何尝不然。你看,作家在描写少女们的活动环境时花了如许笔墨,这是露,露得很充分;但在写人时,却只轻轻地点了一笔,旋即收住,藏起来了。这时,作者的艺术创造完成了,但读者的思维活动却被激发起来了。他们从"几个娇滴滴的声音"里,完全可以想象少女们的美丽容态和欢乐情景,读者完全可以用自己的生活体验去补充它、丰富它。

绘画,使用的是色彩、纸张;雕塑,使用的是石头、木块;文学,使用的是语言。任何材料都是有限的,但读者的思维能力却是无限的。古人说:"山欲高,尽出之则不高,烟霞锁其腰则高矣;水欲远,尽出之则不远,掩映断其脉则远矣。"(郭熙《林泉高致》)任何画幅都是有限的,要在一张纸上表现山的高,山总不能显得很高,但是如果在山腰上画上一抹云霞,山就显得高了,这是读者的想象力在起作用。同样,如果刘效祖只是从正面来描写少女们的容态,而不是动员读者的想象力,那么,不管他驾驭语言的能力如何高,描写得如何细致,恐怕其效果也不会很好。古人提倡"意到笔不到",又提倡"以缺代全","以虚运实",良有以也。

古人作诗论画,讲究虚实相生,藏露相辅。作画,要"山腰云塞,石壁泉塞,楼台树塞"(王维《山水论》),要"道路时隐时显,桥梁或有或无"(李成《山水诀》)。论诗,要"意有余而约以言之",要"神余言外","有弦外音,味外味"。总之要有藏也有露,有虚也有实。惟其有藏，有虚，作品才有不尽之意，欣赏者才有不尽之思。我国古典园林的杰作颐和园，要用一个小岛将昆明湖"藏"起一半来，绝不让游人一览无余，其道理也在于此。

唐志契《绘事微言》云："若笔笔写到，便俗。"

录自杨天石《横生斜长集》，天津百花文艺出版社 1998 年 10 月第 1 版。

晚明文学理论中的"情真"说

在文学史研究论著中,经常出现"真挚感情"或"真实感情"的字样。有的评论者甚至用感情是否"真挚""真实"作为评价作品优劣的标准,如认为李煜词之"具有强大的吸引力"是因为表现了"真挚的感情",《长生殿》的成就是在于表现了李、杨的"深挚的爱情"等。

这种情况使我们想起了晚明时期文学理论中的"情真"说一派。温故而知新,分析分析历史现象会有助于我们对今天的某些现象的理解。

一、一个新的文学价值观的提出

感情对于艺术品的作用,我国古代的文论家早就有过许多阐述。"情动于中,故形于声",《礼记·乐记》中的这一思想后来为《诗·大序》的作者所接受,一直影响着中国古代的文论。"情欲信",即感情要实,《礼记·表记》的这句话在后代的一些文论家的著作里也继续得到了发展。这些,都不是本文想论述的。我们这里想指出的是,关于真挚感情的种种说法到了晚明时期产生了一个新的特色,它被一部分人突出地强调起来了，强调到了以之作为创作的第一位要求，批评的第一位标准，从而形成了我们所说的"情真"说一派。它的主要代表人物有李贽、汤显祖、袁宏道、袁中道、冯梦龙以及清初的袁枚、尤侗诸人。

李贽有一篇《童心说》，它是一篇哲学论文，也是一篇文学论文。中云：

> 夫童心者，绝假纯真，最初一念之本心也。
>
> 天下之至文，未有不出于童心焉者也。苟童心常存，则道理不行，闻见不立，无时不文，无人不文，无一样创制体格文字而非文者。

童心，既然是绝假纯真之心，显然包含有真实感情的意思。在李贽看来，凡是出于童心的作品都是古今之至文，不朽的伟大作品。这一层意思，后来袁宏道诸人继续有所阐发。在《与江进之书》中，他说：

> 越行诸记，描写得甚好。谑语居十之七，庄语十之三，然无一字不真。把似如今作假事假文章人看，当极其嗔怪。

袁宏道主张："物真则贵。"在《陶孝若枕中呓引》中，他也指出，好作品的标准在于"情真而语直"。冯梦龙更是"情真"说的大力倡导者，他做了大量的民间文学的采集工作，其原因都在于"其佳者语多真至"，"情真而不可废也"（《序山歌》）。其他人类似的说法还很多，不备引。

意识形态中每一个新的问题的提出都反映着时代的需要，具有它的时代特色。晚明时期的"情真"说是在什么样的条件下出现的，它的历史功过是什么呢？下面我们将探讨这两个问题。

二、尊"情"黜"性",反对道学,反对封建说教

《毛诗·序》说:

> 变风发乎情,止乎礼义。发乎情,民之性也;止乎礼义,先王之泽也。

这就是说文学固然可以抒发人们的感情,但必须不越出封建道德所允许的范围。这一说法,汉以后的大部分正统的封建作家都相沿不改,成了文学批评中的统治思想。中唐以后,封建统治者为了进一步强化其统治,比过去更加注意封建道德伦理的宣扬。因此,就出现了思想史上的性情对立说,其代表人物为韩愈和他的弟子李翱。他们认为性是受之于天,与生俱生的,内容为仁、礼、信、义、智,而情则是后天的,接于物而生的,内容为喜、怒、哀、惧、爱、恶、欲。"人之所以为圣人者,性也;人之所以惑其性者,情也。"一切善的起源在于先天具有的性,一切恶的起源在于后天的情,所以他们主张复性灭情。这种思想反映到文学上来,就必然主张"文以载道",为宣扬封建思想、封建道德服务。

此后宋明两代的理学继续发展韩愈等人的思想,进一步提出了性与情、天理与人欲、义与利、道心与人心等一组对立矛盾的命题,提倡性以反对情,提倡天理以反对人欲,提倡义以反对利,提倡道心以反对人心,实质上是将封建特权法律、封建阶级的一己私利和封建伦理道德先验化、神圣化,用僧侣主义、禁欲主义来控制人们的物质生活、精神生活。对于艺术作品,他们则反对与封建道德有碍的任何感情的表现,而要求建立一种呆滞古板的说教文学。例如有人就极力攻击《诗经》中的《关雎》,认

为是写后妃的,后妃是女人,自然不可为三百篇之首,要另撰《尧》《舜》二章来代替它,《岁寒堂诗话》的作者张戒甚至认为古代诗人除陶渊明、杜甫外,"余皆不免落邪思",黄庭坚的诗"虽不多说妇人,然其韵度矜持,冶容太甚,读之足以荡人心魄",也属于"邪思"之列。

晚明时期的"情真"说正是作为这种宋明理学的对立面而出现的。

和道学家一样,"情真"说一派也把情和理割裂开来,例如汤显祖就认为"情有者,理必无;理有者,情必无"(《寄达观》)。但是,与道学家不同的是,"情真"说一派崇情反理。认为情之所在,不必"以理相格"。袁宏道在《德山暑谭》中说:

> 夫民之所好好之,民之所恶恶之,是以民之为矩,安得不平平?今人只从理上挈去,必至内欺己心,外拂人情,如何得平?夫非理之为害也,不知理在情内,而欲拂情以为理,故去治弥远。

道学家主张情要服从理,理在情上,而"情真"说一派则主张理要服从情,理在情内;民情即矩,民情即理。道学家主张理为人类本性,而"情真"说一派主张情为人类本性。所以他们反对逆人情,主张顺人情,认为"道不远人,远人不可为道",一切从人出发,从人情出发。"情真"说一派对道学家进行了猛烈的攻击,说他们的一切言行都是违反真正的人类本性的,是虚伪的,道学家是假人,做的事是假事,说的话是假话,写的作品是假作品,心口不一,表里不符。名为山人,心同商贾;口讲道德,志在穿窬;阳为道学,阴为富贵;被服儒雅,行若狗彘。

与上述观点相联系,道学家主张居敬格物,察私防欲,进行封建道德修养,以期复归到仁、礼、信、义、智的天命之性,而"情真"说一派认为这一切都是矫强做作。他们提倡发展人类的"自然之性",做事、说话、做文章都率性而发，例如袁宏道在《识张幼于箴铭后》一文中就说："性之所安，殆不可强，率性而行，是谓真人。"如果强放达者为慎密，强慎密者为放达，违反了他们的本性，就如同续凫项、断鹤颈一样，是大可叹的事。他提倡"各任其性"，有什么样的性格就发展什么样的性格，不必讲究拘束于"小夫"的什么修身之道。

这种"各任其性""率性而发"的思想反映到文学上来，就必然主张"独抒性灵，不拘格套"，反对文必载道，而主张自由地抒发真实感情了。

李贽在《读律肤说》中道：

> 自然发于情性，则自然止乎礼义，非情性之外复有礼义可止也。惟矫强乃失之，故以自然之为美耳，又非于情性之外复有所谓自然而然也。故性格清澈者音调自然宣畅，性格舒徐者音调自然疏缓，旷达者自然浩荡，雄迈者自然壮烈，沉郁者自然悲酸，古怪者自然奇绝。有是格，便是有调，皆情性自然之谓也。莫不有情，莫不有性，而可以一律求之哉？然则所谓自然者，非有意为自然而遂以谓自然也。若有意为自然，则与矫强何异？

这段话，正与我们上引的《毛诗·序》相对立。《毛诗·序》要求作品发乎情，止乎礼义，礼义在情之上。而李贽认为自然发于情性，自然止乎礼义，礼义在情性之中。一个重礼义，一个重情性；一个认为应以礼义来控制自己的感情表现，一个则强调顺乎情性之自然，不可矫强，不可一律求之。有什么样的性格与感情就在作品中作什么样的表现。

"情真"说一派的这一思想在清初袁枚与沈德潜、程晋芳等的争论中表现得特别明显。

沈德潜作为清王朝的积极卫道者，主张诗必须关系人伦日用，为封建政教服务。袁枚则讥之为有"褒衣大袑气象"，认为"与事父事君"有关系之诗固然可以存在，但"多识于草木鸟兽之名"的无关系之诗也未尝不可以存在（《答沈大宗伯论诗书》）。沈德潜选编《明诗别裁》不取艳体诗作者王次回的诗，以为"不足垂教"。程晋芳劝袁枚删去集内的"缘情"之作，希望他不要像杜牧、白居易一样风流放浪。袁枚都不表同意。他在答书中说："且夫诗者，由情生者也，有必不可解之情，而后有必不可朽之诗。情所最先，莫如男女……"表示宁可得一二真白傅、樊川，而不愿得千百伪濂、洛、关、闽。他说："以千金之珠易鱼之一目，而鱼不乐者，何也？目虽贱而真，珠虽贵而伪故也。"（《答蕺园论诗书》）

可以看出，"情真"说一派的实质不过是反对封建道德伦理的过分束缚，要求个性的自由发展；反对文学必须宣传封建思想、封建伦理，而要求自由地抒发感情而已。

如我们所揭示的，道学家的所谓人类本性——理，不过是封建思想、封建道德，那么"情真"说一派的所谓"自然之性"，或者说"人情"，又是什么呢？

从李贽等人的著作看来，这就是穿衣吃饭、男女之欲、富贵心、自私心、势利心、追求物质享乐等，李贽等人认为这些就是人们的"自然之性"，并且说："人人同心，是谓天成。"李贽等人的这种关于人类本性的看法只能是一种唯心主义的呓语。其错误是很明显的，这里，需要进一步考察它的阶级基础是什么。

我们知道，晚明时期商业、手工业、小农经济有了进一步的发展，萌芽状态的资本主义因素已经产生，因而"情真"说一派的某些思想就在客观上反映了小生产者和城市市民的经济与生活愿望，这是一方面。另一方面，"情真"说还反映了当时一部分不愿意受理学严格束缚的封建文人的狂放、解脱甚至是享乐、纵欲、淫乱的要求。晚明时期，封建阶级更趋腐朽，封建社会也已处于没落阶段，它的思想道德体系日益丧失其统摄人心的力量。鲁迅说过："我们的圣贤，本来早已教人'非礼勿视'的了；而这'礼'又非常之严，不但'正视'，连'平视''斜视'也不许。"(《论睁了眼看》)在这种状态下封建阶级内部就可能会有人出来反对这过于严酷的礼教，"情真"说一派就正是这样一些人。这里，我们读袁宏道的《寿存斋张公七十序》是会有启发的，在这篇文章中，他攻击了"腐滥、纤啬、卑滞、扃局"的老学究式的俗儒，认为真儒是以"乐"为学脉，可以任达，也可以旷逸，他倡导"纵心"，认为"纵心"之后"理绝而韵始全"。说得更清楚一些，就是所谓"作世间大自在人"，"快活过日子"，"率行胸怀，极人间之乐"。正因为如此，"情真"说一派的许多人就都是不遵礼法，放浪不拘，例如屠隆、汤显祖、袁宏道、冯梦龙、尤侗、袁枚。他们反对封建理学，但是也反对了必要的道德约束，"尽误年时几后生"(宋翔凤《论诗绝句》)，这种思想和生活方式曾经给后代造成了很不好的影响。

由于"情真"说一派基本上都还是封建阶级的知识分子，因而，他们就不会同意人民反压迫反剥削的个性的发展。他们只是在个别问题上对封建道德有所突破，主要是在妇女观点上，同情人民争取恋爱与婚姻自由的斗争，汤显祖的《牡丹亭》就是这种思想指导下的产物，冯梦龙的《山歌》《挂枝儿》中少数有关作品，也是在这种思想指导下采集的，《拜月》《西厢》也是由于这一点而得到推崇。在其他问题上，他们大都还紧守着地主阶级的思想伦理体系。激进如李贽，在《忠义水浒传序》中却肯定"忠于君"的封建道德。汤显祖在《南柯记》中也肯定五伦和所谓圣门四科。在《醒世恒言序》中，冯梦龙也认为"忠孝为醒，悖逆为醉"。因此这些人又都写过不少宣扬封建思想、封建道德的作品。这些都说明了从来不存在什么超阶级的一般人情，一切以普遍形式出现的真挚感情论者实际上都只是反映了某一特定阶级的感情。

"情真"说在揭露宋明道学的虚伪，反对封建道德伦理对人们的过分束缚，反对僧侣主义、禁欲主义方面是有其进步意义的，但是他们将地主阶级和城市市民许多丑恶的情欲，例如自私心、势利心、富贵心，追求物质享乐等都说成人类本性，从而肯定了他们放浪形骸、解脱、纵欲以至于淫乱的生活方式，这又是腐朽的、落后的。同样"情真"说反对文学必须为宣传封建思想、封建道德服务，这也是有进步意义，但是，他们又企图使文学成为个人遣兴消闲享乐的精神玩具，则又是错误的。例如"情真"派作家认为题材无大小，只要发自性灵，便都是真诗、好诗。公安派的江进之居然认为连"蝼蚁蜂虿"皆可寄兴，袁枚也说："蛟龙生气尽，不若鼠横行。"这样一切身边细事、一切琐碎的内心活动也就都在真挚感情的口号下被引进了文学。同样，既然真挚感情成了创作的最高要求，因此，我们上面论及的那些地主阶级、城市市民的丑恶情欲自然就可以得到文学的表现了。袁宏道就正有着这样的看法，例如他就曾认为酒色声伎之好以及淫词亵语都可以入诗文。正因为如此，"情真"派作家的作品中就常常包含着无聊、庸俗甚至腐臭不堪的东西，即使是一些优秀作品如《牡丹亭》也不例外。这种风气曾经带给晚明文学恶劣的影响。晚明小说、诗文、歌曲中之所以有那么多的消极和污秽的部分，这应该是原因之一。不仅如此，"情真"说又使得文学批评失去正确的标准，既然真挚感情高于一切，那就必然是非不分，好坏混杂。情真派作家固然肯定过一些好作品，大大提高了小说、戏曲、民间文学的地位，但是他们也肯定了六朝宫体、《金瓶梅》以及明代民歌中的猥亵、色情部分，他们编集起来的一些小说集、民歌选集也有大量的糟粕。此外"情真"派作家反对文学表现理，提倡所谓韵与趣；反对法言庄什，提倡谐词谑语，也使得文学流于浮薄轻佻。

简斋主张性情，而其失也在狎亵。

——周实《无尽庵诗话》

这是对袁枚作品的批评，我以为这些批评也是适用于"情真"派的其他作家的。

三、反对拟古主义，提倡表现自家真面目

晚明时期的"情真"说又是在文学上反对拟古主义的斗争中发展起来的。

一切拟古主义者都是历史的退化论者。他们总是认为艺术的黄金时期是在遥远的过去，艺术的发展是王小二过年，一年不如一年。因而他们便把古人视为偶像，视为不可超越的高峰。他们总是跟在古人后面，亦步亦趋。明代诗文中的前后七子就是如此。

前后七子主张诗必以盛唐以上为准，文必以秦汉为准，最高理想便是将作品写得和前人一样。李梦阳甚至教人们像"模临古帖"一样来写诗文。这样写出来的作品自然只能是古人作品的翻版，成为假古董、赝法帖，没有任何新鲜活泼的气息。

"情真"说一派对于拟古主义者的批判的主要之点，首先在于它们"假"，是"心中本无可喜事，而欲强笑；亦无可哀事，而欲强哭"（袁宗道《论文》下）。他们认为这种对于古人的模拟只能束缚自己的个性，束缚真挚感情的表现，使得胸中所欲言者，皆郁而不能言。他们认为创作的最高标准便是能直抒胸臆，畅快自如地表现自己的感情。为了达到这一目的，他们提出"不做前人仆"的口号。认为诗不必古《选》，文不必先秦。古不必优，今不必劣；古不必尊，今不必卑，尽可以不必拾取他人的残唾余沫，随着古人的脚跟转。作家只要写今日之事，抒今日之情就是了。这些主张有力地打击了向后看、开倒车的拟古主义者，而为文学的发展提供了可能。

拟古主义者以学得古人面目为目的，"情真"派作家以表现自家真

面目为目的，因而他们便提倡作品的思想感情——从自己胸中流出，"发人之所不能发"，"独出而不同于众"。这里，他们就接触到了艺术作品的个性特点和独创色彩问题，但是他们又把这一切都绝对化了，以至认为，只要意见新颖，即使错误，也顶天立地，一样精光不可磨灭。这种意见显然是不妥当的。

毛泽东说："过去的文艺作品不是源而是流，是古人和外国人根据他们彼时彼地所得到的人民生活中的文学艺术原料创造出来的东西。"（《在延安文艺座谈会上的讲话》）前后七子等把古人的作品不是看成流，而是看成源，于是便从古人的作品中找寻灵感和诗料，"毫无批判地硬搬和模仿"，将继承和借鉴代替自己的创造。"情真"派作家批判拟古主义者，指出其作品缺乏真挚感情，有其正确的一面，但是他们同样也把文学的源泉找错了。

"情真"派作家，对情感的发生和文学的源泉问题都作过阐述，这就是"童心"。据他们说，这个"心"一切具备，万物皆全，不依赖于社会实践，如袁中道所说："心体本自灵通，不借外之见闻。"（《传心篇序》）它是创作的取之不尽、用之不竭的源泉："心灵无涯，搜之愈出"，作家不必去观察、去参加社会斗争，只要有"童心"就可以了。所以袁宏道认为"无闻无识"的人是"真人"，所作才是"真声"。汤显祖说得就更玄了，文章之妙在于"自然灵气恍惚而来，不思而至，怪怪奇奇，莫可名状"（《合奇序》）。

当然，这样的心源、灵源是不存在的。"情真"派作家既然排斥了学习、认识并参加社会生活的必要，因而他们的创作就不过是一种自我表现，所谓真挚感情也就只能限于个人的狭小圈子："今日不知明日句，听他有句自然来"，"每日耽吟到日西，几于搜及角中鼹"，这是清代诗人赵翼的诗，他接受过"情真"说的影响。这就是他作诗的状况，这种状况能写得出什么样的好诗来呢？所以"情真"一派的许多人的作品，就常常缺乏丰富的社会内容，而只能如鲁迅所讽刺的，是"枕边厕上，车里舟中"的一种"极好的消遣品"。

四、历史功过

如上所述，晚明时期的"情真"说在反道学和反拟古主义文艺时起过一些进步作用，但是，由于"情真"说的哲学基础是唯心主义，就使得它不能解决文学和生活这一艺术的根本问题。由于它的阶级基础是城市市民和一部分不愿意受道学严格束缚的封建阶级分子，就使它只能在个别问题上对封建道德有所突破，却同时为文学带来了大量琐碎、庸俗、低级、腐朽的内容。由于它割裂情和理的关系，就使它排斥文学的思想性，排斥文学必须为政治服务的美学原则。

从"五四"以来，我们曾不止一次地和各种各样的"情真"说交过锋。1932年以后，当中国人民正在和国民党反动派进行尖锐斗争的时候，林语堂就曾大力吹捧过"情真"说，他说："性灵派文学，主'真'字。发抒性灵，斯得其真。"（袁家道《论文》下，《论语》二十八期）认为宇宙之大，苍蝇之小，皆可取材，甚至连席上文士、歌妓、舞女、酒菜的味道都可表现。他公开标榜不谈政治，提倡闲适小品。显然这都和晚明的"情真"说有类似之处。

我们是情与理的统一论者，又是情与理的阶级论者。我们提倡无产阶级和劳动人民的革命的健康的真挚感情，认为一切感情都应该服从无产阶级革命之理。毛泽东说："马克思主义就不破坏创作情绪了吗？要破坏的，它决定地要破坏那些封建的、资产阶级的、小资产阶级的、自由主义的、个人主义的、虚无主义的、为艺术而艺术的、贵族式的、颓废的、悲观的以及其他种种非人民大众非无产阶级的创作情绪。"（《在延安文艺座谈会上的讲话》）当"情真"说的对立面是封建理学和拟古主义文艺时，它有其进步性，但是当"情真"说的对立面是工人阶级思想、共产主义道德和文学必须从属于无产阶级政治，必须为工农兵服务的坚定方针时，它的反动性就充分暴露出来了。

因此我们在研究古典文学的时候，就不能不注意"情真"说的影响。我们在评价作品时，首先要进行阶级分析，而不是看作品是否表现了"真挚感情"或"真实感情"。感情总是有阶级性的，特别是对古代作品，决不能认为表现了"真挚感情"或"真实感情"的，就是好作品。

录自《光明日报》1965年9月5日。

关于宣南诗社

范文澜同志在《中国近代史》中说："林则徐是中国封建文化优良部分的代表者，又是满清时代维新运动的重要先驱者。他在1830年（道光十年）与黄爵滋、龚自珍、魏源等结宣南诗社。这一小诗社中人，黄爵滋发动禁烟运动，龚、魏发动维新思潮，林则徐成为他们的首领……"[1]自此，关于林则徐的研究著作常常提到宣南诗社。陈友琴甚至在《略谈林则徐的诗及其文学活动的影响》一文中，说它是后来的"'南社'的先驱"，"是当时封建统治阶级中较为进步的知识分子的结合，目的在反对帝国主义，起的进步作用也不小"。[2]既然宣南诗社是关涉近代历史重大事件的一个组织，那么，关于它的成立始末以及经过、活动情况，自然就有注意的必要。但是当笔者接触过一些材料以后，却发现：宣南诗社虽然有这么一个组织，却并非成立于道光十年（1830）；林则徐虽然参加过，但关于林、黄、龚、魏结宣南诗社的说法却完全不可靠。

---

[1]《中国近代史》上册，人民出版社1955年9月版第16页。
[2]《文学遗产》第305期，《光明日报》，1960年3月20日。

一、成立始末与活动情况

宣南诗社，亦称宣南诗会、宣南吟社、城南吟社、消寒诗社。

诗社初建于嘉庆九年（1804），参加者有陶澍（子霖）、顾莼（南雅）、朱珔（兰坡）、夏修恕（森圃）、吴椿（退旃）、洪介亭等。这几个人都是嘉庆七年（1802）的同榜进士，当时都在翰林院担任着编修、检讨、侍讲、庶吉士一类的官职。初名消寒诗社，在朱珔的双槐书屋举行过"消寒第一会"，内容是赏菊并赋诗，第二会在吴椿斋中，以"忆梅"为诗题。陶澍在《潘功甫以〈宣南诗社图〉属题抚今追昔有作》中说："忆昔创此会，其年维甲子。赏菊更忆梅，名以消寒纪。"[1]这确是实录。第二年秋，陶澍因丁忧归里，其他人也风流云散，诗社活动停顿。

嘉庆十九年（1814）冬，翰林院编修董国华（琴南）复举诗社："一为登高呼，应者从风靡。"参加者除陶澍、朱珔外，尚有胡承珙（墨庄）、钱仪吉（衎石）、谢阶树（向亭）、陈用光（硕士）、周蔼联（肖濂）、黄安涛（霁青）、吴嵩梁（兰雪）、李彦章（兰卿）、梁章钜（茝邻）、高嗣绾（芙初）、周之琦（稚圭）等。这些人也大都是进士出身，在翰林院供职。人多了，活动也频繁了，胡承珙的《宣南吟社序》说："间旬日一集，集必有诗，嗣是岁率举行，或春秋佳日，或长夏无事，亦相与命俦啸侣，陶咏终夕，不独消寒也；樽酒流连，谈剧间作，时复商榷古今，上下其议论，足以祛疑蔽而泯异同，并不独诗也。"[2]这一时期诗社举行过哪些活动，写过哪些

---

[1]《陶文毅公诗集》卷五十四。
[2]《求是堂文集》卷四。又见梁章钜：《师友集》卷六，文字小有异同。

诗呢？举例如下：

> 第一集，集董国华花西寓圃，赋《明宣宗醮坛铜盏歌》。
> 第二集，集朱珔斋中，赋《宣晋斋第二砚》。
> 第四集，集胡承珙斋中，观沈暲本元祐党人碑。
> 第六集，集陶澍印心石屋，试安化茶，并赋诗。

这些人写的诗题还有：《拟李长吉北中寒》《拟温飞卿塞寒行》《九寒诗（云、月、雁、鸦、柳、竹、钟、灯、山）》《菩提叶》《琅琊台秦刻石》《甘泉宫瓦砚》《岳麓碑》等。

又，嘉庆二十一年（1816）十二月十九日，梁章钜、李彦章等曾发起为苏轼做生日。

嘉庆二十四年（1819），陶澍因补川东道之职出京。林则徐入京，加入宣南诗社。

这一年入社者，尚有程恩泽（春海）。六月二十日，黄安涛召集京都二十四位诗人集会于净业湖李公桥酒楼，为荷花做生日。张维屏应邀参加。事后，黄安涛辑诗社同人唱和诗为一编。《宣南诗社图》成，胡承珙作序。[1]

嘉庆二十五年（1820），潘世恩在京为长子潘曾沂报捐中书。道光元年（1821），潘曾沂入京后，"同人招入宣南诗会，月辄数举，以九人为率。"[2] 这九人是：吴嵩梁、陈用光、朱珔、梁章钜、谢阶树、钱仪吉、董国华、程恩泽和潘曾沂。道光二年（1822），梁章钜去湖北，程恩泽去贵州，朱珔归里，又吸收了张祥河（诗舲）、汤储璠（茗孙）、

---

[1] 以上材料，据《陶文毅公诗集》、梁章钜《退庵诗存》、胡承珙《求是堂诗集》等辑录整理而成。
[2] 见《小浮山人上谱》。

李彦章三人参加，仍为九人。此外，鲍桂星（双湖）也曾列名社籍。这一时期，诗社举行的活动，除消寒、饮酒外，尚有为欧阳修、苏轼、黄庭坚做生日等。关于这一时期诗社的情况，朱绶有《宣南诗会图记》，可参阅。[1]

道光四年（1824），潘曾沂自京师归里，诗社渐趋停顿。道光六年（1826），梁章钜已有"诗会中人出京者多"之叹。至道光十年（1830），诗社已经完全停止活动，其证有四：

一、潘曾莹诗《得陈石士阁学（用光）书并诗却寄》："往者西江盛诗派，主其会者陈元龙（公在京师诗会极盛）。先生别后颇寂寞，天风几度吹飞蓬。"[2]

二、潘曾莹诗《陆祁孙大令（继辂）属题宣南话旧图》："往日骚坛盛，宣南雅集时。"[3]

三、张祥河诗《赠张南山司马即题其〈听松庐诗稿〉后》："宣南诗社近寥落……健笔何人控霄崿？"[4]

四、吴嵩梁诗《宣南诗社图为潘功甫作》："论诗旧结城南社，踪迹频年感断蓬。"[5]

以上四首诗都作于道光十年（1830）。既曰："往者""往日""近寥落""旧结"，可见当时宣南诗社已停顿很久。林、黄、龚、魏在这一年也没有另结一个宣南诗社。

道光十一年（1831），由徐宝善（廉峰）、张祥河等发起，诗社活动再起，举行消寒集会。参加者大都是新人，有卓秉恬（海帆）、汪全泰（大竹）、吴清皋（小谷）、吴清鹏（西谷）、朱为弼（椒堂）、彭春农等。

---

[1] 见《功甫小集》卷八。
[2] 《红蕉馆诗钞》卷五。
[3] 《红蕉馆诗钞》卷五。
[4] 《诗龄诗录》卷五。又见张维屏《花地集》卷四。
[5] 《香苏山馆今体诗集》卷十三，《今体诗钞》卷十八。

自此二三年后,即一蹶不振,消沉下去。[1]

宣南诗社的成立始末及其经过、活动情况大致如此。

二、"国家闲暇可清吟"

宣南诗社是不是当时"进步的知识分子的结合""起的作用也不小"呢?笔者的回答是否定的。

宣南诗社是清王朝处于暂时稳定的情况下的产物。它始建于嘉庆九年(1804),正是延续八年之久的白莲教大起义被镇压下去的一年;它继建的嘉庆十九年(1814),正是天理教起义被镇压后的一年。白莲教和天理教起义被镇压,清王朝得到喘息机会,给了这些文人学者以错觉,以为天下从此太平无事,"国家闲暇可清吟"[2],他们才有这份心思饮酒赋诗,歌咏升平。事实上,它的目的也正是如此。陶澍说:"匪曰筑骚坛,庶以广经垒。润色太平业,歌咏同朝美。"[3]朱绶说:"国家承平日久,士大夫褒衣博带,雅歌投壶,相与扬翊休明,发皇藻翰,不独艺林之佳话,抑亦熙化之盛轨也。[4]"但是,道光年间清王朝的各种危机都日益尖锐,屋倒墙塌的征象愈加明朗,诗社的这种"扬翊休明"的活动自然不能长期引起人们的兴趣。

其次,从它的活动内容看,不过是文酒唱酬、消寒避暑、摩玩古董、议论考据,并未触到任何一个现实问题。

从它的成员看,都是"文学侍从"之官。其中一些人后来官做得很大,例如吴椿,官至户部尚书,是所谓"以诚悫受知"的。又如梁

---

[1] 参阅吴清鹏:《笏庵诗》卷六,张祥河《诗舲诗录》卷六及《张祥河年谱》。
[2] 潘曾沂:《宣南诗会图自题》,《功甫小集》卷八。
[3] 《陶文毅公诗集》卷五十四。
[4] 潘曾沂:《宣南诗会图自题》,《功甫小集》卷八。

章钜,官至江苏巡抚;陶澍,官至两江总督。他们在任内,虽然也做过一些"开水利"之类的对人民有益的事,但亦无大建树;对于如何改良当时的封建政治,也并无见解。其他人则更是平庸的官僚,在当时即无大影响。另一些人则是朴学家,他们在故纸考据上有许多努力。例如胡承珙,是有名的经学家,著有《毛诗后笺》《仪礼古今文疏义》《小尔雅义证》等书;朱珔,著有《说文假借义证》《经文广异》《文选集释》等。

从文学主张上看,在散文方面,许多人宗法"桐城派",例如朱珔、陈用光等。陈甚至被誉为"守惜抱轩宗旨,不逾尺寸"。在诗歌方面,许多人推崇宋诗,梁章钜、刘嗣绾、陈用光、李彦章等都是翁方纲的"苏斋诗弟子"。在嘉庆、道光间,桐城派和在翁方纲影响下的宋诗派都具有较严重的拟古主义、形式主义倾向,没有什么进步作用。这些人的诗文集中也大都是缺乏现实社会内容的作品。

因此我们可以相信,宣南诗社并不是一个具有进步作用的组织。

三、林则徐、龚自珍等人和宣南诗社的关系

现在,我们来考察林则徐、龚自珍等人和宣南诗社的关系。

林则徐于嘉庆二十四年(1819)加入宣南诗社。[1]但第二年四月,即因授杭嘉湖道之职出京。道光元年(1821),引疾归里。二年,秉承父亲的意思入京,引见,仍发浙江做官。至道光七年(1827)五月,入京,授陕西按察使,再出京。道光九年(1829),因父亲病卒,家居。道光十年(1830)四月,服阕入京。六月,补湖北布政使,出京。他在京停留的日期不多,如他自己所说是:"况自分符辞帝京,萍梗随流无

---

[1] 据陶澍:《潘功甫以宣南诗社图属题抚今昔有作》诗。

住著。两度朝天未久留，觚棱回首栖金爵。"[1]因而他和宣南诗社的关系不深，仅仅"偶喜追陪饫文字"而已。龚自珍只在道光二年（1822）应邀在吴嵩梁的石溪渔舍参加过为欧阳修做生日的纪念活动，与会者有陈用光、黄安涛、汤储璠、张祥河、李彦章等，他们都是宣南诗社成员，但与会的另一些人，如朱方增、徐松、潘锡恩、李彦彬等都不是宣南诗社的成员。[2]因而不能据此认为龚自珍参加过这一组织，宣南诗社的成员中也没有任何人承认过他。

至于魏源、黄爵滋，笔者还不曾发现过他们任何与宣南诗社有关的记载。

四、宣南诗社传说的产生

那么上述关于宣南诗社的传说是怎样发生的呢？考其本源，这就是魏应祺的《林文忠公年谱》。其道光十年（1830）条云："与龚自珍、潘曾莹、潘曾沂、黄爵滋、彭蕴章、魏源、张维屏、周作楫结宣南诗社，互相唱酬。"下注："张维屏《南山集》。"笔者设法查阅了《张南山全集》。它是张死后由其子编辑的，流传较少。其第十六册《松心宴集诗》中有这样两首诗：

其一题为：

《庚寅六月初二日龚定庵礼部（自珍）招同周芸皋观察（凯）、家诗舲农部（祥河）、魏默深舍人（源）、吴红生舍人（葆晋）集龙树寺，置酒蒹葭簃》

---

[1]林则徐：《题潘功甫舍人（曾沂）宣南诗社图卷》，《云左山房诗钞》卷二。
[2]《功甫小集》卷六。

其二题为：

《庚寅六月十三日，潘星斋待诏（曾莹）招同卓海帆（秉恬）、朱椒堂（为弼）两京兆、林少穆方伯（则徐）、周云皋观察（凯）、黄树斋（爵滋）、周梦岩（作楫）两太史、彭咏荄舍人（蕴章）、查梅史大令（揆）、顾杏楼工部（元恺）集寓斋即事有作》

"魏谱"所提到的宣南诗社的几个成员除潘曾沂外，在这两首诗题中都有。这两条材料给人的印象是：第一，龙树寺在北京宣武门南；第二，这些人中也恰有好几个，例如张祥河、卓秉恬、朱为弼、林则徐等都是宣南诗社成员；第三，熟悉宣南诗社历史的人也清楚，它的活动方式就是这样，几个文人凑在一起，或于某名胜地，或于某人寓斋，吃吃酒，写写诗。笔者分析，魏应祺就是根据这些作出结论，然后从中挑选了几个有名的人写进林则徐年谱中去的。

但是这些理由都不能成立。当时北京这样的文人活动很多，今天在什刹海看荷花，明天去陶然亭登高，后天在龙树寺置酒。宣南诗社的这些人都是当时的名官僚、名诗人，也就常有参加的，岂能一概视为宣南诗社的活动？而且诗中又未明言是结宣南诗社，又岂能轻率地作出结论？龚自珍在龙树寺请客，不过是一般的宴集。潘曾莹请那么多人到他家里去，不过是为了给他儿子过周岁。潘曾莹的《红蕉馆诗钞》卷五有一诗，题为《庚寅六月三十日，同儿试周，诗以纪之》，中云："季夏十三月，吾儿试周期。堂前设戈印，盘内罗珍奇。"句中注云："是日招林少穆方伯、周芸皋观察、张南山司马……"（都是上面的那些人，不赘引——笔者）可见，和宣南诗社完全无涉。

最后附带说一句，陈友琴把道光十年（1830）林则徐邀集"辛未同岁生三十四人宴会于龙树院"一事视为宣南诗社的"文酒聚会"也是不确的。实际这是林则徐邀集同榜进士的一次纯系官场应酬的宴会，细读林则徐的《龙树院雅集记》便知。

附记：本文与季镇淮师合作，由本人执笔。录自未刊手稿，文中小标题为此次编辑时所加。

西郊落花何处寻

——读龚自珍《西郊落花歌》

落花,在古人的笔下,大都表现"感芳华之易逝,叹盛时之不再",凄凄惨惨之意。其中最有名的就是曹雪芹代"林妹妹"写的那首《葬花吟》,中云:"一年三百六十日,风刀霜剑严相逼。明媚鲜妍能几时,一朝飘泊难寻觅。"又云:"侬今葬花人笑痴,他年葬侬知是谁?试看春残花渐落,便是红颜老死时。"将落花之悲与身世之戚融为一体,凝铸出一种凄婉动人的艺术力量。我年轻时读过,而今垂垂老矣,也仍然记得。

不过,也有将落花写得很美的。陶渊明的《桃花源记》有句云:"落英缤纷",就很美。可惜只有一句,没有展开。记忆中,将落花作为一种美的意境,写得令人赞叹、令人神往、令人豪气满胸的作品,要数清人龚自珍的《西郊落花歌》。中云:

西郊落花天下奇,古来但赋伤春诗。西郊车马一朝尽,定庵先生沽酒来赏之。

先生探春人不觉,先生送春人又嗤。呼朋亦得三四子,出城失色神皆痴:如钱唐潮夜澎湃;如昆阳战晨披靡;如八万四千天女洗脸罢，齐向此地倾胭脂……

请看，这是一幅何等壮丽的图画，又是何等令人心魂震撼的场面：落花漫漫，无边无际，有如浩浩江潮，有如大厮杀之后的战场，有如八万四千美丽绝伦的天女一齐泼来的胭脂……古人谁曾这样写过落花？没有，绝对没有。龚自珍接着写道：

　　先生读书尽三藏，最喜维摩卷里多清词。又闻净土落花深四寸，冥目观想尤神驰。西方净国未可到，下笔绮语何滴滴。安得树有不尽之花更雨新好者，三百六十日长是落花时！

龚自珍不仅欣赏落花，赞美落花，而且希望"树有不尽之花"，一年到头，永远处在又"新"又"好"的飘飘落花中。这又是何等美丽的想象，何等奇特的境界！

　　本诗写于道光七年（1827）。当时龚自珍正住在北京。诗前有序，略云，出丰宜门一里，海棠大十围者八九十株。三月二十六日大风。次日，风稍定，和几位朋友一起出城赏花饮宴，因有此作。

　　我初读此诗，还是50年代在北大念书的时候。那时正和季镇淮教授一起编注《近代诗选》。自然，要查清"丰宜门"在何处，如此美丽的海棠花又在何处？然而困难的是，北京的城门中并没有被称为"丰宜门"的。季先生费了很多力气，翻了许多书，终于查明丰宜门原是金中都的南门，其旧址约在今天的右安门附近。又从当时诗人张祥河的笔记中查到："京师丰宜门外三官庙海棠最盛，花时为士大夫宴集之所。"这样，丰宜门及海棠花的种植之处都找到了，对这首诗的注释也就定稿了。我没有想到过，应该去现场踏勘，或者说想到过，却始终舍不得为此耗费半天或一天时间。

一直到 1999 年 11 月末，黄宗汉先生在城南大观园召开"宣南文化"座谈会，邀我参加。黄先生曾倡建大观园，倡修湖广会馆，对北京市的文化建设贡献颇大。七八十岁的人了，却在破例拿到硕士学位后又接着读博士，"宣南文化"就是他的博士论文题目。我既被黄先生的勤学精神感动，又受到住进大观园，品红楼宴的诱惑，谢绝了南方某地一个会议的邀请，欣然住进"园外山庄"。其间，自然谈到了清代文人在宣武门外的诗酒宴集，谈到了在宣南地区住过多年的龚自珍，也谈到了三官庙的海棠花。会散了，北京出版社的赵洛先生告诉我，三官庙现在是丰台区的一所中学，距此不远，何妨一访？我想：既然很近，自应一偿夙愿，错过这次机会，以后就难说了。于是我便欣然与赵洛先生同行。

那是个艳阳天。出得右安门，沿大街南行，过西二条，右拐，进西三条，就找到了那所中学——右安门第二中学。我们借用传达室的电话向校长说明了来意，得到校长许可，进入三官庙旧址。原来，那里不久前是一所小学，学校已迁，只剩下几排门窗全无的平房，大概还是要继续拆的。平房之外，有一个不算大也不算小的院子，一群学生正在那里上体育课。院子里有一株光秃秃的柿子树，孤零零地站着。哪还有什么三官庙！哪还有什么八九十株大可十围的海棠树！我们二人不甘心，就在院子里搜寻残碑。一块断碑上还依稀可见捐款建庙人的名字，另一块则积满灰土。赵洛先生以考古学家的认真精神找来笤帚，学生们端来清水，一同干起"自将磨洗认前朝"的事来。然而，除了花纹之外，已经什么字迹都没有了。这时来了一位教师，他说，当年拆庙时，没有通知文物部门，等文物部门赶来时，已经晚了。

我们极为遗憾地离去。车上，赵洛先生哼起了《西郊落花歌》中的警句："如八万四千天女洗脸罢，齐向此地泼胭脂……"听着赵洛先生的吟诵，我的心头一阵怅然：太可惜了，龚自珍当年歌咏的落花景色再也无法领略了。

附记：三官庙的旧址找到了，然而，丰宜门呢？写此文期间，终于查明：丰宜门在今右安门西南之凉水河立交桥北岸，亦即原祖家庄南石门村东一带；龚自珍、张祥河所称丰宜门，实际指的是右安门。

录自杨天石著《当代学人精品：杨天石卷》，广东人民出版社2016年版。

风雷的召唤

——论龚自珍的诗

这是一个空前窒息而沉闷的时代。封建制度已经在霉烂、崩溃，现实中充满了丑恶、卑鄙、庸俗和无耻。统治阶级贪婪地集中财富和土地，愈益骄横专制，也愈益荒淫堕落。统治机构普遍腐化，贪污成风。官僚们因循苟且，阿谀逢迎，日日夜夜做着加官晋爵的黄粱梦。知识分子或则一头钻进故纸堆，在驳杂细琐的考据中消磨着生命；或则孜孜于声律、帖括，企图沿着科举的阶梯"青云直上"。人民愈益穷困，更多的自由被剥夺。而在这时候，世界资本主义却早已对这个古老的"天朝"虎视眈眈，鸦片贩子们放肆地进行着可耻的贸易。在广大的土地上，农民由于不堪沉重的剥削和压迫，反抗的火苗早已烧成了燎原大火。

正是在这样一个时代，有一个人，挺身出来，用他的诗篇，对着乌云密集的天空，对着死寂的大地，召唤着疾风震雷，呼喊着人们去变革现实。这个人，就是鸦片战争前夕的诗人龚自珍。

一、抨击专制，憧憬新时代、新人材

龚自珍的诗是一个先进思想家的诗。

19世纪上半叶，在北京，已经团聚了一些开始从统治阶级内部向外分化的知识分子。他们能够睁眼看现实，清醒地认识到封建社会腐朽和衰败的内幕，力图挽救它的危机，反对外国资本主义势力的侵入。他们指天画地，抨击时政，纵横论天下事，提倡经世致用之学。如当时人所说是"慷慨激厉，其志业才气，欲凌轹一时"。"文章议论，掉鞅京洛，宰执亦畏其锋"。他们又经常唱酬交往，在诗文方面，也在酝酿着一种新的变革。在他们的诗论、文论中，愈来愈多地出现了对封建文学的批判思想，"欲相与大声疾呼，振起聋聩"，挽救日益"榛莽"的诗道。他们要求诗歌反映现实，提倡"思乾坤之变，知古今之宜，观万物之理……其心未尝一日忘天下"的"志士之诗"，反对"供人之玩好"，"荡人心之心魄"的封建末流文学。龚自珍，是这群知识分子中的佼佼者。"但开风气不为师"，在文学上他也是用实践开辟了一条发展路线的人。

通常，龚自珍都被认为是一个浪漫主义诗人，实际上在许多场合，龚自珍都是以一个现实主义者的面目出现的。他既继承中国诗歌古典批判现实主义的战斗传统，又开启了近代的新的浪漫主义诗风。他是站在历史的转折点上，既鞭挞着现实，又眺望着未来。龚自珍的现实主义，虽然还缺乏足够的深度，但它们不是枝枝节节、鼠目寸光的。在他的前前后后，有过许多诗人对封建社会做过批判，但大都只是撮取某些不合理的现象，反映人民某些血泪生活的事实。龚自珍的现实主义和他们不同，作家的笔不惯于精细地状物写事，而长于为大时代作画。他的诗，提出了时代的许多重大问题，真实地反映了一个时代的面貌，抓得大、骂得狠、概括得高。他的浪漫主义，也同样渊源于中国古典诗歌，虽然仍带有朦胧和荒诞的特点，不切实际，不能真正解决社会问题的，但一些地方已经表明，作家在一定程度上窥见了历史前进的脚步，他的幻想和希望部分地反映了历史发展的要求。

龚自珍的功绩首先在于改变了乾嘉以来诗人们噤若寒蝉的状况，使诗再度和进步的政治结合起来。诗人的目光是投向广阔的社会现实领域的。诗，在龚自珍手里，是社会批判的工具，具有极强的战斗性。诗人是敢说敢骂，敢于大胆地揭发、暴露的。当时人说他的诗"伤时之语、骂坐之言，涉目皆是"，这些诗，今天虽不尽可得见，但从保存在龚集中的"鳞爪之余"看来，仍然可以想见当年作家锋芒毕露、剑拔弩张的气概。

龚诗的批判锋芒首先指向了清王朝的专制统治，指向了它所实行的高压政策和思想禁锢。

> 东华环顾愧群贤，悔著新书近十年。木有文章曾是病，虫多言语不能天。略耽掌故非匡济，敢俟心期在简编。守默守雌容努力，毋劳上相损宵眠。
>
> ——《释言四首之一》

清王朝统治的严酷历史上少有。一夫为刚，万夫为柔，人民说不得话、关心不得政治。这个时代的学术空气是愈远离现实愈好，只有沉默者才是安全者。诗人是勤于著述的，虽然其内容不过是考据一类，并无议论时政的嫌疑，但却已经受到统治者的猜忌，使得"上相"一宿一宿地睡不着觉了。诗中有激烈的抗议，有尖刻的嘲讽，"虫多言语不能天"，实际上抨击的是清王朝大兴文字之狱的血腥现实。

春夜伤心坐画屏，不如放眼入青冥。一山突起丘陵妒，万籁无言帝座灵。塞上似腾奇女气，江东久陨少微星。平生不蓄湘累问，唤出嫦娥诗与听。

——《夜坐》

这首诗所描绘的是作者所见的夜空景象，它通过瑰玮诡秘的语言表现了清王朝专制淫威统治下现实的死寂局面。"一山突起丘陵妒"，它是在暗喻封建统治集团的压抑人才，扼杀人才。少微星，这个旧时被认为代表知识分子和士大夫阶层的星座陨落了；万籁无言，一点响声也没有，谁也不敢说话，只有帝座星——皇室的象征——在闪闪发光。在这类诗里，作家就隐隐约约地接触到了在近代最为激荡人心的反封建主题。"从来不蓄湘累问，唤出嫦娥诗与听"，面对这丑恶的现实，诗人有多少肮脏之气需要倾吐，有多少问题需要呵壁问天呀！

西山风伯骄不仁，虓如醉虎驰如轮，排关绝塞忽大至，一夕炭价高千缗……贵人一夕下飞语，绝似风伯骄无垠。平生进退两颠簸，诘屈内讼知缘因。侧身天地本孤绝，矧乃气悍心肝淳！欹斜谑浪震四坐，即此难免群公瞋。名高谤作勿自例，愿以自讼上慰平生亲。纵有噫气自填咽，敢学大块舒轮囷？起书此语灯焰死，狸奴瑟缩偎帱茵……

——《十月廿夜大风，不寐，起而书怀》

这首诗不仅反映了龚自珍和统治阶级当权派的一次激烈冲突，龚自珍所受的压抑和欺凌，它实质上勾画了统治阶级作威作福的脸谱。透过诗中所表现凛冽的寒气，我们感受到了那个时代的社会气氛。作家说自己只能把"噫气"填咽下去，不敢像大地一样发舒不平之鸣，正是表达了对统治者专横的强烈抗议。

龚自珍的批判锋芒是无所不至的,即使是对于清王朝的最高国策也不例外。在《汉朝儒生行》一诗中,作家批评了满洲贵族集团所实行的民族歧视政策。嘉庆末、道光初,回族上层分子张格尔利用人民对清王朝暴虐统治的不满,在英国侵略者利用下,发动叛乱,分裂祖国。道光六年(1826),汉族官僚杨遇春奏请领兵前往平乱,"以靖边疆",[1]为清廷批准。杨被任命为钦差大臣,"总统军务"。清廷并规定:"此次调赴各官兵,俱归杨遇春统辖",满汉军官均须"诸事与杨遇春商办","听杨遇春调遣"。[2]但不久,即改派蒙古族亲贵长龄为统兵官,降杨遇春为参赞,并补派满族亲贵武隆阿为参赞,结果战事长久无功,武隆阿等并有放弃西四城之请。龚自珍敏锐地注意到了这一事件,他写道:

> 关西籍甚良家子,卅年久绾军符矣。(指杨遇春——笔者)……上书初到公卿惊,共言将军宜典兵。麟生凤降岂有种,况乃一家中国犹弟兄。旌旗五道从天落,小印如斗大如斛。尽隶将军一臂呼,万人侧目千人诺。山西少年感生泣,羽林群儿各努力。共知汉主拔孤根,坐见孤根壮刘室。不知何姓小侯瞋?不知何客慧将军……呜呼!汉家旧事无人知,南军北军颇有私。北军似姑南似嫂,嫂疏姑戚群僮窥。可怜旧事无人信,门户千秋几时定?……

清王朝力图消弭汉族人民的民族情绪,雍、乾时代文字狱的起因都是这一点。杭大宗因为提了条"朝廷用人,宜泯满汉之见"的意见

---

[1] 见杨遇春道光六年七月初七日奏折,抄本《杨忠武公年谱》,北京图书馆藏。
[2] 道光六年七月戊戌谕,《道光实录》卷一百。关于《汉朝儒生行》的本事,20世纪30年代学术界有过争论,一主岳钟琪事,一主杨芳事,一主杨遇春事。笔者同意最后一说,拟另作《〈汉朝儒生行〉本事考辨》,此处不赘论。

就被免职,最后还是不明不白地死去了的。[1]龚自珍的这首诗,在当时,不能不认为是极为大胆的战斗言论。作者在另一首《寄古北口提督杨将军(芳)》中所写的"莫以同朝忌,惭非贵戚伦",也是从这一点出发的。

随着封建社会的没落,封建地主阶级也日趋腐朽。当时,这个阶级在高位者骄奢淫逸,在下位者媚如柔猫。他们残酷地剥削人民,"国赋三升民一斗,屠牛那不胜栽禾",这就是在官吏层层中饱下人民生活的图影。"我亦曾糜太仓粟,夜闻邪许泪滂沱",通过诗人的内疚表现出来的却是对那些喝满了人民膏血的"硕鼠"的谴责。

> 津梁条约遍南东,谁遣藏春深坞逢?不枉人呼莲幕客,碧纱幬护阿芙蓉。
> 鬼灯队队散秋萤,落魄参军泪眼荧。何不专城花县去?春眠寒食未曾醒。
>
> ——《己亥杂诗》

吸毒,更成了地主阶级生活堕落的普遍特征。作为一个清醒的思想家,龚自珍是闻到了本阶级的霉烂气息的。

> 金粉东南十五州,万重恩怨属名流。
> 牢盆狎客操全算,团扇才人踞上游。
> 避席畏闻文字狱,著书都为稻粱谋。
> 田横五百人安在,难道归来尽列侯?
>
> ——《咏史》

---

[1] 参见《杭大宗逸事状》卷四。

这是龚自珍最有名的一首诗了。前人好争论这首诗的本事，其实即使它有本事，也是通过个别事件揭示了社会的一般现象，具有极大的概括性。在这个时代，工于谄媚、溜须拍马的"狎客""才人"们飞黄腾达，占据上游、要津，知识分子们唯求远祸保身，唯利禄是谋。

迩来士气少凌替，毋乃大官表师空趋跄。委蛇貌托养元气，所惜内少肝与肠。

——《饮少宰王定九丈（鼎）宅，少宰命赋诗》

这就是当时官僚集团的精神面貌。他们已经失去了"能忧心、能愤心、能思虑心、能作为心、能有廉耻心，能无渣滓心"[1]，成为行尸走肉，纸人木偶。在经过了仔细地观察以后，作家终于对自己的阶级表示了绝望，写道：

沉沉心事北南东，一睨人材海内空。

——《夜坐二首·其一》

这就是龚自珍在《乙丙之际箸议第九》中所说的"左无才相，右无才史，阃无才将，庠序无才士……"了。

不仅如此，对于封建社会，龚自珍也作出了判断。

梁启超在《论中国学术思想变迁之大势》中曾说过："当嘉道间，举国醉梦于承平，而定庵忧之，俛然若不可终日，其察微之识，举世莫能及也。"能否察微识几，从现实中无数纷繁复杂的现象中窥见那些还未充分发展起来的因素，能否"于无声处听惊雷"，这是需要浪漫主

---

[1] 见《乙丙之际箸议第九》。

义的预见性的，同时也是现实主义的深刻性的标志。龚自珍的诗正是这样，它在社会矛盾大爆发的前夜观察到了这个矛盾的即将爆发，宣告了封建社会的没落。

  黔首本骨肉，天地本比邻。一发不可牵，牵之动全身。圣者胞与言，夫岂夸大陈。四海变秋气，一室难为春。宗周若蠢蠢，嫠纬烧为尘。所以慨慷士，不得不悲辛。看花忆黄河，对月思西秦。贵官勿三思，以我为杞人。
      ——《自春徂秋偶有所触拉杂书之漫不诠次得十五首》

这首诗的价值不仅在于表明作家突破了封建等级制的局限，把人民看作骨肉同胞，具有民主主义的平等思想，它的价值还在于作家看出了一个"宗周蠢蠢"的社会大变动的即将到来，预告了"四海变秋"的时代气氛。

  楼阁参差未上灯，菰芦深处有人行。凭君且莫登高望，忽忽中原暮霭生。
      ——《杂诗，己卯自春徂夏，在京师作，得十有四首》

  夕阳忽下中原去，笑咏风花殿六朝。
      ——《梦中作》

作家屡屡为我们描绘这幅夕阳落照图，绝不是偶然的。在《尊隐》一文中，龚自珍曾把社会发展分为三个阶段，即早时、午时、昏时。昏时的特征是："日之将夕，悲风骤至，人思灯烛，惨惨目光，吸饮暮气，与梦为邻。"诗与文二者可以互相参证，意义都是一样的，它们正是清王朝当时处境的写照。在"举国醉梦于承平"的时候，诗人勇敢地起来撕去封建阶级贴在朱门上的大红"福"字，粉碎了他们的乐观主义和太平盛世的幻觉，用形象的语言暗示封建社会已处于日薄西山、气息奄奄的阶段。这是龚诗思想内容的深刻所在。

对于本阶级的没落，封建社会的没落，诗人不是为它唱挽歌，不是哭泣嚎骂，死命地想拖住历史的车轮，而是渴望变动，渴望一种新型人物的产生，写出一页新的历史。

> 九州生气恃风雷，万马齐喑究可哀。我劝天公重抖擞，不拘一格降人材。
>
> ——《己亥杂诗》

"万马齐喑"，这是对于鸦片战争前夜社会状况何等真实、形象的一个比喻，而这里的一声对于"风雷"的召唤，又曾经激励过近代多少爱国志士、革命志士的心魂。它代表着近代中国人民的共同愿望和要求，鼓舞着他们去和黑暗的现实战斗，争取祖国美好的未来。历史是通过人的活动来体现的，一个新社会的产生，一页新的历史的写出，必然是由新的人材、新的社会力量来完成的。近代中国，封建阶级已经完全腐朽、反动，历史要求出现一种新的人。这种人应该是什么样子的，龚自珍还说不清楚，只提出了四个字："不拘一格"。这里，正反映着作家要突破封建阶级传统的关于人的理想、规范的要求，期待着一种新人的出现。

在许多诗篇中，我们都可以看到龚自珍对于这种新人的探求和歌颂。在《秋心三首》中，诗人诉说了自己落落寡合的孤寂感受后，发出了"我所思兮在何处"的问题。当然，现实中还不曾涌现这种新人，阶级的局限又使他不能认识农民中的草莽英雄，龚自珍还只能借助于历史材料来绘制理想人物的图像。在《寒月吟》一诗中，作家就反对封建阶级的《列女传》《孝女碑》等给妇女定的规定，写道："羞登中垒传，耻勒度尚碑"，不以刘向等封建文人表彰的女性为典范。在《咏史》诗中，他神往于田横五百壮士的不畏淫威、不为利禄所动的高风亮节。在《夜读〈番禺集〉书其尾》中，他表现了对抗清义士屈大均的景慕；在《己亥杂诗》等诗中，他歌颂了古代的任侠一类人物。

陶潜诗喜说荆轲，想见停云发浩歌。吟到恩仇心事涌，江湖侠骨恐无多。

——《己亥杂诗》

朝从屠沽游，夕拉驵卒饮。此意不可道，有若茹大鲠。传闻智勇人，伤心自鞭影。蹉跎复蹉跎，黄金满虚牝。匣中龙剑光，一鸣四壁静。夜夜辄一鸣，负汝汝难忍。出门何茫茫，天心牖其逞。既窥豫让桥，复瞰轵深井。长跪奠一卮，风雪扑人冷。

——《自春徂秋偶有所触拉杂书之漫不诠次得十五首》

刘三今义士，愧杀读书人。风雪衔杯罢，关山拭剑行。英年须阅历，侠骨岂沉沦。亦有恩仇托，期君共一身。

——《送刘三》

侠，起源于秦汉之际，从墨学左派演化而来，以朱家、郭解等为代表。其特点在于能急人之难，敢于反抗封建秩序。荆轲、聂政、豫让在司马迁的笔下，在后人的心目中，是反抗强暴、能够舍身就义的英雄典型，具有和侠相似的品质。儒与侠对立。司马迁因为"序游侠""退处士"就被班固加上"是非颇谬于圣人"的罪名；龚自珍也尊侠、尊任，[1]

---

[1] 龚自珍有《尊任》一文。

而对于儒则多所批判。他在《自春徂秋偶有所触拉杂书之漫不诠次得十五首》中写道:"兰台序九流,儒家但居一。诸师自有真,未肯附儒术。后代儒益尊,儒者颜益厚。"这里所说的"颜益厚"的儒,正是龚自珍在《明良》四论等文中所讥刺的那些"不知耻"之徒,是甘为统治者的婢仆、狎客、犬马以换取高官厚禄的毫无节气的软骨头。侠,自然和他们完全不同。在这个古老的词语中,龚自珍填进了新的内容和意义。

在其他许多诗中,龚自珍还表达了对前人的追慕:"我生爱前辈""歌哭前贤较有情""乾隆朝士不相识,无故飞扬入梦多。"这里的"前人"也不是严格意义上的前人,而是龚自珍在憎恶现实人物时的一种精神寄托,带着作家敷加上去的理想光彩。

同样,当时的现实也还不可能提供出关于未来世界的清晰图景,龚自珍还只能从"湖山胜境"和佛教所说西方的"净土"中来构造自己理想生活的图画。

> 十年不见王与公,亦不见九州名流一刺通。其南邻北舍谁与相过从?痀瘘丈人石户农,嶔崎楚客,窈窕吴侬,敲门借书者钓翁,探碑学拓者溪僮。卖剑买琴,斗瓦输铜,银针玉薤芝泥封,秦疏汉密齐梁工。佉经梵刻著录重,千番百轴光熊熊,奇许相借错许攻。应客有玄鹤,惊人无白骢。相思相访溪凹与谷中,采茶采药三三两两逢,高谈俊辩皆沉雄。公等休矣吾方慵……
>
> ——《能令公少年行》

现实是虚伪的,卑鄙的,作家就歌颂童心,歌颂自己的孩提时代:"少年哀乐过于人,歌泣无端字字真……"现实是冷酷的,作家就歌颂母爱,歌颂爱情,期望为自己找到一片温暖的天地。

先生读书尽三藏，最喜维摩卷里多清词。又闻净土落花深四寸，冥目观想尤神驰。西方净国未可到，下笔绮语何漓漓！安得树有不尽之花更雨新好者，三百六十日长是落花时。

——《西郊落花歌》

以上两首诗，清楚地表明了作家力图从当时丑恶庸俗的生活氛围中挣脱出来，为自己营造一个"幻境"：在太湖一角自由自在地生活，再也看不见他所憎恶的"王"与"公"和所谓"九州名流"，过从交往的都是些高尚沉雄的人物，是"钓翁""溪童"；"奇许相借"的文友。在后一首诗里，诗人利用佛教神话幻想一个色彩缤纷的诱人境界，表现了作家追求美好事物、美好生活的热情。

这就是龚自珍的浪漫主义。它当然还是朦胧的，某些地方甚至是荒诞的。但从作家对封建阶级、封建社会没落的预感里，从他对"风雷"的召唤里，对变革现实的渴望里，对一种新人的期待里，都可以看出作家猜测到了历史发展的一些动向。

二、瑰玮奇异，汪洋恣肆，独辟新境界

龚自珍在建立自己的诗歌风格上作过很大努力。"笔下放异彩，胸中无古人"，在当时的诗坛上，他是一个大胆的开创者。他力求扩大诗歌的形式，提高其表现力，具有不受束缚、蔑视一切陈旧艺术规教的革新精神。他的诗独树一帜，不同凡近。"知之而卒不能言之"，[1]对它的风格有人干脆这样说。"惊才绝世，一空前宿"，"其诗亦新奇"，[2]这是

---

[1]《己亥杂诗》，新安女士程金凤书后。
[2]《致云伯书》，舒铁云、王仲瞿往来手札及诗曲稿合册。

龚自珍二十五岁时，前辈诗人王昙对他的评价。"诗亦奇境独辟"，这是林昌彝的看法。[1] "为近代别开生面"，这是何绍基的看法。[2] 后来改良派成员邱炜萲也曾把龚自珍和袁枚、赵翼、舒位等并提，誉为"皆各辟町畦，崭新日月，不为唐宋作家所限。"[3] 龚自珍所开辟的这条诗歌发展道路是以新与奇为其特色的。

新和奇表现在龚诗的哪些方面？它们有着怎样的意义呢？

龚自珍有《文体箴》一篇：

> 呜呼！予欲慕古人之能创兮，予命弗丁其时！予欲因今人之所因兮，予恧然而耻之……虽天地之久定位，亦心审而后许其然。苟心察而弗许，我安能领彼久定之云？呜呼颠矣，既有年矣。一创一蹶，众不怜矣。大变忽开，请俟天矣。

可以看出，龚自珍对当时文坛的秩序是深恶痛绝的。他反对因袭，要求创革，要求"大变"。他又曾称颂汤鹏的诗说："勇于自信故英绝，胜彼优孟俯仰为。"作者力图从当时一般的创作风气中跳出来。

新，是陈旧的对立面；奇，是庸滥的对立面。我们只有从这种和当时腐朽诗坛对立的意义上，才能把握住龚诗艺术风格的特点，并作出正确的评价。

龚诗风格的第一个特点放纵自由，敢于突破格律的约束，其主要表现是散文化。在这方面，作家受韩愈以及乾嘉时诗人舒位、宋大樽等人的影响。好以大量的虚词和散文句入诗。突出的例子如：

---

[1]《射鹰楼诗话》卷十。
[2]《射鹰楼诗话》卷十。
[3]《五百石洞天挥麈》卷十二。

梦中既觞之，而复留遮之。挽须搔爬之，磨墨揄揶之。呼灯而烛之，论文而哗之。阿母在旁坐，连连呼叔爷。今朝无风雪，我泪浩如雪。

——《寒月吟》

比来长安，出亦无车，入亦无姝。日籍酒三五六斤，苦荼亦三斤。

——《奴史问答》

诗，自然要有格律，但散文化和格律化却是诗歌发展中两个互相矛盾而又统一的要求。文学史表明，由于格律过严，束缚了思想表现的时候，诗歌的发展便趋向于散文化；过于自由，而失去了诗所应有的韵律和节奏时，诗歌的发展便趋向于格律化。龚自珍的时代，正是中国古典诗歌形式僵化、凝固的时候，散文化正代表了诗歌发展的要求。

龚诗散文化的趋向使得他的歌行体诗，形成了一种汪洋恣意、纵横奔放的风格。它们长短言夹杂，信笔挥洒，或三四言，或五言、七言、八言、九言，甚至十五六言，伸缩自如，铺比翻腾，作家的豪气、狂气毕现。既在相当大的程度上解放了诗歌的表现力，又保持了诗的音节铿锵的特点。如《能令公少年行》《西郊落花歌》《桐君仙人招隐歌》等。这类诗，因为其腾骧变化的形式，所以便于包含较丰富的社会内容，展开广阔的画面。林昌彝所称颂的"如千金骏马，不受羁绁"，[1]即指此。李慈铭也说过："(定庵)文笔横霸……诗亦以霸才行之……如《能令公少年行》《汉朝儒生歌》《常州高材论》，亦一时之奇作也。"[2]

龚诗散文化的特点也表现在他的近体诗中。本来近体和散文化是最

---

[1]《射鹰楼诗话》卷十。
[2]《越缦堂日记》第三十册。

不相容的,但作家也大胆地作了尝试。如:

> 作夏进士诗,名姓在吾集。如斯而已乎,报君何太啬。
>
> ——《夏进士诗》
>
> 登乙科则亡姓氏,官七品则亡姓氏。夜奠三十九布衣,秋灯忽吐苍虹气。
>
> ——《己亥杂诗》

三百一十五首《己亥杂诗》的风格大体上都是这样。南社有诗人说过:"绝句险如龚定庵"[1],以"险"字来论定自珍的绝句,初看似乎不妥,仔细想想,它还是比较近似地说出了其特点。龚自珍的绝句一反传统,平实质朴,不重神韵,不追求字句警炼,近于信手拈来,随笔抒写,或纪事,或议论,或抒情,几乎无事无意不可入诗,而作家的面目、性情随处可见。它们往往在平淡中见情味。又往往貌似不经意而实大有玩味处。

龚诗散文化的风格是封建文人所不喜欢的,谭献就说过:"(定庵诗)佚宕旷邈,而毫不就律,终非当家。"[2]李慈铭也说:"其下者竟成公安派矣!"[3]

龚诗风格的第二个特点是瑰玮诡怪的艺术构思。作家深受佛教文学、李白诗,特别是庄子和《离骚》的影响。近代曾有人题其诗说:"仁和公子鸣中叶,翠管哀题玮且奇。只为字间沈艳在,传抄误作楚人诗。"[4]在创作道路上,作家企图熔庄、《骚》于一炉而共冶。他在《自春徂秋偶有所触拉杂书之漫不诠次得十五首》中写道:

---

[1] 傅尃《题吴悔晦集》,《钝安诗集》卷二。
[2] 《复堂日记》卷二。
[3] 《越缦堂日记》第三十册。
[4] 雪抱《乙己杂诗其五·读龚定庵诗》,《丙午政艺丛书·风雨鸡声集》。

> 名理孕异梦，秀句镌春心。庄骚两灵鬼，盘踞肝肠深。古来不可兼，方寸我何任？所以志为道，澹宕生微吟。一箫与一笛，化作太古琴。

宋以后的诗坛，或尊唐，或尊宋，相沿成套，肉腐羹酸。上法庄、《骚》，和作家在散文方面上法晚周诸子一样，具有反抗传统，另辟艺术途径的意义。作家诗中，有大量的《楚辞》词语、《庄子》词语，《行路易》等诗更是明显的拟楚辞体。《奴史问答》《辨仙行》《伪鼎行》《太常仙蝶歌》等都是神游于八荒之表，"幽想杂奇悟"，故为"谬悠之说、荒唐之言，无端崖之辞"[1]，在它们的"谲怪之谈"中掩盖着深刻的现实内容。譬如《奴史问答》就是写他不得意的苦闷，回答别人的诽谤的，《辨仙行》则是写他的思想学术宗仰，抨击世俗儒家学派。《馎饦谣》反映通货膨胀问题。《伪鼎行》说明天变、物变不足惊，反对从物变推灾异的唯心主义胡说。

龚自珍之所以采取这种寓言什九的形式，一方面是一种战斗方式，有其不得已的苦衷；另一方面，使艺术思维"浮游于尘埃之外"，正是为了"蝉蜕秽浊"之中，是中国诗歌古典浪漫主义的传统之一[2]。如《西郊落花歌》：

> 先生探春人不觉，先生送春人又嗤。呼朋亦得三四子，出城失色神皆痴。如钱唐潮夜澎湃，如昆阳战晨披靡，如八万四千天女洗脸罢，齐向此地倾胭脂。奇龙怪凤爱漂泊，琴高之鲤何反欲上天为？玉皇宫中空若洗，三十六界无一青蛾眉。又如先生平日之忧

---

[1]《庄子·天下》。
[2]《文心雕龙·辨骚》。

患，恍惚怪诞百出无穷期。

全诗充满了新颖奇特的想象。作者在《与邓守之书》中曾说："吾平生好奇"。[1]这正是一种浪漫主义性格的表现。"奇"，也正是中国诗歌古典浪漫主义的主要特征。

龚诗风格的第三个特点是语言古拙，不尚华饰，毫无绮罗铅粉之态；不讳议论，常有抒发政见、哲理的诗篇；好用古字、僻字和早已死去了的先秦词语，有时看上去竟似在制作一些假古董。这种情况，是作家不满意世俗诗歌的陈腔滥调的结果，有其矫枉过正之处。另一些诗里，作家的诗风则又一变，绮语漓漓，重重着色，表现了很高的艺术才能。这往往是在他描绘自己理想生活的图画时，试看《能令公少年行》中的片段：

太湖西去青青峰……湖波烟雨来空蒙。桃花乱打兰舟篷，烟新月旧长相从……天凉忽报芦花浓，七十二峰峰峰生丹枫，紫蟹熟矣胡麻饛……三声两声棹唱终，吹入浩浩芦花风，仰视一白云卷空。归来料理书灯红……

作家是这样富于色彩感，巧妙地通过大红大白等几种颜色组成了一幅太湖风景图。

作家用字，也常有出神入化之处。例如在《十月廿夜大风，不寐，起而书怀》诗中，在渲染了"排关绝塞""虩如醉虎"的寒风威势以后，作家突然写道："安得眼前可归竟归矣，风酥雨腻江南春。"用"酥"字、"腻"字，可谓体贴入微。诗是无形画，它的通常职能只在于唤起

---

[1] 龚自珍逸文，《越风》22-24期合刊，1936年12月25日出版。

你的视觉印象，这儿，却唤起了你的触觉印象，使你也仿佛置身于江南的春风春雨中，亲身体会到它们给你的温润一般。又如《桐君仙人招隐歌》中的一句："今朝笔底东风颠。"用"颠"字，东风就被人格化了，它是活泼的、跳动的，仿佛一个调皮的孩子一般。

作者还特别善于通过精练的语言勾勒抒情主人公活动的环境气氛。如《自春徂秋偶有所触拉杂书之漫不诠次得十五首》中的"朝从屠沽游"一首，当主人公怀着难言之隐，出门漫游，瞻拜古代刺客豫让、聂政的遗迹时，作者写道："长跪奠一卮，风雪扑人冷。"读到这里令人不寒而栗。

龚自珍在艺术上的一些探求虽有生硬和形式主义的毛病，但总的来说，是正确的、推动了诗歌发展的。

三、影响了一个时代的诗人和诗作

龚自珍是开一代诗风的人。

中国古典诗歌的优良传统在明清时代虽然还不绝如缕，但正像这个时代的社会所表现出来的危机百出的情况一样，诗坛的状况也是不佳的。封建文人诗在内容上是贫乏空虚，在艺术上是陈陈相因。他们把前代作家及其艺术经验视为偶像和法规，拟古之风盛行一时，创造力被束缚，诗歌发展处在严重的因袭、保守和停滞的状态中。诗歌愈来愈和现实脱离，也愈来愈和人民脱离。在这一时期内，虽然也出现过众多纷繁的诗派，但大都是以一种较新颖精致的形式主义来反对另一种庸滥的为人们所唾弃了的形式主义；出现的一些具有进步倾向的异端诗派，则常常为封建势力所窒息。

在近代，中国人民反帝、反封建运动的发展，伴随着近代中国资产阶级的成长，便要求改造和重新安排精神生产，建立起新的意识形态。

在诗歌方面，则要求突破旧形式，表现新的社会生活，使诗和政治结合，为现实服务，与人民接近；这就是近代中国资产阶级诗歌改良运动的具体内容。而龚自珍，则是站在这个行列的第一人。

龚自珍接续了中国古典诗歌批判现实主义和浪漫主义的优良传统，打破了乾嘉以来诗坛的沉闷、僵化的状况，加强了诗歌的战斗性、政治性，开始突破旧形式，改变旧形式。他诗歌中对于现实的批判，改革现实的愿望，都曾激励过许多人，在当时即已"流传万口"，在近代中国人民的革命运动中，更起过良好的作用。

> 奇愁浩荡有谁知，侠骨柔肠痴复痴。别有感情忘不得，挑灯自写定庵诗。
>
> ——柳亚子：《夜坐漫感》[1]

这是柳亚子在1904年革命运动高涨时写的。他又说过："我亦当年龚定庵"，[2] "于龚瑟人有偏嗜，《破戒草》《己亥杂诗》能背诵者十得三四。"[3] 又说自己初读定庵诗集时，"视为奇货"，从此龚自珍成了他脑中的一尊偶像，后来又有《三别好诗》，说明"瓣香所在，是亭林、存古、定庵三家。"[4] 这些话可以帮助我们了解龚诗在近代传播的情况及其影响。

龚自珍诗从创作方法、意境、风格以至用语选词都深深地影响着近代诗人。从作家同时代的蒋湘南、孔宪彝的集子中，从康有为、黄遵宪、梁启超、谭嗣同以至南社诗人柳亚子、高旭、苏曼殊、马君武

---

[1]《复报》第五号，署名亚卢。
[2]《海上赠刘季平》，《磨剑室诗初集》卷三，稿本，柳亚子家藏。
[3]《金翼谋天衣集叙》，《磨剑室文三集》，稿本，柳亚子家藏。
[4]《我对于创作新诗和旧诗的感想》，《创作的经验》，天马书店版。

等人的集子中，都可以发现这种影响。"丽葩无奈祖骚词"，康有为就继承了龚自珍所提倡的"庄、《骚》合一"的路线。他的诗，像龚自珍的诗歌一样充满了瑰玮奇特的想象，例如《出都留别诸公》等诗。龚诗这种"好奇"，求"奇"、力反平滥的诗风在改良派倡导"诗界革命"时，便发展成为开辟诗界新国土，作诗界哥伦布的努力。龚诗散文化的趋向在黄遵宪等人的手中继续得到了发展。《人境庐诗草自序》所云："以单行之神，运排偶之体"，"用古文家伸缩离合之法以入诗"，即是走的这一条道儿。龚自珍式的歌行体诗由于其形式灵活而在近代得到了广泛的采用。黄遵宪的《度辽将军歌》《冯将军歌》等史诗，《和周朗山珉见赠之作》《八月十五夜太平洋舟中望月作歌》《放歌用前韵》等诗，梁启超的《去国行》《赠别郑秋蕃兼谢惠画》《二十世纪太平洋歌》等，都是这一类作品。他们成为近代"新派诗"的一种有力形式。在南社诗人高旭手中，这种体裁更发展为热气腾腾、才横气恣的革命号角。如《海上大风潮起作歌》《登富士山放歌》等。龚自珍式的绝句也争得了不少学习者，特别是《己亥杂诗》这种在一个总题目下自由地抒情、纪事或发表议论的方式受到了许多人的欢迎。黄遵宪的《己亥杂诗》《海行杂感》，康有为的《绝句十首》（"此去南山与北山"等），高旭的《戊申杂诗》《虎林杂诗》《金陵杂诗》等都是明显的拟龚之作。此外柳亚子、苏曼殊的绝句也都濡染定庵甚深，可以说近代诗坛是在龚自珍的诗风笼罩下发展的。

录自杨天石未刊手稿。

龚自珍的戒诗与学佛

读过定庵集的人，都会碰到这样一个饶有兴味的问题，即龚自珍为什么戒诗。嘉庆二十五年（1820）秋，龚自珍发愤戒诗，不再写作。道光元年（1821）夏，因考军机章京未录，赋《小游仙诗》，遂破戒。至道光七年（1827）十月，编定这一时期所作的诗为《破戒草》后，又发愤戒诗："今年真戒诗，才尽何伤乎！"此后就不大动笔。道光十九年（1839），辞官出京，又破戒写成了有名的315首《己亥杂诗》。

这是为什么呢？

搞清楚这一问题，将有助于我们深入地了解龚自珍生平、思想和创作的某些侧面。

一、"观心"与"戒诗"

嘉庆二十五年（1820），龚自珍有《观心》诗：

结习真难尽，观心屏见闻。烧香僧出定，哗梦鬼论文。幽绪不可食,新诗如乱云。鲁阳戈纵挽,万虑亦纷纷。

观心,佛家语,佛教"四观"之一,即观察心性如何,是一种修证方法。佛教天台宗特别强调"观心"功夫,有所谓"一心三观"法。在这首诗里,龚自珍说自己"幽绪"繁杂,新诗如云,万虑纷纷,不能平静,即使有挥日的鲁阳之戈也无法把它们排遣。龚自珍不满意这种情况,他要忏悔,于是写了《又忏心一首》,再次陈述思潮起伏的情况:白天考虑的是"经济文章";晚上是"幽光狂慧"。来时汹涌,去时缠绵,简直无法抑制。这一切构成了龚自珍的"心病"。在无可奈何中,他只能把自己的作品付之一炬——"寓言决欲就灯烧"了。这次烧掉的是什么,已不可考。但稍后龚自珍又把他的《丞相胡同春梦诗二十绝句》烧了。理由呢?是因为"梦中伤骨醒难支"。这些诗,使他在梦中、醒中都很痛苦。

烧,只能毁已成的作品;要使思想平静,排除纷纷的万虑,还是干脆不写好。这一年秋天,龚自珍开始戒诗了。他有《戒诗五章》,中云:

律居三藏一,天龙所护持。我今戒为诗,戒律亦如之。我有第一谛,不落文字中……百年守尸罗,十色毋陆离!

尸罗,梵语,意译为戒。龚自珍宣布,要像佛教徒守戒律一样戒诗。他高兴地说:自己早年得了"心疾",充满了幽想奇语,现在终于走上"康庄"大道了。他又说:"不遇善知识,安知因地孽?戒诗当有诗,如偈亦如喝。""善知识",佛家语,好朋友之意,这里指龚自珍的佛学导师江沅(铁君)。《戒诗五章》前,龚自珍有《铁君惠书,有"玉想琼思"之语,衍成一诗答之》,诗云:

我昨青鸾背上行，美人规劝听分明。不须文字传言语，玉想琼思过一生。

这里的"美人"，即指江沅。"不须文字传言语"，可见龚自珍的戒诗是江沅"规劝"的结果。江沅对龚自珍的学佛有过很大希望，曾称赞他有"般若根"[1]。道光元年（1821）以后，龚自珍不能守戒，江沅还曾写信责备。江信今不传，但其内容从龚自珍的回信中是可以看得出来的。《与江居士笺》云：

至于手教，虑信根退，想戏弄之言……顾弢语言，简文字，省中年之心力，外境迭至，如风吹水，万态皆有，皆成文章，水何容拒之哉！

这是龚自珍的辩解之词：自己虽然想少说话，少为诗作文，但"外境迭至"，实际上做不到。

值得注意的是：《戒诗五章》中有一首诗和他的一篇皈依佛教的《发大心文》中的一段内容很相似：

舌广而音宏，天女侍前后．遍召忠孝魂，座下赐卮酒。屈曲缘戾情，千义听吾剖。不到辨才天，安用哆吾口？

——《戒诗五章》

我生天上，身有千头，头有千舌，舌有千义，气足音宏，辩才第一，当念众生冤枉塞涩，若忠臣，若孝子，若贤妇、孝女、奴仆，种种屈曲缘戾，千幽万隐，我皆化身替他分说而以度之。

——《发大心文》

---

[1]《怀友诗三十二首》,《染香庵诗录》卷下。

文恰是诗的注释，它们当作于同一时期。龚自珍有许多"屈曲缭戾"之情，不愿意在尘世说，他把希望寄托在成佛升天以后。

这就是龚自珍第一次戒诗的始末。

二、第二次"戒诗"

道光七年（1827），龚自珍有《自春徂秋偶有所触拉杂书之漫不诠次得十五首》诗。从中可以看出，这一时期，龚自珍的心情很不好，仍处于极大的烦恼中。他说：

中年何寡欢？心绪不缥缈。

人事日龌龊，独笑时颇少。

污秽现实使他非常痛苦，早晨醒来，常常清泪盈把。他表示，要用"道力"来与他的"寸心"交战，使之空无所有："实证实悟后，无道亦无魔。"他认为，仙、侠、百家之学都非要道之津，只有佛家才是他的归宿："空王开觉路，网尽伤心民"。"空王"，佛家语，诸佛之通称。龚自珍决心按照佛教教义来进行修养，使自己的心复归到佛心的境地。于是，他决定首先祛除"恋文字"的嗜好，再次戒诗："忏悔首文字，潜心战空虚。"他改了名字，投牒更名"易简"，以示"万缘简尽罢心兵"之意。又去北京红螺寺祭扫近代净土宗大师彻悟禅师的塔，写了《四言六章》，表示他对西方佛国的向慕，并且把它作为《破戒草》的最后一篇，自誓从此搁笔，"至于没世，亦不以诗闻，有如彻公"。

这就是龚自珍第二次戒诗的始末。

三、"戒诗"与逃禅

通过以上分析，不难看出龚自珍的两次戒诗都是他学佛的直接结果。

龚自珍生活在中国封建社会空前窒息、沉闷的时代，到处隐藏着危机，到处充塞着庸俗、丑恶和无耻。他孤身奋斗，渴望看到未来的曙光，然而长夜漫漫，没有一点黎明的迹象。在科举和仕途的道路上，又始终郁郁不得志，不仅受地主阶级当权派的压抑、侮辱和迫害，而且也不为一般友人所理解，被视为"古狂"[1]和"龚呆子"[2]。因而，他长期陷入烦闷、痛苦、忧郁、愤激的境地。

嘉庆二十二年（1817），他自题文集为《伫泣亭文》，取"伫立以泣"之义。[3]

道光元年（1821），他在《能令公少年行》中说自己"少年万恨填心胸"。

道光二年（1822），他和当权贵族有过一次激烈冲突："贵人一夕下飞语，绝似风伯骄无垠。"这一次冲突的内容虽不可考，但他受了很大侮辱，是很显然的。在《黄犊谣》中，他写道："儿出辱矣！"又在《与邓守之书》中写道："吾辈行事，动辄为人笑。"[4]

道光三年（1823），他激愤地自题居室为"积思之门"，卧室为"寡欢之府"，凭几为"多愤之木"[5]。

道光六年（1826），他幽默地写了一首《赋忧患》，说人间与自己相伴的故物很少，只蒙"忧患"永远跟随着。年华虽增，光阴虽逝，

---

[1] 孔宪彝：《报罢旋里途中寄怀诸君》，《对岳楼诗续录》卷一。
[2] 《定庵先生年谱外纪》，《龚自珍全集》，上海人民出版社1975年版，第632页。
[3] 王芑孙：《复龚自珍书》，《定庵先生年谱外纪》。
[4] 龚自珍佚文，《越风》22、23、24期合刊。
[5] 参见《与江居士笺》。

但"忧患"永存。同年,他又在《寒月吟》中说自己"朴愚伤于家,放诞忌于国",承老天爷宠爱,把"忧患"交付给了自己,自己只能再拜承受。

道光七年(1827),他受到了当权派的猜忌,决定"守默守雌"[1]。同年,自述正在"八苦"中度过光阴[2]。"八苦",指生、老、病、死、爱别离、怨憎会、求不得、五盛阴等,亦为佛家语。

道光十一年(1831),他在《与张南山书》中说:"近居京师,一切无状,昌黎所谓'聪明不及于前时,道德日负其初心'二语,足以尽之。"[3]

龚自珍不仅精神上很痛苦,身体也在急遽衰老:"中夜懔然惧,沉沉生鬓丝。开门故人来,惊我容颜羸。"[4]他渴望能从忧患、痛苦、矛盾中解脱出来。这样,就逐渐逃于禅了。佛教以虚构的"彼岸世界"的幸福补偿了龚自珍现实中坎坷的命运,以禅观、心证的修持方法消弭了他精神上的矛盾。在《发大心文》中,他自称为"震旦苦恼众生某",表示要皈依佛门,从此断绝嫉恶心、怨懑心、难忍辱心、善感心、缠绵心等等。

龚自珍学佛很早。嘉庆二十一年(1816),他于苏州过访归佩珊女士,归即称他为"定庵居士",赠诗即有"艳才惊古佛,妙想托莲花"之语[5]。嘉庆二十五(1820)年前后,他与江沅过从甚密,诗中自述:"春愁古佛知"[6]。道光元年(1821),自称"逃禅一意皈宗风。"[7]道光二

---

[1]《释言四首之一》。
[2]《自写〈寒月吟〉卷成续书其尾》。
[3] 龚自珍佚文,见张维屏《花甲闲谈》卷六。
[4]《柬陈硕甫并约其偕访归安姚先生》。
[5]《代简寄定庵居士、吉云夫人》,《绣余续草》卷四。
[6]《才尽》。
[7]《能令公少年行》。

年（1822），他度过了一段"缄舌裹脚"，"坐佛香缭绕中，翻经写字"的生活[1]。道光四年（1824），与江沅、贝墉等校刻《圆觉经》。道光十七年（1837）九月的一个夜里，他睡不着觉，"闻茶沸声，披衣起，菊影在扉"，忽然觉得自己已证《法华》三昧[2]。魏源称龚自珍"晚尤好西方之书，自谓造诣深微云"[3]，这里所说的"西方之书"，指的当即《法华经》一类佛书；"造诣深微云"，即"已证《法华》三昧"一类意思。

在佛学思想上，龚自珍倾向于天台宗，而又兼修净土。他曾作有《以天台修净土偈》，又在《己亥杂诗》中自述："狂禅辟尽礼天台"，"重礼天台七卷经"。这里所说的"天台七卷经"正是指鸠摩罗什翻译而被天台宗视为理论根本的《法华经》七卷本。这一时期，龚自珍自称诵习《陀罗尼经》已满四十九万卷，这里的《陀罗尼经》乃是"净土七经"之一。龚自珍特别推崇明末和尚紫柏和藕益，藕益是天台宗的二十八世祖而又兼开净土法门。他受佛学于江沅，江沅受佛学于彭绍升，都是信仰净土宗的。

天台宗是南北朝时期南北佛学交流中所产生的流派。它企图通过戒律的守持和禅观的修证来求得所谓证悟。净土宗则滥觞于东晋时慧远等在庐山所结的莲教。它要人专念"阿弥陀佛"名号，以便往生"无有众苦，但有诸乐"的"莲花国"——"西方极乐世界"。两宗的教义虽有繁简的不同，但都要求人们摒弃物质世界，灭绝精神活动，使内心归于寂灭，无为，无念。这就是天台宗大师智顗在《法界次第观门》一书中所说的"正观之心，犹如虚空，湛然清净"，"心心寂灭，自然流入大涅槃海"[4]。龚自珍的戒诗正是基于佛教教义的这种要求。他说：

---

[1] 龚自珍佚文，《越风》22、23、24期合刊。
[2] 《己亥杂诗（狂禅辟尽礼天台）》自注。三昧，佛教修养之理想境界。《大乘义章》："以体寂静，离于邪乱，故曰三昧"。
[3] 《〈定庵文录〉序》，《古微堂外集》卷三。
[4] 《大正藏》卷四六，第624页。

百脏发酸泪，夜涌如源泉。此泪何所从？万一诗祟焉。今誓空尔心，心灭泪亦灭。有未灭者存，何用更留迹？

——《戒诗五章》

枕上逃禅，遣却心头忆。

——《凤栖梧》

既然诗使得龚自珍思潮起伏，痛苦万分，自然要烧诗、戒诗了。因为只有这样，他才能逃避现实矛盾，也逃避自己的内心矛盾呀！

四、先进思想家的痛苦与挣扎

如果不是由于当时现实的极端黑暗，不是由于这一现实加给龚自珍的种种迫害，龚自珍是不会"逃禅"，也不会戒诗的。"避席畏闻文字狱"，雍正、乾隆时代那些血淋淋的高压政策给龚自珍的印象是难以磨灭的。龚自珍写道：

黄尘涭洞中，古抱不可写。

第一欲言者，古来难明言。姑将谲言之，未言声又吞……东云露一鳞，西云露一爪。与其见鳞爪，何如鳞爪无……

——《自春徂秋偶有所触拉杂书之漫不诠次得十五首》

陈饿夫之晨呻于九宾鼎食之席则叱矣，诉寡女之夜哭于房中琴好之家则谇矣，况陈且诉者之本有难言也乎？

——《与江居士笺》

从这些地方看来，龚自珍是感到了言论不自由、不为人理解的痛苦的。这对他的戒诗未尝没有影响，然而从根本上看，学佛毕竟是龚自珍戒诗的主要的直接的原因。

强者是不会逃避现实的。龚自珍的"逃禅",反映了在中国封建社会末期的政治、思想斗争中,他还是个弱者。但是,他屡戒诗而屡破戒,又反映了在严峻的现实面前,龚自珍始终无法心安理得地闭上眼睛。

从龚自珍戒诗——破戒——再戒诗——再破戒的过程中,我们看到了龚自珍思想中所进行的痛苦斗争及其挣扎,看到了那个时代一个先进分子的悲剧性格,也曲折地看到了那个时代的面影。

原载《复旦学报》1980年第3期,录自杨天石《哲人与文士》,中国人民大学出版社2007年7月版。

鸦片战争时期诗人（上）

和拟古派的形式主义文学潮流相对抗的著名诗人，除了龚自珍外，还有姚燮、陆嵩、黄燮清、贝青乔等人。

魏源

魏源（1794—1856）字默深，湖南邵阳人。他主张向西方资本主义国家学习，提出"师夷之技以制夷"的改良主义主张，并亲身实践。他的《海国图志》，是我国第一部较完整的世界地理书。他和龚自珍的思想相近，并且都反对脱离实际的"古文经学"，提倡"经世致用"的"今文经学"。他正确地指出"变古愈尽，便民愈甚"；指出文要明畅通达，以便更好地为社会改革服务。

魏源是一个思想家、学者，"以经济名世"，不以诗人著名。但他写了很多诗，有《古微堂诗集》。他的诗是具有人民性的。

他曾用新乐府的形式，揭露了社会的黑暗，在《都中吟十三章》（自注"效白香山体"）中，一方面指出清朝施治者只顾享乐："西苑闭，西苑开，缠头金帛如云堆。人海缁尘无处浣，聊凭歌舞恣消遣。始笑西湖风月游，不及东华软红善。"诗人在末尾指出要"灵沼、灵囿民同乐，曷闭梨园开西苑"，这也表示了他希望清政府改良政治。另一方面写出了清朝政府的腐朽："借问开捐何所润，中外度支财盆罄。漕、盐、河、兵四大计，漏卮孰塞源孰盛！"讽刺了清朝政府的愚昧："筹善后，筹善后，炮台防江防海口。造械造船造火攻，未敢议攻且议守。船炮何不师夷技？惟恐工费须倍蓰。江海何不严烟禁？惟恐禁严激边衅。"当然，他还是站在改良派的立场上，还是希望清政府能改良，但他对现实的揭露却有助于人们认识统治者的面目，这是有进步意义的。在《下海淀》《山西债》中，我们还可以看到，清朝统治集团正处于分崩离析的状态，内部充满矛盾，下层官吏对最高统治者表示了极大不满。

人民生活的痛苦，也在魏源的诗中得到反映。对于遭受水患，卖儿女，担负着苛重的赋税等苦难的遭遇，诗人寄予极大的同情。由于他比较接近人民，由于先进的社会理想的作用，使他能敏锐地看到生活中的重要现象，善于选择具有典型意义的事件，反映出人民生活的真实情况。如《江南吟十章》（自注"效白香山体"）中的《种花田》：

种花田，种花田，虎邱十里山塘沿。春风玫瑰夏杜鹃，五夏茉莉早秋莲。红雨一林香一川，朝摘夜开，夜摘朝开，采花人朝至，卖花船夜回。有田何不种稻稷？秋收不给两忙税。洋银价高漕斛大，纳过官粮余秸秕，稻田贱价无人买，改作花田利翻倍。下田卑湿不宜花，逋负空余菱芡蕾。乌乎！城中奢淫过郑卫，城外艰苦逾唐魏。游人但说吴民娇，花农独为田农泪。

在这首诗中，我们看到，有肥沃的土地，有勤劳的人民，但苛捐杂税迫得人民无法生活，这里诗人指出了人民痛苦的社会根源。

反对帝国主义侵略的诗篇是魏源诗中的瑰宝。他在《阿芙蓉》《寰海十章》《寰海后十首》《秋兴十章》《秋兴后十首》等著名诗篇中,反映了人民英勇的抗敌斗争和坚持抗战的信念。

他沉痛地控诉了鸦片对中国的毒害:

……上朱邸,下黔首。彼昏自痼何足言,藩决膏殚付谁守?语君勿咎阿芙蓉,有形无形朒则同。边臣之朒曰养痈,枢臣之朒曰中庸。儒臣鹦鹉巧学舌,库臣阳虎能窃弓,中朝但断大官朒,阿芙蓉烟可立尽。

——《阿芙蓉》

鸦片战争开始后,诗人直接写诗反映战争的真实面貌。他对"不诛夏览惩贪帅,枉罢朱纨谢岛夷"和"揖盗开门撤守军,力翻边案炽边氛"的腐朽统治者表示了无比的愤怒。面对外国帝国主义的侵略和人民抗英斗争胜利的现实,他开始歌颂人民的力量。

《寰海十一首》第十首:

同仇敌忾士心齐,呼市俄闻十万师。几获雄狐来庆郑,谁开柙兕祸周遗。前时但说民通寇,此日翻看吏纵夷。早用《秦风》修甲载,条支海上哭鲸鲕。

这里诗人直接指出人民的力量足以击败侵略者,只是由于庆郑(指奕山)那样的卖国贼当权,才使国家受到屈辱。

作者在这些诗里,还反复歌颂中国的民族英雄和著名将领,像廉颇、诸葛亮、郑成功等,表现了高度的民族自信心和对胜利的确信。

魏源作品中最多的是山水诗,他自己说:"应笑十诗九山水。"对这些诗他是很重视的:"太白十诗九言月,渊明十诗九言酒。和靖十诗九言梅,我今无一当何有。惟有耽山情最真,一丘一壑不让人。"他自己以为善写山水是他诗歌的特色,其实却不尽然。他取奇险之景加以描述,但写法上多是平铺直叙,翻来覆去写山峰瀑布、云彩、松树,形象不够突出,只反映了游山玩水时的闲适心情,内容贫乏,而且里面还夹着对佛理的宣扬。但是值得提出的是,当帝国主义侵入以后,他的山水诗渐渐增加了新的思想内容:诗人通过对山河的歌唱,表达了对祖国大自然的热爱,鼓舞了民族自豪感。如《秦淮灯船引》:

……今夕何夕银河苍,万岁千秋乐未央。惜哉不令英夷望,应叹江南佳丽胜西洋。

魏源的诗歌比较通俗。他自己说"要划六朝金粉习",后人在他诗集序言中说他"古质如谣,明畅如策"。他很多诗虽学习别人的写法,但并不能因此而一概贬低,他仿白居易的新乐府,用朴素的、直抒其事的歌谣体写出《都中吟》《江南吟》,继承优秀的现实主义传统,内容和形式达到较高的统一。但是在形式主义文学潮流盛行之时,他也受了些拟古派的不良影响,这是一个缺陷。

林则徐

林则徐(1785—1850)字少穆,福建侯官(今属闽侯县)人。从"年十三(1796),郡试冠军"起,到五十四岁(1838)"以钦差大臣莅广东,查办海口事务",四十年间,在科举和仕进的阶梯上,他是一个得志的著名人物。由于他注意实际,关心国事和民生疾苦,做事精细认真,因而取得普遍的社会威望并得到清王朝一定的重视和信任。中英鸦片事起，他主张严禁鸦片，依靠广大的人民和将士的力量坚决给英国侵略者以打击。但他并不反对和西洋进行正当的贸易，而且要求了解西洋，研究西洋。在广东查禁鸦片时，他曾主持编译《四洲志》一书，成为魏源的《海国图志》的基础和蓝本。他是19世纪40年代中国封建社会开始崩溃时睁眼看世界的第一人，是地主阶级中一部分开明知识分子的代表和领袖。

林则徐和魏源一样，不是以作为诗人而出名。他接触实际，用诗来反映实际问题或表达看法。他的政绩和思想具见于《林文忠公政书》。他的诗主要是政余抒情和官场酬答之作。这些诗虽非为反映现实问题而作，但不是全无意义。特别是在粤东查禁鸦片到谪戍伊犁（1839—1844）这一段期间，他的许多诗以极为含蓄的措辞诉说自己的不平，因而就不能不反映一定的现实内容。

由于清王朝的投降政策，林则徐于道光二十年（1840）在广东前线被革职，又于次年（1841）五月自浙江镇海前线被遣戍伊犁。同年七月，赴伊犁道中又被派到河南开封去办理河工。又于次年（1842）二月河工完成后，仍遣戍伊犁。同年初秋，他由西安出发西去，作诗留别妻子：

力微任重久神疲，再竭衰庸定不支。苟利国家生死以，岂因祸福避趋之。谪居正是君恩厚，养拙刚于戍卒宜。戏与山妻谈故事，试吟断送老头皮。

——《赴戍登程口占示家人》二首之一

这是林则徐自以为得意的一首诗。据云"苟利国家生死以，岂因祸福避趋之"二句，他常不离口。这里既表现了他耿介不阿的爱国精神，又表现了他对清王朝的忠顺服从，显示出一个具有进步思想而又有着阶级局限性的地主阶级知识分子的本色。它含蓄地表达了作者对现实遭遇的愤懑。林昌彝说它"怨而不怒",这评语却可以代表林诗的一般风格。

到兰州后他写了一些酬答诗,比如:

> 我无长策靖蛮氛,愧说楼船练水军。闻道狼贪今渐戢,须防蚕食念犹纷。白头合对天山雪,赤手谁摩岭海云。多谢新诗赠珠玉,难禁伤别杜司勋。
>
> ——《程玉樵方伯德润饯余于兰州藩廨之若己有园,次韵奉谢》二首之一

像这样的诗虽是一般官场的应酬之作,但感情真实,念念不忘抵抗侵略者,充斥着抑郁和愤懑的情绪,而对昏庸腐朽的清王朝和无耻的投降派好像只字不提,只在"白头合对天山雪,赤手谁摩岭海云"中流露出对投降派的指责和愤慨。

林则徐这种极端含蓄的风格,正是他的阶级立场和官僚地位决定的。这种诗有耐人寻味的长处,但形象却欠鲜明,也减损了它的感染力。

林则徐的诗,语言朴素,不务新奇,对格律的要求是严谨的,功力很深。他曾在答姚春木的诗中说:"多谢酒人分沥液,独难诗律斗精严。"(《仲秋四日,阻风沙洋,姚春木(椿)饷以酒肴,且枉新诗,依韵答谢》)而这首诗:

> 严关百尺界天西,万里征人驻马蹄。飞阁遥连秦树直,缭垣斜压陇云低。天山巉削摩肩立,瀚海苍茫入望迷。谁道崤函千古险,回看只见一丸泥。
>
> ——《出嘉峪关感赋》四首之一

用平易语言描写西北关山的雄伟，曲尽能事，但格律又完整而妥当。

录自北京大学中文系文学专门化1955级集体编著《中国文学史》四（修订本），人民文学出版社1960年版。

附：青史毕竟有是非——读林则徐诗有感

大学年代，我参加选注近代诗。众多诗人中，林则徐是我很喜欢的一个。几十年过去了，当年选注的诗大部分还能成诵。我以为，他的诗值得读，特别值得回环诵读。

试举数例：

1819年（嘉庆二十四年），林则徐被任命为云南乡试正考官，途经贵州时，有《即目》诗云：

> 万笏尖中路渐成，远看如削近还平。不知身与诸天接，却讶云从下界生。飞瀑正拖千嶂雨，斜阳先放一峰晴。眼前直觉群山小，罗列儿孙未识名。

此诗写雨后山景相当出色。贵州多山，首以"万笏"比喻高耸的群山。次写山路，远看如刀削，而近看尚平坦，恰是山行的真实体验。"不知"二句，写身与天接，云自下生，衬托出诗人置身之高。"飞瀑"二句，是全诗的诗眼。很多人可能都熟知唐人王维的名句："分野中峰变，阴晴众壑殊。"本诗所写，一点也不比王维诗逊色。上联写雨中飞瀑的壮观，下联写一峰先晴的美景。一个"拖"字，一个"放"字，都很传神，很生动。末二句从杜甫《望岳》诗"西岳崚嶒竦处尊，诸峰罗列似儿孙"脱化而来，虽有欠新颖，不过纵观全诗，仍不失为写景佳作。

1839年（道光十九年），林则徐与邓廷桢、关天培同驻虎门，筹备海防。时当阴历中秋，邓廷桢邀请林、关在沙角炮台赏月。林则徐有诗纪事。全诗出之以七古体。诗人以轻快、流畅的节奏叙述舟行迅速，水师威武之后，转笔写到高台行酒，海上月生。诗云：

莫疑秋暑酷于夏，晚凉会有风飕飕。少焉云敛金波流，夜潮汹涌抛珠球。涵空一白十万顷，净洗素练悬沧州。三山倒影入海底，玉宇隐现开琼楼。乘槎我欲凌女牛，举杯邀月与月酬。

前人写月的作品多矣，大多以皎洁、幽静取胜；本诗写月在海上跳动，画面阔大，气魄雄伟，另是一番景象。接着，林则徐写与邓、关二人共登山巅：

试陟峰巅看霄汉，银河泻露洗我头。森森寒芒动星斗，光射龙穴龙为愁。蛮烟一埽海如镜，清气长此留炎州。

林则徐写本诗时，正处于与英国鸦片贩子决战前夕，诗中流露出对胜利的充分信心。诗人期望，能就此扫荡烟雾，使神州长留清气。"大宣皇威震四裔，彼伏其罪吾乃柔。"只要鸦片贩子们"伏罪"，林则徐就准备与之和平相处。林则徐不了解的是，清王朝其时已经如日之将夕，灯之将枯，无威可宣了。

在现存林则徐诗中，最有代表性的当推《赴戍登程口占示家人》二首之一：

力微任重久神疲，再竭衰庸定不支。苟利国家生死以，岂因祸福避趋之。谪居正是君恩厚，养拙刚于戍卒宜。戏与山妻谈故事，试吟断送老头皮。

本诗末二句原有自注，大意是：宋朝的真宗皇帝听说隐者杨朴诗写得好，召见时问他："此来有人作诗送卿否？"杨朴答道：臣妻有一首云："更休落魄耽杯酒，且莫猖狂爱咏诗。今日捉将官里去，这回断送老头皮。"真宗皇帝大笑，放杨朴还山。后来苏东坡被皇帝下令逮捕入狱，妻子送她出门时哭了。苏东坡说："你就不能像杨朴的妻子一样写首诗送我吗？"苏妻不禁失笑，苏东坡于是出门上路。

1841年6月，清政府以"办理殊未妥善"为名革去林则徐的官衔，从重发往新疆伊犁"效力赎罪"。途中适逢黄河闹灾，又奉命到河南治河；河工告竣，清政府仍命林则徐往伊犁"赎罪"。1842年8月11日，林则徐在西安与妻子、家人告别，他想起了坎坷颠簸的禁烟经历，也想起了北宋时杨朴和苏东坡的故事，因作此诗抒怀。

当时林则徐虽然心情郁闷、痛苦，充满牢骚，但仍然故作宽慰之词，流露出诗人性格中豁达、幽默的一面。中国古代提倡写诗要"怨而不怒""哀而不伤"，这首诗正体现了这一风格。不过使这首诗传诵不衰的并不在此，而是其"苟利"两句。春秋时，郑国大夫子产因从事改革受到国人诽谤，子产不以为意，曾表示："何害！苟利社稷，死生以之！"林则徐的这两句诗从子产的话脱化而来，但不仅脱化得自然、巧妙，而且有创造，有发展，是活用历史故事和古人语言的成功例子。它集中表现了林则徐尽心为公，不计个人利害的崇高品质。这种品质，同时又是中华民族长期发展过程中形成的优秀道德理念。它会激励一代又一代的仁人志士为国家、民族的利益献身，林则徐的这首诗也将会流传千古，成为不朽名篇。

去新疆途中，林则徐在兰州逗留了几天，受到甘肃布政使程玉樵的殷勤招待。9月8日，程在衙署后园——若己有园设宴款待林则徐，并作诗相赠，林则徐作诗奉和。诗云：

我无长策靖蛮氛，愧说楼船练水军。闻道狼贪今渐戢，须防蚕食念犹纷。白头合对天山雪，赤手谁麾岭海云？多谢新诗赠珠玉，难禁伤别杜司勋。

欢宴中，程玉樵对林在广东的功绩大为推崇，林则徐则表示惭愧。当时，《南京条约》已经签订，故诗中有"闻道狼贪今渐戢"之语，但林则徐认为，外敌"蚕食"之心有增无减，必须严防，显示出高度的清醒。"白头""赤手"二句，寄意远大，感慨良深，表现出林则徐对国家、民族命运的深切关怀而又无可如何的悲凉。诗是要讲比、兴的，不能太直、太露，诗中的"岭海云"之喻，既形象，又贴切，给读者提供了丰富的思考天地。

出塞之后，林则徐的悲凉之感愈深，其《戏为塞外绝句》之一云：

沙砾当途太不平，劳薪顽铁日交争。车箱簸似箕中粟，愁听隆隆乱石声。

劳薪，比喻车轮；顽铁，比喻车轴。本诗写在砂砾中行车，车厢中的人颠簸不已，如同箕中之粟一般。它虽系写实，而对当权者的不满以及无法掌握自身命运的牢骚尽在不言之中。

林则徐的塞外之行是不幸的，能给他安慰的只有瑰丽的风光。其《戏为塞外绝句》又云：

天山万笏耸琼瑶，导我西行伴寂寥。我与山灵相对笑，满头晴雪共难消。

诗中林则徐将天山拟人化，在想象中与山灵对话，感叹于彼此的"白发"都难以消融。但一个"笑"字，却在苍凉的气氛中输入了欢愉气息，使人于苦涩中得到诙谐的熨帖。

邓廷桢是林则徐禁烟的战友，同被遣戍伊犁。1843年（道光二十三年），清廷先行释放邓廷桢回籍，林则徐喜而赠诗道：

得脱穹庐似脱围，一鞭先著喜公归。白头到此同休戚，青史凭谁定是非。漫道识途仍骥伏，都从遵渚羡鸿飞。天山古雪成秋水，替浣劳臣短后衣。

邓廷桢虽然被释放回家，但是鸦片战争功罪未定，邓廷桢并未起用。因此林诗仍充满感慨。"白头"二句，既表现了对邓的深厚情谊，又对历史将如何定案表现了深沉的疑虑。

令人欣慰的是：青史毕竟有是非，受到不公待遇的人大都会在历史的长河中得到昭雪。

本附篇录自杨天石《横生斜长集》，天津百花文艺出版社1998年10月第1版。

张维屏

张维屏（1780—1859）字子树，号南山，广东番禺人。他的诗作很多，是咸丰道光年间知名的诗人。著有《松心诗集》《国朝诗人征略》。

张维屏有着正统的儒家思想，他抱着人道主义的"仁政爱民"的理想走入仕途。但是诗人却发现腐朽的官场里，并不能实现他的理想，因为大小官吏不过是最高统治者为搜刮人民所豢的爪牙而已。他感到自己的吏职与心愿的矛盾："我信催科拙，胥惟舞弊能。宦途今始觉，步步履春冰。"（《县斋夜坐》）后便辞官归隐，闭门读书著述，以求"独善其身"。但是诗人并未忘却世情，面临着民族危机，他激起了强烈的爱国主义感情。在英侵略者的大炮虎视眈眈地窥视着中国大门的时候，他与抗战派的林则徐、魏源、黄爵滋等交往甚密，是站在爱国主义立场上的禁烟和抵抗侵略的坚决主张者。正因为如此，在鸦片战争爆发之后，他才能写出《三元里》这一类出色的诗篇，怀着愤懑的感情，控诉统治者的卖国投降，歌颂抗敌的人民斗争。《三元里》是人民抗敌的赞歌：

> 三元里前声若雷，千众万众同时来，因义生愤愤生勇，乡民合力强徒摧。家家田庐须保卫，不待鼓声群作气，妇女齐心亦健儿，犁锄在手皆兵器。乡分远近旗斑斓，什队百队沿溪山。众夷相视忽变色：黑旗死仗难生还。夷兵所恃惟枪炮，人心合处天心到。晴空骤雨忽倾盆，凶夷无所施其暴。岂特火器无所施？夷足不惯行滑泥：下者田塍苦踯躅，高者冈阜愁颠挤。中有夷酋貌尤丑，象皮作甲裹身厚。一戈已摏长狄喉，十日犹悬郅支首。纷然欲遁无双翅，歼厥渠魁真易事。不解何由巨网开，枯鱼竟得攸然逝？魏绛和戎且解忧，风人慷慨赋同仇，如何全盛金瓯日，却类金缯岁币谋。

诗中一开始就形象地写出了"因义生愤愤生勇，……家家田庐须保卫"的英勇斗争，气势磅礴；也写出了英侵略军外强中干的丑态。但在人民即将全歼敌军的胜利时刻，忽然"不解何由巨网开，枯鱼竟得攸然逝"，无情地揭穿了统治者卖国投降的卑鄙行径。"魏绛和戎且解忧，风人慷慨赋同仇。"人民和统治者的两种态度、两种立场是多么鲜明的对比啊！当时还有其他写广东人民抗英斗争的一些诗篇，如梁信芳的《牛栏冈》等，都十分可贵，而《三元里》却是其中最突出的一首。

《三将军歌》写陈连升、陈化成、葛云飞三将军奋力抗敌战殁于阵，是表彰英雄的颂诗，它塑造了捐躯报国、大义凛然的英雄形象。如写葛云飞：

夷犯定海公守城，手轰巨炮烧夷兵。夷兵入城公步战，枪洞公胸刀劈面；一目劈去斗愈健，面血淋漓贼惊叹。夜深雨止残月明，见公一目犹怒瞪。尸如铁立僵不倒，负公尸归有徐保。

上述两篇都是长篇叙事诗，不仅题材重大，并且艺术上都很成功，感染力很强。诗人是以爱国主义的感情来铸就这些诗章的，叙事、议论、抒情紧密结合，使叙事诗的特长得到了充分发挥。

在张维屏的创作中，这样的诗篇不多。平静的隐居生活和思想局限束缚了他的创作。在他的集子中，大部分写隐逸生活中的"道"情"禅"理，闲情逸致，以及个人不得志的淡薄的感慨忧郁。其中也偶然有抒情写景的佳作，如《新雷》："造物无言却有情，每于寒尽觉春生。千红万紫安排着，只待新雷第一声。"写出了春的萌动，展示了即将到来的百花盛开的繁荣景象。又如《夜行》："风里村舂未肯停，隔林灯火远逾青。野田月落路能辨，荞麦一畦花似星。"将村野夜色描写得充满诗意，幽美若画。张维屏坚决反对拟古。他的创作正实践了他的主张，格调清新朴实，语言自然流利，是他诗歌的特色。

附：读张维屏《新雷》诗

> 造物无言却有情，每于寒尽觉春生。千红万紫安排着，只待新雷第一声。

按照通常的说法，诗和哲学的关系是疏远的。但是，本诗却和一个古老的哲学问题紧密相连。

我们生活在一个丰富、复杂的世界上。它变化万千而又整齐不紊。不是吗？凛冽的寒冬之后，必然继之以明媚的春色；火热的盛夏刚过，丰硕的金秋又接踵而来。岁岁如此，从无例外，仿佛有一种不声不响的力量在主宰着。这种力量，古人称之为"天"，或称之为"造物"。孔子说过："天何言哉！四时行焉，百物生焉。"商、周以来的传统观念是，天像人间的帝王一样具有喜怒哀乐，可以口吐纶音，发令行政，孔子认为天不讲话，自然是一种进步。

本诗的作者从孔子的名言落笔，却并不是为了回答哲学问题。诗人为严冬所苦。冰封雪盖，万物潜藏。萧条的大地使人寂寞，呼啸的朔风使人瑟缩。然而诗人懂得四时迭代的规律，从寒尽之处觉察到了春之萌动。他满怀喜悦地告诉人们：造物是多情的，眼前虽然冷落单调，但是，花团锦簇的美妙世界已经安排就绪，只需一声震人心弦的新雷，它就会光彩焕发，突然闪现在你的面前。

一首好诗，常常是鲜明和含蓄的统一。景与境力求鲜明，情与意力求含蓄。既使人神与物游，浮想联翩，又使人探之弥深，引之弥长。本诗正如此。

春天是色彩斑斓的。诗人写春天，只用了"千红万紫"四字，立刻就让你感到了春的艳丽、妖娆、多姿多彩和广袤无边。

春之雷与夏之雷不同。春雷清脆宏亮，夏雷粗豪猛烈。诗人写春雷，只用了一个"新"字，准确地传达了春雷的气质和神韵。

色彩、声音都是构成形象的要素。本诗通过对二者有特征的表现，创造了鲜明的形象，使人有如在目前，如在耳际的感觉。它不是绘画，却唤起了人们的视觉印象；它不是声响，却唤起了人们的听觉印象。

数量也是构成形象的要素。中国古诗历来重视数量的表现。"欸乃一声山水绿"，"竹外桃花三两枝"，"七八个星天外，两三点雨山前"，都是表现数量极为成功的典型。本诗在这一点上也很有特色。它以"千"状红，以"万"状紫，以"一"状雷声，不仅加强了形象的明晰度，而且也通过数字大小两极的对照，突出了新雷的神奇力量。

诗言志。创造形象并不是目的，在形象之内、之外，诗人总要传达给读者一些什么，也总要留一些什么让读者去体察、思考、补充。它可能是一种思想，也可能是一种情绪，甚至只是一种气氛。由于它是借助于特定形象来传达的，因此具有确定性。由于它存在于形象之内、之外，读者的体察、玩味又常常带着个人的特点，因此又具有不确定性。在这一点上，古来一些优秀的、脍炙人口的名句大都如此。例如"沉舟侧畔千帆过"，"山雨欲来风满楼"等。它们的意境并不能由读者任意构想，然而千百年来的吟咏者又都可以用自己的理解去丰富它。本诗主旨在于写迎春的喜悦和期待，这是很显然的。然而，我们如果把"千红万紫"理解为一种光明、美好的局面，把"新雷"理解为一种使万物昭苏、振奋的力量，那么，这首诗的内蕴岂不是更丰富、更深刻了吗？

郭沫若有一首题为《日中文化交流协会成立十五周年纪念》的诗：

漫天飞雪迓春回，岭上梅花映日开。一自高丘传号角，千红万紫进军来。

这首诗明显地受了张维屏的影响，可看作是对《新雷》意境的一种新开掘。

诗并不排斥知识、学问、思想、哲理以至历史，然而诗歌艺术的主要特征毕竟在于意境。唐宋以后，中国诗歌发展中滋生着一种以议论为诗或以书卷为诗的风气。诗人们獭祭典故，大掉书袋，把诗作为展览学问、知识的手段，或者把诗写成有韵的政论。这些做法忽视了诗的特征，因而也就难以写出感人的作品。本诗作者生活在一个以书卷、学问为诗的时代，然而却能不囿于风气。《新雷》一诗虽然也掉了书袋，但不露痕迹。全诗的艺术力量主要建筑在鲜明而有深度的意境与新颖、独特的构思之中，这是难能可贵的。

本诗语言浅近、凝练，富于表现力。"安排着"一词，是地道的口语。在张维屏（1780—1859）以前的文人诗中还很难见到。作者以之入诗，显示了一种勇气与魄力。

本附篇录自杨天石《横生斜长集》，天津百花文艺出版社1998年10月第1版。

朱琦

朱琦（1803—1861）字伯韩，广西临桂（今桂林）人。他与张维屏交谊很深，文学见解也一致。著有《怡志堂诗集》。

在创作上他遵循现实主义道路，受白居易及其他中晚唐现实主义诗人的影响很大。他的诗主要成就表现在"燻然于民生之疾苦，慨然于时事之安危"（《怡志堂诗集》杨传第序）。前者如《漯安河》喊出了"使者一日费，闾阎十户租"的不平呼声。后一类的较好作品，主要产生在鸦片战争期间，如《感事》《老兵叹》《定海纪哀》《王刚节公家传书后》

《狼兵收宁波失利书愤》《朱副将战殁，他镇兵遂溃，诗以哀之》《吴淞老将歌》《关将军挽歌》等。在这些诗里，作者歌颂抗敌英雄，斥责临阵逃跑和纳款求和的官吏，暴露清军的腐朽，较全面地反映了鸦片战争的几次重大战役，但剪裁欠工，语言不够精练，艺术成就不及张维屏。

林昌彝和《射鹰楼诗话》

林昌彝（1803—1876）字惠常，福建侯官人。他是诗人、诗论家和政论家，鸦片战争期间著有《平夷十六策》《破逆志》，受到林则徐的赞赏。文学方面的著作有《衣讔山房诗集》《射鹰楼诗话》。

林昌彝四十一岁时才中进士，大半生都比较清寒。反映这方面生活是他诗中的重要内容，如《自题饿夫图》《昨夜》《寒夜书怀寄秩庭》等。

诗人不只限于悲叹自己的贫苦生活，他看到了广大社会的贫富矛盾，对社会不平表示了强烈的愤慨。如《亭槛词三章》其二：

休休休，官方如此是吾忧。高爵厚禄居不忝，腰悬金印称公侯。创深父老江头喘，官不问民但问牛。嗷鸿百万集中野，长官携笛上高楼。心伤赤子流离日，眼见贵人歌舞秋。休休休，伊谁请剑斩而头？

帝国主义已侵入中国，官僚集团却贪污腐化，不思抵抗外侮，民族危机深重，对此诗人流露出一片忧心，号召国人奋起驱逐侵略者。《杞忧》云：

海涸山枯事可悲，忧来常抱杞人思。嗜痂到处营蝇蚋，下酒何人啖鲦鲼？但使苍天生有眼，终教白鬼死无皮。弯弓我慕西门豹，射汝河氛救万蚩。

诗人是一个自觉的爱国主义者，他的强烈的爱国主义感情不仅流露在诗里，也表现在《射鹰楼诗话》的著述上。

《射鹰楼诗话》作于鸦片战争之后，共二十四卷，意在射鹰，即"射英"，不同于一般泛泛的诗话。作者首先用两卷篇幅大力宣传有关鸦片战争的爱国诗篇，这里面有魏源、林则徐、张维屏、朱琦、孙鼎臣等人的诗。其余诗中有反映英兵残暴的侵略罪行，有反映鸦片之害，有歌颂殉国将士，也有痛斥官兵残害人民和清政府的腐朽。作者以他的诗话传达了当时人民的悲愤情绪，用来感染人；并以那些诗歌作利器，狠狠地批评时政，还借题发挥，尽情地议论时务。因此这部诗话的价值就不仅在于保存了爱国主义佳作，还有在鸦片战争的炮火熄灭之后，对时人的警醒作用。

《射鹰楼诗话》的价值还在于其进步的文学思想。

首先，作者重视诗的社会效用。强调诗要有积极的思想内容，他说："作诗须有命意，而后讲性情、风格。不可随手成章，空空写去，则于诗便不是可作可不作者矣。"（卷十四）这一观点在他的诗评中表现得极为明显，如他评魏源《古微堂诗钞》时说："默深所为诗文，皆有裨益经济，关系运会。视世之章绘句藻者相去远矣。"（卷二）不仅如此，作者还企图证明诗人怎样才能写出有积极内容的好诗，他以杜甫、陆游、朱琦为例，得出了结论说：

作诗贵有身分，贵有抱负，方为大家。（卷二十一）

作者主张"先器识而后文章"，这是正确的。

其次，作者重视美学功能，主张思想和艺术统一。他首先强调"命意"，反对"空空写去"，接着便强调"性情风格"。他主张诗有"理趣"，但反对诗有"理障"。（卷十六）所谓"理障"，就是以概念说理。他反对拟古，主张独创，说："作诗须前无古人，后无来者，方可为大家。若篇法、句法、字法必求肖古人，徒为古人执箕帚耳。"（卷四）他反对风格单一化，主张多样化，认为"潘四农论诗专取'质实'二字，亦有偏见"。他说："盖诗之品格多门……诸品皆各有所主，岂得以'质实'二字遂足以概乎诗，而其余可不必问耶？盖'质实'为诸品之一品则可，谓'质实'用以概诸品则不可。盖'质实'为诸品之一品，则无流弊，若专言'质实'，流于枯、流于腐、流于拙，则其弊有不可胜言者。"（卷十六）

最后，林昌彝重视文学批评的作用。有人曾不加分析，一概抹杀诗话的作用，他反驳道："昔人谓诗话作而诗亡，此论未免太过。"他首先肯定诗话有作用，指出诗话其作用取决于诗话本身："近代竹垞、西河、愚山、渔洋、秋谷、确士、瓯北、简斋、雨村、四农皆有诗话，竹垞之媚雅，四农之精确，则诗话必不可不作，是有诗话而古诗存。确士之专取风格，简斋之一味滥收，则诗话不必作可也。简斋诗话尤滋学者之惑，为诗话之蠹。余谓诗话之作，其弊有五：一则无识，二则偏见，三则滥收，四则徇情，五则好异。去此五者，其于诗话之作，思过半矣。"此论颇有见地。

由于思想局限，林昌彝未能摆脱沈德潜"温柔敦厚"和王士祯"神韵"说的影响，因而给《射鹰楼诗话》的写作带来一些缺点。但通观全书，重视思想内容这一点，像一条主线贯穿在他整个的诗话中。这对当时的形式主义潮流是一种反叛。而思想与艺术并重，这又与那些专做虚无缥缈的艺术分析的诗歌理论相对立。所以，就总的倾向看来，《射鹰楼诗话》不失为一部杰出的代表进步文学思想的理论著作，它是当时进步的创作潮流的产儿。

录自北京大学中文系文学专门化1955级集体编著《中国文学史》四（修订本），人民文学出版社1960年版。

鸦片战争时期诗人（下）

陆嵩

陆嵩（1791—1860）字希孙，号房山，江苏元和人，有《意苕山馆诗稿》。

他是当时比较突出地反映民生疾苦的诗人。他以充满同情的诗篇，广泛地描绘人民苦难生活，深刻地反映广大人民的疾苦。《鬻儿行》以"东家有男朝无餐，西家有女衣不完"为社会背景，叙述一对老夫妇在生活逼迫下卖掉儿子的经过，以深刻、沉痛和饱含血泪的字句，描绘出一幅令人战栗的凄惨景象："老夫牵儿上街鬻，老妇相随道旁哭。儿年虽幼颇有知，扫地烹茶习已熟。客问鬻儿几何钱，老夫老妇俱涕涟。是儿亲生不论价，但愿小过休笞鞭。儿随客去远难唤，老妇归来哭且怨。可怜老夫不敢言，忍泪吞声欲谁劝。"

他往往将人民的苦难和官府的剥削连在一起来写，暴露统治者置人民生死于度外，而一味敲诈勒索的罪恶。如《注荒谣》暴露官吏利用注荒的机会敲诈穷人："官注荒册田，吏劝民出钱。荒田一亩钱一千,有钱注荒租准蠲,无钱注荒租催完。租吏到门呼声喧,官租不完捉见官。"官曰"尔荒是实,胡弗注荒减租额"。在《当十钱歌》一诗中,写官商互相勾结,伪造钱币,使得物价昂贵,害得人民困苦难言。《坐堂词》揭露官吏通过坐堂勒索钱财:"得钱行杖肤不伤,无钱流血满两裆,官退得意方洋洋,明朝依旧官坐堂,何思酒债无人偿。"活活勾出这班官吏厚颜无耻的丑态。《抽厘行》一诗,写官府设局抽厘,闹得到处乌烟瘴气:"可怜剽劫满行路,愁苦闾阎已莫诉。堪更盘查关栅连,来往何人敢朝暮。"此外他还有比较含蓄、具有深刻思想内容的小诗,如《望雨》:

空听朝朝庠水声,脂膏已竭痛民生。何人手把经纶挽,不使云雷万里行。

莫问箕星与毕星,几曾风雨到空庭。蛟龙只管深潭卧,一任哀祈总不灵。

诗人在这里深刻接触到了社会问题,反映了人民的疾苦,对高高在上、不关心民生的统治者进行嘲讽、提出质问。

诗人还写了不少关于鸦片战争的诗篇,热烈歌颂抗敌阵亡的将士,讽刺统治集团的软弱无能,表现作者要求抗敌和洗雪国耻的爱国情绪。

却敌全凭得算多,置棋不定意如何?笑他此局原全胜,半子难赢便欲和。

——《观棋偶咏》

这首诗形象地嘲讽了清政府在鸦片战争中犹疑再三、一打便和的软弱投降态度,也表现了诗人对时局洞彻的观察。在《有闻贼中事者诗以答之》一诗中，诗人指斥统治者的赔款议和是"徒然竭金币，毒害贻苍生"。在《江州述感》《夷船复入江居民震恐》等诗中，诗人写出"如何专阃谋，独恨抚不早""胡然当事尚不悟，中笞百姓求输诚"等诗句，肯定了人民反抗侵略者的情绪，要求统治者重视人民的力量。

但是他还写了不少反对太平军的作品，充满了反动的思想内容，对这部分作品，我们应当加以批判。

黄燮清

黄燮清（1805—1864）字韵甫，浙江海盐人。著有《倚晴楼诗集》。

他有不少描写农村生活，反映人民疾苦的诗篇。具有丰富的社会内容和深刻的现实意义。《秋日田家杂咏》三首描写在收获季节时农村的紧张劳动生活和农民的思想感情。并从自身的深切体会中，写出劳动的艰辛，粮米的珍贵，指斥豪族子弟的不劳而获的可耻生活："嗟彼豪华子，素餐餍膏粱。安坐废手足，嗜欲毒其肠。岂知民力艰，颗米皆琳琅。园居知风月，野居知星霜。君看获稻时，粒粒脂膏香。"（《获稻》）在《吴江妪》一诗中，通过一位老妇的自述，描绘出旧社会的农民在灾荒、租税的逼迫下骨肉分离的悲惨遭遇："官吏急征额，输租讵容迟。大男被拘系，无由馈粥糜。次男避追呼，远出归无期。"而另一面则是"清歌侑豪酌，韵以竹肉丝"的醉生梦死的生活。在强烈的对比下，深刻地暴露了社会中贫富的对立。在《灾民叹》《南归》两篇诗里，诗人更加广阔地描绘了灾荒中人民的苦难景象。诗人以充满愤怒饱含血泪的笔墨，描写了这种"积尸相枕藉，烦冤溢辽阔"的悲惨现实，向"居高厌粱肉，人命视虮虱"的统治者提出强烈的抗议和控诉。在《灾民叹》中，通过食人尸体的狗彘的形象，来揭露与警告那帮敲民骨髓的官吏和一切剥削者："为我语狗彘，尔毋纵残酷。民脊难更苏，尔肥岂能独。

食尽欲何依，早晚同沟渎。"

诗人还有描写乡土风物习俗的小诗，清新活泼，有着蓬勃的生活气息，如《长水竹枝词》，这里举出其中描写爱情的一首：

杏花村前流水斜，杏花村后是侬家。夕阳走马村前后，料是郎来看杏花。

诗人经历了鸦片战争的整个过程，看到战争给国家和人民带来的重大的灾难。他对国计民生非常关切。《闻浙抚督师海上》一诗，表现了要求抗敌的高涨情绪："弓挽南天月，旗翻北海云。欃枪须尽扫，小胜漫论勋。"在《吊关中卒》一诗中，诗人热烈歌颂在乍浦战役中英勇作战的关中士卒。《寇退后张叔未丈招集八砖精舍即事赋赠》一诗，深刻地写出了诗人忧国爱民的思想感情："长鲸跋浪海氛恶，日日军书警风鹤。东南家室半飘零，忍把闲情付杯勺。"当时，诗人眺望敌人退走后的乍川诸山，心情非常开朗、痛快："今朝毒瘴净诸山，湿翠涓涓向空落。九峰当户含笑颜，如送诗情上高阁。"一片爱国热忱，跃然纸上。对于统治者的无能和屈辱议和，诗人是非常气愤的。在之后写的《黄天荡怀古》一诗中，诗人还发出了"从古庸臣好和议，寒潮呜咽使人悲"的感慨。战争之后，统治者忘记了战争的伤痛，又"承平歌舞"起来了。在《甬江行》一诗中，诗人对此表示了极大的愤慨："当年战血犹未干，此际元阳赖培植。纷纷歌舞炫承平，若辈蚩蚩何足责。"

诗人写了不少深刻反映人民疾苦和暴露社会黑暗的诗篇以及具有爱国思想的作品，记叙了鸦片战争这一重大事件。但诗人也还有不少反对太平军、歌颂清室"中兴"的反动作品，以及大量的严重脱离现实的拟古云游、访友题画之作。这说明诗人在思想和创作上都有严重的缺陷。

姚燮

姚燮（1805—1864）字梅伯，号复庄，浙江镇海人，有《复庄诗问》三十四卷。

姚燮负才力学，学识渊深，早年中过举人，但以后科举应试皆不第，甚至贫困交加以至终老。他对自己的"一生漂泊无位置，但与牢愁作牵累"的身世感到非常痛苦，也因此而感到现实的黑暗。"闭门猬缩如蛹蚕，在世乌得称奇男""生性无讳藏，终难扪吾舌"这些诗句，表现了诗人内心的不平。有时诗人的情绪是那么悲愤、激烈："人生悲愤极，意气复难多。面壁呵天问，抽刀斫地歌。"（《愤极》）《按剑吟六章》则全面反映了诗人内心的矛盾和苦闷。"银河可使平地流，人间乃有蓬莱楼。丈夫及时不得用，白日堂堂去如梦。"这种虚度岁月的痛苦，使诗人深感现实沉闷、黑暗："人间秘事难尽求，无田可种安须牛？无路可行不须马，万籁消沉六合哑。"这里有着被弃置、找不到出路的痛苦，也有着不满现实热爱理想的追求精神。诗人在不少诗里表现了自己面对现实壮怀不已的激烈心情：

五陵意气尚豪雄，下马征歌慰路穷。酒拟戏军陈灞上，花如名相出隆中。麦阴凉月沙田白，杏隙疏灯驿院红。汝拨琵琶吾舞剑，铁声挽雨沸晴空。

——《末章兼调叶恕》

诗人写有不少反映民生疾苦的诗篇。《哀鸿篇》细致地描写了江淮一带的灾荒和广大灾民辗转沟壑卖儿鬻女的悲惨生活，并深刻地揭露统治阶级的漠视民瘼、为富不仁的罪恶行为："暮行厕磷鬼，朝行随饿鸢。父母共妻子，痛哭呼后先。中道多病丧，弃与荒草缘。万难达一境，哀词鸣上官。偏遭里胥叱，拦道索路钱。含泪不敢怒，狼狈向市阛。十缗卖一男，一女金百锾。肝肠忍离割，争如沟壑填。道旁纨绔儿，裘马挤翩翩。论值减什百，眈眈择好娟。"诗人描绘了不少苦难中的劳动人民的形象，《谁家七岁儿》写一个在灾荒中被弃的孤儿："伏地啮枯草，根劲牙不强。野犬过频嗅，跳跃求其僵。"诗人深深地同情这个孤儿。在《卖菜妇》中，描写了卖菜妇一家三口人的艰辛凄苦的生活，生动地塑造了一个性格坚忍、心地善良的劳动妇女的形象："娘胸贴儿当儿衣，娘背风凄凄。但愿儿暖儿弗哭，儿哭剜娘肉。"诗人对压榨人民的官吏非常仇视，在《南辕杂诗一百八章》中，作者深刻地揭露饷吏的骄横与贪赃行为："黄旗飘大字，饷吏有骄色。沿县苛卫防，金珠夜中弋。"在《醉后短歌十一章》中，诗人形象地勾画出官吏可憎可鄙的凶狠面貌："高冠如豕印如斗，前有飞鹰后走狗，昨日桑田今种柳。"深刻反映了这帮官吏吞并民地、私营庄园的残酷掠劫行为。

鸦片战争时期，诗人非常关心国事，写了反映这一苦难时期的大量诗作。《闻定海警感作三章》表现了诗人在听到家乡紧急消息后的万分焦急、归心似箭的心情："安得身为鸿，力借朔风满。"下面一首诗，更表现了诗人对国事的关切和忧虑：

未识人间舌几存，纤筹密策总难论。可怜遍地金银气，化作流虹亘海门。

——《归途杂占九绝句》

诗人在很多长篇叙事诗里反映了战乱中人民的苦难，《速速去去五解，八月二十六日郡城纪事作》一诗，生动地记述镇海失陷时全城官、兵、民众的惊恐混乱的情况:"日落天昏昏,狂飙过耳,声摧城树。似有万千百人哭声与鬼号呼。"真是一幅惨不忍睹的画面。诗人还以充满愤怒的诗篇,揭露敌人的暴行。《捉夫谣》写侵略军抓夫,残酷虐待我国同胞:"朝出担水三千斤,暮缚囚床一杯粥。"在《兵巡街》中,描写那班"穿门为狼入为虎"的洋鬼子,张牙舞爪,到处敲诈勒索:"尔不随我还无钱,尔不见邻儿背受三百鞭,血肉狼藉城根眠。"诗人还正面地表现爱国战士们"衔恩持死力,力尽死何辞""愁闻凄雨夜,枕刃唱薨歌"的誓死战斗精神,更为动人的是《北村妇》中的一位妇女,她的丈夫是水兵,已战死浃江口,而她"愿妾怀中胎,生男续夫后。昨夜生一男,夫死妾有子",表现出多么顽强的斗争意志!

姚燮一生写了大量的诗歌,四十四岁时就已"著诗万二千章"。在创作上他虽主张"诗必法古",但他又强调"自寄其性情",不满意当时"摹风绘雅"的诗坛,追求新的独特的表现形式,在《答韩生问余诗二章》中,诗人写道:"华嵩有柢天栽厚,门户无依手创单。""须知花好因姝媚,莫信龟灵有六眸。"这使得诗人的诗歌具有较充实的思想内容和自己的风格特点,不同于当时一般专意摹古的诗人。

贝青乔

贝青乔(1810—1863)字子木,江苏吴县人。1841年奕经前往浙江抗击宁波英军,道经苏州时,他自往投军,希望在抗敌中尽一份力。哪知清政府的将兵大部分腐朽堕落,不仅没有抗敌之力,也没有抗敌之意,所以他非常失望。后往游京师,又到过贵州、云南、四川等地,始终穷愁落寞。他一生写了好多诗,现存《半行庵诗存稿》和《咄咄吟》。

他投身于现实斗争的漩涡,眼光始终注视着现实的动荡和人民的苦难,诗中反映人民的苦难和鸦片战争的篇章占了大半。其中有不少佳篇,如《杂歌九章》《将从军之甬东纪别》《过余姚县》《过长溪寺投岭下农家宿》《军中杂诔诗》等。这些诗篇表现了他强烈的爱国主义感情和深厚的人道主义精神。如《旅窗杂感》:

山中风听易传讹,甚事关心唤奈何。仗尔安危名将少,由他笑骂好官多。愁边旷野皆荆棘,梦里春城尚绮罗。容我蓬庐高枕稳,偏闻挨户急催科。

又如《军中杂诔诗》其十七:

唱彻临江节士歌,歌声流愤满关河。如何为国捐躯者,只是聋丞醉尉多?

这首诗哀悼县吏等小官员殉国,寄托了对清政府投降政策的强烈不满,最后两句,更是对牛鉴等畏死贪生的大官僚的尖锐讽刺

贝青乔的讽刺能力更集中地表现在其专题诗集《咄咄吟》中。

《咄咄吟》是诗人在奕经军中就目睹耳闻各事所写的诗集,共两卷一百二十首。诗人说他写的尽是"怪事"与"可解不可解"之事,均为清军特别是上层将官荒唐糜烂的情形。处在抵抗外侮的时刻却遇上了这样的军队,诗人怎能抑制住他的愤愤不平之气?强烈的爱国激情,使了解内情,"于内外机密,十能言其七八"的作者,将清王朝军事机构的家丑一一揭示,讽刺尖锐有力。试看诗人笔下的清军将官:

瘾到材官定若僧,当前一任泰山崩。铅丸如雨烟如墨,尸卧穹庐吸一灯。

本诗写军官张应云烟瘾方至，临阵不能视事。又如：

> 春风满座醉嘈嘈，一掷何妨百万豪。恰喜羽书中夜静，蜡灯酣赌好分曹。

本诗写隆文参赞在和议期间无所事事，与军中官僚偷闲聚赌。国家安危正在千钧一发之际，他们竟能如此清闲开心！

诗人的暴露是彻底的，因而这些诗充满着战斗性，诗人也知道这样会危及自己，但爱国的责任感终使他无所畏惧："底用名山贮石函，筹边策备此中参。倘教诗狱乌台起，臣轼何妨窜海南！"（《自编军中记事诗二卷为咄咄吟，朋旧多题赠之作，赋此为答》）

《咄咄吟》一百二十篇，篇篇皆是一诗（绝句）一注，而注本身又多是绝妙的记事讽刺短文，说明所写的诗都有事为证。不过有些诗，诗人过于拘泥和依赖于注解，诗意由注而显，单看时未免隐晦，减损了形象性。

无名氏的讽刺诗

鸦片战争时，英军侵略的战火弥漫东南各省，人民感于民族危机，渴望清政府强硬对外，但是腐朽的清政府却一味投降卖国，无能的清朝将兵一触即溃，临阵即逃。人民对此非常愤慨，社会流传大量的讽刺诗篇。

在当时有关鸦片战争的文人诗歌中，几乎篇篇都带有对投降派和腐朽官军的讽刺意味，其中以无名氏的讽刺诗最为辛辣。就语言特色来看，大部分出自下层文人之手，比较直接地反映广大人民的思想感情。

诗人将他们锋利的匕首首先投向投降派和卖国贼，如写奕山的两首：

奕世难逃此武功，求和纳贿暗关通。军需办尽全无用，都付夷人一火中。

山河不顾顾夷蛮，百万金资作等闲。辱国丧师千古恨，对人犹说为民间。

——《广东感时诗》

又如两江总督牛鉴，他自1842年5月吴淞口保卫战以后，一直不战而逃，人们斥之为"私通"：

祸根牛鉴任封疆，尽被生民骂万场。到此内河来领路，私通夷寇到京江。

——《京口夷乱竹枝司》

这些遇敌即逃、屈膝投降的大官僚，他们原来是贪生怕死、谋求私利，哪顾得什么国家的利益？有些作品深刻地揭露了这一点：

畏惧蛮夷总逡巡，不思护国不全民。但知一味糜军饷，不饱宦囊有几人？

——《壬寅忧纪事竹枝词》

又如：

烟霞痼疾孰能回，一纸书成结祸胎。魏绛和戎偏易土，弘羊富贵转伤财。噬脐未及终边患，食肉无谋岂将才！黎庶脂膏军士血，染成丹顶位三台！

——《京口驿题壁》

大官僚的红帽顶子，原来是人民的脂膏和军士的鲜血染成，这是多么深刻的揭露和有力的鞭挞！再如：

莽莽风尘一望平，烟云飘瞥动天旌。船飞海角帆无影，火烈原头箭有声。几日征书驰远道，连宵鼍鼓走疑兵。将军更有从容态，翻许兼程作缓程。

——《粤东感事十八首》

这首诗前六句将战争的紧张气氛渲染得非常浓烈，而结尾两句忽然一转，揭发将军的"从容态""翻许兼程作缓程"，实际上是惧怕战斗的表现。人物的怯懦行动和紧张的战斗气氛成了多么强烈的对比！在这里，诗歌发挥了最大的讽刺力量。将军赴战如此，而"邀功""论赏"呢？请看：

空把旌旗拥戍楼，将军无事任优游。彻天红焰烧民屋，逼地青磷动鬼愁。粉饰太平先报捷，邀功姓字可能周。失机谁守泥城将，论赏应推第一筹。

——《广东纪事新诗十二首》

赴战时紧张的战斗情况可以置之度外，战后的破坏惨象可以不闻不问，而"邀功""论赏"却争先恐后。诗人就是这样形象地将那些将官的丑恶嘴脸给描绘了出来。

这些讽刺诗，成就很高。由于不署名，无所顾忌，可以讽刺得淋漓尽致，充分发挥出战斗作用。可以说，揭露深刻，讽刺尖锐，形象生动，格调风趣幽默而又能不失之粗俗油滑，是这些诗的成功之处。

录自北京大学中文系文学专门化1955级集体编著《中国文学史》四（修订本），人民文学出版社1960年版。

黄遵宪的生平、思想和创作

一、黄遵宪的生平与思想

黄遵宪（1848—1905），字公度，别号人境庐主人。祖籍光州（在今河南省东南部），五代时迁闽，宋元之际迁梅州，后遂为广东嘉应州（今梅州市）人。祖上屡代经营典当。父亲黄鸿藻，曾任户部主事、广西知府。

黄遵宪少年时即遭逢太平天国起义和英法联军入侵等巨变。当他12岁时，太平军第一次攻破嘉应州城。"七万里戎来集此，五千年史未闻诸。"民族矛盾、阶级矛盾的深刻震撼使黄遵宪成为一个早熟的年轻人。他曾自述："吾年十六七始从事于学，谓宋人之义理，汉人之考据，均非孔门之学。"同治三年（1864），黄遵宪在《感怀》诗中批判复古主义，主张"知今""阅世"，提出"法弊无万全""正当补弊偏"，表明17岁的黄遵宪已经有了改革思想。同治六年（1867），考中秀才。同治十三年（1874），以拔贡生的资格去北京应廷试，没有考中。其间，黄遵宪到过广州、香港、天津等地，使他有机会接触鸦片战争后中国社会的严酷现实。内忧外患和自身的经历，促使黄遵宪愈来愈强烈地滋生对科举制度的批判思想。光绪二年（1876），他在《述怀再呈霭人樵野丈》诗中说："徒积汗牛文，焉用扶危颠。到此法不变，终难兴英贤"，明确地主张"变法"，改革科举制度。这年秋天，黄遵宪考中举人。12月，同乡何如璋出使日本，黄遵宪应邀任参赞。

光绪三年（1877）十月，黄遵宪随何如璋赴日本，旋即参与琉球问题谈判。当时，正值日本明治维新之后，黄遵宪由惊怪、犹疑，逐渐发展为肯定。他对日本友人宫岛诚一郎称："君民共治之体，实胜寡人政治。"又对何如璋说："中国必变从西法。其变法也，或如日本之自强，或如埃及之被逼，或如印度之受辖，或如波兰之瓜分，则吾不敢知，要之必变。"他认真地研究日本的历史和现状，开始起草《日本国志》一书。在此期间，他读到法国思想家孟德斯鸠和卢梭的著作，"心醉其说，谓太平世必在民主国无疑"。

在日本，黄遵宪受到许多热爱中国文化的汉学家的欢迎，和源辉声、宫岛诚一郎、青山延寿、石川英、龟谷省轩、冈鹿门等结下深厚友谊，彼此经常笔谈，为中日文化交流做了大量工作。光绪五年（1879），黄遵宪出版《日本杂事诗》，受到日本朋友的热烈赞扬。源辉声征得黄遵宪同意，将原稿埋藏于东京家园中，由黄遵宪亲题"日本杂事诗最初稿冢"九字，刻石树碑。源辉声逝世后，安葬于东京北部的平林寺，其子为了实践父亲"与丽句兮永为邻"的遗愿，也将诗冢迁移到了平林寺。

光绪八年（1882），黄遵宪调任驻美国旧金山总领事。在他的任期内美国排斥华工运动日益加剧。黄遵宪抨击美国官员"不公、无理、苛刻、残虐"，积极保护华侨的正当权益，光绪十年（1884），美国大选，黄遵宪目睹总统选举过程中的许多怪事，不能正确地加以分析，得出了"共和政体万不能施行于今日之吾国"的错误结论。

光绪十一年（1885），黄遵宪请假归国，多年的海外生活使他认识到"中国非除旧布新，不能自立"，开始起草变法方案。同时，他埋头修订《日本国志》，至光绪十三年（1887）成书。它"详今略古，详近略远，凡牵涉西法，尤加详备，期适用也"（《凡例》）。书中，黄遵宪批判秦汉以后"君尊而民远""竭天下以奉一人"的专制主义，提出了完整的变法思想体系，主张建立立宪政体，学习西方自然科学和发展生产、管理经济的方法，保护和发展民族工商业，建立强大的国防力量，开办新式学堂，进行文体和字体的改革。次年秋黄遵宪带着《日本国志》入京，得到总理各国事务衙门章京袁昶的赞许，被推荐为驻英二等参赞。

在英期间，黄遵宪仔细考察了英国的政治制度，改良主义思想臻于巩固。他明确提出"改选西法，革故取新"，同时主张"上自朝廷，下自府县，咸设民选议院，为出治之所"。当时日本已召开国会，黄遵宪致函日本友人说："一洗从前东方诸国封建政体，仆于三万余里海外闻之，亟举觞遥贺，况其国人乎！"光绪二十年（1894），正当中日战争的紧要关头，黄遵宪被两江总督张之洞自新加坡总领事任调令回国，任江南洋务局总办，处理五省教案。次年（1895）黄遵宪在上海会见康有为，纵论时事，随即参加强学会。自此，黄遵宪成为维新运动中的积极分子。光绪二十二年（1896），黄遵宪邀请梁启超到沪创办《时务报》，"藉此大声疾呼，为发聋震聩之助"。10月入京，受到光绪皇帝和帝党官僚翁同龢的接见。次年（1897），被任命为湖南长宝监法道。不久，署理湖南按察使。黄遵宪积极协助湖南巡抚陈宝箴推行新政，先后创办时务学堂、南学会、保卫局、课吏馆、不缠足会、《湘学新报》《湘报》，使湖南成为当时全国最活跃最有朝气的一省。他曾在南学会演讲，批评封建帝王"生于深宫之中，长于妇人之手""骄淫昏昧，至于不辨菽麦，亦靦然肆于民上，而举国受治焉"。封建保守势力攻击他"阴狡坚悍",声称"自黄公度观察来而有主张民权之说","我省民心,顿为一变"。光绪二十四年(1898),维新运动进程加速,黄遵宪全力支持康有为的主张,致函陈三立说:"康所上折,先设制度局,即宪所谓三司条例司也,极为中肯。读此及《彼得变政》折,宪不能不爱之敬之。"同年因徐致靖奏保,光绪帝命陈宝箴将黄遵宪送部引见。八月,任命黄遵宪为出使日本大臣。当黄遵宪行抵上海时,戊戌政变发生,黄遵宪被参奏为"奸恶"与谭嗣同辈相等,"请旨饬拿""从严惩办"。由于英国驻上海总领事和日本驻华公使林权助等人的干预,清政府允许黄遵宪辞职还乡。

黄遵宪还乡后,思想郁闷,但他仍怀抱着拳拳报国之心,自称"早夜奋励,务养无畏之精神,求舍生之学术,一有机会,投袂起矣"。光绪二十八年(1902),黄遵宪和逃亡日本的梁启超取得联系,二人经常以长信交换意见,讨论立宪、革命、保教、保国粹、人物评价、文学改良等各方面的问题。他预言自己有可能从"加富尔变而为玛志尼",鼓励梁启超批判"儒教",支持他创办《新民丛报》和《新小说》,但反对梁启超的貌似激烈的"破坏主义"理论。这一时期,黄遵宪有较多的时间从事新体诗的创作,因此,被梁启超树为"诗界革命"的旗帜。光绪二十九年(1903),黄遵宪邀集地方人士创立嘉应兴学会议所,自任会长,积极发展家乡的教育事业。次年末,黄遵宪在《病中纪梦述寄梁任父》诗中写道:"人言廿世纪,无复容帝制,举世趋大同,度势有必至。"但这时,黄遵宪的肺病已日见加重。光绪三十一年(1905),他在致梁启超信中说:"余之生死观略异于公,谓一死则泯然澌灭耳。然一息尚存,尚有生人应尽之义务,于此而不能自尽其职。无益于群,则顽然七尺,虽躯壳犹存,亦无异于死人。无避死之法,而有不虚生之责。"农历二月二十三日(3月28日)逝世。

黄遵宪的著作,生平自定的有《日本杂事诗》《日本国志》《人境庐诗草》等三种。《日本杂事诗》两卷，版本众多，以光绪五年（1879）总理衙门刊行的同文馆聚珍版为最早。光绪十六年（1890），黄遵宪在使英期间重加改订，于光绪二十四年（1898）由长沙富文堂以木版刊行，成为定本。1981年，湖南人民出版社出版了钟叔河的辑校本《日本杂事诗广注》，列为《走向世界丛书》的一种。

《日本国志》四十卷，光绪十六年（1890）始刊于广州富文斋，嗣后有光绪二十四年（1898）浙江书局本、上海图书集成印书局本等。

《人境庐诗草》十一卷，黄遵宪自编，黄遵宪初校，梁启超复校，宣统三年（1911）刊行于日本。近人钱仲联有《人境庐诗草笺注》，初版于1957年，1981年增订修改，由上海古籍出版社再版。

黄遵宪的集外诗文，近年来陆续有所发现。1960年，北京中华书局出版北京大学中文系近代诗研究小组整理的《人境庐集外诗辑》。1981年，《文献》杂志发表钱仲联所辑《人境庐杂文钞》。黄遵宪任驻日参赞期间与日本人士的笔谈记录也已由实藤惠秀、郑子瑜二人辑出，编为《黄遵宪与日本友人笔谈遗稿》，1968年由日本早稻田大学东洋文学研究会出版。黄遵宪与宫岛诚一郎的笔谈遗稿笔者已在日本访得，提供给陈铮先生主编《黄遵宪集》之用。

二、黄遵宪的文学主张

创造性是文学的生命活力所在。只有创造，才能产生出命意新颖、风格独特的作品来。明清以来的作者大都不懂得这个道理，他们视古人为偶像，刻意求似，亦步亦趋，黄遵宪鄙视这种诗风。《杂感》诗说：

俗儒好尊古，日日故纸研。六经字所无，不敢入诗篇。古人弃糟粕，见之口流涎。沿习甘剽盗，妄造丛罪愆。

他指出，今古是发展的，今不必卑，古不必尊，应该敢于摆脱古人的束缚，"我手写我口"。因此他推崇韩愈的文学主张。《刘甗庵诗序》说：

> 韩退之铭樊宗师也，曰："惟古于词必己出。"其答李翊书又曰："惟陈言之务去。"以昌黎之文起八代之衰，而摄其要乃在去陈言而不袭成语，知此可与言诗矣。

黄遵宪认为，清代诗派林立，"或矜神韵，或翊性灵"，但大都"肤浅油滑，人人能为诗，人人口异而声同"，其症结就在于迷信古人。他在研究了中国古代诗歌发展的历史经验之后指出：

> 不能率其真而舍我以从人，而曰吾汉、吾魏、吾六朝、吾唐、吾宋，无论其非也，即刻画求似而得其形，肖则肖矣，而我则亡也，我已忘我，而吾心声皆他人之声，又乌有所谓诗者在耶？汉不必三百篇，魏不必汉，六朝不必魏，唐不必六朝，宋不必唐，惟各不相师，而后能成一家言。是故论诗而依傍古人，剿说雷同者，非夫也。
>
> ——《与朗山论诗书》

但是黄遵宪并不反对向古人学习，在日本时他就向日本友人建议"多读杜、韩大家，以观其如何"。后来在《人境庐诗草自序》中，又明确主张"复古人比兴之体"，"取《离骚》、乐府之神理而不袭其貌"，自曹氏父子、鲍照、陶渊明、谢灵运、李白、杜甫、韩愈、苏轼，以至晚近小家，无一不可成为自己"炼格"的对象。黄遵宪认为，这种学习取径要广，必须"不名一格，不专一体"，而且必须善于抛弃古人的糟粕，其最终目的则在于建立自己的个人独特风格，"要不失乎为我之诗"，黄遵宪把这种境界叫作"诗之中有人"。它正确地揭示了诗歌和传统、和创作主体的关系。

黄遵宪懂得，现实是诗歌的土壤，生活的丰富和时代的发展保证了诗歌的源泉既生生不息，又绚丽多姿。他在《与朗山论诗书》说：

> 日月、星辰、风云、雷雨、草木、禽鱼、日出其态以当我者，不穷也；悲欢、忧喜、欣戚、思念、无聊、不平之出于人心者，无尽也；治乱、兴亡、聚散、离合、生死、贫贱、富贵之出于我者，不同也。苟能即身之所遇，目之所见，耳之所闻，而笔之于诗，何必古人，我自有我之诗者在矣。

在《人境庐诗草自序》中，黄遵宪将这种境界称之为"诗之外有事"。唐代的白居易主张"文章合为时而著，歌诗合为事而作"，宋代陆游主张"功夫在诗外"，黄遵宪的思想正是在此基础上的进一步发展，它正确地揭示了诗和现实的关系。

诗源于现实，又反作用于现实。黄遵宪对西方文艺史有一定了解，曾说："诗虽小道，然欧洲诗人，出其鼓吹文明之笔，竟有左右世界之力。"（《致丘菽园的信》）正确认识到诗歌可以"鼓吹文明"，为维新变法服务，但以为它可以"左右世界"，则过于夸大。应该特别指出的是，近代作家常常强调诗歌的社会政治作用而忽视其艺术和审美特征，黄遵宪则不然，他说："吾论诗以言志为体，以感人为用，孔子所谓兴于诗，伯牙所谓移情，即吸力之说也。"（《致饮冰主人手札》）

诗的发展是格律化和自由化的统一。它既要求节奏和谐，具有回环反复的音乐美感，又要求能自由畅达地抒情、叙事。针对古典诗歌格律过严的情况，黄遵宪主张"以单行之神，运排偶之体""用古文家伸缩离合之法以入诗"（《人境庐诗草自序》）。这实际上是主张吸收散文的特点和句法来写诗,从而提高诗歌的表现力。

语言是诗歌构造形象的唯一手段,它必须不断更新发展。针对古典诗歌语言日益僵化的情况,黄遵宪在青年时代就勇敢地提出:"即今流俗语,我若登简编。五千年后人,惊为古斓斑。"(《杂感》)后来,又进一步提出,自群经三史、周秦诸子之书,许慎、郑玄诸家之说,以至于当时的官书、会典、方言、俗语,一概可以作为诗歌语言的取材范围,这就大为丰富了诗歌的语言源泉。

黄遵宪自小熟悉家乡的民歌,又受过晚明公安派的影响,论诗强调"真意",认为《诗经》中的"十五国风"之所以"妙绝古今"其原因在于"妇人女子矢口而成"。他高度评价故乡民歌手的才能,"彼冈头溪尾,肩挑一担,竟日往复,歌声不歇者,何其才之大也!"(《山歌题记》)但是他还认识不到吸收民歌营养对于发展文人诗的意义。

黄遵宪的上述主张反映了近代诗歌发展的要求,较之谭嗣同、夏曾佑捋扯新名词以自表异的"诗界革命"要高出许多。

黄遵宪是高度评价《红楼梦》的第一人。他曾赠给日本友人源辉声一部《红楼梦》,并对另一日本友人石川英说:"《红楼梦》乃开天辟地、从古到今第一部好小说,当与日月争光,万古不磨者。"又说:"论其文章,直与《左》《国》《史》《汉》并妙。"他认为,小说必须有神采,有趣味;作者必须富阅历,饱尝烂熟社会中所有情态,又必须积材料,具有浓厚的语言修养,能得心应手地驱使通行俗谚,以至譬喻语、形容语、解颐语等。

黄遵宪主张言文合一,他在《日本国志·学术志》中说:"语言与文字离,则通文者少;语言与文字合,能通文者多。"他要求改变汉语书面语言和口语严重脱离的状况,创造一种"明白晓畅,务期达意"的新文体,力求做到"适用于今,通行于俗",使得"天下之农、工、商贾、妇女、幼稚皆能通文字之用"。这些主张比之裘廷梁的《论白话为维新之本》要早12年。

三、黄遵宪的诗作

黄遵宪在《与弟遵楷书》中说："平生怀抱，一事无成，惟古近体诗能自立耳。"诗是黄遵宪的"余事"，但却是他一生最大的成就。黄遵宪自觉地以诗歌来反映近代中国的重大历史事件，呼吁人们维新救国，他的诗内容宏富，可以称为一代诗史。

反对帝国主义侵略，反对卖国投降是黄遵宪诗的首要内容。在《香港感怀》《羊城感赋》《和钟西耘庶常德祥津门感怀诗》等诗中，黄遵宪追念鸦片战争和第二次鸦片战争的往事，对《南京条约》《北京条约》等耻辱的城下之盟表示愤慨。"教训十年民力盛，倘排犀手射鲸鱼"不仅是黄遵宪的愿望，也是近百年来中国人民的共同愿望。光绪十一年（1885）中法战争中，冯子材在谅山战胜法军，黄遵宪在《冯将军歌》中热情地歌颂这位70岁的爱国老将，描绘了清军英勇杀敌"十荡十决无当前，一日横驰三百里"的壮观场面。光绪二十一年（1895），中国在甲午战争中战败，黄遵宪为此写下了一组诗篇，系统地反映战争的全过程，《哀旅顺》云：

> 海水一泓烟九点，壮哉此地实天险。
> 炮台屹立如虎阚，红衣大将威望俨。
> 下有深地列巨舰，晴天雷轰夜电闪。
> 最高峰头纵远览，龙旗百丈迎风飐。
> 长城万里此为堑，鲸鹏相摩图一啖。
> 昂头侧睨视眈眈，伸手欲攫终不敢。
> 渤海可填山易撼，万鬼聚谋无此胆。
> 一朝瓦解成劫灰，闻道敌军蹈背来。

全诗以十四句极写旅顺之险，而失守一事，只有寥寥两句，无限的哀痛和愤怒尽在不言之中。"剖胸倾热血"，诗人这一时期的作品都高扬着强烈的爱国主义的激情。《马关纪事》写战败签约、割地赔款的悲愤。《台湾行》指出台湾是"我高我曾"开辟出来的神圣领土，批评扬言守土而又仓皇内渡的清吏，斥责投降日本的败类。《书愤》写甲午战争后帝国主义的瓜分狂潮：

> 一自珠崖弃，纷纷各效尤。
> 瓜分惟客听，薪尽向予求。
> 秦楚纵横日，幽燕十六州。
> 未闻南北海，处处扼咽喉。

> 弱肉供强食，人人虎口危。
> 无边画瓯脱，有地尽华离。
> 争问三分鼎，横张十字旗。
> 波兰与天竺，后患更谁知。

当时，还没有别人能在诗中将中华民族的危机表现得如此触目惊心。

黄遵宪诗的另一重要内容是批判封建顽固派、批判封建文化，抒发维新变法、振兴中华的愿望。《感怀》讽刺"昂头道皇古，抵掌说平治"的世俗儒生，反对儒学的独尊地位。《杂感》指责封建统治者以八股制艺诱人入彀，使知识分子的精力疲于无用的丹铅之中。《赠梁任父同年》勉励梁启超以精卫填海之志出手大干，希望由此出现一个"黄人捧日"、光照大千的局面，戊戌政变发生后，黄遵宪的一腔忧愤完全倾泻到了诗作里。《仰天》诗云：

> 仰天击缶唱乌乌，拍遍阑干碎唾壶。
> 病久忍摩新髀肉，劫余惊抚好头颅。
> 箧藏名士株连籍，壁挂群雄豆剖图。
> 敢托鸩媒从凤驾，自排阊阖拨云呼。

诗中的抑郁不平既反映黄遵宪对国家民族命运的深沉忧虑，也反映他对顽固派镇压维新运动的愤怒。环境虽然恶劣，但黄遵宪仍然相信未来。诗人这一时期写作的《己亥杂诗》是一组仿龚自珍同名之作的身世感怀诗。其中"滔滔海水日趋东"写中国必然要变革、"万法从新"的信念。黄遵宪虽然不赞成革命，但他始终强烈地渴望祖国和民族的强大。光绪二十八年（1902），他写作《军歌》24首，呼吁人们以死求生，改变国势衰弱的局面。如：

> 阿娘牵裾密缝线，语我毋恋恋。我妻拥髻代盘辫，濒行手指面：败归何颜再相见，战战战！
> 弹丸激雨刃旋风，血浅征衣红。敌军昨屯千黑熊，今日空营空。黄旗一色盘黄龙，纵纵纵！

黄遵宪设想，经过对侵略者决死的战斗，中国军队大胜，鼓吹齐鸣，铙歌奏凯，嚣张跋扈的帝国主义者瑟缩谢罪，彼此在平等的基础上订立新约。梁启超盛赞此诗，认为"读此诗而不起舞者，必非男子"。（《饮冰室诗话》）

黄遵宪先后出使日、美、英等国，他的诗集中有不少描写海外风物的诗篇。《日本杂事诗》总数达200首，全部为绝句，系以小注，内容涉及日本的历史、国政、民情、民俗、物产和社会生活的各方面，是百科全书性的大型组诗。《樱花歌》写日本举国观花的盛况，《游箱根》写日本的秀丽山水,《都踊歌》写西京街头青年男女清歌妙舞的情态和他们对爱情生活的祝福。此外斯里兰卡卧佛、英国温则宫、伦敦大雾、巴黎铁塔、苏伊士运河、埃及象形石柱、新加坡的华人山庄,都一一成为黄遵宪的歌咏对象。黄遵宪的这些诗,空前地扩大了中国古典诗歌的表现领域,所以他曾不无自负地表示"吟到中华以外天"(《奉命为美国三富兰西士果总领事留别日本诸君子》)。

《山歌》是黄遵宪诗中一组别具风格的作品。它们描写青年女子对忠贞爱情的期待以及离别、相思之情。语言活泼、天真,表现上则采取谐音、双关等传统的民歌手法。如:

催人出门鸡乱啼,送人离别水东西。
挽水西流想无法,从今不养五更鸡。

一家女儿做新娘,十家女儿看镜光。
街头铜鼓声声打,打着中心只说郎。

郑振铎曾誉之为"像夏晨荷叶上的露珠似的晶莹可爱"。《新嫁娘诗》写少女在出嫁前后的生活与心情,是黄遵宪诗中又一组别具风格的作品。它所描绘的婚嫁情况,宛如一幅色彩缤纷的嘉应民俗图。如:

脉脉春情锁两眉,阿侬刚及破瓜时。
人来偶语郎家事,低绣红鞋佯不知。

屈指三春是嫁期,几多欢喜更猜疑。
闲情闲绪萦心曲,尽在停针倦绣时。

> 问娘添索嫁衣裳，只是含羞怕问娘。
> 翻道别家新娶妇，多多叠叠镂金箱。

这里对旧时少女在出嫁前的心态、神情的描写可以说到了惟妙惟肖的地步。

对前代诗歌，黄遵宪兼收博采，不局限于一体一格，因此他的诗表现出多种多样的风格和意境。有时气势磅礴，豪语满纸；有时恬淡自然，宁静舒缓；有时雄辩滔滔，议论风生；有时幽默诙谐，情致盎然；有时匠心雕镂，精细入微；有时随手拈来，涉笔成趣。但是就其主要方面，则表现为下列特点：

一、善于描写场面，刻画人物，塑造鲜明的形象。《纪事》写美国总统竞选以杂耍招徕看客："铁兜绣裲裆，左右各分行。宝象黄金络，白马紫丝缰。橐橐安步靴，林林耸肩枪。或带假面具，或手执长枪。金目戏方相，黑脸画鬼王。"宛如一个个跳动的特写镜头。"齐唱爱国歌，曼声音绕梁。千头万头动，竞进如排墙。"又宛如阔大的全景。它们生动地表现了"纵欢场"上百戏杂陈，光怪陆离的景象，使人有身临其境的感觉。黄遵宪尤其善于写人物，如《度辽将军歌》：

> 雄关巍峨高插天，雪花如掌春风颠。岁朝大会召诸将，铜炉银烛围红毡。酒酣举白再行酒，拔刀亲割生麂肩。自言平生习枪法，炼目炼臂十五年，目光紫电闪不动，袒臂示客如铁坚。淮河将帅巾帼耳，萧娘吕姥殊可怜。看余上马快杀贼，左盘右辟谁当前！鸭绿之江碧蹄馆，坐令万里销烽烟，坐中黄曾大手笔，为我勒碑铭燕然。

本诗先是写吴大澂在岁朝大会上模仿汉初名将樊哙，故作豪举；次写他伸拳揎袖，卖弄武功；再写他讪笑败军将领；末写他大言自夸。经过这几层渲染，吴大澂骄狂的情态，须眉毕现。近人誉之为"通幅嬉笑怒骂，婉转毕肖，不愧诗史之目"。其他如《冯将军歌》《聂将军歌》《拜曾祖母李太夫人墓》等，都能以精练的语言勾勒出人物面貌。

二、善于铺展恢张，写作汪洋广博的鸿篇。《锡兰岛卧佛》是集子中最长的一首诗，也是中国古典诗中少见的长诗。梁启超曾说："欲题为印度近史，欲题为佛教小史，欲题为地球宗教论，欲题为宗教政治关系说"，"有诗以来所未有也"。《番客篇》写在南洋参加的华侨富商婚礼，从门庭、陈设、嫁妆、服饰、宾客、新人，一直写到迎亲、交拜、宴会、傀儡戏、博弈，又写到更阑酒尽后的娓娓长谈，细致周详。类似的长诗还有《罢美国留学生感赋》《流求歌》《逐客篇》《春夜招乡人饮》等。和古典诗歌比起来，它们的规模和容量都大为增加。

三、善于吸收和运用散文的特点写诗。《冯将军歌》采用《史记·魏公子列传》的笔法，多次使用"将军"二字，如："奋梃大呼从如云，同拼一死随将军。将军报国期死君，我辈忍孤将军恩。将军威严若天神，将军有令敢不遵，负将军者诛及身。将军一叱人马惊，从而往者五千人。"既将冯子材写得虎虎有生气，又充分表达了诗人的敬佩之情。黄遵宪常以散文句入诗，如《赤穗四十七义士歌》："一时惊叹争歌讴，观者、拜者、吊者、贺者万花绕冢每日香烟浮，一裙、一屦、一甲、一胄、一刀、一矛、一杖、一笠、一歌、一画手泽珍宝如天球。"它们伸缩自如，参差错落，别具一种音韵美。

四、"新理想"与"旧风格"的和谐。黄遵宪的诗既继承了中国古典诗歌的传统，又表现了新的时代特点。他的新派诗主要有两种类型：其一，写新事物、新思想，但保持旧体诗的格律。如《今别离》分咏轮船、火车、电报、相片、东西半球昼夜相反，《八月十五夜太平洋舟中望月作歌》写"月不同时地各别""彼乍东升此西没"，梁启超称这类诗"熔铸新理想以入旧风格"。其二，打破旧体诗的格律，但又保持诗歌应有的韵律和节奏。如《军歌》《幼稚园上学歌》，它们类似于古典诗歌中的杂言体，均为配谱歌唱而作，较为通俗，一般不用典。黄遵宪对《军歌》最满意，在《示权甥》函中说："此乃车辚、马萧、哭声干云之反对语也。自创新调，试参玩之。"又致函梁启超说："此新体择韵难，选声难，着色难"，"愿任公等拓充之，光大之"。

黄遵宪诗在近代产生了广泛的影响。他不仅被梁启超誉为"诗界革命"的旗帜，而且也启迪了马君武、高旭等南社诗人。高旭题《人境庐诗草》云："惊魂碎魄断肠时，三百年来见此诗。"在中国古典诗歌的终结阶段，黄遵宪不愧为首屈一指的杰出诗人。

黄遵宪的思想和创作都存在着严重的局限。他仇恨太平天国，仇视义和团，不敢彻底地反对帝国主义，力图用改良来代替革命，在保存封建主义的前提下发展资本主义。他的爱国主义有时表现为错误的大国主义。

黄遵宪认为"文界无革命而有维新"（《与严几道书》），因此在诗歌改革上不能跨出更大的步子。他尝试写新体诗，但主要还是利用旧形式创作，语言也主要以古籍为源泉。在艺术上，他往往议论过多，未能摆脱晚清宋诗运动的影响。在《致丘菽园信》中，他自述说："少日喜为诗，谬有别创诗界之论，然才力薄弱，终不克自践其言。譬之西半球新国，弟不过独立风雪中清教徒之一人耳！若华盛顿、哲非逊、富兰克令，不能不属望于诸君子也。"这是有自知之明的认识。

录自杨天石未刊稿。

晚清的"诗界革命"

19世纪90年代里，随着资产阶级改良运动的高涨，在诗歌领域内，也出现了一个要求在一定程度上突破旧形式，表现新的生活内容、新的思想感情、新的理想和意境的诗歌改良运动，这就是所谓"诗界革命"。

"诗界革命"的出现是有其社会基础、阶级基础和文学本身发展的原因的。明清以来，中国封建社会已经彻底腐朽，封建文学也已经日薄西山、气息奄奄，文人诗的发展始终处在严重的因袭、保守和停滞的状态中。内容空虚贫乏、脱离现实，形式风格上模拟古人，"模宋规唐""抄书作诗"成了它们的主要特征。清初，封建统治者所实行的严酷的思想统治更严重地窒息了现实主义诗歌的生命，拟古主义、形式主义的诗歌风靡一时。文人诗的衰落实在已经到了极点。

当然对于正统诗坛的这种情况不是没有斗争的，这一时期内，袁枚、赵翼、张问陶等人曾以他们先进的理论接续过晚明公安派的革新，鸦片战争前后，这种反拟古、反形式主义的文学思潮也随着进步诗歌同时发展着。龚自珍首先以他奇伟瑰丽、不立宗派、无视形式主义声律束缚的作品深刻地反映了现实，发出了诗歌改革的信号。姚莹在《论诗绝句六十首》中也曾经深刻地批判过当时盛行的"少陵才力韩苏富,走马驱山笔更遒。举世徒工搬运法,何曾一字着风流"。张维屏在《国朝诗人征略》中评论到黄仲则的诗时也说:"古今诗人……不必求奇而自奇,故非牛鬼蛇神之奇;未尝立异而自异,故非佶屈聱牙之异……亦用书卷而不欲炫博贪多,如贾人之陈货物。亦学古人而不欲句摹字拟,如婴儿之学语言。"1849年,王韬在《蘅花馆诗录》自序中也曾说:"然窃见今之所为诗人矣,扯挦以为富,刻画以为工,宗唐祧宋以为高,摹杜范韩以为能;而于己之性情无有也,是则虽多奚为?"一方面是长期以来文学发展本身就存在着的要求,另一方面是鸦片战争后日益加深的民族危机,特别是中国民族资本主义的发展,资产阶级的形成和改良运动的发展更加强了这种要求。资产阶级要求用诗歌来宣传变法维新思想,批判封建制度及其思想文化体系,鼓吹民主主义和民族主义思想,反抗帝国主义侵略,挽救祖国的危亡。因而,诗歌改革便立即提到了日程上来。又由于留学生的派遣,西方资产阶级民主主义文化和近代科学文明的传播,也使得中国思想界的面貌有了巨大的变化,诗人们吸取了新的思想营养,眼界和生活领域都更为扩大了,正因为"眼底骈罗世界政俗之同异,脑中孕含廿世纪思想之瑰奇"(梁启超《赠别郑秋蕃兼谢惠画》),才使得"直开前古不到境,笔力横绝东西球"(丘逢甲《说剑堂集题词为独立山人作》)成为可能。

黄遵宪首先在《杂感》一诗中对封建文化、封建文学进行了批判:"俗儒好尊古,日日故纸研。六经字所无,不敢入诗篇。古人弃糟粕,见之口流涎。沿习甘剽盗,妄造丛罪愆。黄土同抟人,今古何愚贤?即今忽已古,断自何代前……我手写吾口,古岂能拘牵?即今流俗语,我若登简编。五千年后人,惊为古斓斑。"作者继承反拟古反形式主义的进步的文学思潮,尖锐地嘲笑唯知承古人唾余,在古人诗集的夹缝里找出路的倾向,提出了古今语言变迁和古今诗歌发展的辩证观点,并且正面地提出了"我手写吾口"的主张，要求建立自己的独特风格，抒发自己的真实感情。黄遵宪的这首诗可以看作是"诗界革命"最早发出来的一声号炮。1891年在《人境庐诗草自序》中他更全面地提出了自己的诗歌主张：

> 士生古人之后，古人之诗，号专门名家者，无虑百数十家。欲弃去古人之糟粕，而不为古人所束缚，诚戛戛乎其难。虽然，仆尝以为诗之外有事，诗之中有人，今之世异于古，今之人亦何必与古人同。尝于胸中设一诗境：一曰复古人比兴之体；一曰以单行之神，运排偶之体；一曰取《离骚》乐府之神理而不袭其貌；一曰用古文家伸缩离合之法以入诗。其取材也，自群经三史，逮于周、秦诸子之书，许、郑诸家之注，凡事名物名切于今者，皆采取而假借之。其述事也，举今日之官书会典方言俗谚，以及古人未有之物，未辟之境，耳目所历，皆笔而书之。其炼格也，自曹、鲍、陶、谢、李、杜、韩、苏迄于晚近小家，不名一格，不专一体，要不失乎为我之诗。诚如是，未必遽跻古人，其亦足以自立矣。

诗人这里不仅有批判地学习古人的观点，而且有某种程度上的厚今薄古、古为今用的观点。诗人要吸收古典大师创作中的现实主义、浪漫主义精神和他们的艺术经验，从而表现自己的时代和思想感情，表现"古人未有之物，未辟之境"。诗人的创作就正是他的理论的卓越实践。根据他1902年给丘炜菱的信，我们知道他很早就有"别创世界"的雄心，希望能成为诗歌领域内的"华盛顿、哲非逊、富兰克令"。而在1896年，他更明确地称自己的诗为"新派诗"[1]。在改良派诗歌改良运动

---

[1]《酬曾重伯编修》："废君一月官书力，读我连篇新派诗歌"。

中，黄遵宪是走得最早和最好的一个。

诗界革命口号的正式提出是1896至1897年间的事，正是甲午战争以后。它的首倡者是谭嗣同和夏曾佑。和黄遵宪一样，他们也对封建文学和封建诗歌进行过激烈的批判。1896年，谭嗣同在金陵刻《莽苍苍斋诗》时，自题为"三十以前旧学第二种"，以区别于维新救国的"新学"，并在自叙中说："天发杀机，龙蛇起陆……而为此无用之呻吟，抑何靡与？三十前之精力，敝于所谓考据辞章，垂垂尽矣！施于世，无一当焉。"1899年，梁启超在《夏威夷游记》中指斥拟古主义诗人为"鹦鹉名士"，后来又在《饮冰室诗话》中指斥"词章家"为"社会之蠹"，认为"诗词曲三者"都是"陈设之古玩"，要求文学也向西方学习："读泰西文明史，无论何代，无论何国，无不食文学家之赐……若中国之词章家，则于国民岂有丝毫之影响耶？"1909年，康有为在《与菽园论诗，兼寄任公、孺博、曼宣》中对旧诗歌所作的批判："一代才人孰绣丝，万千作者亿千诗。吟风弄月各自得，复酱烧薪空尔悲。"也可以代表他早期的看法。改良派诗人们对封建文学的这些冲击，是当时对封建文化、思想体系斗争的一个组成部分。

所有改良派诗人都讲求文学的功利，注意文学对政治的作用，要求文学有补于社会，表现新的生活和理想，为改良运动和启蒙思想的宣传服务。这一段时期，他们也接受了某些西方的资产阶级文艺思想的影响，对诗歌的巨大的政治作用、宣传教育作用和美学作用有了进一步的认识。黄遵宪在给丘炜菱的一封信中曾经说："诗虽小道，然欧洲诗人，出其鼓吹文明之笔，竟有左右世界之力。"梁启超在《新罗马传奇》中也曾借但丁的口吻说："念及立国根本，在振国民精神，因此著了几部小说传奇，佐以许多诗词歌曲，庶几市衢传诵，妇孺知闻。将来民气渐伸，或者国耻可雪。"

"诗界革命"首先要求在充塞着陈词滥调的旧诗歌中加添新诗料，

注进新血液，以新名词、新事物入诗。但是谭嗣同、夏曾佑等人却生硬地塞进了不少佛教经典、新旧约、儒家著作中的名词、术语和故实，译语满纸，使得谁也看不懂。如"纲伦梏以喀私德，法会极于巴力门"（谭嗣同《金陵听说法》），喀私德即 Caste 的音译，指印度人分为等级的制度；巴力门即 Parliament 的音译，指英国议院。实在是"诗道一厄"，几乎把诗界革命送进了绝路。

后来梁启超在《饮冰室诗话》中曾经批判过这种"挦扯新名词以自表异"的倾向，指出："然革命者，当革其精神，非革其形式。吾党近好言诗界革命。虽然若以堆积满纸新名词为革命，是又满洲政府变法维新之类也。能以旧风格含新意境，斯可以举革命之实矣。"梁启超在这里所提出的"以旧风格含新意境"就是要通过旧形式表现新的生活内容和新的思想感情。新派诗人们不愿意机械地模仿和抄袭古人，要求在诗界中辟一新国土，要求"独辟境界""意象无一袭先贤"，而康有为所说的"新世瑰奇异境生，更搜欧亚造新声"更是很好地道出了反映新时代具有新内容的新派诗的实质。黄遵宪、康有为、梁启超等人就正是沿着这一条道路前进的。他们扩大了诗歌所表现的生活领域，动摇了拟古主义、形式主义诗歌的统治势力，在一定程度上突破了旧体诗的束缚，提高了它的表现力，使之更紧密地服务于政治、服务于中国人民要求民主和民族独立、反抗帝国侵略的斗争，也造成了诗歌领域的一度繁荣。

诗界革命的另一成果是孕育了一种诗歌的新形式，并使诗歌开始向口语化、群众化的方向前进了一大步。这就是黄遵宪的《军歌》《幼稚园上学歌》《小学校学生相和歌十九章》，康有为的《爱国短歌行》，梁启超的《爱国歌四章》《志未酬》，林纾的《闽中新乐府》，蒋智由的《奴才好》等诗。它们都在很大程度上摆脱了旧体诗的严格的束缚，以骚体、乐府体或者是一种更为自由的形式表达思想、反映生活，呈现了一种解放的趋向。它们的语言都较为通俗，其中一部分甚至明白如话。改良派为了争取群众，对人民进行启蒙宣传，曾经广泛地运用过这种新兴的形式，或者说诗的"新体"，《新小说》就曾专辟"杂歌谣"一栏以发表这类的新派诗。此外，改良派也曾利用并改造了一部分民间文学和民间诗歌的形式，通俗而自由的乐府式讽刺诗也曾流行一时。

"诗界革命"对当时的诗歌创作产生了很大的影响。此后，资产阶级革命派的诗人们继承了它的成果，继续使诗歌反映现实，执行着作为反帝反封建的工具的任务。秋瑾、章太炎、高旭、马君武等革命诗人写过并在《复报》《中国白话报》《滇话》《国民日日报》等报刊发表过不少通俗的革命诗歌。这一切都对"五四"时期的真正的诗歌革命起着先驱的作用。

"诗界革命"是代表新兴资产阶级的利益和要求的，是为旧民主主义革命服务的，它是当时对封建阶级旧文化所作的斗争的重要一翼。然而由于中国资产阶级的先天不足和软弱性以及它和封建主义的密切联系，这就决定了它不可能和封建文化、封建文学彻底决裂，相反却夹杂了许多中国的封建余毒。"诗界革命"只是文学改良运动，它并没有和封建文学划清界限，不能彻底抛弃僵死了的旧形式，不能彻底地反帝反封建，一些萌芽着的新因素不久也就夭折了。

录自北京大学中文系文学专门化1955级集体编著《中国文学史》四（修订本），人民文学出版社1960年版。

康有为、梁启超、谭嗣同、蒋智由、丘逢甲等新派诗人

康有为

　　康有为（1858—1927）字广厦，号长素，广东南海县（今佛山市南海区）人。他是资产阶级改良主义者，曾向清廷七次上书，陈言变法，1898年，领导戊戌维新运动。运动失败后，逃往国外，进行保皇活动，思想日趋反动。辛亥革命后，以清朝遗老自居，拒绝回到革命后的祖国。1917年参与张勋的复辟叛乱。以后他在众叛亲离的孤独、黯淡的生活中度过晚年。

　　康有为的诗歌和他政治思想一样，戊戌事变可以作为转折点。前期，康有为作为"纵横四顾，有澄清天下之志"（梁启超《康有为传》）的青年，作为五游京师、七次上书的忧切国事的爱国者，曾高举改良主义旗帜。作为号召一时的资产阶级改良运动的领导者，他是"在中国共产党出世以前向西方寻找真理的一派人物"，属于"先进的中国人"（毛泽东《论人民民主专政》）之列。他的诗歌表现了他的进步的思想倾向，具有饱满的政治热情和丰富的社会内容。

诗人通过充满激情的诗篇，抒发自己的理想抱负，表现内心由于黑暗的现实所引起的深刻矛盾。《苏村卧病写怀》写于早年，深刻地反映诗人忧时愤世、充满矛盾的激烈情怀。身当"世界开新逢进化"之时，诗人有着心事拿云、许身稷契的远大怀抱，但却面对着"坠日忧难挽"的现实。这种尖锐的矛盾，引起诗人沉痛的感慨："名山渺莽千秋业，大地苍茫七尺身。南望九江北京国，拊心辜负总酸辛。""道丧官私惟帖括，政芜兵食尽虚名。虞渊坠日忧难挽，漆室幽人泣六经。"《出都门留别诸公》五首是诗人的代表作，全面而深刻地反映诗人的理想和现实的矛盾。它写于1888年，时诗人上书不达，横遭攻击、冷遇，心中怒火不可遏止，诗人斥责那些守旧顽固分子是"百鬼""百怪"，揭露他们专横狰狞的面貌："沧海惊波百怪横，唐衢痛哭万人惊。高峰突出诸山妒，上帝无言百鬼狞。"最为突出的是第二首：

> 天龙作骑万灵从，独立飞来缥缈峰。怀抱芳馨兰一握，纵横宙合雾千重。眼中战国成争鹿，海内人才孰卧龙？抚剑长号归去也，千山风雨啸青锋！

这里表现诗人志怀高洁、感慨不遇的自我形象，深刻反映诗人志趣和现实的矛盾。末尾二句，"风雨怒号，金铁飞鸣"式的（《诗集自序》）有着无比的激情和力量。

现实的黑暗，没有使诗人屈服，相反诗人以战斗的姿态，对腐败的政治、不合理的制度，以及当权的统治者进行冷嘲热讽、尽情鞭笞。《苦蚊行》就是这类诗歌中突出的一篇。诗中通过"蚊虻"的形象，尖刻地嘲讽朝廷中大大小小的守旧顽固官僚："蚊虻浩幅凑，薨薨满耳目。大者如苍蝇，虎飞食人肉。"活脱脱地勾画出这群顽固分子的群飞狂叫的嚣张神态，在诗人眼里，他们只是些像蚊子一样可憎可鄙的"么么"小物:"誓当聚火焚,扫除命僮仆。秽草皆捐涤,绝汝凭借属。大扇摇清风,卧簟书可读。"《谒白鹿洞紫阳书院二首》《再题》两篇,对当时"学者一无所志,一无所知,惟利禄之所慕,惟帖括之是学"(梁启超《康有为传》)的腐朽堕落的学风提出尖锐的批评:"吁嗟此名校,一旦至此秽。学问皆扫尽,良由求富贵。"在《再题》《寄赠王幼霞侍御》等诗中,诗人对当时封建王朝最高统治者西太后的专横昏聩、骄奢淫逸,愤慨地嘲讽和斥责。《伍氏万园观斗蟋蟀》一诗,就赌玩蟋蟀之事暴露了那些豪门世家将国事置之度外的腐朽糜烂的生活。

康有为前期所写的诗歌,有大量的反映当时重大历史事件、充满深厚爱国思想的诗篇。《闻邓铁香鸿胪安南画界撤还却寄》一诗,写中、法在越南划界,诗人对祖国河山被侵割,极其痛心,发出"更无十万横磨剑,畴唱三千敕勒歌"的壮志未酬的感慨。在《上元夕,桂垣藩署黄植庭方伯丈招观灯即座口占》一诗中,诗人面对五云杂沓万花缭乱的令人沉醉的灯火盛景,是"一万莺花开醉眼,忽惊烽火念三边"。对当时正在进行中的中日战争,诗人极其关切,最为突出的是《东事战败,联十八省举人三千人上书》一诗:

> 海东龙泣舰沉波,上相辎轩出议和。辽台朊朊割山河,抗章伏阙公交车多。连名三千觳相摩,联轸五里塞巷过。台人号泣秦桧歌,九城谣谍遍网罗。扛棺摩拳,击鼓三挝。桧避不朝,辞位畏呵。美使田贝,惊士气则那!索稿传钞天下墨争磨。呜呼,椎秦不成奈若何!

这首诗写于中日战争之后,当时遭到惨败的清政府,正以割地赔款为条件向日本求和,激起全国人民的反对。全诗慷慨激昂,充满蓬勃、强烈的斗争气息。"扛棺摩拳，击鼓三挝。桧避不朝，辞位畏呵"四句，简直是战斗的鼓声，胜利的凯歌。这首诗充分地表现了人民对统治者卖国行为的无比愤怒和高昂的斗争情绪，有力打击了当时清政府的卖国活动。

诗人还有不少写景吊古之作。"登高极望，辄有山河人民之感"（《康南海自编年谱》），诗中将这种感情和壮丽的景物融合在一起，使这些诗歌具有一种雄浑、苍劲的风格。如下面一首：

> 汉时关塞重卢龙，立马长城第一峰。日暮长河盘大漠，天晴外部数疆封。清时堡堠传烽静，出塞山川作势雄。百万控弦嗟往事，一鞭冷月踏居庸。

——《登万里长城》

1898年戊戌政变以后，康有为在政治上堕落反动。他的诗歌也表现了同样的思想倾向，特别是在1903年他正面提出反对革命以后，这种倾向就更为突出。作品中处处可见梦绕"瀛台"、心思"神尧"的保皇思想，"逋臣""遗老"的孤独没落情绪，以及对革命的污蔑、谩骂。康有为在后期虽然也还有些具有一定爱国思想的诗篇，如《六哀诗》《闻意索三门湾，以兵轮三艘迫浙江，有感》等，但这些毕竟是少数，只是前期的进步思想的余波。而且就是这一点回光返照的进步思想感情，也往往和忠君保皇的思想纠缠在一起，更加显得单薄无力。总之，作为一个进步诗人的生命已基本结束了，他后期的诗歌的基本倾向是反动的。

康有为前期所写的诗歌继承了中国古典诗歌的优良传统，特别是继承了龚自珍一派诗人作品中的要求变革现实、渴求解放、追求理想的精神，以饱满的热情，反映重大历史事件，表现自己政治上的强烈要求，抒发激烈情怀,具有丰富的社会内容和积极的浪漫主义精神。在表现形式上追求新鲜的意境,瑰丽的形象,独特的幻想和热烈的抒情,形成诗人大笔淋漓、气势磅礴、瑰丽奇特、热情恣肆的独特风格。诗人是晚清的新派诗人之一,和黄遵宪等一样力求"以旧风格含新意境",在旧有的形式中,打破束缚,追求新意,形成了自己的风格特点。在语言上,诗人也用了不少新名词,但更为重要的是诗人情志远阔,学识广博,又追求新奇,而"糅杂经语、诸子语、史语,旁及外国佛语、耶教语"(钱基博《现代中国文学史》),使得语言丰富,形象富有变化,加强了诗歌内容的表达。

梁启超

梁启超(1873—1929)字卓如,号任公,别署饮冰室主人,广东新会人,著有《饮冰室合集》。他是康有为的弟子,十九世纪资产阶级改良运动的中心人物和资产阶级新文化、新思想的出色的宣传者,先后办过《时务报》《清议报》《新民丛报》《新小说》等许多刊物。他的一生正体现了改良主义者由进步逐渐转化为反动的道路。为了宣传自己的政治理想,他致力于文学改良运动,提倡过小说界革命、诗界革命和散文的解放。他是诗界革命的鼓动者和理论家。他的《饮冰室诗话》大力鼓吹诗界革命和黄遵宪、谭嗣同、蒋智由等人的新派诗。他还在自己主编的《清议报》《新民丛报》《新小说》等刊物的,专栏上发表新派诗,使之发生广泛的影响。

梁启超主要的努力和成就不在诗上,然而他还是写了不少出色的诗歌,获得相当高的成就。他的较好的诗歌大都写于戊戌变法失败后流亡国外的最初阶段。这时民族危机愈益加深,他的政治抱负无法施展,清政府又以重金悬购他的头,一腔幽怨都倾泻在他的诗里。"缚将奇士作诗人"，他在《读陆放翁集》中所写的这句诗实在是自己的写照。他大力推崇陆游的诗：

> 诗界千年靡靡风，兵魂销尽国魂空。集中什九从军乐，亘古男儿一放翁。
>
> 辜负胸中十万兵，百无聊赖以诗鸣。谁怜爱国千行泪，说到胡尘意不平。

字里行间渗透着诗人自己的爱国热情，国家、民族日益加深的危机使他在诗歌中时时流露出一种拯时救世的急切之情：

> 猛忆中原事可哀，苍黄天地入蒿莱。何心更作喁喁语，起趁鸡声舞一回。
>
> ——《纪事二十四首》

他在诗中也写了对于祖国的怀念和对于局势的关切。他的《自题新中国未来记》表现了对祖国富强的强烈渴望：

> 无端忽作太平梦，放眼昆仑绝顶来。河岳层层团锦绣，华严界界有楼台。六洲牛耳无双誉，百轴麟图不世才。掀髯正视群龙笑，谁信晨鸡蓦唤回。

诗中所写毕竟是梁启超的一个美梦罢了，醒来之后，依然是"黄雾沉沉白日昏"的残酷现实，是祖国被帝国主义瓜分并吞、统治阶级昏庸腐朽和维新爱国志士横遭摧残的现实，也是他所写的"万壑豕蛇谁是主？千山魑魅阒无人""青年心死秋梧悴，老国魂归蜀道难"的现实。

梁启超所能做的不过是慷慨悲歌罢了，因而他诗歌中的大部分抒写牢骚和抑郁。1901年，他在《澳亚归舟杂兴》中写道："乘桴岂是先生志，衔石应怜后死心。"这两句诗寄有诗人深沉的悲愤。此外如"万壑鱼龙风在下，一天云锦月初生。人歌人哭兴亡感，潮长潮平日夜声"等，也都写得真切动人。他满怀壮志，而不能实现，因此，他的诗苍凉悲壮，但却非消极，不愁眉苦脸，他自称："平生最恶牢骚语，作态呻吟苦恨谁。"

在《自励》第二首中，他说：

献身甘作万矢的，著论求为百世师。
誓起民权移旧俗，更研哲理牖新知。
十年以后当思我，举国犹狂欲语谁？
世界无穷愿无尽，海天寥廓立多时。

表现了诗人改造社会的志向和向封建秩序挑战的勇气，带着一种对于未来的信心和乐观精神。

梁启超的诗也是新派诗，是表现新生活、新感情和新思想的诗。他的诗中有很多是歌颂西方资产阶级启蒙思想家和资产阶级的民主自由的。他也能够大胆地以新名词入诗，如"华拿总余子，卢孟实先河""铁血买权惭米佛，昆仑传种泣黄羲"等。在诗的形式上他也有过探索，他曾改造和利用骚体写过《举国皆我敌》《志未酬》等诗；又写过《去国行》《雷庵行》《二十世纪太平洋歌》等歌行。这些诗的句子都相当散文化，伸缩自如，带着一种更为自由、更为解放的趋向，风格一泻千里，其中《志未酬》一篇尤为人所传诵。

梁诗都是内心生活的自白，直抒胸臆，明白流畅，感情丰满，气势充沛，以抒情为主，而又时时夹以感慨议论，悲壮激昂而不低沉颓废，表现出一种高瞻远瞩和雄姿英发的气概。

应该指出，随着梁启超政治思想的逐渐堕落和反动，他的诗的光彩也逐渐消失。后期诗中，那种对现实愤激的态度没有了，许多诗篇都是拼凑成章，有价值的诗就很少了。1910年他在日本写的《庚戌岁暮感怀》是较有内容的，其中"故园岁暮足悲风"一首，相当深刻地反映清王朝统治下人民被残酷剥削的现实："是处无衣搜杼轴，几人鹦子算租庸。"1911年诗人游台湾时所写的一些感怀诗，也有一定内容，他的《台湾竹枝词》写得清新活泼，如：

郎捶大鼓妾打锣，稽首天西妈祖婆。今生够受相思苦，乞取他生无折磨。

很好地写出了青年人在热恋中的心情和他们的相思之苦。此外，他的几首抒发胸中积郁的词，风格颇像辛弃疾。如《水调歌头》：

拍碎双玉斗，慷慨一何多！满腔都是血泪，无处著悲歌。三百年来王气，满目山河依旧，人事竟如何？百户尚牛酒，四塞已干戈。千金剑，万言策，两蹉跎。醉中呵壁自语，醒后一滂沱。不恨年华去也，只恐少年心事，强半为销磨……

该词在当时绮靡的形式主义的词风中，显得特别突出和可贵。

谭嗣同

谭嗣同（1866—1898）字复生，号壮飞，湖南浏阳人。他少有大志，学问广博，能写文章，又通剑术，为人慷慨任侠。1895年中日战争后，发愤图强，提倡新学，成为改良运动的主要人物之一。1898年变法失败，临危时，积极谋救康有为，自己却从容待死。有人劝他出走，他说："各国变法，无不从流血而成，今中国未闻有因变法而流血者，此国之所以不昌也。有之，请自嗣同始！"终慷慨就义。

谭嗣同是资产阶级改良主义运动中的激进派，他对封建专制制度和礼教的攻击，远远超出了当时一般的资产阶级改良主义者的水平，接近革命民主主义的边缘。他的社会政治思想和哲学观点集中表现在《仁学》一书中。他的智慧和精力主要用在改良运动的理论著述和实践方面。此外，他也给我们留下一些优秀的诗篇，著有《莽苍苍斋诗》二卷。

谭嗣同少年时从军新疆，十年间走遍西北东南各省。他的大部分诗作，都是壮游生活的产物。他"少有驰驱志"，瞧不起那些汲汲于功名的腐儒；"侗侗功名士，属情但珪组。慷慨策治平，试之无一补。"（《咏史》）而以"黄鹄""白鹤"自比，想成为"事戎马"的"壮士"。他有好多诗篇都抒发自己的壮怀，如《角声》等。但是在那个社会里，是很难有所作为的，于是他常常流露出彷徨的情怀："少小思年长，年增但益悲。我年今廿五，四顾竟安之。"（《得仲兄台湾书感赋二篇》）但是诗人心中济世的壮志并没消失，这使他又写出了许多感慨壮志未酬、怀才不遇的诗篇，《崆峒》是最有名的一首：

斗星高被众峰吞，莽荡山河剑气昏。
隔断尘寰云似海，划开天路岭为门。
松拿霄汉来龙斗，石负苔衣挟兽奔。
四望桃花红满谷，不应仍问武陵源。

这首诗是写景，同时也是述怀，感慨极深。这一类的诗篇还有《夜成》等。

诗人到处游历，以他宽阔的胸怀拥抱祖国美好的大自然，写出了不少优美的风景诗，如《邠州》：

棠梨树下鸟呼风，桃李溪边白复红。
一百里间春似海，孤城掩映万花中。

又如《晨登衡岳祝融峰》：

身高殊不觉，四顾乃无峰。
但有浮云度，时时一荡胸。
地沉星尽没，天跃日初熔。
半勺洞庭水，秋寒欲起龙。

前首平望无边，后首高瞻远瞩，而辽阔之感是其共同特色。诗人宽广的胸怀，决定了他写景也是大笔勾勒，而耐不住小刀刻镂。

诗人的壮志与济苍生、救祖国相联系，这使他怀着深情关注人民的疾苦和国家的命运。在《罂粟米囊谣》中他写出了"罂无粟，囊无米，室如悬磬饥欲死"的惨象，在《六盘山转饷谣》中写出了官府对人民的残酷剥削：

马足蹩，车轴折，人蹉跌，山岌嶪，朔雁一声天雨雪。舆夫舆夫尔勿嗔，官仅用尔力，尔胡不肯竭？尔不思车中累累物，东南万户之膏血。呜呼！车中累累物，东南万户之膏血！

这首诗的构思很巧妙，首先着力写出路途之艰，使我们想见舆夫之苦；接着便责问舆夫，其实这是反话，目的在衬托出东南人民所受的更

303

惨重的剥削。诗人怀着愤慨的感情，一字一泪地控诉统治者对人民的压榨。中日战争中中国失败，日本帝国主义迫使清政府签订卖国的《马关条约》，诗人对国家的命运感到无限忧虑，在《有感一章》中他悲愤地写道：

　　世间无物抵春愁，合向苍冥一哭休。
　　四万万人齐下泪，天涯何处是神州！

《儿缆船》也是诗人的佳作，它写泛舟遇风，由十岁小儿缆船入港脱险的经过。"……缆倒曳儿儿屡仆，持缆愈力缆縻肉，儿肉附缆去，儿掌惟见骨。掌见骨，儿莫哭，儿掌有白骨，江心无白骨。"诗人不仅怀着激情歌颂小儿的勇敢，更重要的是在歌颂大无畏的自我牺牲精神。这使我们很容易联想到他的《狱中题壁》：

　　望门投止思张俭，忍死须臾待杜根。
　　我自横刀向天笑，去留肝胆两昆仑。[1]

这是诗人用血写成的绝笔诗，诗人的人格在这里得到集中完美的表现。

---

[1] 梁启超注："所谓两昆仑者，其一指南海（康有为）；其一乃大刀王五……浏阳（谭嗣同）少年尝从之授剑术，以道义相期许。戊戌之变，浏阳与谋夺门迎辟。事未就而浏阳被逮，王五怀此志不衰，庚子八月……忽为义和团所戕，赍志以殁。"

附：谭嗣同的《狱中题壁》诗

有的诗，读者可能并不十分理解它，却非常喜爱。谭嗣同的《狱中题壁》就是这样。全诗为：

> 望门投止思张俭，忍死须臾待杜根。
> 我自横刀向天笑，去留肝胆两昆仑。

本诗写于一百多年前，是诗人的绝命诗。它虽只是一首七言绝句，但意象阔大，磅礴有力，充斥着一种至大至刚的浩然正气，谭嗣同的人格美和诗歌的悲壮美得到了充分的体现。

谭嗣同是戊戌维新运动时期的激进派。年轻时漫游南北，养成了慷慨任侠的性格。甲午战争中国惨败后，在民族危机日益深重的情况下，爱国热情更加激昂，改革中国的愿望也愈加迫切。他在所著《仁学》一书中，激烈地批判封建专制制度和封建伦理，号召"冲决网罗"。1898年他在湖南参与创办南学会，推行新政。同年秋入京，任军机处章京，参与变法活动。西太后发动政变时，谭嗣同拒绝出走避难，曾表示："各国变法，无不从流血而成，今中国未闻有因变法而流血者，此国之所以不昌也。有之，请自嗣同始。"9月25日被捕入狱，写下了上述诗歌，28日从容就义。

"望门投止思张俭。"张俭，东汉人，任山阳东部督邮，因弹劾为非作歹、残害百姓的宦官侯览，受到社会敬重。后被迫逃亡，看到有人家的地方就去投宿，人们冒着破家灭族的危险接待他。本句写对流亡在外的康有为、梁启超的思念，期望他们像当年的张俭一样受到人们的接待和保护。

"忍死须臾待杜根。"杜根，东汉人。安帝初年任郎中。当时邓太后临朝执政，重用外戚，杜根上书太后，要求归政皇帝，太后大怒，命人把他装在袋子里，在殿上扑杀。执法者因钦仰他的为人，命施刑人不用重力，杜根当时死去，但随后苏醒。邓太后命人检查，杜根装死三天，隐身逃亡，在外当酒保。邓太后死后，安帝亲政，邓氏人或诛或逐，杜根复出为侍御史。本句写对同时被捕的维新党人的期待，希望他们中有人能像杜根一样，虽受酷刑而仍能忍死生存，在备历困厄后终得胜利。西太后发动政变时，与谭嗣同先后被捕的尚有杨锐、林旭、刘光第、杨深秀、康广仁等人。

由于中国古典诗歌高度精练，要求在最小的篇幅里包含最丰富的内容，因此诗人就不得不借助于历史上的人物和故事来表达当时的事件和感情。这样就可以引起熟悉有关历史的读者的丰富联想，从而增加诗歌的思想内涵，扩大其表现力量。以本诗前两句为例，它写的是东汉后期的两个著名历史人物，表述的却是19世纪末年中国维新党人的斗争和处境。其中既有对战友命运的系念，也有对战友坚持斗争的期待。

"我自横刀向天笑。"这是全诗写得最明朗的一句，也是全诗艺术精华所在。如果没有这一句，全诗将黯然失色。

诗人被囚在狱中，但豪情不减，他把自己想象为横刀跃马的威武斗士。"天"是尊严的、神圣的、主宰一切的，诗人却以一"笑"相对。这一"笑"，表现了谭嗣同藐视威权、藐视艰难、藐视命运、藐视生死的英雄主义精神，一个顶天立地的高大形象站立起来了。

"去留肝胆两昆仑。"这是全诗最难解的一句，也是解说最纷纭的一句。梁启超在《饮冰室诗话》中提出："两昆仑"，一指康有为，一指侠客大刀王五。梁称谭嗣同少年时曾向王五学剑。光绪被软禁后，王五曾准备到中南海瀛台夺门营救。但是此说有一个重大的缺陷，即：康有为与王五不能构成"去"与"留"的对照,而且康、王不是一个社会层次的人物,谭嗣同也不会将二人并列。敝意以为:去,指出亡国外的康有为、梁启超;留,指留京被捕的维新党人。西太后发动政变时,谭嗣同决意留京,作中国为变法流血的第一人,他力劝梁启超出走时曾说:"不有行者,无以图将来;不有死者,无以酬圣主。""肝胆两昆仑",意谓不论出走或留京的维新党人,都肝胆磊落,如昆仑般高大、巍峨;言外之意是,在他们身上寄托着中国的希望。

此解似可贯通全诗,不知读者以为然否?

本附篇录自杨天石《横生斜长集》,天津百花文艺出版社 1998 年 10 月第 1 版。

蒋智由

蒋智由(1865—1929)字观云,自号因明子。浙江诸暨人。著有《居东集》《蒋观云先生遗诗》《蒋智由诗钞》,但他的大部分有价值的诗篇均散见《清议报》《新民丛报》等处。他是改良派的活跃人物之一,撰写过不少宣传改良变法的论文,也是诗界革命的主将。

蒋智由的诗主要反映西方资产阶级民主主义文化传入中国和民族工业有了一定发展后,资产阶级民主和民族意识的觉醒,也表达了知识分子对帝国主义侵入后山河破碎的悲愤,以及对于卖国投降的清王朝统治者的攻击和挽救祖国于危难中的急切愿望。如:

落落何人报大仇,沉沉往事泪长流。凄凉读尽支那史,几个男儿非马牛。

——《有感》

又如：

久思词笔换兜鍪，浩荡雄姿不可收。地覆天翻文字海，可能歌哭挽神州？

——《文思》

他的《卢骚》诗直接歌颂西方资产阶级的平等自由，可以看作是以旧风格写新理想、新意境的诗界革命的典型作品：

世人皆欲杀，法国一卢骚。民约倡新义，君威扫旧骄。力填平等路，血灌自由苗。文字收功日，全球革命潮。

他的成就主要表现在以旧形式表现新思想上，他的诗对晚清诗坛和后来的革命诗人如柳亚子等的创作都有过一定的影响。

他在诗歌中所宣传的民主和民族思想也起过一定的启蒙宣传的作用。他还曾以新乐府的形式和通俗幽默的语言写过一首《奴才好》（见《清议报》），思想相当激烈，隐然有发展到民族革命的趋向，青年革命家邹容在他的《革命军》中就曾经引用过它。

录自北京大学中文系文学专门化1955级集体编著《中国文学史》四（修订本），人民文学出版社1960年版。

附：《奴才好》不是邹容的作品

> 奴才好！
> 奴才好！
> 勿管内政与外交，
> 大家鼓里且睡觉。
> 古人有句常言道：
> 臣当忠，子当孝，
> 大家切勿胡乱闹。
> ……

这是邹容《革命军》中引用过的一首诗（诗长，不具录）。多年以来，一直被认为是邹容的作品。1974年4月上海人民出版社出版的《邹容》一书说："他又以辛辣的笔触，写了一首《奴才歌》，讽刺不许革命的奴隶哲学。"1975年6月人民出版社出版的《辛亥革命前夜的一场大论战》一书说："邹容还写了一首乐府《奴才好》"，"怀着悲愤的心情，淋漓尽致地揭露了孔学在政治上的反动性，痛斥孔孟之道就是奴才之道，它不仅维护了封建主义的统治，而且维护了帝国主义的统治。歌词深入浅出地分析了尊孔与崇洋之间的关系，并用通俗易懂的语言激发了广大人民的革命意识"云云。

这首诗果真是邹容写的吗？在《革命军》中，邹容说："近人有古乐府一首，名《奴才好》。"这里说得很清楚，它的作者是一位"近人"，而不是邹容自己。

这位"近人"是谁呢？查《奴才好》发表于梁启超主编的《清议报》第86期，署名"因明子"。"因明子"是蒋智由（观云）的笔名，因此，《奴才好》是蒋智由的作品。

本附篇录自杨天石《横生斜长集》，天津百花文艺出版社1998年10月第1版。

丘逢甲

丘逢甲（1864—1912）字仙根，号仓海，台湾苗栗县人，爱国主义者，台湾人民抗日斗争的领导者之一。在清政府割弃台湾的情况下，曾倡立台湾民主国，领导义军与日兵激战二十余昼夜，后不支，退回大陆。他一生没有消极过，时刻以收复失土、洗雪国耻自励，最后逐渐从维新派的立场转变到资产阶级革命派来。辛亥革命后，被推为广东代表赴南京组织临时政府，后复被推选为参政院议员。

丘逢甲是个多产的诗人，童年即有诗名。据估计，他一生的创作总在七千到一万首左右，有《岭云海日楼诗钞》。现存作品大部分是内渡后的作品，主要抒写台湾沦陷后的悲愤，对于故乡的真挚而又深沉的怀念，整顿河山、收复失土的大志和理想不能实现的抑郁不平之气。如：

春愁难遣强看山，往事惊心泪欲潸。四百万人同一哭，去年今日割台湾。

——《春愁》

沦落天涯气自豪，故山东望海云高。西风一掬哀时泪，流向秋江作怒涛。

——《去岁初抵鮀江，今仍客游至此，思之怃然》

他对台湾怀念的诗十分真挚感人，如"往事何堪说，征衫血泪斑。

龙归天外雨，鳌没海中山。银烛麞诗罢，牙旗校猎还。不知成异域，夜夜梦台湾。"(《往事》)他触景生情，看到大陆人民欢度元宵，便想到"神山沦没已三年"(《元夕无月》)，时届中秋，便又想起"故乡风景想依然，月满东南半壁天"(《羊城中秋》)。但是，诗人并没有淹没在哀痛里，他在诗中歌颂台湾人民忠于祖国的精神："碧血纵埋非汉土，赤心不死尚唐年。"也表达了自己坚毅顽强地收复失土的决心和百折不挠的反抗精神："九州难画华夷限，万死思回天地心。""道是南风竟北风，敢将蹭蹬怨天公。男儿要展回天策，都在千盘百折中。"(《韩江有感》)

在他凌厉雄迈、沉郁之中时露豪气的诗中，诗人的形象是一个抗日的英雄。江山渊说他的诗"平日执干戈、卫社稷之气概，皆腾跃纸上"，他自己也说"戎马书生豪气在"。但他也有些清新可喜的风景小诗，如："一角西峰夕照中，断云东岭雨蒙蒙。林枫欲老柿将熟，秋在万山深处红。"(《山村即目·其一》)其诗的题材大部分是反帝爱国的，但也有反对统治者对人民的剥削，同情人民疾苦的佳作，如："山田一雨稻初苏，村景宜添七月图。鸡犬惊喧官牒下，农忙时节隶催租。"(《山村即目·其三》)从他的七律诗中，可以明显地看出他受杜甫的影响。集中有不少拟杜之作。但他和一般拟古主义者单纯从形式上着眼不同，他学杜，主要是因为杜诗表现了深厚的爱国之情。

丘逢甲诗在当时很有名，黄遵宪和梁启超都称他为"天下健者"，他的诗也基本上属于新派之列。后来柳亚子在《论诗六绝句》中说："时流竞说黄公度，英气终输仓海君。战血台澎心未死，寒笳残角海东云。"将丘逢甲置于黄遵宪之上，固然未必妥当，但大力肯定丘诗的爱国主义和英雄气魄却是正确的。当然丘诗也还没有脱尽拟古主义的影响，集中有不少诗情不多、堆砌典故的作品。

录自北京大学中文系文学专门化1955级集体编著《中国文学史》四（修订本），人民文学出版社1960年版。

论晚清"谴责小说"的揭露和谴责

在关于李伯元作品思想倾向的讨论中，涉及文学史研究的一些问题，而如何认识、评价《官场现形记》这类小说中的揭露与谴责，便是其中的重要问题之一。

以揭露、谴责为主题的作品，不仅在晚清小说中占据着比较突出的地位，构成了这一时期小说创作的一个特点，它也是文学遗产中的重要内容之一，在各个时代各种形式的文学中，都占有一定的比重。

正是因为这样，正确地认识、评价晚清小说中的揭露与谴责的作品，不仅有助于总结近代文学，而且对于理解文学遗产中同类内容的作品也是有意义的。

揭露和谴责了什么？
提出了什么样的社会改革方案？

自 1900 年义和团运动失败，清王朝与八个帝国主义国家订立了屈辱的《辛丑条约》，到 1911 年爆发武昌起义这个历史时期，也就是我们通常所说的辛亥革命准备时期，清政府已呈摇摇欲坠之势，社会处在大动荡中，人民群众的反封建运动风起云涌，资产阶级民主革命蓬勃发展。在文学上，作为主流的一方面是号召人民参加革命的资产阶级革命小说，另一方面也产生了以《官场现形记》《二十年目睹之怪现状》《老残游记》《孽海花》为代表的，以揭露和谴责所谓社会黑暗为主的小说。后者在文学史上通称为"谴责小说"。这些小说在对所谓社会黑暗的揭露与谴责上，表现着这样几个特点：

一是揭露和谴责官场黑暗等一类社会现象，回避社会的主要矛盾。晚清"谴责小说"曾经接触到了较广的社会生活面，而对以官场的揭露和谴责为最突出。在这些作品中，描绘了封建官吏们的种种丑陋恶行，有的颠顸昏聩、有的顽固不化、有的假充维新。他们除升官发财外，把一切置之脑后。举凡卖官鬻爵、贪赃索诈、逢迎拍马、钻营奔竞、倾轧排挤、腐化糜烂等事，无所不为。当然作品的水平不一、格调不一，相当多的作品油滑轻浮，渗透了地主、买办和都市小市民的恶趣；还有的则谴责为名，欣赏贩卖为实，成为邪恶的教科书。如果我们暂且撇开这些情况，首先考察一下其中表现得比较严肃的部分，那么我们可以发现，它们对官场的揭露与谴责相当泼辣、尖锐，衙门被说成比厕所还臭，官则成了卑鄙无耻的代名词，"只要一颗顶珠在头上一压，立刻利欲熏心，伤天害理的事全做得出来"。做官的诀窍被总结为叩头请安、站班巴结、记着"不怕难为情"五个字。有些小说直接斥骂官僚为披人皮、具兽心的畜生，而且，这种谴责并不限于州县官吏，上至督抚、军机、六部大臣，下至衙役佐杂，无一不是被抨击的对象。在这些小说的作者看来，晚清社会之所以如此黑暗，其原因乃在于这些大官小官、狐群狗党的跋扈招摇。

除了官场问题以外，晚清"谴责小说"还曾揭露过其他一些社会现象，例如教育陈腐、工业不振、迷信鬼神、人心诈伪以至鸦片、缠足等，小说作者们认为这些就是中国进步的大害，贫弱的根源。

但是这些作品的谴责又是有限度的，它们的范围一般不涉及封建制度和封建最高统治者，不涉及清王朝的国策，即使个别作品对这些方面小有批评，但却又从根本上加以维护，即小骂大帮忙。对于帝国主义的侵略行为，它们也很少触及，甚或加以美化。这样一来，近代中国人民的两个主要敌人——封建主义、帝国主义就得到了这样那样的开脱。在这些作品的作者看来，封建王朝的最高统治者，至少光绪皇帝是好的，阻碍立宪的是官吏，"圣上是明谕煌煌，说得十分剀切"。官吏呢，虽然不好，但管理制度还是济世利民的好东西，所以一些作品在谴责了官吏以后，又赶忙声称："不肖者自居多数，但贤者也不乏人。"他们揭露了某些"假清官"，但却又同时盼望"真清官"，力求虚构出一批"清官""好官"的形象来。李伯元在写作《官场现形记》后，曾立意要调查几件"循吏清官"的"德行善政"，编纂后半部。《后官场现形记》的作者虽然明知在那"豺狼兼道，狐狸横行"的时代，不可能访出一个"恺悌君子，民之父母的贤长官"，但仍然要"不遗余力"，逢人探访，继李伯元未竟之志，最后终于找到了一个七品县令："若论前半节的为人，也不足录取，却是后来一念之诚，尽心民事……借他来规劝官场。"这就说明这些小说对官吏揭露、谴责的同时，又对他们寄予殷切的期望。

二是在揭露、谴责官场的同时，诋毁人民、诋毁资产阶级民主革命派。在这些作品中，人民往往被描写为浑浑噩噩不可教育的顽固乡愚，有些小说甚至将近代中国落后贫弱的根源硬栽到人民身上，说是由于他们没有学问、不结团体、具有奴隶性质、不思振作等。春帆的《未来世界》竟主张将一部分他认为不可救药的人民"当作个一群披毛戴角的野兽，架起一尊绿气炮来，把他们这般野蛮人物……一齐轰得个干干净净"。人民的反帝反封建运动被描写为痞子运动，太平天国、义和团运动一律被视为"乱民犯上，罪不容诛"。对于当时的资产阶级民主革命派,这些小说或则把他们描写为"一包炸药,一管手枪,孟孟浪浪,胡闹一场",或利用上海洋场上的某些骗局,把情节移植到革命党人身上,将他们描写为烟鬼、赌鬼,招摇撞骗,唯利是图,和官僚们一样是无耻之徒。吴趼人的《上海游骖录》就曾描写了几个气焰万丈、摩拳擦掌要革命的人,声称只要给的钱够花,"莫说立宪,要我讲专制也使得"。从李伯元的《文明小史》起,《新党现形记》《学生现形记》《最近女界现形记》等站在封建立场上诋毁资产阶级新人物、新青年、新女性、新思潮、新道德的作品大量涌现,泛滥一时。在后期甚至取代了对官场的揭露与谴责而跃居小说题材的首位。值得注意的是,这些小说作者在谴责官场时表现得比较泼辣,在诋毁革命党时一般也都表现得比较狠毒。例如吴趼人,一方面,对清王朝的官僚们嬉笑怒骂;另一方面,对革命党却更是咬牙切齿,凶相毕露。1907 年,徐锡麟行刺安徽巡抚恩铭,受到挖心的酷刑,这一野蛮行动为相当广泛的舆论所指斥,而吴趼人却在札记小说《山阳巨案》的跋语中为之辩护。他说:"吾不敢不知其为野蛮、为非野蛮也。设有人焉,其君父或兄弟妻孥为人所戕害,试问彼为臣、为子、为兄弟、为家主者,其有剖心复仇之思想否也……世有指吾此说为顽固者,吾固自甘,且甚不愿与公等进于文明也。"

三是在揭露某些社会现象的同时,提出了解决社会矛盾的改良主义方案,宣扬了一种落后、反动的社会政治理想。这些小说表现出一个共同的倾向,即认为社会虽然腐败,但却不必进行根本性的变革,而只能采用进化的办法、铁杵磨成针的精神,一样一样地改良。有些作品,要求封建统治阶级实行君主立宪,改良政体,给资产阶级让出一点权力来。另外一些作品,则连君主立宪的招牌也不要,认为还是封建专制制度好。它们提出的社会改革方案不外这样几条:第一,整顿、澄清吏治。这些小说认为,这是支持大厦将倾的唯一办法,只要除去贪官酷吏,天下即可太平。怎样解决这一问题呢?这就是破格奖励清慎居官者，选拔热心公益的士绅，对官吏们进行道德教育、道德感化，使其知廉耻、懂礼义。在这里值得注意的是，那些揭露和谴责官吏时言辞激愤的小说在提出解决矛盾的方案时却总是显得十分卑怯、无力，可怜可笑。有些官昏聩糊涂到了极点，但据说给他配备一个助手就好了；有些衙门，黑暗到了没有天日的地步，据说裁去幕友就好了。第二，兴办实业，讲究农工商三门学问，反对迷信，改革习俗，提倡科学。一些小说认为，要国富民强，除了兴办实业，没有第二条路，只要把农、工、矿利之事办成，百姓即不患贫穷，国家即自然强盛。另一些小说认为，只要驱除了中国人头脑里的鬼神观念，脚踏实地，凭实验不凭虚境，就万物可格，百事可为。第三，废除科举，普及教育，开办学校，兴女学，禁缠足，提倡识字读书，推广卫生、体育、胎教，从事编小说、编教科书、办白话报、唱弹词一类的"开化下流"的工作。一些小说认为，只要在这些事中做了一两桩，例如，使二万万女子受到教育，慢慢地在家庭里诱掖起来，让新出生的少男少女一个个都有了学问，就没有办不到的事情。又如，办起白话报，使不识字的愚民一个个有了知识，只要两三年工夫，就可以上下一心，君民一体，"把一个老大衰疲的支那登时变了地球上惟一无二的强国"。第四，提倡封建文化、封建道德、发扬国粹，以此来挽救世道人心。第五，节省虚糜，认真办海防、边防，对帝国主义避免摩擦龃龉，各事妥为协商，和平办理。有些晚清"谴责小说"的作者自吹自擂，将这些说成是救中国的灵丹妙药。也有一些小说作者认为这些也没什么用，"凭你什么人，终是弄不好的"，于是他们便在作品中宣传"醇酒妇人主义"，或悲观厌世思想，遁入山林，由混世而避世了！

晚清"谴责小说"的思想内容上大体如上。当我们将这一切方面做了考察以后，就可以清楚地看出，这是一个以抵制革命、维护封建制度为基本思想的小说流派。

这是哪个阶级的揭露和谴责？
从属于什么样的政治路线？怎样认识它们的社会作用？

揭露、谴责是一种文学现象，也是一种社会现象。在阶级社会中，人们的阶级地位不同，对事物的爱憎态度也不同，不同阶级有着不同性质的揭露与谴责，分别从属于不同的政治路线，代表不同的政治、经济利益。例如在中国古代社会中，被剥削阶级的揭露与谴责必然要提出反剥削的主题，不劳动者不得占有财富的主题，如《诗经》中的《伐檀》《硕鼠》；资产阶级民主革命派的揭露和谴责必然要指向封建专制主义的政治制度，如近代《民报》系统的一些作家所写的那样。而封建统治阶级内部的相互揭露与谴责乃是反映着他们间不同派系、集团、阶层的矛盾，是一种"兄弟阋于墙"。因而，我们进行研究时，首先就应该牢牢把握阶级分析的基本线索，去考察纷繁复杂的文学现象，分清那些揭露和谴责是哪一个阶级的，从什么样的立场上出发，然后才能判明其性质和作用。

在近代，封建地主阶级外迫于帝国主义，内迫于革命人民，面临着巨大的危机。这一时期，封建地主阶级中一部分人决计向帝国主义完全屈膝投降，以帝国主义的支持帮助来维持自己的统治。他们或则清歌漏舟之中，痛饮焚屋之内，除一己私欲之外，一切在所不计；或则顽固地拒绝任何一点改革。封建地主统治阶级中的另一部分人则被危机所震动，他们感到帝国主义对他们身家性命、江山社稷的威胁，感到人民起义对他们统治的威胁，力谋找到解救危机、缓和矛盾的办法，企图消弭人民革命运动。这些人之中，有一些人兴办新工商业而发生经济地位的变化，或部分地接受西方资产阶级的思想而发生思想上的变化。他们幻想在不从根本上触动封建制度的前提下，有限制地发展资本主义，这就逐渐形成资产阶级改良派。他们对清王朝存在着既有矛盾，而又依附的二重关系。戊戌变法时期，矛盾的一面曾经有所发展，因而他们的思想曾经表现过某种微弱的反封建色彩，他们的一些代表人物身上也曾表现过某种微弱的反封建勇气。而在义和团运动后，由于这一运动所显示出来的伟大的人民力量，由于资产阶级民主革命派的兴起，这一切吓得资产阶级改良派赶快和清王朝结成共同阵线，它对清王朝依附的一面就得到了迅速发展，它的政治主张就愈趋保守、怯弱，逐渐丧失了那一点微弱的反封建的勇气，甚至向封建地主阶级一面倒退过去了。于是，近代中国的资产阶级改良派就成了这样一个政治派别，它从封建地主阶级中分化出来，开始小步往前走，但是走不了几步，又收住脚步往回缩。义和团运动后的资产阶级改良派在政治思想上和封建地主阶级实际上已没有多大差别，不是什么反封建的社会力量了。

一方面是资产阶级改良派向后倒退，另一方面是封建地主阶级作反革命策略的改变，义和团运动后，特别是在1905年同盟会成立之后，封建统治集团中的一些人，例如张之洞、袁世凯之流也叫起君主立宪来了。最后为了欺骗群众，清王朝言不由衷地宣布预备立宪，于是资产阶级改良派、封建地主阶级便形成了反革命的同盟。他们在政治上，反对人民，反对革命，维护封建制度。在这一前提下，他们装模作样地说什么要澄清吏治啦！发展工商业、提倡科学啦！普及教育啦！禁缠足、禁鸦片啦！如此等等。原先资产阶级改良派曾经在一定程度上批评过封建制度，现在则全面地为中国封建社会唱赞歌了。在文化上，他们反对革命思潮，反对民主主义文化，维护封建主义的意识形态。原先资产阶级改良派也曾在一定程度上批评过封建文化，现在则提倡国粹主义的复古思潮了。虽然它们之间也有不同，例如资产阶级改良派热衷于君主立宪，而封建地主阶级则口是心非；又如资产阶级改良派可能在一些次要问题上具有某些民主思想，而封建地主阶级则全盘坚持中国固有的封建道德和文化。但是二者之间共同点是主要的，差异是次要的。有时它们之间的界线也是不大容易划清楚的，因为资产阶级改良派带有浓厚的封建性，而封建地主阶级在这一时期也可能接受资产阶级改良派的某些主张。

晚清"谴责小说"是一个复杂体。在它的作者中既有资产阶级改良派，也有接受了某些微小的资本主义影响的地主阶级知识分子，甚至还有帝国主义的洋行买办。但是从主要的方面看，是反映了义和团运动后堕落了的资产阶级改良派的思想，从属于他们的改良主义政治路线，代表了这一时期逐渐一致起来的资产阶级改良派和封建地主阶级的利益。所以这些小说的揭露和谴责就都表现了极为严重的表面性、枝节性，都集中在官场弊端一类现象或非根本性问题，而回避了封建制度这一主要问题。它们谴责官僚们的某些丑恶行为，但是绝没有也不会反对封建压迫、封建剥削；它们谴责封建统治集团中的一部分人，但是绝没有谴责封建统治阶级，更不是为了把它们打倒，而是希望他们"改过迁善"，更好地为本阶级，为"皇上"办事；它们揭露了封建统治中的一些脓疮，但却是为了治好它，延长它的寿命；并不是期望将它推翻，而是企图用改良的方法、局部修缮、缝缝补补的方法来解决某些突出的危机，从而进一步加强这个统治，以抵制革命。鲁迅有个比喻说得很好："主子，您这袍角有些儿破了，拖下去怕更要破烂，还是补一补好。"(《鲁迅全集》)这就是这种谴责和揭露的实质。

在对帝国主义的态度上，一部分谴责小说完全采取歌颂美化态度。另一部分则由于它们的作者既惧怕帝国主义的军事武力，而又艳羡其所谓文明，所以只能是有某种淡淡的揭露，而却又有浓浓的美化；有微弱的怨愤之感，而却又有强烈的亲近羡慕之情。在揭露清王朝管理的媚外、惧外时却手颤笔摇，甚至噤若寒蝉。他们不满意帝国主义欺负中国，但骨子里却又存在着对帝国主义文明的奴性崇拜，所以一方面固然表现了若干救亡图存的思想，而小说中出现的侵略者又常常是善良文明的化身。他们对帝国主义的武装侵略有时有所非议，而对于精神侵略却几乎无例外地高唱赞歌。他们在碰到和帝国主义实际打交道的问题时，常常由于惧怕帝国主义的军事武力而在作品中主张妥协、投降的外交路线。

在资产阶级民主革命派已经将批判锋芒指向清王朝统治集团和它所代表的封建专制主义制度时，在历史的发展需要在革命和反革命之间划出鲜明的界线时，晚清"谴责小说"掩盖社会的主要矛盾，将一些次要问题、枝节问题渲染突出，对于人民具有欺骗迷惑作用。而其直接出面宣传改良主义政治主张，诋毁人民、诋毁资产阶级民主革命的部分反动性则更为明显。其中工业救国、教育救国、科学救国等谬论曾经长期在青年中造成很坏的影响，阻碍他们参加革命。至于那些貌似谴责而实则是展览一些淫秽丑恶的生活情节以迎合小市民的低级趣味，适应封建地主、官僚买办、洋场文人追求感官刺激的作品，则只能引导人们走向邪恶。这类小说在辛亥革命前后与鸳鸯蝴蝶派合流，什么"……梦""……魂""……痕""……影""……泪"，什么"外史""趣史""秽史""秘史"之类广泛流传，影响更为恶劣。

批判几种对"谴责小说"的揭露与谴责的错误认识

其一，有的同志说，"《官场现形记》等书的揭露与谴责具有反封建性"。这可以说是一种奇谈怪论。所谓封建制度，主要是指封建的生产关系、封建专制主义的政治制度、封建意识形态，只有反对这三者，至少是反对其中之一，才可以算得上是反封建。近代"谴责小说"是以揭露官场弊端为主，它们对以上三者都不反对，怎么会有反封建意义呢？它们不但不反封建，相反倒是表现并适应了封建统治者加强国家机器的需要。因为官场中存在这样那样的弊端，就会使封建统治机构疲软瘫痪，削弱行政效率，不能有效地执行王朝的各项政策法令，不能有力地统治人民。官场弊端既是封建统治阶级腐朽本性的必然结果，同时又危害着封建统治。所以历代的许多封建统治者都注意过吏治问题，反对过官场弊端，虽然他们从来也反对不掉。明太祖就曾指斥过官吏的"贪财好色，饮酒废事"。据史籍记载，他甚至装腔作势地发过这样一个命令："凡守令贪酷……赃至六十两以上者，枭首示众，仍剥皮实草，府、州、县、卫之左，特立一庙，以祀土地，为剥皮之场，名曰皮场庙，官府公座旁，各悬一剥皮实草之袋，使之触目警心。"(《廿二史札记》卷二十三）清朝的许多皇帝也曾接二连三地发上谕，要求臣僚揭发官场弊端，"奖廉去贪，兴利除害，听断明恪，锄蠹捍患"(《康熙实录》卷一)；连慈禧太后这样的人都曾指斥过臣下的徇情面、用私人、敷衍公事、欺饰朝廷……为什么呢？难道可以说他们都在反封建吗？完全不是。这些现象，不过是反映了他们对一个有效的封建国家机器的需要，对忠贞不贰地为他们利益服务的封建官吏的需要而已。近代"谴责小说"中对官场弊端的揭发只能作如是观，古典文学中的某些同类题材的作品亦应作如是观。如果不是这样，按照有些同志所说，这就是反封建，那么岂不是封建统治阶级，包括皇帝在内都可以成为反封建的力量了吗？世界上能有这样的事吗？

其二，有的同志说，这类小说具有"揭露的全盘性、彻底性、无情性"。这一论点的错误也是很明显的。既然晚清"谴责小说"都回避了封建制度这一根本的社会问题，都仍然把希望寄托在封建统治阶级身上，怎么能谈到揭露得全盘、彻底呢？事实上只有在马克思主义思想指导下的无产阶级作家才能对旧社会揭露得全盘、彻底。对李伯元一流作家如此推许，不是把他们抬高得有点不像话吗？你说是"无情"吗？

"道是无晴却有晴",在他们对某些丑恶现象的揭露里却正隐藏着对他们本阶级的深情厚谊。吴趼人就曾表示过,别看他表面上如冰山之冷,而内心却正如赤道之热呢!无论这些作品里有些揭露和谴责是怎样泼辣、尖锐,这些作家显得多么满腔义愤、嫉恶如仇,然而,他们总是自己阶级的孝子贤孙。他们绝不希望封建地主阶级和封建制度毁灭,而是希望它昌盛;不是希望它烂下去,而是希望它好起来。这一切总是从他们自己阶级的利益和道德理想出发的,清朝的嘉庆皇帝在感受到农民起义的威胁时就曾痛骂过群臣的"自甘卑鄙""顽钝无耻",承认"吏治之坏,至今极矣!"(《嘉庆实录》卷二七四、二八一),不也是够泼辣、够尖锐的吗!然而能给它肯定的评价吗?

其三,有的同志说,这类小说"揭露了封建制度和人民不可调和的矛盾,为人民说话"。应该指出,近代"谴责小说"作家大都生活在上海的洋场里,他们远远脱离人民,鄙视乃至仇视人民,因而,他们的作品中所写的那些受害的"民",如果仔细考察考察,大多还是地主——相对于官僚地主而言的非官僚地主;有少数地方,虽然确实是写到受官府迫害的"民"了,但他们也只是站在官的立场上,希望出几个"恺悌慈祥之君子"来做老百姓的"父母官"。他们并不是反对对人民的剥削和统治,而是要求屠夫化装为牧羊人,换上一副亲爱温柔的面具,或者如李伯元的《活地狱》一书所宣扬的把中国式的监狱改换为西洋式的"文明"监狱,如此而已,岂有他哉!近代"谴责小说"中也有一些揭露"官军"下乡剿匪、蹂躏人民的情节,似乎是替人民说话了,但实际上不过表现了这样的思想,"土匪"可剿,安分守己的"良民"不可杀,如果一味蛮干,还有谁来供你剥削,岂不是要激得老百姓造反吗?刘鹗在《老残游记》的评语中曾说:"有逼民为盗之人,即不可无化盗为民之人"。近代"谴责小说"的这类情节不过是这种思想的表现罢了。

马克思主义教导我们看问题要从社会实践出发，从阶级分析出发，而不应该从观念出发。不管有些近代"谴责小说"的作家如何自我标榜为人民利益的代言人，实际上他们总是封建阶级根本利益的维护者。今天的文学研究者的责任就在于通过自己的研究揭示这种欺骗性，而不应该做他们的义务宣传员。

其四，有的同志说，"这类小说对社会黑暗的揭露客观上具有革命作用"。好一个"客观上"，这真是一种可以使小鸡变鸭的法宝。有了它，反对革命的作品立刻变成了具有革命作用的作品，维护封建制度的作品立刻变成了反封建的作品。对立的界限不见了，两种迥然不同的政治路线的文学流派合二而一了。应该指出，这种反映反动统治阶级内部矛盾的"谴责小说"，无论主观上还是客观上都是为维护封建统治服务的。难道可以把这种"谴责小说"视同革命文学吗？难道可以在革命的揭露与谴责同改良主义的揭露与谴责之间抹稀泥吗？

所有这一切错误认识的特点都在于掩盖了晚清谴责小说的阶级实质和抵制革命的政治目的，将一个从属于这个时代的反动思潮的文学流派装点打扮为进步文学、革命文学、人民文学，将封建地主阶级和堕落的资产阶级改良派作家装点打扮为进步作家、革命作家、人民作家。

李伯元是晚清的一个影响较大的作家，而揭露与谴责主题又是文学遗产中一个占有较大比重的主题。有些同志在李伯元作品的揭露与谴责上做了严重背离事实的美化，模糊了阶级界限、革命与改良的界限。但是，这仅仅是对李伯元一个作家的评价问题吗？有必要通过对李伯元作品思想倾向的讨论，重新评价晚清文学代表作的传统之见，重新评价文学史上以揭露与谴责为主题的作品。

古典文学的研究内容是历史上的作家和作品，它的服务对象都是社会主义时期的读者，它阐述的是旧时代的上层建筑现象，但是，却对新时代人民思想品格的形成有其影响。今天，我们绝不能容许一切资产阶级的、封建地主阶级的有毒的作品继续毒害人民，更不允许古典文学研究领域里的资产阶级的、封建的思想兴风作浪，为反动作品涂脂抹粉，将毒药说成蜜糖。

录自《光明日报》1966年5月1日。

歪曲晚清现实的《文明小史》

李伯元的小说《文明小史》很早以前就有人给过它极高的评价，说它是近代中国整个维新时期最好的一部小说。阿英同志的《晚清小说史》认为就表现一个变革的动乱时代说，《文明小史》比《官场现形记》写得更广泛、更清晰，因而更具有代表性。此后，许多著作和论文都沿袭了这一说法，认为它"全面地反映了当时社会各方面的动态"，"进一步发展了《官场现形记》的主题，暴露了清政府的腐朽无能，揭穿了假维新派的投机把戏，同时又在一定程度上反映了广大人民的反抗斗争以及社会上新旧思想的冲突。"最近，文乃山同志在评述李伯元的创作是反帝反封建的最有力的作品时，也把它列为论据之一。

这一切，就使得我们对《文明小史》有做一番比较细致的考察的必要了。

《文明小史》写作于1903至1905年期间，这是一个什么样的时代呢？

20世纪初年的中国社会正处在一个风云巨变的阶段。中国民族资产阶级的中下层日益走上推翻清王朝的民族民主革命道路。人民自发地反帝反封建斗争浪潮风起云涌，封建阶级的复古思潮和帝国主义的奴化思想开始结成反动的文化同盟，清王朝和外国侵略者密切地携手合作，共同力谋绞杀人民革命和革命思潮的发展。这是一个列宁所说的"下面不愿照旧生活，而'上面'也不能照旧统治"的时候。新生的力量呐喊着、奋斗着，要求它的历史地位，衰朽的事物喘息着、挣扎着不肯退出舞台。

当时，中国民族资产阶级革命派正处在向上发展阶段，它所领导的革命运动、宣传的革命思想都有着反封建的历史进步意义；这一时期的人民群众的自发的反帝反封建斗争有力地打击了中外反动势力，推动了革命形势的高涨。而资产阶级立宪派却发起第二次改良主义运动，旨在抵制革命，清王朝也玩弄花招，宣布所谓"新政"，在革命高涨的形势下作策略的变换。而《文明小史》是怎样反映这个时代面貌的呢？在资产阶级革命派和封建阶级顽固派、资产阶级改良派的两军对垒中，在资产阶级的新学和封建阶级的旧学、帝国主义的奴化思想的两军对垒中，李伯元和他的《文明小史》是站在哪一边的呢？

下面我想就《文明小史》中对革命、对人民群众的描写，从作者对理想人物的塑造中，分析一下李伯元是怎样反映20世纪初的时代面貌的。

一、如何描写新的社会阶层

20世纪初，中国社会已经出现了一个资产阶级、小资产阶级知识分子阶层。在清王朝媚外卖国政策日益暴露的情形下，他们关心祖国的命运，希望中国强盛起来，流露出一定的反帝反封建的革命情绪。毛泽东同志在《中国革命和中国共产党》一文中说："数十年来，中国已出现了一个很大的知识分子群和青年学生群。……他们有很大的革命性。他们或多或少地有了资本主义的科学知识，富于政治感觉，他们在现阶段的中国革命中常常起着先锋的和桥梁的作用。辛亥革命前的留学生运动，1919年的五四运动，1925年的五卅运动，1935年的一二九运动，就是显明的例证。"毛泽东在这里所说的"辛亥革命前的留学生运动"便是指的当时在日本东京的留学生举行的一系列反帝爱国运动。1903年，清王朝和沙俄政府订立了新的卖国条约。同年，广西巡抚王之春以出卖利权为条件邀请法军帮助镇压会党。这两件事激起了人民的愤怒。东京留学生和上海人民都掀起了拒俄、拒法运动。上海爱国人士在张园召开拒俄大会。在日本的黄兴、陈天华等组织拒俄义勇队，不久即改名为军国民教育会，纷纷回国活动，掀起爱国和革命的热潮。

面对这样一个爱国热潮高涨的斗争现实，歌颂不歌颂这群奔走呼号的爱国志士和革命群众运动，是衡量一个作家是否具有先进思想的标志。李伯元是怎样反映这一运动的呢？《文明小史》第四十二回，他说东京的留学生中"很有些少年子弟，血气未定，见样学样，不做革命军的义勇队，便做将来中国的主人翁，忽高忽低，忽升忽降，自己的品格，连他自己还拿不定，反说什么这才是自由，这才是平等，真正可笑之极了"。二十回，李伯元提到魏榜贤（帮闲）和从日本归国的刘学深（留学生）因为新近来上海的同志有六七十位，准备借徐家花园召开演说大会，结成团体，联络一心，反对帝国主义瓜分阴谋。显然李伯元这里采用了上述张园会议的某些素材。但李伯元却把这个会写成了敛钱的一种手段，演说者油腔滑调，故弄噱头，主持者之间为了四角钱的扣头甚至吵起来。二十六回，李伯元写民权学社集会抗议云南官府借外兵镇压会党，是明显地隐射拒法运动的，但李伯元不仅以无聊的小报作家惯用的手法嘲弄了这次会议，丑化会议的参加者；而且公然声言他们全系捕风捉影的空议论，听它无益。还煞有介事地诬蔑会议的组织者都是为了借点名目，上上报，做几回书，以求生意好些，多销几份儿。

李伯元写在《文明小史》中的人物形象，往往有所隐射，唯其有所隐射，将他笔下的人物形象和原型对照一下，就能明显地看出李伯元的思想倾向性。比如第三十五回，在济南江南邨菜馆行刺云南总督陆夏夫的聂慕政，作者说他误听谣言，以为陆夏夫借外兵镇压会党，冒冒失失地行动。这一形象，隐射在上海金谷香菜馆行刺王之春的志士万福华。前面我们已经说过，王之春是出卖利权邀请法军帮助镇压会党的刽子手，而李伯元却用丑化万福华来为王之春开脱。李伯元把万福华写成了以乱闹为有趣的人物，"到上海游学，不三不四合上了好些朋友，发了些海阔天空的议论，什么民权、公德，闹得烟雾腾天，人家都不敢亲近他"。这种手法是十分卑劣的。当时，革命派的思想批判锋芒已经发展到了道德伦理领域，革命刊物《江苏》第七号上就发表过专题论文《家庭革命》。书中所描写的余小琴正是这一思想的信奉者。但李伯元却把他的行为写得肮脏不堪。为什么呢？《文明小史》五十六回关于余小琴的一则批语透露了消息："'论名分我和你是父子，论权限我和你是平等'，此种口吻，可谓闻所未闻。"很明显，李伯元正是仇视余小琴的"家庭革命"思想，才丑诋这一人物的。

革命不仅是武器的批判，而且也需要批判的武器。二十世纪初年，中国资产阶级革命派从西方资产阶级革命时期的武库中"吸收解放思想"，他们以进化论、民约论、天赋人权论、自由、平等的学说尖锐地批判封建制度、封建思想，这就是当时中国的所谓新学。这种新学，如毛泽东所说，在当时，"有同中国封建思想作斗争的革命作用，是替旧时期的中国资产阶级民主革命服务的"。而在《文明小史》中，李伯元不是仇视这些思想就是把它们庸俗化，信奉自由平等学说的青年刘齐礼被清王朝逮捕判刑后，李伯元幸灾乐祸地写道："（从此）只能与别的囚犯平等，再不能听他自由了。"而在所有这些思想中，李伯元反对得最激烈的是当时资产阶级的民族主义思想，他特别创造了冲天炮这一人物形象：他开口革命，闭口革命，是个讲民族主义的人。李伯元让一个据说是对新学旧学都有心得的邹绍衍来劝化他，大讲其"讲公利的人全是一片爱人之心……讲私利的全是一片恨心"，企图消弭人民对清王朝统治集团的仇恨。而冲天炮居然会"有些醒悟过来"！

对于当时资产阶级、小资产阶级的一些革命团体、组织，李伯元也加以丑化。淬志会劝人捐款，形同武力勒逼。五十七回写冲天炮在日本，大家撮哄他给什么会、什么党捐银子，更是把讥刺的锋芒隐约地指向同盟会等革命组织了。

将资产阶级、小资产阶级知识分子所组织的一些爱国活动写成近于儿戏的乱闹，丑诋革命派人物，丑诋资产阶级革命思想，这是《文明小史》的主要内容之一。

在历史上新旧交替的时期，新的阶级力量、新的事物、新的思想和行为方式在陈腐、反动的旧阶级看来，总是要不得的谬种。不是被描绘为"怪现状"、荒唐不经的海外奇谈，就是被说成行为乖僻、道德卑污，或青面獠牙、十恶不赦。《文明小史》的这种倾向在近代小说中并不是个别的，它曾经形成过一个流派。李伯元《中国现在记》、蘧园《负曝闲谈》、吴趼人《上海游骖录》等书所描写的维新派或革命党，就都表现了这种特点，至于老骥的《新孽镜》一流小说，则更是以反对革命党为能事了。

当然，辛亥革命时期的资产阶级革命家是有严重的局限的，这就是他们的软弱性、动摇性、妥协性；他们当时所宣传的自由、平等学说在今天看来，也只反映着资产阶级的一己私利，对于劳动人民具有欺骗性，不可能是"外御列强、内建民国"的有力武器。对于这些，自然可以批判——这是从左的方面所进行的批判。而《文明小史》等书则是站在封建阶级立场上攻击革命党人的进步方面，这是从右的方面所进行的批判,是反动的。我们有些同志将《文明小史》和其他小说的这类描写看成是揭露假维新派,那是上了当了。

二、如何描写新的斗争

20世纪初年的中国社会又是一个人民群众自发的反帝、反封建运动蓬勃开展的时代。一方面,在帝国主义和清王朝统治集团联合绞杀了义和团运动后,中国广大劳动人民擦干血迹,继续进行着英勇的战斗;另一方面,由于清王朝支付"庚子赔款",筹办"新政",大量增加各种捐税,各级官吏层层加派,愈益加重了人民的负担,这就使得人民群众自发的反帝、反封建斗争具有更大的规模、更为澎湃的声势。在这些运动中,农民是主体,广大城市下层群众、贫民、手工业者、小业主、小商人,甚至一些中小资本家也加入了运动。他们抗捐、抗税,捣毁衙门、税卡,罢市罢工,甚至发展为武装起义。这些运动,和资产阶级所领导的革命运动交错迭出,有力地打击了反动势力。

在《文明小史》中,李伯元也曾经写过一些人民群众的自发斗争。第二回,李伯元写到永顺府柳知府巴结洋人,擅停武考,引起考童不满,适值官府聘请意大利矿师勘查矿产,百姓讹传为将矿山卖给了外国人。众口铄金,愈传愈谬。于是大家决定打死外国矿师,拆掉本府衙门,痛打卖国瘟官,再加上本地一个"挟制官长""最坏不堪的一个举人"的挑拨撺掇,于是群众一哄而起,关门罢市,结队捉拿外国人,攻打府衙,拆掉大堂暖阁。

这是一个被歪曲了的斗争。李伯元通过这些情节宣扬了他反动的群众观。在他看来,人民是愚昧的群氓,这种斗争的起因在于群众的无知和造谣,他们所关心的只是自己的田舍、祖坟。运动的参加者不是游手好闲、无事也要生事的少年,就是青皮、光棍,或是凑热闹的附和盲从之辈；其领导者则是"一肚皮的恶心事、坏主意"的人。这种运动除了闹得沸反盈天之外，是没有好处的。三十二回，李伯元还曾写过山东潍县（今山东潍坊）地方因官僚冯主事以办学为名勒派捐款，引起商人、小铺子里的掌柜、伙计等的不满，也是坏人领头，"都是愚夫"的群众被坏人激动，罢市抗捐，打到冯主事家，流氓地痞等乘机抢劫，纵火行凶。人民群众不满封建统治，起来进行反抗的斗争行动就这样被李伯元写得乌七八糟。再如第六回至第十一回，李伯元写傅知府下马立威，乱捕乱办，又异想天开地设立城门捐、桥梁捐，横征暴敛，因此民不聊生，怨气冲天。百姓捣毁了捐局，家家关门，处处罢市。对于傅知府的行为，李伯元是不以为意的，但是，他是否就同情人民斗争了呢？否！在他看来，湖南永顺民风强悍，"百姓不是好惹的"。他虽也认为毁捐局事件的发生，乃是"百姓为贪官所逼，怨气冲天"，所以"大众齐心，一呼百应"，但事态发展下去以后，他却反诬这是百姓的"寻衅"行为了。在《官场现形记》中，人民群众只是向封建统治者苦苦哀求的磕头虫，在《文明小史》中，他写到了人民群众有强烈的反抗性——这倒不能不说是一种"发展"——但是，他却害怕这种反抗力量对旧秩序的破坏。这正是剥削阶级对于人民斗争的暴风雨的一种恐惧心理的表现。

近代改良主义者的阶级本性决定他们对人民群众运动抱着恐惧的态度。他们认为人民"公德缺乏，智识不开"，"麻木不仁"，"倘民智不开，而民气又盛，则人人有破坏心……叫嚣一哄，家国成墟而已"，"一夫发难，四面楚歌，有防无可防，制无可制之势"。李伯元的《文明小史》正是通过艺术描写表现了改良主义者的这种忧惧。

三、理想人物

在《文明小史》中，李伯元曾经写出了若干理想人物。

其一是姚士广。据作者叙述，他学问极有根柢，古文工夫尤深，最能顺时达变，认为中国民风保守，处处扞格不通，因而在兴造革除时，必须潜移默化，用水磨工夫，不可操切从事。《文明小史》的评语说他的话是"名论不刊""牧民者当奉为圭臬"。其二是湖广总督，李伯元叙述他实心为国、讲求新法，颇思为民兴利，极喜欢办事。纺纱局、枪炮厂，办洋务、劝农功、建文武学堂、编书、办报，大大小小，真是干得不少。评语中一再称他为"贤制军"，说是"替国家办了许多大事业，而能两袖清风，一尘不染，不得不谓之好官"。其三是金道台，据说精于理财，熟悉商务，主张改革币制。李伯元通过劳航芥的口赞美他："原来中国尚有能够办事的人，只可惜不得权柄，不能施展。"其四是卢慕韩，想在上海替中国开创一家银行，书上说他是做大事业的人。其五是平中丞，满人。据描写，心地明白，志趣高远。在大家涉猎新学时，宁愿守住故纸堆，抱残守缺。他受命出洋考察，准备回国通过条陈的办法兴利除弊，上补朝廷之失，下救社会之偏。《文明小史》评语中说："得此人为之殿，足张一军"。其他的还有一些，不备举。

历史上，每个阶级都有自己的理想人物，在这些形象里，寄寓了他们各自不同的政治主张。从李伯元塑造的上述人物看来，他的理想不过是从事一点经济、财政、技术上的改革，兴商务，开银行，办工厂，讲农功——这就是所谓兴利。或是澄清吏治，熏陶出一批"清官""好官"来，反对贪污、纳贿，提高统治效率，强化封建统治机器，以祛除严刑苛政的虚伪让步来消弭人民的反抗——这就是所谓除弊。他们至多在既不触动封建制度，又不触动封建意识形态的条件下有限制地发展资本主义，如此而已。充其量不过是要求制定一部法律，实行君主立宪。而且这部法律还不能带有较多的资本主义色彩，不能有妨于君臣、父子大伦。正因为如此，清王朝立了外务部、警察衙门、财政部、学部，李伯元就心满意足，认为清王朝"百度维新，差不多的事都举办了"。

给气息奄奄的封建主义病躯打几剂强心针，然后穿上资本主义近代科学文明的外套，这就是李伯元政治理想的实质。这是一种极为落后、极为保守的改良主义，和洋务派差不了多少。而且即使是这样的理想，李伯元还主张用"水磨工夫"慢慢地爬行呢。

20世纪初年，在资产阶级革命运动蓬勃发展的情势下，感受到威胁的改良派发起立宪运动——近代中国的第二次改良主义政治运动，企图以君主立宪抵制民主共和，以改良抵制革命。这一时期的改良派已经不是戊戌时期的改良派了，他们已经从批评封建制度转为维护封建制度，支持落后的垂死的东西，堕落到封建阶级保守派、洋务派的水平了。例如，这一时期的康有为就宣称中国能精物质之学，发展工、艺、兵、炮，即可霸于大地。因而第二次改良主义运动所提出的改革要求也就更为软弱，更为卑怯。这是一方面。另一方面，清王朝看到了自己必然要灭亡，于是就不得不改变过去的部分做法，极力用不彻底的虚伪的改革来延缓这种灭亡，以求在新的条件下保持住自己的政权。他们不得不举办"新政"，宣布"变法"，声称"盖不易者，三纲五常，昭然如日星之照世；而可变者，令甲令乙，不妨如琴瑟之改弦"。1905年，清政府派载泽、端方等出洋考察，敷衍改良派的立宪要求，以拉拢资产阶级，企图躲过革命风暴。

李伯元在《文明小史》中所创造的这些理想人物，所宣传的这些政治主张正表现了这一时期逐渐趋于一致的改良派和封建阶级保守派的政治要求。

李伯元将属于落后的垂死的阶级的人物冒充为正面形象，将他们的反动的政治主张冒充为时代的先进思想，将清王朝的伪改良吹得天花乱坠，这样的作品在社会生活中，只能起到对人民的欺骗、蒙混作用。

根据上述分析，我们完全可以肯定地说，李伯元的《文明小史》严重地歪曲了二十世纪初的时代面貌。在他的笔下，资产阶级革命党人及其反帝、反封建的爱国运动被丑化了；人民群众的反抗封建统治压迫，反对帝国主义掠夺的自发斗争被丑化了；而从他所塑造的几个正面形象身上，体现了李伯元旨在巩固封建反动统治的政治主张。因此《文明小史》的反动思想倾向是十分明显的。

录自《光明日报》1965年12月14日。

从《庚子国变弹词》
看李伯元作品的思想倾向

文乃山同志在《李伯元作品思想倾向初探》一文中对李伯元的作品作了很高的评价，说它是反帝、反封建最有力的作品，揭示了"封建官僚制度和广大人民群众的矛盾，封建制度必然灭亡的规律"，"对封建制度的丑恶，揭露得最深刻，批判得最彻底"等。本文试图以李伯元的《庚子国变弹词》一书为例，说明文乃山同志的看法是与事实不符的。

1900年，我国爆发了以农民为主体的轰轰烈烈的义和团反帝爱国运动。李伯元的《庚子国变弹词》就是以这一重大的历史事件为题材的。书始作于1901年，成于1902年。在这部作品里，突出地表现了李伯元思想的落后性和反动性。

在阶级斗争比较尖锐的时期往往最能考验得出每个人的真实立场，最能清楚地看出各个社会力量的政治态度。《庚子国变弹词》由于产生在中国人民和帝国主义、封建主义的一场激烈的搏战以后，因而，在我们考察李伯元的作品时，它应该受到特别的注意。

一、污蔑义和团，
为中外反动派对义和团的血腥镇压拍手叫好

鸦片战争后，帝国主义在对中国进行政治、经济、军事的侵略的同时，派出了大批教士，企图从精神上麻醉中国人民。这些教士中的部分人不仅本身干着欺骗、掠夺等丑恶勾当，成为无恶不作的匪类，而且还搜罗莠民、讼棍、地痞、恶霸之流入教，包庇他们，形成一个特权阶层。因而，义和团的斗争锋芒很自然地会指向这些帝国主义分子及其走狗。在《庚子国变弹词》中，李伯元曾经写到个别教民仗势鱼肉乡里、出升入斗、胡作乱行。对于这种情况，李伯元是不满意的。但是，他却不同意义和团对于这些罪大恶极的教民的自发的斗争和镇压，认为是没有王法、叛迹昭彰。对于人民群众对帝国主义传教士的斗争，他更不同意。认为是"寻衅"，"肆其荼毒"，"十百成群，迭向附近教堂，肆意搜括"（第六回）。随着义和团及其斗争规模的发展、扩大，李伯元也愈益恶毒地咒骂和污蔑他们。他认为义和团成员都是无赖游民和亡命之徒，只知掳掠奸淫、屠戮生灵、焚烧田庐。第三回中，李伯元就把义和团在直隶的活动写成"打家劫舍，杀人放火，无所不至，无所不为，直杀得民不聊生"，而且是不分皂白地胡杀、乱杀，捉到人以后，可以加上个奸细的罪名随便杀掉——就这样每天要杀人千百。对于义和团在天津和北京的活动，李伯元也写得充满了恐怖，无论官员、平民，都是屠戮抢劫的对象。一曰："杀人放火寻常事，闹得居民夜不宁。"二曰："匪徒一到开箱看，到处搜罗金与银。"三曰："残虐情形不忍云，实为旷古所希闻。"反对帝国主义的农民英雄就这样被写成了杀人不眨眼的魔群。他们的伟大的反帝爱国斗争就被歪曲为结党横行，"妖言惑众，借此以肆其奸淫掳掠"。

在反对外国侵略军的斗争中，义和团手执弓矛、大刀和配备着近代武器的敌人进行英勇搏斗。他们不畏牺牲，前赴后继，表现了中国人民的伟大斗争精神。正是他们，给了入侵者以沉重的打击和教训，显示了中国人民的反帝力量，遏制了帝国主义的瓜分阴谋，但在李伯元笔下，义和团却都是贪生怕死、徒托空言之辈，一听见枪鸣，就心胆俱碎，逃的逃，走的走。在天津危急之时，义和团首领张德成"换掉衣服，从小路逃生去了"，义和团群众——李伯元笔下的"拳匪"只是被清军逼迫后才上阵抗敌的。上阵之后，也是一遇见洋兵就无法可想，"田间长跪吁天神"。李伯元通过这些歪曲的描写宣扬了这样的思想：义和团的反帝口号是不能相信的，"欺骗朝廷有本领，反将大敌诿官军"；义和团实际上不曾和侵略者有过什么激烈的战斗，"多少匪徒毫没用，洋兵未至已相摧"。对于义和团，李伯元主张坚决镇压，认为清王朝一部分顽固派支持（实际上是利用——笔者）义和团是"养痈遗患"，"误把拳匪当好人"。他赞美袁世凯在做山东巡抚时能"不负委任"，"一意主剿"，也肯定反动的聂士成军对义和团"搜杀不留根"的残酷行为。甚至，李伯元还盼望外国侵略军来华攻击义和团。第九回，李伯元写道："养痈遗患古来云，可叹官家庇乱民。到底外人有见识，电知本国早征兵。"第十回中，李伯元还有一段描写：

次天十七，大股拳匪，即扑交民巷，因为其处是使馆的所在，幸外国人预先防备，开枪打死拳匪八名，众始退去。

好一个"幸"字，李伯元的立场站到哪里去了！中国广大农民不能忍受帝国主义侵略者的横暴掠夺，举起反帝的革命大旗，奋不顾身地浴血战斗，使帝国主义和各国反动派受到很大的震惊；而作为一个中国人，李伯元却为帝国主义和封建统治者对义和团起义血腥镇压拍手叫好，显而易见是十分反动的。

二、美化帝国主义，为侵略者开脱罪责

对于义和团运动，列宁曾经有过一个分析，他在《中国的战争》一文中说："是的，中国人的确憎恶欧洲人，然而他们究竟憎恶哪一种欧洲人呢？并且为什么憎恶呢？中国人并不是憎恶欧洲人民，因为他们之间并无冲突，他们是憎恶欧洲资本家和唯资本家之命是从的欧洲各国政府。那些到中国来只是为了大发横财的人，那些利用自己的所谓文明来进行欺骗、掠夺和镇压的人，那些为了取得贩卖毒害人民的鸦片的权利而同中国作战（1856年英法对华战争）的人，那些用传教的鬼话来掩盖掠夺政策的人，中国人难道能不痛恨他们吗？"（《列宁全集》第四卷）事实正是这样，义和团反帝爱国运动正是为了赶跑这些在中国土地上横行的帝国主义分子，义和团所燃起的中国人民仇恨的火焰正是帝国主义长期侵略中国的结果，八个帝国主义国家之所以用兵，那是为了保护在华的既得侵略利益，并准备提出新的更大的勒索。但在《庚子国变弹词》中，李伯元却认为中国人民对帝国主义分子是恨错了，"中外联交数十春"，情况本来好得很嘛！"杀人戕教太无情，因此愈触洋人怒，督率联军上帝京"（第十五回），现在你杀了人家的人，人家怎么能不出兵呢？这就是李伯元的逻辑，按照这种逻辑，仿佛不是帝国主义的侵略引起了中国人民的仇恨和反抗，而是中国人民的仇恨、反抗招来了帝国主义的侵略。

在李伯元的笔下，许多帝国主义分子都是好人。有奉旨传教的教士，他们并不曾犯什么罪，一向劝人行善，感化顽民，募捐劝赈，救济灾民。有的教士，甚至常常施医施药，活人性命。都是对中国人民满怀着感情的"慈善家"！还有通情达理的外交官。第十三回，李伯元写道

当"拳匪围困使馆"紧急之时，各国公使居然对困在交民巷内的清朝官僚徐荫轩父子以礼相待，送还清廷。书中说："双双父子庆生还，各国居然度量宽。可见外人知礼义，蛮横不比义和拳。"

既然帝国主义分子对中国人民都是这样友好，又是这样通情达理，那么，义和团的一切行动岂不是大谬特谬了吗？帝国主义出兵"保护"岂不是正当的吗？这样，李伯元就必然要堕落到为侵略军辩护的立场上去。

在《庚子国变弹词》中，李伯元完全附和帝国主义的侵略借口，认为列强出兵乃是救使臣、保洋商，剪除匪类的正义事业。第十六回中，李伯元写道：

（各国）以中外通商既久，一向和睦，此悉戕教杀人，实出意料之外，亟宜派兵前往保护。更有德国，因为杀了他的使臣，心上格外气愤。

接着，李伯元完全用正面的肯定笔墨描写帝国主义头子德皇的"龙怀"震怒，决心雪邦家之辱；士兵将帅的振奋同心；柏林全城居民对德皇决定的拥戴；出师典礼时军容的威严整肃等。李伯元要读者相信：帝国主义的这次侵略是"师出有名"的，正义在帝国主义那一边，这种奴颜婢膝的姿态，只能表明改良主义者的媚洋、崇洋、恐洋思想，发展到了多么严重的地步！

联军侵入北京后，八个帝国主义国家的军队瓜分了北京城，各自抢定了自己的势力圈。而李伯元却把强盗打扮成"菩萨"，时时以百姓为怀："两宫已走，百官逃散，地方各事，无人管理，大家恐怕照顾不到，于是公议划界分段而治，广设巡卡，严定通行章程，以为暂安闾阎之计"（第十一回）。书中还将强盗们公议的十条章程一条一条地列出来，

第一条居然是约束兵丁，禁止胡闹妄行，违则逮捕治罪。

对于侵略军的头子瓦德西，李伯元也为他涂脂抹粉，称他为"多谋瓦统帅"，写他知道两宫出狩，宫门之内，遍扎洋兵，代为看守；写他对李鸿章彬彬有礼，声言与中国一向友好，决不多索赔款。甚至，李伯元还隐约地认为，由于签订了《辛丑条约》，中国人民还要记下这个侵略头子的一份功劳。第二十四回中，李伯元写道："瓦君一力来担待，决不使彼此重生隔阂。中外一家多辑睦，中华以此庆升平。"看，李伯元在这里期望"中外一家"呢！这种论调，书中处处可见，哪有一星半点的反对帝国主义的民族气节呢？

三、宣扬帝国主义的武力，鼓吹妥协求和

在《庚子国变弹词》中，李伯元一再宣扬帝国主义的军事武力。在他看来，洋兵十分骁勇，锐不可当；洋人精于制造，炮火无情，落地开花；洋将胸藏韬略，算计超群。帝国主义的军队走起来"刀矛如雪，士卒如云，耀月争光，好不威武"，打起仗来"凶猛异常"，"有冲有突，十分得手"，简直是无敌之师。他认为帝国主是碰不得的，"电竿铁路皆遭毁，涉到洋人了不成"（第五回）。中国军队是无论如何也打不过厉害非常的洋兵洋将的，"列国雄师如破竹，官兵虽猛不能赢"。第十五回中，李伯元让曾抵挡过侵略军一阵子的清军将领李鉴堂自我检讨："那知列国军无敌，令我闻之心胆惊，这是国家气运到，从今后，区区不敢藐洋人。"

在帝国主义的武力面前，李伯元完全被吓破了胆，他认为中国人民是不能和帝国主义较量的。所以他不仅不同意义和团的反帝斗争，即使对清王朝的一篇装腔作势的宣战上谕也表示不满，说是"一派跋扈非礼之言，殊失两宫平日怀柔远人之意"，必是伪诏无疑。对于帝国主义的

进攻，李伯元认为除了求和妥协之外，别无出路。《庚子国变弹词》中，一切主张抵抗侵略的人都受到李伯元的唾骂，一切主张妥协的人都为李伯元所赞美。

第三十四回，李伯元写到沙俄兵数千名要"假道爱珲，保护铁路"，显然，这是一个侵犯中国主权的要求，并且包含着吞并东三省的阴谋。沙俄帝国主义的这一要求遭到清朝黑龙江将军寿山的拒绝。寿山在回文中说："江省铁路，敝国自能保护，倘贵国定欲发兵前来，本将军惟有以干戈相见。"无疑，寿山的这一做法应该得到肯定。但李伯元却批评他骄矜自大、不谅强弱情形，不知死生厉害，自家兵力单薄，哪堪沙场对垒呢？后来俄兵强行越境，发枪放炮，清军被迫还击，这本是正当的自卫行为，但李伯元却责备寿山轻开边衅，是擢发难数的"罪人"。与寿山相反，官僚王焕断定中国只会输，不会赢，弱不能与强争，螳臂不可挡车，力主妥协，这样一个胆小如鼠的投降派却被李伯元美化为侃侃而谈、殷殷忧国的好汉，不惜一身的轰轰烈烈的男儿。同样，太守程雪楼违抗寿山引兵拒敌的军令，私自照会侵略军停战言和，这样一个卖国贼也被李伯元誉为见事明白，能随机应变。

"明知不是强俄敌，何必同他去交兵"，这就是李伯元的理论。敌人有什么要求，你就答应吧，这就是李伯元的言外之意。

由于害怕帝国主义，李伯元赞美清王朝一切妥协投降行为。例如力主"拳匪不可恃"的袁昶，"到过外洋，晓得厉害"，认为"不可失和外人"的许景澄等，李伯元都认为是可以流芳百世的英雄。对于那些直接勾结帝国主义，共同镇压人民斗争的"东南互保"的督抚张之洞、刘坤一等，李伯元也赞美他们"公忠保国"，说什么"留得长江安乐土，归根幸赖有斯人"（第十二回）。尤其可憎的是，对于大卖国贼李鸿章，李伯元表示了更为热烈的歌颂。在《庚子国变弹词》中，李伯元全面地肯定李鸿章卖国投降、镇压人民起义的反动一生，而且突出地肯定他签订《辛丑条约》的行为，说他是老成谋国，擎天一柱，几乎把一切美好的字眼都加到他的头上。李伯元赞美他和帝国主义的"睦谊敦好"，赞美他对侵略者能"虚心折节"。这些地方可以看出李伯元简直连一点民族气节都没有了。对于李鸿章的死，李伯元不胜惋惜，"我为苍生哭此人"，认为是栋樑崩折，万里长城坏于一夕。

当时《辛丑条约》的签订曾经使得每个有爱国热情的中国人痛心疾首，但在李伯元看来，仿佛倒也没有什么，"倘能早订敦盘好，忍痛拚为城下盟"，既然打不过人家，那就求和吧。条约中，帝国主义勒索了四万万五千万两的巨额赔款，李伯元却不大在乎："巩固金瓯今已缺，区区此数更何论？"甚至，李伯元还觉得《辛丑条约》的签订是件好事，所以他认为这是李鸿章的"重整乾坤第一勋"，真是不以为耻反以为荣，哪里像一个有骨气的中国人。

最后慈禧回到北京，接受帝国主义对她的教训，俯首帖耳地甘心做帝国主义的鹰犬，因此常常"殷勤"接见帝国主义的公使和夫人，"中外一家无阻隔"了，李伯元真是高兴得很呀！而他根本没有想到中国人民付出了多大的代价。对他来说只要是能讨得帝国主义的欢心，丧权辱国也在所不惜。

四、美化出卖民族利益的统治者，散播对清王朝的幻想

在《庚子国变弹词》中，李伯元认为光绪皇帝是超越前代，仁孝无伦、英明无以复加的君主，而慈禧呢，也是一个忧国忧民、宵旰焦劳的贤太后。连慈禧挟制光绪的事情也被说成辅佐幼主的磊落之举。他们两人的关系简直好得了不得，慈禧关心光绪，光绪孝敬慈禧。八国联军入侵，慈禧弃社稷江山不顾，仓皇逃命，在《庚子国变弹词》中，却被描

写为光绪孝德无伦，深恐慈禧震惊，一再泣请，才蒙允准。此后，在流亡途中，李伯元对慈禧更是不吝惜笔墨地加以美化。他写她怎样对臣下曲加体恤，即使地方官供应不周，也天恩高厚，不加呵责；他写她宽宏大度，能容天地，即使村民高声叫喊惊了"圣躬"也并不计较；他写她如何表示要察民隐，革去君民隔绝之情；他写她如何心系江山，感怀民生，"听到外国人如何需索，如何苛求"便要"痛哭流涕，眠食不安"；见到秦中赤地千里，疮痍满目的情况，便说："咱们哪里知道百姓苦到这步田地"，于是便设法赈济灾民，自己则大布为衣，减去荤腥，过起俭朴的生活。为了宣扬慈禧的劳绩，李伯元详细地写出她在山西时所下的数十道其实是卖国投降的上谕，说："以见两宫蒙尘在外，尚复宵旰焦劳若此，叫天下臣民知道罢了。"为了给慈禧"辟谣"，李伯元又写她在西安不看瑶草仙花、珍禽异兽，拒绝太监们劝她看戏散心的请求，在西安多时，不仅她，包括光绪在内，实实在在没有听过一天戏。为了怕读者误信一些报纸的"歪曲"消息，李伯元还特别加了一句："那些新闻纸上说的都是靠不住的"（第二十六回），可谓用心良苦。此外，李伯元又写慈禧如何得到人民拥护，流亡途中，人民听见她饿肚子，一个个趴在地上掉眼泪，于是便有两个乡民孝敬了几百个鸡子。到了西安，居民夹道欢迎，呼声雷动。

《辛丑条约》签订了，慈禧和光绪回銮，于是居民争相欢送，一路香花，"直把老佛爷、佛爷送出几十里路"。接着李伯元又写慈禧如何对光绪表示从此要"奋发有为"，共矢卧薪尝胆之心。于是开学堂，废八股，裁冗官，设外部……李伯元认为这就是殷忧启圣，可以奠定"亿万斯年"的大清基业了。李伯元就是这样美化了封建最高统治者，散布了对清王朝伪改革的幻想。

我之所以要不厌其详地引述，无非是想说明李伯元的作品并不像文乃山同志所说的那样，是"反帝反封建的最有力的作品"。即使在《官场现形记》《文明小史》那样的作品中，也能够明显看出作者改良主义思想的落后与反动，而在《庚子国变弹词》中作者的思想观点就表露得更为坦率，这些都有助于我们认清李伯元的思想本质。文乃山同志的论断，显然是错误的。我们知道同一个作家所写的作品，有他思想发展的连贯性，李伯元的几部作品在对待人民群众的反帝反封建斗争和帝国主义的侵略行为以及封建统治者的残酷压迫等方面，都表现出改良主义的特点。《庚子国变弹词》《官场现形记》《文明小史》等作品所表现的思想倾向，只有写作角度不同、表现强弱不同，却没有本质性的差别。

录自《光明日报》1965年11月8日。

晚清小说中的复古主义思潮

一、宣扬旧道德

晚清时期是中国小说发展史上的重要阶段。小说的地位空前提高，创作空前繁荣，产生了批判现实主义，以《官场现形记》及《二十年目睹之怪现状》为代表的谴责小说，这是一方面。但是另一方面，其思想、主题则相当驳杂，表现之一是复古思潮泛滥，显示出旧势力、旧文化的顽强存在。这种情况，说明历史的继续发展，还需要民主主义思想的进一步光照，需要一支文化新军的出现与荡除。

这一时期的小说作者，主要有李伯元、吴趼人、包天笑、周桂笙、王无生等，他们大都正在接受来自西方的民主主义文化，主张君主立宪，维新、改良，属于正在向资产阶级新文化人转化的过渡型文化人。

作为新文化人，他们的小说本应宣扬新文化和新道德，但是许多晚清小说当时所着力宣扬的却是古代中国传统的旧道德。他们普遍认为，中国的旧道德冠绝尘寰，完整无缺，好得不得了，因此应该积极地"恢复旧道德"。吴趼人在小说《恨海》中说："人之有情，系与生俱来，未解人事以前，便有了情……将来长大，没有一处不用着这个情字。对于君国施展起来便是忠，对于父母施展起来便是孝，对于子女施展起来便是慈，对于朋友施展起来便是义，可见忠孝大节，无不是从情字上生出来的。"在吴趼人等看来，要改良社会，必须道德普及，道德问题解决了，其他的问题也就解决了。对于生活中的许多人和事，他们都用旧道德作为评价的标准。合于旧道德的，给予热烈喝彩；不合旧道德的，给予猛烈抨击。因此，这一时期的小说仍然热衷于表彰义仆代主受戮、孝女卖身赎父、妓女殉情人以死之类的事迹。有一个叫桂琬的女子，十七岁时死了丈夫，决心身殉，刚好母亲病危，便焚香告天，请求以身代母，拔刀自刎。吴趼人以此为主要情节，特地替她写了传记小说，满怀感叹地说："死而节教兼备，抑亦奇女子矣！"[1]和吴趼人同时编辑《月月小说》的周桂笙则认为中国女子由于"礼教束缚"之功，养成了"天下莫与伦比"的美好品德，为了博取"清节贤孝"之名，宁可牺牲毕生欢娱，即使所嫁非人，也自甘薄命，不敢怨天尤人。[2]这些小说的作者，通过艺术形象，赞美、褒扬"忠孝节义"，和当时主张"复古"的旧文人并无不同。

这些小说的道德理想大都体现在它们的"正面形象"里："年高有德"的长者、"通达贤明""一生厚道"的太夫人、"耿介刚直"的知识分子，"爱民如子"的清官、孝子、烈女或出身簪缨世家的书香子弟。例如报癖的《新舞台鸿雪记》第一回就写到一个七八十岁的老头儿，名为"老大帝国之老大"。据描写，须发斑白，精神面孔，比少年人还要强健、光彩。他认为只有"国粹药"才是救中国的万灵法宝。什么是国粹呢？这就是"我们国里独有的特色，古时候，一代一代的圣贤传了下

---

[1]《桂琬节孝记》，《月月小说》十二号。
[2]《自由结婚》，《月月小说》十四号。

来"的道德和文化。李伯元的《文明小史》写到的主人公姚老先生，平生最佩服孔夫子，也是这一流人物。又如《学界镜》一书中年轻的主人公方真，作者写他出身桐城世家，乃祖乃翁的旧学都极有名望。本人至性真纯，自幼仁厚，群经诸史、今古文词，无不熟悉，平生志愿就在于教育那些"脑筋锢蔽""性质恶劣"的"下等社会"人物，使他们都能有点道德。他和上海务本学堂的女生郑子范互相倾慕，但必待告知其母太夫人，得了许可，方才"照文明礼娶了过来"。

辛亥革命前夕，这样的小说产生过很多很多。这里我们须要着重分析著名谴责小说作家吴趼人的几部小说。

《恨海》描写了一个孝子，一个烈女。孝子陈仲霭认为侍奉父母是人之应尽天职，在"拳乱"之际，宁可冒着生命危险，留京陪伴父亲。烈女张棣华在母亲生病时，割臂疗亲，又能谨守男女授受不亲的"大义"，虽与未婚夫一起外出逃难，仍能处处避嫌。后来未婚夫成了浪子、烟鬼，她却坚持从一而终。未婚夫病故后，即割发出家，不愿另婚。

《劫舍灰》与《恨海》主题大体相同。女主角陈婉贞历经"劫难"，在传说未婚夫染时疫而死后，立志守节，后来未婚夫另娶别女，陈婉贞却能与她和睦共处，不分妻妾。

《情变》主张婚姻要由"尊长做主"，其中守节抚孤的何彩鸾则是与张棣华、陈婉贞同一类型的女子。

《二十年目睹之怪现状》以谴责社会黑暗为主，其中的"正面人物"无例外地是旧道德规范的体现者和旧文化的维护者。蔡侣笙，这一位封建末世的知识分子被描写为耿直、清廉，非义不取、无功不受的道德典型，在出任蒙阴知县时，被百姓誉为"青天佛菩萨"。小说主人公"九死一生"的堂姊认为女子读了《女诫》《女孝经》之后，自然明理，德性就有了基础，就不会再干什么"丧德"之事。吴继之大讲子道、孝道、友道、亲谊之道。他和"九死一生"都认为孔子、岳飞等都是至高无上的完人，不能对他们有任何非议。第六十一回，二人曾有一段议论：

> 九死一生："此刻还有人议论岳武穆不是的呢！"
> 吴继之："奇了！这个人还有甚批评？倒要请教！"

吴趼人通过二人之口表达：生在千年之后，议论古人，就要"代古人想想所处的境界"，这一说法当然有其道理。但是，时代不同了，对古人提出新见解、新议论，以至有所批评，都是题中应有之义，不应责备非难。书中写道，当时有人指责孔子为"迂儒"，二人对此尤为不满。书中的这一情节应是当时社会中的实有情节。小说主人公吴继之的思想实际上就是这一形象的创造者吴趼人的思想，反映他本人的观点和态度。

二、贬抑新思潮

任何文学流派的形成都和一定的社会思潮有关，代表一定阶级或阶层的思想动向。辛亥革命前夜，这股以宣扬旧道德为核心的小说潮流代表了什么样的社会思潮，在什么样的历史条件下出现的呢？

毛泽东说："在'五四'以前，中国的新文化，是旧民主主义性质的文化，属于世界资产阶级的资本主义的文化革命的一部分。"[1]自戊戌变法、辛亥革命至"五四"以前，中国民族资产阶级为了自己经济和政治利益的需要，曾经和封建地主阶级做过一定斗争，反映到意识形态领域，便要求进行相应的文化运动和文化革命，从而形成当时文化战线上的资产阶级新文化和封建阶级旧文化的斗争。二十世纪初年，资产阶级改良派落伍了，资产阶级民主革命派登上舞台，其中某些人

---

[1]《毛泽东选集》，人民出版社1951年版第2卷669页。

和封建地主阶级联系较少，曾经以较高的腔调喊出文化革命的要求。他们零零星星地上阵打过几个回合，创办刊物，著文立论，批判封建文化，批判孔孟儒家学派，批判封建专制、宗法制度，批判封建道德、伦理、纲常，号召人们冲破家族、政治、风俗等社会网罗，建立资产阶级新文化、新道德和新的社会秩序。在他们中间某些人的心目中，旧时代传统的偶像不再那么神圣，旧时代的文化并非璀璨无比。他们中有些人敢于骂孔子，敢于对旧文化、旧道德提出非议。例如当时有人就说过，世界文明一天天进步，现今文明胜过古时，怎么可以拿文明不及现在这时候的法儿在现在推行呢？如今的人，"说圣贤是万古之师，这真是放屁的话"，认为孔子在如今看起来，"也是很坏"，"至圣"两个字，不过是历代独夫民贼加给他的徽号。[1]有人则认为，中国的伦理道德"皆以压制为要义"，三从七出，所以禁锢女子之体魄；无才是德，所以遏绝女子之灵魂，要求以强力拥护个人自由。[2]有人则号召"将古来迂谬之学说，摧陷而廓清之"[3]，认为"数千年老大帝国之国粹，犹数百年陈尸枯骨之骨髓，虽欲保存，其奈臭味污秽，令人掩鼻作呕何！徒增阻力于青年之吸引新理、新学也"。[4]这些言论，虽然缺乏分析，否定过头，带着形而上学、绝对化的毛病，在"五四"以后，曾经被一部分浅薄的资产阶级、小资产阶级知识分子发展为洋八股、洋教条，但在当时，正如毛泽东所说：他们反对把孔夫子的一套"当作宗教教条一样强迫人民信奉"，"反对旧八股、旧教条，主张科学和民主，是很对的"。[5]

针对资产阶级的这种文化批判，保守力量发起同样有绝对化毛病的

---

[1]《法古》《童子世界》第31期。
[2]《哀女界》，《女子世界》第9期。
[3]《教育泛论》，《游学译编》第9期。
[4]《好古》，《新世纪》第24期。
[5]《反对党八股》，《毛泽东选集》第3卷，人民出版社1951年版第832-833页。

"保存国粹"运动，号召人们保卫旧文化、旧道德，企图加强对人民的精神统治。他们制定了"教忠""明纲""宗经"等文化方针，极力向人民宣传"三纲"是中国历代相传之"圣教"，礼政之原本，人禽之大防，声称孔子是"集千圣、参天地、赞化育"的伟人。在这股复古主义思潮里，从维新派退化而为保皇派的康有为、严复等人扮演了极为活跃的角色。原先，他们推崇光绪皇帝，企图利用"君权"推进改革、变法，现在，以孙中山为代表的革命党人走上历史舞台，推倒君权专制，建立民主共和成为时代发展要求，于是，他们的立场和声调就与前大不一样了。其表现之一是美化中国历史，宣称中国并无封建压制，人民在两千年前就享有了自由权利，平等已极；其表现之二是美化中国古代文化，鼓吹尧、舜、禹、汤、文、武、周公、孔子的所谓"道统"，尤其致力于旧道德的宣扬。当时有一篇《论今日人心宜重古道》的文章就典型地表现了这种思想。中云：

夫治安之道……要当以人心为本。……变革也者，变其末俗，而非变其本始；革其弊俗，而非革其道要……窃思我中国者，为四千余年之文明古国，大圣孔子，生当春秋之计，拨乱而返诸正，修明六艺之道，俾我黄虞之裔，群仰日月而津江河，盖可谓之至圣矣。

近十年来，士夫之知识虽稍有进步，而德行之衰落则日益加盛，……吾是以知国人心之腐败未能骤去，而改革之图，欲变其本，则必益加之厉，固不若以古圣贤道德之教，率先天下，其计为犹愈也。[1]

---

[1]《中外日报》，1906年2月13日。

他们不仅写文章，而且作演说，告诫人们，特别是青年，例如1906年，严复在寰球中国学生会上就曾发表讲话，"事君必不可以不忠；天下无不是的父母，为人子者，必不可以不孝；男女授受不亲；不孝、不慈、负君、卖友，一切无义行为，必将为复载所不容。"[1]

辛亥革命前这些以宣扬旧道德为核心的小说，正是这一复古主义思潮的产物，它反对的是旧民主主义时期刚刚开始的文化运动和文化革命要求。

打开这类小说，可以发现他们不仅充斥着陈腐的道德说教，而且充斥着世风不古、道德沦亡的慨叹，批评锋芒大都指向当时正在兴起的新文化、新道德，反面形象大都是当时的资产阶级、小资产阶级革命青年。例如前述提倡"国粹药"的小说《新舞台鸿雪记》，同时批判"文明菜""自由果""平等草""革命花"，天笑的神话小说《诸神大会议》，深惜旧礼法蠲弃殆尽，预言再过数十年，道德必将扫地。小说通过孔子的口吻说："今之少年，自放于礼法之外，与我当日'弟子入则孝'之一章，真背道而驰矣。"

在上述小说中，一切离开旧文化、旧道德的趋向都被称为蔑圣弃祖，尽忘其本，信奉反封建的平等思想的青年都被视为人格腐败到了极处，是"无父无君的败类，毫不就道德的范围"。(《新舞台鸿雪记》)具有反对封建家族思想的人被说成误认天赋之权，剽窃外国哲学的皮毛，借着爱国保种的口头禅，却要灭自己的家门，杀他自己的父母(《黄绣球》)。妇女们争取婚姻自由的呼声被污蔑为"假此文明之目，遂其淫奔之私"，是丧尽天良，不知廉耻(《诸神大会议》)。

如此等等。

---

[1]《中外日报》，1906年1月10日。

三、对民主革命的恐惧和对抗

文化革命是政治革命、经济革命在观念形态上的反映。

辛亥革命前这股以宣扬封建道德为核心的小说潮流不仅反映了当时保守力量对新的文化运动和文化革命的恐惧和对抗，实质上反映了他们对民主革命的恐惧和对抗。这些小说大部分产生于 1905 年以后，正是革命日益走向高潮的时期。它们的作者无例外地都反对革命，从根本上拥护清王朝的封建统治，将宣扬封建道德视为阻遏革命、挽救清王朝灭亡的好办法。例如 1906 年，江西萍乡和湖南浏阳、醴陵爆发有同盟会员参加的会党、矿工的武装起义，革命军迅速占据许多重要市镇，发布文告，宣称"不但驱逐鞑虏，不使少数之异族专其权力，且必破除数千年之专制政权，不使君主一人独享权力于上；必建立共和民国与四万万同胞享平等之利益，获自由之幸福"。在这以后吴趼人很快就写出《上海游骖录》，表示他对"轰轰轰，萍乡乱，醴陵乱"的忧惧，攻击革命党人不过看了两部译书，见有些什么种族之说，异想天开，倡为革命逐满之说，装成疯疯癫癫的样子，动辄骂人家奴隶，以逞其骄人素志。吴称："以仆之眼，观于今日之社会，诚岌岌可危，固非急图恢复我固有之道德，不足以维持之。"陈啸庐的《新镜花缘》则借书中人物之口，建议统治者切实地实践封建道德，对人民要"仁爱为怀，以示德惠"，据说，此乃收服民心的不二法门，民为邦本，本固邦宁，民心既顺，那党人自然而然消灭，哪里还会有什么革命呢！包天笑的《诸神大会议》则一方面建议清廷派知兵大员，坐守东南，镇压嚣张的民气，一方面又要求速设礼学馆，编成新典礼。

道德从来就是意识形态的重要部分。鲁迅说："尊孔，崇儒，专经，复古由来已久了。皇帝和大臣们，向来总要取其一端，或者'以孝治天下'，或者'以忠诏天下'，而且又'以贞节励天下'。"[1]一切道德都是一定社会的经济状况和阶级的产物，反映一定阶级的利益和意志；封建旧道德则反映封建阶级的利益和意志。历史证明，当封建统治者刚刚建立起统治时，总要刻不容缓地建立其道德体系来；当其统治受到革命力量攻击、摇摇欲坠时，总要忙于"整饬道德"，借以维系人心，维持统治；当其统治被推翻时，则借助于封建道德，抵制革命的深入发展。因此，在中国思想史、文学史上，哪一个时期大量出现宣扬封建旧道德的作品，也总是那一时期社会斗争尖锐的标志。

封建旧道德、旧文化、复古主义思潮都是封建阶级的意识形态，但是帝国主义可以利用它，资产阶级也可以利用它。辛亥革命时期，资产阶级改良派利用它来反对资产阶级的旧民主主义革命。上述小说逆流的作者中，许多都是改良派成员。

辛亥革命时期，这种复古主义的文学逆流、思想逆流曾经得到过微弱的批判；到了"五四"时期，才得到了猛烈的冲击。了解了这些，才能理解以鲁迅《狂人日记》为代表的新小说的意义，了解新文化运动中出现的文化新军、文学新军的意义。在该作品中，鲁迅通过"狂人"自述，揭示封建礼教的本质，表现作者对中国封建社会及其道德、文化本质的清醒认识："我翻开历史一查，这历史没有年代，歪歪斜斜的每页上都写着'仁义道德'几个字。我横竖睡不着，仔细看了半夜，才从字缝里看出字来，满本都写着两个字是'吃人'！"这是晚清小说中从未出现过的主题，从未出现过的思想，从未出现过的语言。预示着一个新的文学时代和文化时代的到来。

录自杨天石未刊手稿。

---

[1]《十四年的读经》,《华盖集》,《鲁迅全集》第2卷，人民出版社1973年版第127页。

陈范与《红楼梦》研究

提起陈范，人们往往会想起他在清末接办《苏报》的功绩，但我认为，他还是民国初年用民主思想研究《红楼梦》的第一人，这一点也不应被忽视。

陈范，原名彝范，字梦坡，晚年改名蜕，号蜕盦，江苏阳湖（今常州）人，1899年中举，曾任江西铅山知县。后去职，到上海接办《苏报》，延聘章士钊为主笔，因为发表了《驳康有为书》，直斥光绪皇帝为"小丑"，又因为介绍邹容的《革命军》，引出了《苏报》案。陈范逃亡日本，会见孙中山。后归国被捕，在狱中关了1年多。1910年在长沙参加革命文学团体南社。武昌起义后，参加湘桂援鄂联军。1912年到上海任《太平洋报》编辑。不久，到北京创办《民主报》。1913年初病逝。

陈范关于《红楼梦》的研究著作有《列〈石头记〉于子部说》《梦雨楼〈石头记〉总评》《忆梦楼〈石头记〉泛论》等，其中谈到贾宝玉时，曾盛赞他的思想品德，认为"可以为共和国民，可以为共和国务员，可以为共和议员，可以为共和大总统"，由此可以推知，他的这些著作当写作或发表于"共和肇建"的1912年。

据陈范说，贾宝玉的言论具有强烈的反封建批判色彩，"举数千年政治、学说、风俗之弊，悉抉无遗"。他曾列举许多例子，认为贾宝玉"论文臣死谏、武将死战一节，骂尽无爱国心之一家奴隶；论甄宝玉一节，骂尽无真道德之同流合污；论禄蠹则恨人心龌龊也；论八股则恨邪说充塞也；论雨村请见则恨交际浮伪也；于秦钟则曰：'恨我生于公侯之家，不得早与为友'，恨社会不平也；于贾环则曰：'一般兄弟，何必要怕我'，恨家庭不平也；于宝琴则曰：'原该多痛女孩儿些'，恨男女不平也；接回迎春之论，恨夫妇不平也；与袭人论红衣女子事，恨奴主不平也；闻潇湘鬼哭，则曰：'父母作主，你休恨我'，叹婚姻不自由；贾政督做时艺，则曰：'我又不敢驳回'，恨言论不自由。至其处处推重女子，亲近女子，则更本意全揭，见得生今之世，保存大德，庶几在此，故曰：'怎么一嫁男人，就变的比男人更可杀'；又曰：'我生不幸，琼闺绣阁之中，亦染此风'。真有遗世独立之概。"贾宝玉是曹雪芹着力塑造的正面人物，他的思想和行为中有许多悖逆封建传统的民主主义因素。如果我们对照《红楼梦》，检核一下陈范的上述分析，那就会发现，它是道出了贾宝玉思想性格的若干特征的。当然，贾宝玉"可以为共和国民"以至"可以为共和大总统"是一个荒谬的命题，但这个荒谬命题中包含着合理因素，这就是贾宝玉不属于贾政所代表的阶级，而是一个属于未来的新人，他的思想行为和辛亥革命时期的民主思潮有其相通之处。

"开谈不说《红楼梦》，读尽诗书也枉然。"从有《红楼梦》之日起，就有了《红楼梦》研究，也就同时有了对贾宝玉这一艺术典型的分析和评论。有人认为这一典型的特征是"痴"，有人赞誉贾宝玉是"圣之情者也"，还有人认为这一典型好似"不知有汉，无论魏晋"的"武陵源百姓"。这些看法不能说完全没有道理，但实在是肤浅得很。戊戌维新运动以后，才逐渐有人从反封建的民主主义角度分析贾宝玉这一典型的内涵，陈范即是其中突出的一个。

关于《红楼梦》，陈范也还有一些值得重视的看法。例如他说："《石头记》一书，虽为小说，然其涵义，乃有大政治家、大哲学家、大理论家之学说，而合于大同之旨。谓为东方《民约论》，犹未知卢梭能无愧色否也。"

录自杨天石《横生斜长集》，天津百花文艺出版社 1998 年 10 月第 1 版。

曾朴传

曾朴字孟朴，又字籀斋，笔名东亚病夫，晚清著名谴责小说《孽海花》的作者。1872年3月1日（清同治十一年正月二十二日）生于江苏常熟一个官僚地主大家庭。1891年考中举人，第二年在北京参加会试未中，他的父亲替他出钱捐了个内阁中书。1895年冬进入北京同文馆特班学习法文。次年以所著《补<汉书艺文志>》及《补<汉书艺文志>考证》献给翁同龢，很受赏识[1]。同年，应考总理各国事务衙门，没有录取，"决心舍弃仕途，别寻发展的途径"[2]。

1898年，曾朴在上海经江标介绍，结识福州船政局船厂厂长陈季同。陈在法国侨居多年，熟悉法国文学。他常去陈处请教，此后三四年内，读了不少法国文学和哲学书籍，自谓"因此发了文学狂，昼夜不眠，弄成了一场大病"[3]。

1900年1月，慈禧太后立载漪之子溥儁为大阿哥，准备废弃光绪

---

[1]《翁同龢日记》光绪二十二年三月二十八日。
[2]《曾孟朴年谱》，魏绍昌编：《孽海花资料》，中华书局上海编辑所1962年版，第161页。
[3]《复胡适之》，《真美善》半月刊第1卷第12期。

皇帝，曾朴曾经参与联名电谏[1]。1903年因受人怂恿，和一杨姓丝商共同经营蚕丝，不久即因外丝倾销而破产。次年，与同乡徐念慈等在上海共同开办小说林书店，出版创作小说及东西洋小说译本。夏秋之间，从友人金天翮手里接过未完成的小说《孽海花》六回，加以点窜修改并续作。三个月工夫，完成二十回，于1905年初分为初集、二集出版。

金天翮写作《孽海花》的时候，拒俄运动正在高涨，他以清廷曾经出使俄国的洪钧为主角，洪妾傅彩云（即赛金花）为配角，计划写入"中俄交涉、帕米尔界约事件、俄国虚无党事件、东三省事件、广西事件，以至今俄国复据东三省止"，称为"政治小说"[2]。曾朴接手以后，声称要以"名妓赛金花为主人，纬以近三十年新旧社会之历史"，"一切琐闻轶事，描写尽情"，并改称"历史小说"[3]。曾朴写出的小说，删去了金天翮原作中拒俄和反清的内容，以主要篇幅揭露清朝达官名士们的腐朽生活。书中虽然也写到了革命党人，但理想和热情则倾注在光绪皇帝和改良派身上；对列强侵略中国也表示了不满，但在具体描写时又美化了帝国主义分子。在艺术上，曾朴把数十年来所见所闻的政治时事、掌故传说，都加以穿插剪裁，围绕女主人公的生平情节展开，自称是蟠曲回旋，时收时放，东西交错，不离中心的"一朵珠花"[4]。关于这一点，鲁迅评之为"结构工巧，文采斐然"[5]。

1907年，曾朴出版《小说林》月刊，陆续发表《孽海花》第二十一回至第二十五回。1908年因资金困难，书店停歇。同年，曾朴

---

[1] 张鸿：《籀斋先生哀辞》，《曾公孟朴纪念文集》，常熟曾氏自刊本，第1—2页。
[2] 魏绍昌编：《孽海花资料》，第134页。
[3] 魏绍昌编：《孽海花资料》，第134页。
[4] 魏绍昌编：《孽海花资料》，第130页。
[5]《中国小说史略》，《鲁迅全集》第9卷，人民文学出版社1973年版，第445页。

加入预备立宪公会。第二年，应两江总督端方聘，任财政文案[1]。一年后，以候补知府分发浙江，任绿营营产局会办。辛亥革命后，参加张謇的共和党，当选为江苏省议员。1914年以后，长期任江苏官产处处长，曾以财力支持过陈其美、钮永键的反袁活动。1924年底任江苏财政厅厅长，四个月后离去。1926年直系军阀孙传芳占据江苏，曾朴任政务厅长，不足一年称病辞职。

1927年，曾朴和长子曾虚白一起在上海开设真美善书店，联络胡适、徐志摩、邵洵美等一批文人，想造成一种"法国风沙龙的空气"[2]。11月，刊行《真美善》杂志，标榜艺术至上和趣味主义，宣称要使它"做成一切人共同的享受"[3]；经过修改的《孽海花》第二十一回至第二十五回和续作第二十六回至第三十五回即发表在该杂志上。按原先设想，曾朴是准备写到戊戌变法及其以后的民主革命运动的，后来又曾企图写到1900年或1901年，以赛金花和瓦德西的所谓"浪漫史"作全书的总结，但实际上写到甲午战争后便停止了。

1928年，曾朴对《孽海花》作了修改。由于思想上的退化，此次修改偏重艺术技巧的提高，对原作中批判科举制度等某些有意义部分又做了删削。1931年，由真美善书店出版，称为三十回本。同年7月，《真美善》杂志停刊，曾朴迁回常熟，在其父亲经营的私人园林虚霩村居里莳花种竹。1935年6月23日病故。

曾朴的著作除《孽海花》外，还有自传体小说《鲁男子》，分六部，计划仿效法国作家巴尔扎克的《人间喜剧》和左拉的《卢贡·马加尔家传》，集许多各自独立的小说而成一有系统的集合体，表现从

---

[1] 曾达文、曾朴纂修：《海虞曾氏家谱》，常熟曾氏义庄1924年排印本。
[2] 魏绍昌编：《孽海花资料》，第179页。
[3] 《编者小言》，《真美善》半月刊第2卷第6期。

清末同治、光绪年代到北伐战争时期的"社会变迁横断面"[1]，但实际上只完成了第一部：《恋》。此外，他还翻译过雨果、左拉、莫里哀等人的作品多种。

录自中国社会科学院近代史研究所编《中华民国史人物传》第8卷。

---

[1] 曾虚白：《赛金花与小凤仙》，《东方杂志》复刊第8卷第1号。

陈三立传

陈三立，字伯严，一字散原，江西义宁（今修水）人。1853年（清咸丰三年）生。1882年在参加乡试时被陈宝琛从落第卷中选拔中举。1886年中进士，任吏部主事。其父陈宝箴，历官浙江按察使、湖北按察使等职，戊戌变法时任湖南巡抚，是旧官僚中推行"新政"较积极的一个。在办时务学堂、算学馆、《湘报》、南学会以及罗致谭嗣同、梁启超、黄遵宪等"新党"人才的过程中，陈三立曾出过一些力量。因此，赢得一定的社会声誉，与谭嗣同、徐仁铸、陶菊存等被合称为"维新四公子"。但在当时，陈三立就不喜欢梁启超等津津乐道的"民权"说，认为它会带来"后灾余患"[1]。变法失败，陈三立被加上"招引奸邪"的罪名，和他父亲一起革职[2]。于是回到江西南昌，筑室西山。一年后。迁居南京。1900年义和团运动发生，八国联军入侵，陈三立曾动员张之洞、刘坤一等勤王互保，"投间抵隙，题外作文，度外举事"[3]。

---

[1] 陈三立：《清故光禄寺署正吴君墓表》，《散原精舍文集》卷5。
[2] 《湘报》第174号（1898年10月12日）。
[3] 《陈三立致梁鼎芬密札》，香港《明报月刊》第9卷第10期。

"凭栏一片风云气，来作神州袖手人"[1]。1900年以后，清政府开复了陈三立的原职，但他不肯出来任事，专力于诗、古文辞的写作。1904年起，与罢职官僚李有棻共同创办江西铁路公司，兴建南浔铁路，先后任协理、总理、名誉总理等职。1908年，与汤寿潜等共同发起组织中国商办铁路公司[2]。同年，鼓吹"提倡佛教，当视凡百事业为尤急"[3]，和沈曾植等倡立祇垣精舍，捐金给佛教居士杨仁山，计划选送人员赴印度学习大乘佛教。

1909年，陈三立将诗稿交给郑孝胥，请他删定。晚清诗坛，有所谓"同光体"，属于这一流派的诗人不专宗盛唐，而以模仿宋诗为主。陈三立是其重要代表。"我诵涪翁诗，奥莹出妩媚"[4]。他的诗模仿唐代的韩愈、孟郊和宋代江西诗派的鼻祖黄庭坚，以生涩硬拗的风格写枯寂萧瑟的感伤情怀。表达上，要求隐晦深微，像橄榄似的耐于咀嚼；用词上，则避熟恶俗，"语必惊人，字忌习见"[5]。对于陈三立的诗，郑孝胥大为捧场，说是："源虽出于鲁直，而莽苍排奡之意态，非可列之西江社里。"[6]当时，革命派中也有人誉之为"吏部诗名满海内"[7]。

辛亥革命后，陈三立迁居上海，曾列名于孔教会和张謇发起的中华民国联合会。他和沈曾植、梁鼎芬、朱祖谋等遗老组织超社、逸社，经常在作品中指责革命，倾吐对清王朝的留恋之情，因此，受到以柳亚子为代表的南社诗人的抨击。

1915年，陈三立迁还南京。1923年至1924年一度住在杭州，此后

---

[1] 梁启超：《诗中八贤歌》注引，梁启超《饮冰室文集》卷四十五（下），中华书局1989年版《饮冰室合集》第5册，第13页。
[2] 《神州日报》，1908年7月14日。
[3] 《神州日报》，1908年8月5日。
[4] 陈三立：《为濮青士观察丈题山谷老人尺牍卷子》，《散原精舍诗集》。
[5] 陈衍：《石遗室诗话》。
[6] 《散原精舍诗序》。
[7] 《无生诗话》，《民呼报》，1909年6月7日。

住在南京或庐山,长期过着隐逸生活。1932年,日本侵略军进攻上海,在民族危机日益加深的情况下,他忧愤时事,日夜不安,曾于梦中大呼杀敌。同年,国民党政府邀他参加"国难会议",不赴。1933年迁居北平,时已年过八十岁,白发盈头,在见到年轻时的座师、同为遗老的陈宝琛时,却仍然坚持行三跪九叩礼。其后,郑孝胥、罗振玉曾拉他到"伪满洲国"去当汉奸,被拒绝。1937年卢沟桥事变发生,北平、天津相继沦陷,日本侵略者再次派人拉他,多方游说,他都不理睬;侦探每天在门前窥伺,气得他让仆人拿着扫帚驱赶[1]。同年9月14日,尿闭症复发,陈三立拒不服药,绝食5日死。

生前著有《散原精舍诗集》《散原精舍文集》。

子衡恪为著名画家;寅恪为著名历史学家。

录自中国社会科学院近代史研究所编《中华民国史人物传》第1卷。

---

[1] 汪东:《义宁陈伯严丈挽诗》,《国史馆馆刊》创刊号。